剑来

⑰

一洲皆起剑

◎

烽火戏诸侯 著

浙江文艺出版社
Zhejiang Literature & Art Publishing House

001　第一章　遇陆地蛟龙

030　第二章　击掌

049　第三章　伏线

063　第四章　思无邪

090　第五章　本命瓷

122   第六章   出拳风采

150   第七章   变与不变

181   第八章   起剑

201   第九章   隔在远远乡

231   第十章   别有洞天

第一章
遇陆地蛟龙

北燕国地势平坦，新帝登基后，励精图治，又有两处养马之地，故而骑军战力远胜荆南、五陵两国，再往北就是自古多有仙人事迹流传的绿莺国，文人笔札和志怪小说，多与水精蛟龙有关。

隋景澄头戴幂篱，又有法袍竹衣穿在身上，虽然大暑时节，烈日曝晒，白天骑马赶路，依旧问题不大，反而人照顾马更多一些。

这天两骑停在河畔树荫下，河水清澈，四下无人，她便摘了幂篱，脱了靴袜，双脚没入水中时，长呼出一口气。

陈平安坐在不远处，取出一把玉竹折扇，却没有扇动清风，只是摊开扇面，轻轻晃动，上边有字如浮萍凫水溪涧中。先前隋景澄见过一次，陈平安说是从一座名为春露圃的山上府邸的一艘符箓宝舟上剥落下来的仙家文字。

隋景澄其实有些担心陈平安的伤势。陈平安左侧肩头被修道之人的一支强弓箭矢直接洞穿，又被符阵缠身，她无法想象，为何陈平安好似没事人一样，这一路行来，只是经常轻揉右手。

隋景澄转头问道："前辈，是曹赋师父和金鳞宫派来的刺客吗?"

陈平安点点头："只能说是可能性最大的一种。那拨刺客特征明显，是北俱芦洲南方一座很有名的修行门派。说是门派，除了割鹿山这个名字之外，却没有山头根基，所有刺客都被称为无脸人，三教九流百家的修士，都可以加入，但是听说规矩比较多。如何加入，怎么杀人，收多少钱，都有规矩。"

陈平安笑道:"割鹿山还有一个最大的规矩,收了钱派遣刺客出手,只杀一次,不成,则只收一半定金,无论死伤多么惨重,剩余一半就都不与雇主讨要了,而且在此之后,割鹿山绝对不会再对刺杀未果之人出手。所以我们现在,至少不用担心割鹿山的袭扰。"

隋景澄叹了口气,有些伤感和愧疚:"说到底,还是冲着我来的。"

别看陈平安一路上云淡风轻,可是隋景澄心细如发,知道那一场刺杀,陈平安应对得并不轻松。

陈平安合拢扇子,缓缓道:"修行路上,福祸相依,大部分练气士,都是这么熬出来的,坎坷可能有大有小,可是磨难一事的大小,因人而异。我曾经见过一对下五境的山上道侣,女子修士就因为几百枚雪花钱,迟迟无法破开瓶颈,再拖延下去,就会好事变坏事,而且还会有性命之忧,双方只好涉险进入南边的骸骨滩搏命求财。他们夫妻那一路的心境煎熬,你说不是苦难? 不但是,而且不小。不比你行亭一路,走得轻松。"

隋景澄笑了:"前辈是不是碰巧遇上,便帮了他们一把?"

陈平安没说什么,隋景澄便知道了答案。

陈平安以折扇指了指隋景澄。隋景澄会心一笑,盘腿而坐,闭上眼睛,静心凝神,开始呼吸吐纳,修行那本《上上玄玄集》所记载的口诀仙法。

修道之人,吐纳之时,四周会有微妙的气机涟漪,蚊蝇不近,可以自行抵御寒意暑气。

隋景澄虽然修道未成,但是已经有了气象雏形,这很难得。就像当年陈平安在小镇练习撼山拳,虽然拳架尚未稳固,自己亦浑然不觉,但是全身拳意流淌,才会被马苦玄那个真武山的护道人一眼看穿。所以说隋景澄的资质是真的好,只是不知当年那位云游高人为何赠送三物后,从此泥牛入海,三十余年没有音讯。今年显然是隋景澄修行路上的一场大劫难,照理说那位高人哪怕是在千万里之外,冥冥之中,应该还是有些玄之又玄的感应的。

关于高人的相貌,更是古怪,类似那本小册子,隋景澄可看不可读,不然就会气机紊乱,头脑眩晕。

隋景澄前些年询问府上老人,都说记不真切了,连自幼读书便能够过目不忘的老侍郎隋新雨都不例外。

陈平安知道这就不是一般的山上障眼法了。

隋景澄睁眼时,已经过去了半个时辰。她身上霞光流淌,竹衣法袍亦有灵气溢出,两股光彩相得益彰,如水火交融,只不过寻常人只能看个模糊,陈平安却能够看到更多。当隋景澄停下气机运转之时,身上异象便瞬间消散。显而易见,那件竹衣法袍,是高人精心挑选,让隋景澄修行小册子上记载的仙法时,能够事半功倍,可谓用心良苦。

气象高远,光明正大。

所以陈平安更倾向于那位高人,对隋景澄并无险恶用心。

只不过还需走一步看一步,毕竟修行路上,必得一万个小心,否则可能就因为一个不小心而功亏一篑。

两人非但没有刻意隐藏行踪,反而一直留下蛛丝马迹,就像在洒扫山庄的小镇那样,如果就这么一直走到绿莺国,那位高人还没有现身,陈平安就只能让隋景澄登上仙家渡船,去往骸骨滩披麻宗,再去宝瓶洲牛角山渡口,按照隋景澄自己的意愿,在崔东山那边记名,跟随崔东山一起修行。相信以后若是真正有缘,隋景澄自会与那位高人再会,重续师徒道缘。

到了王钝老前辈指明的那座绿莺国渡口时,陈平安最想知道的是大篆京城那边,玉玺江水蛟的动静。猿啼山剑仙稽岳,是否已经与那个十境武夫交上手?

隋景澄穿好袜靴,站起身,抬头看了眼天色,先前还是烈日当空、暑气蒸腾,这会儿就已经乌云密布,有了暴雨将至的迹象。

陈平安已经率先走向拴马处,提醒道:"继续赶路,最多一炷香就要下雨,你可以直接披上蓑衣了。"

隋景澄小跑过去,笑问道:"前辈能够预知天象吗?先前在行亭,前辈也是算准了雨歇时刻。我爹说五陵国钦天监的高人,才有如此本事。"

陈平安戴好斗笠,披好蓑衣,翻身上马后,说道:"想不想学这门神通?"

隋景澄点头道:"当然!"

陈平安笑道:"你下地干活十数年,一年到头跟老天爷讨饭吃,自然而然就学会看天望气了。"

隋景澄无言以对。

陈平安其实只说出了一半的答案,另外一半是因为自己是武夫,能够清晰感知诸多天地细微。例如清风吹叶、蚊蝇振翅、蜻蜓点水,在陈平安眼中耳中都是不小的动静,但与隋景澄这个修道之人说破天去,也是废话。

一场滂沱大雨如约而至。

两骑缓缓前行,并未刻意躲雨。隋景澄对于北游赶路的风吹日晒雨打,从来没有任何抱怨和叫苦,结果很快她就察觉到这亦是修行。若是马背颠簸的时候,自己还能够找到一种合适的呼吸吐纳,哪怕是在大雨之中,她依旧可以保持视野清明;酷暑时分,甚至偶尔能够看到那些隐藏在朦胧雾气中的纤细"水流"的流转。陈平安说那就是天地灵气,所以隋景澄经常会在骑马的时候弯来绕去,试图捕捉那些一闪而逝的灵气脉络,她当然抓不住,但是身上那件竹衣法袍却可以将灵气吸纳起来。

大雨难久,来也匆匆去也匆匆。

两骑摘了蓑衣,继续赶路。

赶在夜禁之前,两骑在一座绕水郡城歇脚。河水上游有一座水神祠,但这还不是最值得一去的理由,主要是因为山水相依,河水名为杏冥河,山名为峨峨山,山水神祇的祠庙,相距不远,不足三里路,陈平安说这是极为罕见的场景,必须看一看。隋景澄其实一直不太明白,为何陈平安这么喜欢游览名胜古迹,只是害怕这里边有山上的讲究,就只好藏在心里。

北燕国市井,斗蟋蟀成风。多有百姓出城去往荒郊野岭,夜间捕捉蟋蟀转手卖钱。文人雅士关于蟋蟀的诗词曲赋,北燕国流传极多,多是针砭时事,暗藏讥讽,只是历朝历代文人志士的忧心,唯有以诗文解忧,达官显贵的豪宅院落和市井坊间的狭小门户,依旧乐此不疲,蟋蟀啾叫,响彻一国朝野。

所以先前两骑入城之时,出城之人远远多于入城之人,人人携带各色蟋蟀笼,也是一桩不小的怪事。

客栈占地颇大,据说由一座裁撤掉的大驿站改造而成。客栈如今的主人,是一个京城权贵子弟,低价购入,一番重金翻修之后,生意兴隆,故而许多墙壁上还留有文人墨宝,后边还有茂竹池塘。

夜间陈平安走出屋子,在杨柳依依的池塘边小径散步,等到他要返回屋子练拳之时,头戴幂篱的隋景澄站在小路上,陈平安说道:"问题不大,你一个人散步无妨。"

隋景澄点点头,目送陈平安离去后,她走了一圈就回到了自己的屋子。

陈平安继续练习六步走桩,运转剑气十八停,只是依旧未能破开最后一个瓶颈。

偶尔陈平安也会瞎琢磨,自己练剑的资质,有这么差吗?

当年过了倒悬山,剑气长城那些年轻天才,好像很快就掌握了剑气十八停的精髓。

不过陈平安也有理由安慰自己,十八停途经的关键窍穴中就有那三缕"极小剑气"的栖息地,阻碍极大。最后一个瓶颈,就在于气机被阻拦在其中一处,每次途经此处关隘,便阻滞不前。

停下拳桩,陈平安开始提笔画符,符纸材质都是最普通的黄纸,不过相较于一般的下五境云游道人最多只能以金银粉末作为画符"墨水",陈平安在春露圃老槐街购买了不少山上朱砂,瓶瓶罐罐一大堆,多是三两枚雪花钱一瓶,最贵的一大瓷罐,价值一枚小暑钱。这段路途,陈平安用去不少于三百张各色符箓,山谷遇袭一役,证明有些时候,以量取胜,是有道理的。

隋景澄手气不错,从那名阵师身上搜出了两部秘籍,一本符箓图谱,一本失去书页的阵法真解,还有一本类似随笔感悟的笔札,详细记载了那名阵师学符以来的所有心得。陈平安对这本心得笔札,最为看重。

当然,还有魁梧壮汉身上,一副品秩不低的神人承露甲,以及那张大弓与所有符箓箭矢。还要加上那名女刺客的两柄符刀，符刀上分别篆刻有"朝露""暮霞"。可惜一枚雪花钱都没有。

这一场突如其来的战事，是最接近藕花福地那场围杀氛围的交手。虽让陈平安受伤颇重，却也受益匪浅。

闲来无事，与隋景澄以棋局复盘时，隋景澄好奇询问："前辈原来是左撇子？"

陈平安点了点头："从小就是。但是在我练拳之后，离开家乡小镇没多久，就一直假装不是了。"

那拨割鹿山刺客的领袖，那个河面剑修当时安静观战，就是为了确定万无一失，所以此人反复看了北燕国骑卒尸体在地上的分布，再加上陈平安一刀捅死北燕国骑将的握刀之手是右手，他这才确定自己看到了真相，让那个掌握压箱底手段的割鹿山刺客祭出了佛家神通，拘押了陈平安的右手，这门秘法的强大，以及后遗症之大，从陈平安至今还受到一些影响就看得出来。

陈平安其实根本不清楚山上修士还有这类古怪秘法。所以看似是陈平安误打误撞，运气好，让对方失算了，事实上，这就是陈平安行走江湖的方式——仿佛永远置身于围杀之局当中。

隋景澄实在忍不住，问道："前辈这样不累吗？"

陈平安笑道："习惯成自然。之前不是与你说了，讲复杂的道理，看似劳心劳力，其实熟稔之后，反而更加轻松。到时候你再出拳出剑，就会越来越接近天地无拘束的境界。不单单是说你一拳一剑杀伤力有多大，而是……天地认可，契合大道。"

当时的隋景澄，肯定不会明白"天地无拘束"是何等风采，更不会理解"契合大道"这个说法的深远意义。

第二天，两骑先后去过了两座毗邻的山水神祠祠庙，继续赶路。

距离位于北俱芦洲东海之滨的绿莺国，已经没多少路程。

两骑缓行，陈平安感慨道："天地大窑，阳炭烹煮，万物烧熔，人不得免。"

隋景澄有些昏昏欲睡，难得听到陈平安说出的言语，她立即提起精神："前辈，这是仙家说法吗？有什么深意？"

陈平安笑着摇头："是我最要好的朋友，从教我们烧窑的老师傅那边听来的一句话。那会儿我们年纪都不大，只当是一句好玩的言语。老人在我这边，从来不说这些。事实上，准确说来，是几乎从来不愿意跟我说话。哪怕去深山寻找适宜烧瓷的土壤，可能在深山待个十天半个月，两个人也说不了两三句话。"

隋景澄惊讶道："前辈的师门，还要烧造瓷器？山上还有这样的仙家府邸吗？"

陈平安忍俊不禁，点头道："有啊。"

隋景澄小心翼翼问道："如此说来，前辈的那个要好朋友，岂不是修道天赋更高？"

陈平安笑道:"修行资质不好说,反正烧瓷的本事,我是这辈子都赶不上他的。他看几眼就会的,我可能需要摸索个把月,最后还是不如他。"

隋景澄又问道:"前辈,跟这样的人当朋友,不会有压力吗?"

陈平安一笑置之。

两骑经过北燕、绿莺两国边境后,距离那座仙家渡口只剩下两百余里路程。

渡口名为龙头渡,是绿莺国头等仙家门派谷雨派的私家地盘。相传谷雨派开山老祖,曾经与绿莺国的开国皇帝,有过一场弈棋,前者凭借卓绝棋力"输"来了一座山头。

门派跟神仙钱中的谷雨钱并没关系,只是这个仙家门派出产的"谷雨帖"和"谷雨牌"两物,风靡山下。前者售卖给世俗王朝的有钱人家,分字帖和画帖两种,具有仙家符箓的粗浅功效,比起寻常门户张贴的门神,更能庇护一家一户,可以驱散鬼魅煞气。至于谷雨牌,人们可悬挂于腰间,品秩更高,是绿莺国周边地带所有境界不高的练气士上山下水的必备之物。谷雨牌价格不菲,绿莺国的将相公卿,亦是人手一件,甚至朝会之时绿莺国都不禁止高官悬佩此物,皇帝陛下甚至经常会以此物赏赐功勋重臣。

龙头渡是一个大渡口,缘于连同南边大篆王朝在内的十数国中练气士人数稀少,除了大篆国境内以及金鳞宫,各有一座航线不长的小渡口之外,再无仙家渡口。作为北俱芦洲最东端的枢纽重地,版图不大的绿莺国朝野上下对于山上修士十分熟稔,与那武夫横行、神仙让路的大篆十数国,有着天壤之别的风俗。

两人将马匹卖给郡城当地一家大镖局。

徒步而行,陈平安将那根行山杖交予隋景澄。

陈平安现在的穿着,越来越简单,也就是斗笠青衫,连簪子都已收起,不再背竹箱,养剑葫和剑仙都一并收起。而隋景澄的言语也越来越少。

两人沿着一条入海的滔滔江水行走,江面宽达数里,可这还不是那条名动一洲的入海大渎。传闻那条大渎的水面一望无垠,许多绿莺国百姓一辈子都没机会去往对岸。

江风吹拂行人面,暑气全无。

隋景澄问道:"前辈,如果那位世外高人一直没有出现,我希望自己还是能够成为你的弟子,先当记名弟子,哪天前辈觉得我有资格了,再去掉'记名'二字。至于那位崔前辈,愿不愿意传授我仙法,愿不愿意为我指点迷津,我不会强求,反正我自己一个人都修行三十年了,不介意等到前辈游历返乡。"

陈平安转头打量着那条水势汹涌的大江,笑道:"不成为他的弟子,你会后悔的,我可以保证。"

隋景澄摇摇头,斩钉截铁道:"不会!"

陈平安说道:"我们假设你的传道人从此不再露面,那么我让你认师父的人,是一位真正的仙人,修为、心性、眼光,无论是什么,只要是你想得到的,他都要比我强许多。"

当然了,那家伙修为再高,也还是自己的弟子学生。

以前陈平安没觉得如何,更多时候只当作是一种负担,现在回头再看,还挺……爽的?

隋景澄语气坚决道:"天底下有这种人吗? 我不信!"

陈平安说道:"信不信由你,耳听为虚,眼见为实,等你遇到了他,你自会明白。"

隋景澄头戴幂篱,手持行山杖,将信将疑,可她就是觉得有些郁闷,哪怕那个姓崔的前辈高人,真是如此道法如神,是山上仙人,又如何呢?

隋景澄知道修行一事是何等消磨光阴,那么山上修道之人的几甲子寿命,甚至是数百年光阴,当真比得上一个江湖人的见闻吗? 会有那么多的故事吗? 到了山上,洞府一坐一闭关,动辄数年,下山历练,又讲究不染红尘,孑然一身走过了,不拖泥带水地返回山上,这样的修道长生,真是长生无忧吗? 何况也不是一个练气士清净修行,登山路上就没有了灾厄,一样有可能身死道消,关隘重重,瓶颈难破。凡夫俗子无法领略到的山上风光,再壮丽奇绝,等到看了几十年百余年,难道当真不会厌烦吗?

隋景澄有些心烦意乱。

陈平安停下脚步,捡起几颗石子,随便丢入江中。

隋景澄面朝江水,大风吹拂得幂篱薄纱贴面,衣裙向一侧飘荡。

这条江边道路上也有不少行人,多是往来于龙头渡的练气士。

一个大汉拍马而过时,眼睛一亮,猛然勒住马匹,使劲拍打胸膛,大笑道:"这个娘子,不如随大爷吃香的喝辣的去! 你身边那小白脸瞅着就不顶用。"

隋景澄置若罔闻。

那汉子一个跃起,飘落在隋景澄身边,一手斜向下,拍向隋景澄浑圆处。

不等得逞,下一刻壮汉就已坠入江水中。

是被陈平安按住脑袋,轻轻一推,重重摔入江中的。

这一颗"石子"溅起的水花就有些大了。

那汉子使劲凫水往上游而去,嗷嗷叫着,然后吹了声口哨,那匹坐骑撒开马蹄继续前冲,半点找回场子的意思都没有。

隋景澄紧张万分:"是不是又有刺客试探?"

陈平安摇头道:"没有的事,就是个浪荡汉管不住手。"

隋景澄一脸委屈道:"前辈,这还只是走在路边,就有这样的登徒子,若是登上了仙家渡船,都是修道之人,若是心怀不轨,前辈又不同行,我该怎么办?"

陈平安说道:"之前不就跟你说过了,到了龙头渡,我会安排好的。"

隋景澄眼神哀怨道:"可是修行路上,有那么多万一和意外。"

陈平安也不多说什么，只是赶路。

隋景澄跟上他，并肩而行，说道："前辈，这仙家渡船，与我们一般的河上船只差不多吗？"

陈平安点头道："差不多。遇到天上罡风，就像寻常船只一样，会有些颠簸起伏，不过问题都不大，哪怕遇上一些雷雨天气，电闪雷鸣，渡船都会安稳渡过，你就当是欣赏风景好了。渡船行驶云海之中，诸多风景相当不错，说不定会有仙鹤跟随，路过一些仙家门派时，还可以看到不少护山大阵蕴含的山水异象。"

隋景澄笑道："前辈放心吧，我会照顾好自己的。"

陈平安心中叹息，女子心思，婉转不定，真是棋盘之上的处处无理手，怎么赢得过？

不过真要遇上了心仪女子，对不对，赢不赢，好像也无所谓。

陈平安缓缓道："大道本心如璞玉，雕琢磨砺，每一次下刀，肯定都不好受。但是每次不好受，只要熬过去了，就是所谓的修道有成。这和你将来循序渐进修行仙法一样重要，不然就是瘸腿走路，很容易摔下山。世事重力不重理，世人修力不修心。许多人也可以怡然自得，与世道达成一个平衡，可以泰然处之，其中对错，你自己要多看多想。好人身上会有坏毛病，恶人身上也会有好道理。只需记住一点，多问本心。这么个大致的道理，也是我从一个曾经想要杀之而后快的人身上学来的。"

隋景澄点点头："记下了。"

陈平安一边走，一边伸出手指，指了指前边道路的两个方向："世事的奇怪就在于此。你我相逢，我指出来的那条修道之路，与其他任何一人的指点，都会有所偏差。比如换成那位早年赠送你三桩机缘的半个传道人，若是这位云游高人来为你亲自传道……

"最终，就会变成两个隋景澄。选择越多，隋景澄就越多。"

陈平安伸手指向一边和另外一处："当下我这个旁观者也好，你隋景澄自己也罢，其实没有谁知道两个隋景澄，谁的成就会更高，活得更加长久。但你知道本心是什么吗？因为这件事，是每个人当下都可以知道的事情。"

陈平安沿着其中一条路线走出十数步后，停下脚步，指向另外那条路："一路走来，再一路走去，不论是吃苦还是享福，你始终脚步坚定，然后在某个关隘，尤其是吃了大苦头后，你肯定会自我怀疑，会环顾四周，看一看人生中那些曾被自己舍弃了的其他可能性，细细思量慢慢琢磨之后，那个时候得出的答案，就是本心，接下去到底该怎么走，就是问心。

"但是我告诉你，在那个时候，会有一个迷障，我们都会下意识去做一件事，就是想要用自己最擅长的道理说服自己，那是一件很轻松的事情。因为只要一个人没死，能够熬到人生道路的任何一个位置，每个人都会有可取之处。难的，是本心不变道理变。"

隋景澄怯生生问道:"如果一个人本心向恶,越是如此坚持,不就世道越是不好吗?尤其是这种人每次都能吸取教训,岂不是越来越糟糕?"

陈平安点头道:"当然。所以这些话,我只会对自己和身边人说。一般人无须说,还有一些人,拳与剑,足够了。对那些人来说,不够的,只是拳头不够硬、出剑不够快。"

至于更多,陈平安不愿意多讲。

因为隋景澄心思细腻且聪慧,说多了,反而一团乱麻。在本心之外,有很多当时最对的道理,会在人生道路上不断被下一个道理覆盖。

隋景澄错愕无语。

沉默许久,两人缓缓而行,隋景澄问道:"怎么办呢?"

陈平安神色淡然:"那是儒家书院和百家圣贤应该考虑的问题。

"三教诸子百家,那么多的道理,如大雨降人间,不同时节不同处,可能是久旱逢甘霖,但也可能是洪涝之灾。

"我们自己能做的,就是时时地地,心如花木,向阳而生。"

道路上一个与两人刚刚擦肩而过的儒衫年轻人,停下脚步,转身微笑道:"先生此论,我觉得对,却也不算最对。"

陈平安停下脚步,转头笑道:"何解?"

隋景澄如临大敌,赶紧站到陈平安身后。

那个年轻人微笑道:"市井巷弄之中,也有种种大道理,只要凡夫俗子一生践行此理,那就是遇圣贤遇神仙遇真佛可不低头的人。"

陈平安问道:"若是一拳砸下,鼻青脸肿,道理还在不在?还有没有用?拳头大道理便大,不是最天经地义的道理吗?"

年轻人笑道:"道理又不是只能当饭吃,也不只是拿来挡拳头的。人间多苦难,自然是事实,可世间太平人,又何曾少了?为何那么多拳头不大的人,依旧安居乐业?为何山上多追求绝对自由的修士,山下世俗王朝,依旧大体上安稳生活?"

陈平安笑问道:"那拳头大,道理都不用讲,便有无数的弱者云随影从,又该如何解释?若是否认此理为理,难不成道理永远只在少数强者手中?"

年轻人摇摇头:"那只是表象。先生明明心中有答案,为何偏偏有此疑惑?"

陈平安笑了笑。

年轻人说道:"在下齐景龙,山门祖师堂谱牒记载,则是刘景龙,涉及家世家事,就不与先生多做解释了。"

隋景澄一头雾水。

因为她根本没有听过"刘景龙"这个名字。

陈平安问道:"那就边走边聊?"

刘景龙笑着跟上两人，一起继续沿江前行。

陈平安说道："表象一说，还望齐……刘先生为我解惑，哪怕我心中早有答案，也希望能够与刘先生的答案相互验证契合。"

刘景龙点点头："与其说拳头即理，不如说是顺序之说的先后有别，拳头大，只属于后者，前边还藏着一个关键真相。"

陈平安眯起眼，却没有开口说话。

刘景龙继续正色说道："真正强大的是……规矩，规则。知道这些，并且能够利用这些。皇帝是不是强者？可为何天下各处皆有国祚崩断、山河覆灭的事情？将相公卿，为何有人善终，有人不得善终？仙家府邸的谱牒仙师，世间豪阀子弟、富贵公孙，是不是强者？一旦你将一条脉络拉长，就可以看一看历朝历代的开国皇帝，他们开宗立派的那个人，祠堂祖谱上的第一个人，是如何成就一番家业事业的。因为这些存在，都不是真正的强大，只是因为规矩和大势而崛起，再以不合规矩而覆灭，如那昙花一现，不得长久，如修道之人不得长生。"

随后刘景龙将自己的见解，与两个初次相逢的外人，娓娓道来。

第一，真正了解规矩，知道规矩的强大与复杂，越多越好，以及条条框框之下……种种疏漏。

第二，遵守规矩，或者说依附规矩。例如愚忠臣子，蠢蠢欲动的藩镇割据武将。

第三，自己制定规矩，当然也可以破坏规矩。

第四，维护规矩。贩夫走卒，帝王将相，山泽野修，谱牒仙师，鬼魅精怪，莫能例外。

在这期间，真正强大的规矩，会庇护无数的弱者。当然，这个规矩很复杂，是山上山下、庙堂江湖、市井乡野一起打造而成的。

故而帝王要以"水能载舟亦能覆舟"来自省，山上修道之人要害怕那个万一，篡位武夫要担心得位不正，江湖人要孜孜不倦追求名望口碑，商贾要去追求一块金字招牌。所以元婴境修士要合道，仙人境修士要求真，飞升境修士要让天地大道点头默许，要让三教圣人由衷觉得不与他们的三教大道相冲突，而为他们让出一条继续登高的道路来。

隋景澄听得迷糊，不敢随便开口说话，攥紧了行山杖，手心满是汗水。

她只是偷偷瞥了眼身边青衫斗笠的陈平安，见他依旧神色自若。

陈平安问道："关于三教宗旨，刘先生可有所悟？"

刘景龙说道："有一些，还很浅陋。佛家无所执，追求人人手中无屠刀。为何会有小乘大乘之分？就在于世道不太好，自度远远不够，必须度人。道门求清净，若是世间人人能够清净，无欲无求，自然千秋万代，皆是人人无忧虑的太平盛世，可惜道祖道法太高，好是真的好，但是当民智虽开化却又未全时，聪明人行精明事越来越多，道法就空了。佛家浩瀚无边,几可覆盖苦海,可惜传法僧人却未必得其正法,佛家眼中无外人,哪怕鸡犬升天,又能带走多少?唯有儒家,最是艰难,书上道理交错,虽说大体上如那大树凉荫,可以供人乘凉,可若真要抬头望去,好似处处打架,很容易让人如坠云雾。"

陈平安点了点头,问道:"如果我没有记错,刘先生并非儒家子弟,那么修行路上,是在追求'世间万法不拘我',还是'随心所欲不逾矩'?"

刘景龙笑道:"前者难求是一个原因,我自己也不是特别愿意,所以是后者。先生之前曾说'本心不变道理变',深得我心。人在变,世道在变,我们老话虽讲'不动如山',但山岳其实也在变。所以先生这句'随心所欲不逾矩',一直是儒家推崇备至的圣人境界,可惜归根结底,那也还是一种有限的自由。反观很多山上修士,尤其是越靠近山巅的,越在孜孜不倦追求绝对的自由。我并不觉得这些人都是坏人,况且并没有这么简单的说法。事实上,能够真正做到绝对自由的人,都是真正的强者。"

刘景龙感慨道:"这些享受绝对自由的强者,无一例外,都拥有极其坚韧的心智,极其强横的修为。也就是说,修行修力,都已极致。"

陈平安得到答案后,问了一个当时在隋景澄那边没能问下去的问题:"如果说世道是一张规矩松动、摇晃不已的桌凳,修道之人已经不在桌凳圈子之内,该怎么办?"

刘景龙毫不犹豫道:"先扶一把,若是有心也有力,那么可以小心翼翼,钉一两枚钉子,或是蹲在一旁,修修补补。"

刘景龙有感而发,望向那滚滚入海的江水,唏嘘道:"长生不死,肯定是一件很了不起的事情,但真的是一件很有意思的事情吗?我看未必。"

不是好人才会讲道理。其实坏人也会,甚至更擅长。

苍筠湖湖君,为了避战活命,驾驭云海,摆出水淹辖境的架势。陈平安投鼠忌器,只能收手。这就是湖君的道理。陈平安得听。

隋景澄在行亭风波当中,赌陈平安会一直尾随他们,一旦他们身陷绝境,他会出手相救。这也是隋景澄在讲她的道理。陈平安一样在听。

行亭之中,老侍郎隋新雨和浑江蛟杨元两个身份截然不同的人,都下意识说了一句大致意思相当的言语。隋新雨是说自己是"五陵国前任工部侍郎",提醒那帮江湖匪人不要胡作非为,这就是在追求规矩的无形庇护。而这个规矩,隐含着五陵国皇帝和朝廷的尊严,以及江湖义气,尤其是无形中还借用了五陵国第一人王钝的拳头。

在金扉国境内,在峥嵘峰山巅小镇前后,陈平安两次袖手旁观,没有插手,一个剑仙默默看在眼中,等于也认可了陈平安的道理,所以陈平安两次都活了下来。

在之前的随驾城,火神祠庙的一个金身神祇,明知毫无意义,依然为了能够帮到陈平安丝毫,而选择慷慨赴死。因为陈平安做的事情,火神祠觉得有道理,是规矩。

桐叶宗杜懋拳头大不大？可是当他想要离开桐叶洲，一样需要遵守规矩，或者说钻规矩的漏洞，才可以走到宝瓶洲。

五陵国江湖人胡新丰拳头小不小？却也在临死之前，讲出了那个祸不及家人的规矩。为何有此说？就在于这是实实在在的五陵国规矩，胡新丰既然会这么说，自然是这个规矩，已经年复一年，庇护了江湖上无数的老幼妇孺。每一个锋芒毕露的江湖新人，为何总是磕磕碰碰，哪怕最终杀出了一条血路，都要付出更多的代价？因为这是规矩对他们拳头的一种悄然回赠。而这些侥幸登顶的江湖人，迟早有一天，也会变成自动维护既有规矩的老人，变成墨守成规的老江湖。

前边有一处江畔观景水榭。

陈平安停下脚步，抱拳说道："谢刘先生为我解惑。"

刘景龙微笑道："也谢陈先生认可此说。"

陈平安摇头，眼神清澈，诚心诚意道："许多事情，我想的，终究不如刘先生说得透彻。"

刘景龙摆摆手："怎么想，与如何做，依然是两回事。"

陈平安犹豫了一下，试探性问道："能不能请你喝酒？"

刘景龙想了想，无奈摇头道："我从不喝酒。"

陈平安有些尴尬。

隋景澄觉得这一幕，比起两人聊那些高入云海又低在泥泞的言语，更加有趣。

陈平安一把扯住刘景龙手臂："没事，喝酒只要有了第一次，以后就天地无拘束了嘛。"

刘景龙为难道："算了算了，实在不行，陈先生饮酒，我喝茶便是。"

三人到了那座驳岸突出、架于大江之上的水榭。

两人对坐在长椅上，江风阵阵，隋景澄手持行山杖，站在水榭外，没有入内。

刘景龙解释道："我有个朋友，叫陆拙，是洒扫山庄王钝老前辈的弟子，寄了一封信给我，说我可能与你聊得来，我便赶来碰碰运气。"

陈平安摘了斗笠放在一旁，点点头："你与那名女冠在砥砺山一场架，是怎么打起来的？我觉得你们两个应该投缘，哪怕没有成为朋友，可怎么都不应该有一场生死之战。"

刘景龙笑道："误会罢了。她遇到了一拨山下为恶的修道之人，想要杀个干净，我觉得有人罪不至死，就拦阻了一下，然后就有了那么一场砥砺山约战。其实是小事，只不过小事再小，我跟她都不愿意后退半步，就莫名其妙有了大道之争的雏形，无可奈何。"

刘景龙问道："怎么，先生与她是朋友？"

陈平安点点头："曾经在一座福地历练。"

刘景龙玩笑道："先生不会为朋友强出头，打我一顿吧?"

陈平安笑了笑，摇摇头道："谁说朋友就一定一辈子都在做对的事。"

哪怕是极为敬重的宋雨烧前辈，当年在破败寺庙，不一样也会以斩杀一百个妖魅，最多只冤枉一个，这都不出剑难道留着祸害为理由，想要一剑斩杀那个狐魅?

陈平安当时就出手阻拦了，还挡了宋老前辈一剑。

至于书简湖的顾璨，就更不用去说了。

很多的道理，会让人内心安定，但是也会有很多的道理，会让人负重蹒跚。

所幸虽然文圣老先生不在，但是老先生的顺序学说一直在。事事纷纷乱乱，但是先后、大小和善恶，陈平安心中有尺子可以衡量，可即便如此，依然是跌跌撞撞、踉跄前行罢了。

水榭之外，又有了下雨的迹象，江面之上雾蒙蒙一片。

刘景龙说不喝酒只喝茶，不过是个借口，因为他从无方寸物和咫尺物，故而每次下山，唯有一柄本命飞剑相伴而已。

陈平安见他不愿喝酒，只是觉得是自己的劝酒功夫火候不够，并没有强求人家破例。

刘景龙望向江面，微笑道："冥冥细雨来，云雾密难开。"

陈平安喝着酒，转头望去："总会雨后天晴的。"

刘景龙点了点头，又抬起头："可是就怕变天啊。"

陈平安微笑道："小小水榭，就有两个，说不定加上水榭之外，便是三人，更何况天大地大，怕什么。"

刘景龙正襟危坐，双手轻轻放在膝盖上，这会儿眼睛一亮，伸出手来："拿酒来!"

陈平安丢过去一壶，盘腿而坐，笑容灿烂道："这一壶酒，就当预祝刘先生破境跻身上五境了。"

"与她在砥砺山一战，收获极大，确实有些希望。"

刘景龙也学陈平安盘腿而坐，抿了一口酒，皱眉不已："果然不喝酒是对的。"

陈平安笑道："等你再喝过几壶，还不爱喝，就算我输。"

刘景龙摇头不已，倒是又喝了两小口。

陈平安突然问道："刘先生今年多大?"

不知为何，见到眼前这个不是儒家子弟的北俱芦洲剑修，就会想起当年藕花福地的南苑国国师种秋，当然还有那个小巷孩子曹晴朗。

曹晴朗毕竟才是当年他最想要带出藕花福地的人。

刘景龙笑道："搁在人间市井，就是耄耋之年了。"

水榭外边的隋景澄咋舌,前辈是与她说过山上神仙大致境界的,这么年轻的半个玉璞境?!

说怪也不怪。因为水榭中的"读书人",是北俱芦洲的陆地蛟龙、剑修刘景龙。一个曾经让天下最强六境武夫杨凝真都近乎绝望的存在。

陈平安想了想,点头称赞道:"厉害的厉害的。"

刘景龙脸色古怪,竟狠狠灌了一口酒,抹嘴笑道:"你一个还不到三十岁的家伙,骂人呢?"

隋景澄好似沦为那个偶然相遇的狐魅妇人,被雷劈了一般,转头望向水榭,呆呆问道:"前辈不是说自己三百岁了吗?"

陈平安眨了眨眼睛:"我有说过吗?"

隋景澄绷着脸色,沉声道:"至少两次!"

陈平安喝了口酒:"这就不太善喽。"

刘景龙也跟着喝了口酒,看了眼对面的青衫剑客,瞥了眼外边的幂篱女子,笑呵呵道:"是不太善喽。"

江上有一叶扁舟沿江而下,斜风细雨,有渔翁老叟,箬笠绿蓑,坐在船头,仰头饮酒,身后两个美艳歌姬,衣衫单薄,坐姿曼妙,一人怀抱琵琶,嘈嘈切切,一人执红牙板,歌声婉转,看似嘈杂交错,实则乱中有序,相得益彰。

小舟主仆三人,自然皆是修道之人。

有练气士御风掠过江面,随手祭出一件法器,宝光流溢如一条白练,砸向那小舟,大骂道:"吵死个人!喝什么酒,装什么大爷,这条江水够你喝饱了,还不花银子!"

结果那个老渔翁抬起手臂,轻轻晃了一下袖子,那条气势汹汹的白练,非但没有打翻小船,竟是悉数撞入渔翁袖中,嗡嗡作响片刻,很快归于寂静。

那练气士如丧考妣,骤然悬停,哀求道:"老神仙还我飞剑。"

老渔翁嗤笑道:"磕头求我。"

练气士二话不说就落在江面上,以江水作地面,砰砰磕头,溅起一团团水花。

小舟如一支箭矢远远逝去,在那不长眼的狗崽子磕完三个响头后,老渔翁这才抖搂袖子,摔出一颗雪白剑丸,轻轻握住,向后抛去。

那剑修收回本命剑丸后,远掠出去一大段水路后,哈哈大笑道:"老头,那两个小娘们若是你女儿,我便做你女婿好了,一个不嫌少,两个不嫌多……"

其中一个怀抱琵琶的妙龄女子冷笑一声,骤然拨弦,刚劲有力,有若风雨。

小舟之后的江面,竟是炸裂出一条巨大沟壑来,一直曼延向那个观海境剑修,剑修见势不妙,御风拔高,就要远离江面,不承想那手执红牙板的婀娜女子轻轻抬手,轻轻一拍,高空雨幕中就落下一个大如山头的红牙板法相,将那剑修当头一砸,重重拍入江中。等到一叶扁舟远去十数里后,可怜剑修才爬上岸,仰面朝天,重重喘气,再不敢用言语撩拨那小船上的三人了。

由于下雨,隋景澄便坐入了水榭中,犹豫了一下,她还是没有摘下幂篱,转头望向江上那幅野逸渔翁图,至于那场神仙斗法,经历过了两次生死风波,隋景澄其实没有太大心思起伏。

陈平安只是看了江面一眼,便收回视线,反正就是很北俱芦洲了。这要是在宝瓶洲或是桐叶洲,剑修不会出手,哪怕出了手,那个渔翁也不会还飞剑。

刘景龙则久久没有收回视线,兴许是在安安静静等待雨停,然后就要道别。

陈平安问道:"刘先生身为剑修,却对人间事如此深思熟虑,不会耽搁修行吗?"

刘景龙点头道:"当然会。这就是我与前两人的差距所在,我与他们二人资质相仿,虽说机缘也有差距,但归根结底,还是输在了分心一事上。其中一人曾经还劝过我,少想些山下事,安心练剑,等到跻身了上五境,再想不迟。"

陈平安笑道:"今日之失,可能就是明日之得。"

刘景龙笑着点头道:"借你吉言。"

陈平安正色问道:"刘先生思虑这些身外事,是自己有感而发?"

刘景龙点头道:"我出身平平,只是市井殷实门户,不过从小就喜欢读杂书。上了山后,习惯难改,修行路上,十分寂寥,总得找点事情做做。而且身为修道之人,有一些长处,比如记性变得更好,还不愁买书钱,每次下山游历,归程路上,都会买一些典籍回去。"

陈平安问道:"刘先生对于人心善恶,可有定论?"

刘景龙笑了笑:"暂时还没有,想要搞清楚人心善恶一事,如果一开始就有了善恶界线,很容易自身就混淆不清,后边的学问,就很难中正平和了。"

陈平安感慨道:"对,夹杂了个人情感,就会有失偏颇。"

刘景龙说道:"随着学问越来越大,这一丝偏颇,就像源头小溪,兴许最后就会变成一条入海大渎。"

陈平安会心一笑:"刘先生又为我解了一惑。"

刘景龙也未多问什么。

陈平安站起身,望向水榭外的汹汹江水,滚滚东逝水,不舍昼夜。

这就是陈平安决定炼化初一的原因。

高承当然很强大,属于那种追求绝对自由的强者。

撇开高承的初衷不说,也先不管是志向还是那野心,在一件事情上,陈平安看到了一条极其细微的脉络。

陈平安在苍筤湖龙宫,曾经当过一回断人善恶的高坐神祇,所以他更确定一件事。再加上骸骨滩遇到的杨凝性,这个崇玄署云霄宫的年轻道人、以一粒芥子恶念化身的书生。

两者相加,不断复盘棋局,陈平安愈加肯定一个结论,那就是高承,如今远远没有成为一座小酆都之主的心性,至少现在还没有。

陈平安自己当然更没有,但是他大致看得到、猜得出那个高度该有的巍峨气象。

神人尸坐,没有感情。

如今高承还有个人喜恶,这个京观城城主心中还有怨气,还在执着于那个我。

哪怕这些都极小,可再小,小如芥子,又如何? 终究是存在的。这么多年过去了,依旧根深蒂固,留在了高承的心境当中。

所以高承一旦成为整座崭新小酆都的主人,成为一方大天地的老天爷,随着小酆都规模的扩大,他的神座会越来越高,随着岁月长河的不断流逝,小酆都鬼魅数目的递增,高承心境上的这一点点偏差就会不断出现更大偏差,乃至于无穷大的偏差。

这就是刘景龙所说的溪涧成大渎。

也许高承有机会在境界更高的时候,修正那些细微的偏差。可这只是"也许"。

何况大道之争,就该有大道之争的气魄。高承若是一开始争夺飞剑失败,再无后来的追杀和陷阱,只是露面,只说最后那句话,陈平安兴许会真的愿意等等看,等到走完了北俱芦洲,再做决定,要不要去一趟骸骨滩京观城。

陈平安其实觉得最有机会做成、做好这种事情的,只有两人。

桐叶洲,观道观老观主。甚至不是君子钟魁,至少暂时还不是。

宝瓶洲,崔瀺。甚至不是崔东山。

而后两人,恰恰是陈平安的亲近之人。对于前两人,真谈不上半点好感。

这何尝不是世事无奈。

不是成了朋友,就是万般皆好;不是成了敌人,就是万般皆错。

朋友的错,要不要劝,敌人的好,要不要学。都是修心,山上山下,都是如此。

至于怎么劝,如何学,更是修心和学问。不然劝出一个反目成仇,学成了一个对方,何谈修心。

小雨渐歇。

陈平安问道:"刘先生能否再陪我们一起走段路?"

刘景龙点头道:"当然可以。"

在动身走出水榭之前,陈平安问道:"所以刘先生先撇掉善恶不去谈,是为了最终距离善恶的本质更近一些?"

刘景龙笑道:"正解。"

陈平安以儒家礼仪，对这位萍水相逢的北俱芦洲修士弯腰作揖。

文圣老先生，若是在此，听说了此人自己悟出的道理，会很高兴的。哪怕刘景龙不是儒家子弟。

刘景龙也赶紧起身，作揖还礼。

陈平安抬起头，看着眼前这个温文尔雅的修士，希望藕花福地的曹晴朗，以后可以的话，也能够成为这样的人，不用全部相似，有些像就行了。

没有谁必须要成为另外一个人，因为本就是做不到的事情，也无必要。就像陈平安就不希望裴钱成为自己。

裴钱在家乡那边，好好读书，慢慢长大，有什么不好的？何况裴钱已经做得比陈平安想象的好很多了。"规矩"二字，裴钱其实一直在学。

陈平安从来不觉得裴钱是在游手好闲，虚度光阴。

怕吃苦头，练拳怕疼？没关系。

他这个当师父的，当过了天底下最强五境的武夫，那就再去争一争最强六境！

武运到手，师父送给这个开山大弟子便是，裴钱不一样是读书习武两不误？

隋景澄看着那个有些陌生的陈平安。

陈平安作为半个护道人，会教她为人处世与砥砺学问，但他也会从别人身上学东西，陈平安原来更喜欢后者。

隋景澄有些伤感。

原本以为远在天边的陈平安，如今已经稍稍近了一些，可事实上，陈平安一直在修行路上飞奔，而她却一直在慢慢挪步。

总有一天，会连他的背影都看不到的。

就算两人将来久别重逢，一次两次三次，可当两人站在一起时，又能聊什么？

隋景澄不知道。

距离龙头渡还有些路程，三人缓缓而行。

陈平安问了一些关于大篆京城的事情。

刘景龙说道："算是风雨欲来吧，猿啼山剑仙稽岳，与那坐镇大篆武运的十境武夫，暂时还未交手。一旦开打，声势极大，所以这次书院圣人都离开了，还邀请了几个高人一起在旁观战，以免双方交手，殃及百姓。至于双方生死，不去管他。"

陈平安问道："宝瓶洲大骊王朝那边，可有些什么大的消息？"

刘景龙叹了口气："大骊铁骑继续南下，后方有些反复，许多被灭了国的仁人志士，都在揭竿而起，慷慨赴义。这是对的，谁都无法指摘。但是死了很多无辜百姓，则是错的。虽然双方都有理由，这类惨事属于势不可免，总是……"

陈平安说道："无奈。"

刘景龙嗯了一声。

刘景龙想起一事,笑道:"我们北俱芦洲的谢天君,已经接受了三次挑战。"

陈平安想了想,摇头道:"很难输。"

刘景龙说道:"确实,无一败绩。毕竟宝瓶洲的神诰宗祁天君,注定不会出手。三次交手,以早先风雪庙剑仙魏晋的挑战,最为瞩目,虽然魏晋输了,但是这样一个年轻剑修,以后成就一定很高,很高!不过听说他已经去了倒悬山,会在剑气长城那边练剑,所以我觉得这样的剑修,成就越高,越是好事。"

陈平安笑了笑。

刘景龙好奇问道:"见过?"

陈平安说道:"见过一次。"

当时魏晋看待陈平安的眼神,十分漠然。但陈平安依旧觉得那是一个好人和剑仙,这么多年过去了,反而更理解魏晋的强大。

刘景龙沉默片刻:"对了,还有一桩大事,大骊除了披云山,其余新的四岳都已敕封完毕。"

陈平安内心一动。

为了炼化五行之属的本命物,崔东山扛着小锄头,刨来了五大袋子的大骊山岳五色土。

积土成山,风雨兴焉,一旦炼化成功,就可以营造出来一个山水相依的大好格局。

人生道路上的许多选择,都会改变。

就像炼化大骊山岳五色土一事,原本是陈平安第一个放弃的,后来与崔东山、崔瀺两次谈心过后,陈平安反而变得异常坚决。哪怕在来北俱芦洲的那艘跨洲渡船上,见过了那个从大骊娘娘变成大骊太后的歹毒妇人,陈平安依旧没有改变主意。

于是现在摆在陈平安面前就有两个选择:一个是刚好乘坐龙头渡渡船,护送隋景澄去往骸骨滩披麻宗,在那边炼化五色土,安稳却耗时;一个是不耽误走大渎的行程,在龙头渡就近寻觅一处灵气充沛的仙家客栈,或是稍稍绕路,去往一处人迹罕至的僻静山泽,闭关。

刘景龙似乎察觉到陈平安的心思变化,犹豫了一下,微笑道:"我这趟下山,就是找你聊天来了,聊过之后,有些闲来无事。"

有些人给别人帮忙,反而思虑更多。陈平安何尝不是如此。

学问相通,为人相似。这就是同道中人。

所以陈平安一改谨小慎微,问道:"如果我说要在龙头渡炼化一件本命物,需要有人帮我压阵守关,刘先生愿不愿意?"

刘景龙笑道:"可以。"

陈平安又说道："可能在炼化过程当中，动静不小。而且我在北俱芦洲有些仇家，例如大篆王朝的金鳞宫。"

刘景龙说道："小事。"

陈平安一巴掌拍在刘景龙肩膀上："你这种人不爱喝酒，真是可惜了。"

刘景龙无奈道："劝酒是一件很伤人品的事情。"

陈平安忍不住笑了，道："这句话，以后你可以和一个老先生好好说道说道。嗯，有机会的话，还有一名剑客。"

刘景龙摇摇头。

到了龙头渡，他们下榻于一座灵气盎然的仙家客栈，客栈挂有"翠鸟"匾额。

陈平安难得出手阔绰，直接向客栈要了一座天字号宅邸，竟然还有一个荷花池塘，莲叶出水大如盘，雨后犹有荷露团团如白珠，清风送香，心旷神怡。

刘景龙每次下山游历，都会用一份化名谱牒，到了热闹处，也会施展障眼法。

当下刘景龙搬了一条长凳坐在荷花池畔，隋景澄也有样学样，摘了幂篱，搬了条长凳，手持行山杖，坐在不远处，开始呼吸吐纳。

池塘边系有小舟。

刘景龙只是安静凝望着荷花池，双手轻轻握拳，放在膝盖上。

陈平安已经开始闭关。

刘景龙是元婴境修士，又是谱牒仙师，除了读书悟理之外，在山上修行，他的所谓分心，那也只是对比前两人而已。

刘景龙虽然所学驳杂，却样样精通。当年光是凭借随手画出的一座阵法，就能够让崇玄署云霄宫杨凝真无法破解，要知道当时杨凝真的术法境界，还要超出同样身为天生道胎的弟弟杨凝性。杨凝真这才一气之下，转去习武，同时等于舍弃了崇玄署云霄宫的继承权，不过竟然还真给杨凝真练出了一份武道大前程，可谓因祸得福。

所以对于闭关一事，刘景龙最是熟稔。

无论陈平安的动静有多大，气机涟漪如何激荡，都逃不出这栋宅子丝毫。因为刘景龙是一名剑修。

又有下雨的迹象，只是这一次应该会是一场暴雨。

隋景澄有些心神不宁，打断了呼吸吐纳，轻轻吐出一口浊气，愁眉不展。刘景龙故作不知。

隋景澄喃喃道："听前辈说过一句乡俗谚语，小暑雨如银，大暑雨如金。"

隋景澄自言自语道："我觉得这种话肯定是读书人说的，而且肯定是那种读书不太好、当官不太大的人。"

刘景龙这才开口说道："有道理。"

隋景澄站起身，将行山杖斜靠在长凳上，蹲在荷花池边，问道："池塘里边的莲叶，可以随便采摘吗？"

刘景龙点头道："掏了那么多雪花钱住在这里，摘几张莲叶不是问题，不过莲叶蕴藏灵气稀薄，摘下之后便留不住了。"

隋景澄摘下水边一张莲叶，坐回长凳，轻轻拧转，雨珠四溅。

刘景龙说道："陈先生气象已成，炼化一事，应该问题不大。"

隋景澄转头问道："当真万无一失？"

刘景龙有些无可奈何，这种话要他怎么回答？

隋景澄便转过头，轻声问道："前辈真的那么年轻吗？"

刘景龙目视远方，笑道："真实年龄，自然年轻，但是心境岁数，不年轻了，世间有千奇百怪，其中又以洞天福地最怪，岁月悠悠，快慢不一，不似人间，更胜人间。所以陈先生说自己三百岁，不全是骗人。"

暴雨骤至。

隋景澄拿了幂篱和蓑衣，竟然就那么坐在池塘边淋雨。

至于刘景龙，根本无须运转气机，大雨不侵。

剑心微动，剑意牵动剑气使然。

黄豆大小的雨点，砸在隋景澄搁放在长凳上的那张莲叶上，噼啪作响。

隋景澄突然瞪大眼睛，依稀看到远处荷花池中有一对锦绣鸳鸯在莲叶下躲雨。隋景澄心情一下子就好了起来。

刘景龙笑道："那是春露圃嘉木山脉售卖的一种灵禽，并非寻常鸳鸯，性情桀骜，放养在山上水泽，能够看护池中珍贵游鱼，免得被山泽异兽叼走。"

大煞风景。

隋景澄心情一下子就糟糕起来。

刘景龙虽然疑惑不解，不清楚哪里招惹到了她，但是也知道自己说错了话，便不再言语。

深夜时分，隋景澄已经返回自己屋子，只是灯光亮了一宿。

刘景龙则一直坐在池边长凳上，纹丝不动。

偶有气机涟漪溢出，皆被剑气震碎，重归天地。

至于陈平安屋内取炉炼物以及搬出天材地宝的诸多宝光异象，刘景龙自然更不会让人随意以神识窥探。

修道之人，炼化本命物，是重中之重，性命攸关。

第二天晌午时分，陈平安脸色惨白，打开门走出屋子。

刘景龙叹了口气。

下五境修士炼化本命物,有这么夸张吗?

无论是那件炼物炉鼎的品相,还是那些天材地宝的珍稀程度,以及炼物的难度,是不是过于匪夷所思了些?

又不是龙门境瓶颈修士在冲击金丹地仙。

刘景龙笑问道:"不喝几口酒压压惊?"

"先缓一缓再喝。"

陈平安看到荷塘边刚好空着一条长凳,就坐在那边,转头笑道:"没事,准备充足,还有两次机会。"

随手将一张被雨水打落长凳的莲叶拿起来。

刘景龙指了指心口:"关键是这里,别出问题,不然所谓的两次机会,再多天材地宝,都是虚设。"

陈平安点头道:"当然。我就这点,还算拿得出手。"

刘景龙见他并无半点颓丧,也就放下心来。

隋景澄走出屋子,只是没了她的位置,陈平安挪了挪位置,坐在长凳一端,隋景澄这才坐在另一头。

陈平安问道:"摘取荷叶,如果需要额外开销,得记在账上。"

隋景澄笑道:"行啊,才几枚雪花钱而已,记账就记账。"

陈平安转头望向刘景龙。刘景龙无动于衷。

你们卿卿我我,别扯上我。

陈平安只得解释道:"刘先生,你误会了。"

刘景龙笑了笑:"好的,就当是我误会了。"

陈平安叹了口气,拿起养剑葫默默喝酒。

陈平安想起一事:"先前水榭所见江面上的三个小舟修士,在北俱芦洲很有名气?"

刘景龙说道:"与当年喜欢给人温养飞剑的那名剑瓮先生一样,都是北俱芦洲十大怪人之一。此人喜好音律,还收藏了许多件乐器法宝,脾气古怪,漂泊无定。北俱芦洲许多宗字头仙家的庆典,例如开峰仪式,或是大修士破境成功,都以能够邀请到师徒十数人在宴席上奏乐为幸事。最近一次师徒齐聚,是被我们北俱芦洲历史上最年轻的宗主邀请,出现在清凉宗一座小洞天内的青崖背上。"

陈平安点了点头。

约莫一炷香后,一言不发的陈平安返回屋子。

隋景澄无所事事,继续拧转那片依旧青翠欲滴的荷叶。

刘景龙说道:"介不介意我说一些涉及你大道修行的言语?并非我有意察看,实在是你的呼吸吐纳、气机运转,让我觉得有些熟悉。"

隋景澄摇头道:"介意。"

只是她转过头,瞥了眼那边的屋子,轻声道:"刘先生,你说说看。"

刘景龙微笑道:"你修行的吐纳法门,与火龙真人一脉嫡传弟子中的太霞元君李好仙师,很相似。"

隋景澄疑惑道:"刘先生,等会儿,我虽然不知晓许多山上规矩,可是跟随前辈走了这么一路,也清楚那道家真人,境界不过地仙吧,可是元君却至少是上五境中的玉璞境。是那李好仙师资质太好,青出于蓝而胜于蓝,已经胜过师父太多?"

刘景龙笑着摇头道:"这是我们北俱芦洲的山上趣闻了。那名火龙真人是中土神洲龙虎山的外姓天师,有些传闻……算了,这个不好胡说,我就不提了。反正这个老神仙,境界极高,极高极高,但是一直守着真人头衔罢了,而且传言喜欢睡觉,于梦中修行悟大道,玄之又玄。而李好是火龙真人的嫡传弟子之一。由于老神仙收取弟子,十分随心所欲,不看资质,不看根骨,反正每次下山都会带一两人返回,甚至一些老友送到山上的,也会收为弟子,以至于祖师堂谱牒上的嫡传弟子,多达四五十人。在漫长的岁月里,既有像李好仙师这般晋升为道家元君的,但是更多还是老死在各大瓶颈上,从洞府境到元婴境,颇多。如今山上还有二十余个嫡传继续修行,故而一个辈分的修士,年龄悬殊,境界更是悬殊。不过这个太霞元君已经闭关多年,但是她这一脉开枝散叶,在山上弟子是最多的,她之后的三代弟子,已经有百余人。"

隋景澄脸色微变。前辈曾经一语道破三支金钗的篆文刻字,其中就有"太霞役鬼"!

隋景澄赶紧稳住心神。内心开始天人交战。

刘景龙转头瞥了眼隋景澄,眼神复杂,算了吧,有些事情,看破不说破,最后结果如何,还是让那个陈先生自己头疼去。

隋景澄的大道根脚,其实没有这么简单。她就一定是那太霞元君李好仙师相中的弟子? 可以说可能性极大,又极小,因为李好在闭生死大关之前,就已经收取了一个根骨极佳的闭关弟子,如今虽然不到四十岁,却是下一次北俱芦洲年轻十人的候补人选了。

山上修士,越是山巅,在师徒名分一事上,越是从不马虎含糊。

而且隋景澄身上暗藏玄机,那个陈先生到底不是真正的地仙剑修,尚未看出端倪。只不过这未必是什么坏事。

不管怎么说,凭借隋景澄身上那股淡淡的剑意,刘景龙大致看出了一点蛛丝马迹,这种修行之法,太过凶险,也会有些麻烦,一个处置不当,就会牵动大道根本。

刘景龙甚至可以顺着这条脉络,以及一些北俱芦洲大修士之间的复杂关系,得出更多的结论。

不过许多山上事，可知不可道。

至于那位元君的小弟子顾陌，刘景龙曾经在游历途中见过一面，资质确实很好，就是脾气不太好。

太霞一脉，历来如此。

下山斩妖除魔，天不怕地不怕，身死道消算什么。只要有理，便是对上了高出两三境的修士，太霞一脉在内的所有外姓天师，一样会出剑。

历史上也有过地仙修士，以至于上五境剑仙，随手一剑将那些不识趣的道门小修士斩杀，大多自以为无声无息，可是无一例外，被太霞元君或是她那几个师兄弟杀到，将他们打死。若是有山巅大修士连他们都能挡下击退，没关系，火龙真人在这千年历史当中，是下过两次山的，一次随手拍死了一个十二境兵家修士，一次出手，直接打死了一个自以为自保无忧的十二境剑仙，从头到尾，老真人毫发无损，甚至一场本该天地变色的山巅厮杀，到最后竟没有半点波澜。

日月变换，昼夜交替。

当陈平安第二次走出屋子，隋景澄立即就跟着离开了自己屋子。

刘景龙这一次没有说话。

陈平安依旧坐在那条长凳上，那张摆在凳上的荷叶，灵气涣散流失后，已经显现出了几分枯萎迹象，色泽不再那么水润饱满。

隋景澄没有坐到长凳上，只是站在不远处，亭亭玉立如一株芙蓉。

陈平安拿着养剑葫喝着酒，微笑道："别担心。"

刘景龙笑道："你都不担心，我担心什么。"

陈平安转头道："麻烦你了。"

刘景龙的回答，简明扼要："不用客气。"

陈平安问道："刘先生，对于佛家所谓的降伏心猿，可有自己的理解？"

刘景龙摇摇头："皮毛浅见，不值一提。以后若想到高远处了，再与你说。"

陈平安说道："我曾经见到一个得道高僧，所以有点想法，随便聊聊？"

刘景龙笑道："这就最好不过了。"

陈平安站起身，伸出一只手掌，五指如钩，纹丝不动，如同约束某物："这算不算降伏？"

刘景龙深思片刻，摇摇头："若是起先如此，绝对不是，若是一个最终结果，也不算圆满。"

陈平安点点头，然后蹲下身，以手指抵住荷花池畔的青石板地面，随便画出两条极其浅淡的痕迹，然后又朝四面八方画出一条条脉络。

最后伸出手掌，抹了抹，却没有全部抹平，留下了断断续续、条条线线的细微擦痕。

刘景龙问道："这就是我们的心境？心猿意马四处奔驰，看似返回本心原处，但是只要一着不慎，其实就有些心路痕迹，尚未真正擦拭干净？"

陈平安没有说什么，去池中以右手掬起一小捧水，站在那一处圆心附近，又用左手轻轻拈出一滴水珠，滴落圆心处。

刘景龙定睛望去，再蹲下身，一手轻抹。青石地板上，看似已经无水渍，可是一些细痕当中，不断犹有纤细水路，漫延四方，而且长短不一、远近不一。

陈平安转过头，笑道："刘先生是对的。"

刘景龙想了想："但是心猿意马踩踏而过，就当真一定会留下痕迹吗？而不是大雪脚印，大日一出，曝晒过后，就会彻底消融？"

然后两人各自陷入了沉思。

隋景澄蹲在陈平安附近，瞪大眼睛，想要看出一些什么。不然总这么如坠云雾，很没有面子不是？

当她抬起头，发现陈平安瞥了她一眼。

她坐到长凳上，摆出一副"我应该是什么都知道了"的模样。

陈平安一拍脑袋，丢了手心池水，手腕一拧，手中多出那张青纸材质的佛经经文，站起身，交给刘景龙："我不认识梵文，你看看是哪部佛经的篇章。"

刘景龙接过那页佛经后，笑道："篇章？这就是一部完整的佛经。"

陈平安愣了一下，坐在一旁。

刘景龙想了想："内容我不跟你多说，以后你随缘入寺庙，自己去问僧人。记得收好。"

陈平安收起那页……那部佛经。

陈平安突然笑了起来："也好，虽然不认得佛经文字，但是也可以抄它静心。"

刘景龙点了点头。

陈平安站起身，就要去屋子那边抄经书。

隋景澄欲言又止。

陈平安说道："没事。"

隋景澄眼眶红润。

陈平安一本正经道："别以为这样就可以赖账。"

隋景澄瞪了他一眼，扭转腰肢。

刘景龙一直目视前方，眨了眨眼睛，心想陈先生是一个高手啊。自己莫不是也可以讨教一番？毕竟师门内外，山上山下，好些女子修士的眼神，都让刘景龙有些愧疚来着。

这就是处处讲道理的麻烦所在了。虽不会影响大道修行和剑心澄澈，可终究是因为自己而起的诸多遗憾事。自己无事,她们却有事,不太好。

这天陈平安抄完经书后,继续闭关,开始为五彩金匮灶生火起炉,最后一次炼化大骊山岳五色土。

这天夜幕中,刘景龙闭目养神,隋景澄在怔怔发呆。

刘景龙睁开眼睛,转头轻声喝道:"分什么心,大道关键,信一回旁人又如何,难道次次孑然一身,便好吗?!"

屋子那边稍显紊乱的涟漪恢复平静。

隋景澄有些慌张:"有敌来袭?是那金鳞宫神仙?"

刘景龙摇摇头,却没有多说什么。

一道白虹剑光和一抹璀璨流霞从天幕尽头恢宏掠至,声势足以惊动整座绿莺国龙头渡。

几乎所有客栈修士都看了一眼,所有在客栈散步或是院中闲聊的人,纷纷返回屋子。

那道剑光落在荷塘对岸,那抹绚烂霞光则落在了荷塘莲叶之上。

太霞元君李妤的闭关弟子、女修顾陌,身穿龙虎山外姓天师的独特道袍,道袍之上,绣有朵朵鲜红霞云,缓缓流转,光华四溢。法袍"太霞",正是太霞元君李妤的成名物之一。

另外一人,是一个出类拔萃的元婴剑修,却不是火龙真人那座山头的练气士。

果然如此。

刘景龙心中了然。

山上修士,尤其是女修,亦有自己的"闺阁好友"。

太霞元君自然也不例外。

那么那个北俱芦洲中部的女子剑仙,没有去往倒悬山就可以解释一二了。

应该是要等好友李妤成功出关再说。

顾陌看到了刘景龙后,由于境界有差距,没有认出这个陆地蛟龙。

但是那个元婴剑修却看穿了障眼法,微笑道:"浮萍剑湖荣畅,见过刘先生。"

浮萍剑湖,主人郦采。

隋景澄有些神色古怪,为何见到了这个自称浮萍剑湖的剑修,会感觉有些亲近和熟悉?她摇摇头,打散心中那点莫名其妙的情绪涟漪,挪了挪脚步,站在刘景龙身后。

荣畅看到这一幕后,哑然失笑,也未多说什么,情理之中,视而不见就可以了,省得自己画蛇添足,坏了大道。只是荣畅与她"久别重逢",心中又有些沉重。

原本"隋景澄"的修道一事,不会有这么多曲折的。可是谁都没有料到,生死关成功可能性颇大的太霞元君李妤,与师父关系莫逆的大修士,已经兵解离世了。所以这一路南下，作为李好最宠溺器重的关门弟子，顾陌心情可谓糟糕至极。几处精怪作祟多年的魔窟，她一手师门雷法，山崩地裂，其中一次如果不是荣畅出剑，她就要身陷绝境，毕竟对方是一头杀红了眼的元婴境大妖。受伤不轻的顾陌，一直顾不得休养，依旧埋头赶路，先去了一趟五陵国，又循着线索折返，赶来这绿莺国龙头渡，荣畅劝了两次都无果，只好作罢，顾陌毕竟不是自己师门中人。

得知太霞元君兵解离世后，荣畅第一时间就飞剑传信去了与师父事先约定好的宝瓶洲书简湖。然后师父很快就有飞剑传回浮萍剑湖，要求他必须护住那个女子的安危，不许再有任何意外，不然就要拿他是问。

荣畅无比清楚师父郦采的脾气，这绝对不是什么气话。

师父的脾气很简单，都不用整座师门弟子去瞎猜，比如他荣畅迟迟无法跻身上五境，郦采看他就很不顺眼，每见他一次，就要出手教训一次，哪怕荣畅只是御剑往返，只要不凑巧被师父难得赏景的时候瞅见了那么一眼，就要被一剑劈落。

毕竟是一桩大事。顾陌虽然心情极差，但是依旧按照与浮萍剑湖荣畅的约定，对隋景澄说道："你就是隋景澄吧？你算是我师父太霞元君的记名弟子，此后你的修行之路，会有护道人，就是我顾陌。但是你放心，除了指点你一门驭剑法诀之外，你可以随便行走，上山下水，都可以去，无人约束你，我也不例外。你身上的那件竹衣法袍，以后就正式归你了，但是三支金钗中的'太霞役鬼'，你必须拿出来，师门将来另有安排，不过我会以其他法宝与你交换，品秩相当，不会差了。"

至于那个刘景龙，反正施展了障眼法，顾陌就当没看见，不认识了。

听说是一个修为很高、天赋极好、名气很大却特别婆婆妈妈的怪人。顾陌不愿意与他客套寒暄。

人情往来？太霞一脉的人情往来，只有那些曾经一起并肩作战的修道之人，哪怕你只是下五境修士，也可以成为山上贵客，除此之外，你便是上五境修士，又与我何干？

隋景澄愣了一下，一咬牙，走到刘景龙身边，小心翼翼问道："我想要去宝瓶洲看看，可以吗？"

站在莲叶之上的顾陌瞥了眼身后的荣畅。

荣畅微笑道："最好还是留在北俱芦洲。"

因为不出意外的话，师父郦采已经在赶回北俱芦洲的路上了。

隋景澄赶紧取出那三支金钗："三支金钗，我可以都还给你们。如果可以的话，我想跟随一位前辈一起修行，我是说可以的话。但是如果太霞元君不答应，依旧让我当那记名弟子，能不能让我走完一趟宝瓶洲？我会自己返回北俱芦洲，去与元君请罪……"

顾陌大怒道："少废话！"

荣畅也有些为难。隋景澄的言语，没有任何问题，但是在顾陌这边刚好戳中了心窝子。

一位元婴兵解离世，在任何宗字头仙家都是天大的不幸，更何况顾陌还是李好的嫡传弟子。

刘景龙心中叹息，猜出太霞元君那边应该是出了大问题。但是他依旧心平气和道："有话好好说。"

顾陌脸若冰霜，死死盯住刘景龙："你一个外人，有资格插嘴吗?!"

刘景龙神色如常，说道："我有一个朋友，如今正在炼化本命物，处于关键时期，顾姑娘与荣剑仙应该都清楚。那么我们能否坐下慢慢聊?"

隋景澄使劲点头，依旧保持一手递出的姿势，她手掌摊开，掌中搁放着那三支金钗。

荣畅突然皱了皱眉头。

千万可别是那一劫！那是一个看似最无凶险却最藕断丝连的山上关隘。

太霞元君闭关失败，其实一定程度上牵连了隋景澄的修行契机，如果眼前的她又陷劫数之中，简直就是雪上加霜的麻烦事。

如果真是如此，那么荣畅就无法袖手旁观了。

些许心湖涟漪，早期可以压下，一旦任由情丝肆意生发，如脚边池塘变成莲叶何田田的景象，还怎么斩断？斩断了，不一样会伤及大道根本吗？

刘景龙叹了口气，轻声道："大道难行，欲速则不达，难道不应该更加慢慢思量吗？这一时半刻，等一等，不算我为难你们吧？"

顾陌冷笑道："一个时辰，还是半天?"

刘景龙皱了皱眉头，依旧和颜悦色道："恳请两位能够等到我朋友炼制成功，到时候你们三方商量。解铃还须系铃人，说不定比起现在我们的仓促决断，更加柳暗花明。"

荣畅觉得刘景龙的话语没有错。但是棘手之处，在于解铃还须系铃人，这不假，万一那人不知好歹，系铃人不愿解铃，反而稍稍言语挑拨，以当下隋景澄的心境，无异于再扯上一根绳索，铃铛只会更加难解。所以荣畅十分为难。

顾陌嗤笑道："怎么，仗着自己出身仙家名门，修为又高，就觉得有理了？我就想不明白了，你一个外人，凭什么在这里指手画脚？你不嫌臊得慌？"

刘景龙摇头说道："现在是一个连环扣的困局，如果你们真心是为隋景澄的大道考虑，难道不该听一听她的心声？你们怎么就可以确定，你们的好心好意，不会办坏事？事已至此，诸多隐患，逃是逃不掉的，避无可避，我相信等到我那个朋友走出屋子，会听你们讲道理的。如果最终发现确实是隋姑娘的道理太小了，我刘景龙的道理太偏了，那是最好,若是不对,亦可商量出一个应对之策,唯有三方捋清楚了这些脉络,才是真正的解铃解心结……"

顾陌怒道:"刘景龙,你烦不烦?! 这么点事情,需要你在这里指点江山? 她交出了金钗,和我们一起离开龙头渡,除了宝瓶洲,她想要去北俱芦洲哪里不行?"

隋景澄转头看了眼屋子那边,深吸一口气,说道:"我和你们离开便是。"

刘景龙突然转头微笑道:"是担心连累陈先生? 还是真的改变主意了?"

隋景澄泫然欲泣,死死攥紧手中三支金钗。

刘景龙点了点头,又问道:"那如果我说,只要我刘景龙站在这里,你的前辈就可以放心炼化本命物,你的决定是什么? 这一次我可以给你一个确凿的答案,虽然陈先生屋内之事,是他自家功夫,成与不成,我不敢说什么,但是我可以保证,今夜屋外之事,我在,就是万无一失。"

隋景澄泪眼蒙眬:"我哪怕真的不得不走,也要与前辈道一声别,可是我还是怕……"

刘景龙转过身,笑呵呵道:"怕什么,你以为陈先生与刘先生的道理,真的不能当饭吃吗?"

隋景澄神色慌张。

刘景龙摇摇头:"有所不为,是为了有所为。"

刘景龙望向那个怒极反笑的顾陌:"我知道顾姑娘并非蛮横不讲理之人,只是如今道心不稳,才有如此言行。"

刘景龙转头望向那浮萍剑湖的元婴剑修:"我也知道荣剑仙是心有挂念,亦是好意。"

顾陌冷笑道:"哟,是不是要来一个'但是'了?!"

刘景龙笑着摇摇头:"我站在这里,就是那个'但是'了,无须我说。"

荣畅想了想:"只问一剑,如何?"

刘景龙点了点头,然后就不再看荣畅,直接偏移视线,望向顾陌,面无表情道:"现在轮到你了。"

顾陌心中惊骇万分,猛然转头望去。

荣畅纹丝不动,苦笑道:"砥砺山一战,果然你们双方都收手了。"

这名浮萍剑湖元婴剑修,此时此刻,如同置身于一座小天地当中。

那座小天地,以无数条纯粹剑意打造而成。

刘景龙的本命飞剑,名为"规矩",名称出自一位昔年儒家圣人的经典。但是北俱芦洲几乎无人知道,这么一把名字古怪的飞剑,到底有什么本命神通。

顾陌咬牙切齿,脸色雪白,双手开始颤抖。

刘景龙轻喝道:"气定神闲,静心凝气,不可妄动!"

顾陌如被棒喝,深吸一口气,这才稳住心神,望向那个青衫剑修的眼神,十分复杂。

就在此时,屋子那边走出一个与刘景龙一样身穿青衫的年轻人:"对不住,让两位久等了。"

第二章
击掌

龙门境修士顾陌，浮萍剑湖荣畅，一起望向那个刚刚出关的年轻人。

顾陌有些惊讶，一个下五境修士炼化本命物，动静太大，气象太盛，这不合理。

荣畅身为元婴剑修，站得更高，看得更远，不只是惊讶，而是有些震惊。

刘景龙没有转身，收起了那座本命飞剑造就而成的小天地，出手之时，不见飞剑，收手之时，仍然不见飞剑。

刘景龙对荣畅说道："有些失礼了。"

荣畅出身的浮萍剑湖有郦采这种剑仙，门内弟子想要不爽快都难，所以没有什么芥蒂，笑道："能够亲身领教刘先生的本命飞剑，荣幸至极。以后若是有机会，寻一处地方，放开手脚切磋一番。"

刘景龙笑道："只要不是在砥砺山就行。"

陈平安走到刘景龙身边，与隋景澄擦肩而过的时候，轻声说道："不用担心。"

隋景澄心中大定。

好像陈平安现身，比刘先生的飞剑一出，还要让她感到心安。哪怕她现在已经知道，陈平安其实只是一名下五境修士，境界修为暂时还不如刘景龙。

陈平安站在刘景龙身边："谢了。"

刘景龙说道："真要谢我，就别劝酒。"

陈平安笑道："好说。"

然后刘景龙将事情缘由经过大致说了一遍，可知不可道的内幕，自然依然不会说破。陈平安炼化本命物，必须专心致志，心无旁骛，所以刘景龙四人的对话，陈平安并不清楚，但是荷塘这边的剑拔弩张，还是会有些模糊的感应。尤其是刘景龙祭出本命飞剑的那一刻，陈平安哪怕当初心神沉浸，依旧清晰感知到了，只不过与他心境相亲，非但没有影响他炼物，反而类似于刘景龙对陈平安的另外一种压阵。

陈平安转头对隋景澄说道："你先回屋子，有些事情，你知道太早反而不好。我和刘先生，需要与顾仙子、荣剑仙再聊聊。记得别偷听，涉及你的大道走向，别儿戏。"

隋景澄点点头，径直去往自己的屋子。

看到这一幕，荣畅心情有些凝重。

隋景澄轻轻关门后，不等陈平安说什么，刘景龙就已经悄无声息布下一座符阵，在隋景澄房间附近隔绝了声音和画面。

随手为之，行云流水，极快极稳。

陈平安仿佛也完全没有提醒刘景龙的意思，关门声响起，以及刘景龙画符之时，他就已经望向那两个联袂赶来寻找隋景澄的山上仙师，问道："我和刘先生能不能坐下与你们聊天，可能一时半会儿不会有结果。"

顾陌点了点头："随意。"

陈平安坐在刘景龙身后的那条长凳上，刘景龙也跟着坐下，不过稍稍挪步，不再坐在先前的居中位置。

从头到尾，刘景龙不过是站起身，好好讲道理，出剑再收剑。

当两人落座，荣畅又是心一沉，这两个青衫男子，怎的如此心境契合？两人坐在一条长凳上，只看那落座位置，就有些"你规我矩"的意思。

关于这个姓陈的"金丹剑仙"，这一路追寻隋景澄，除了那些山水邸报泄露的消息，荣畅和顾陌还有过一番深入查探，线索多却乱，反而云遮雾绕。

至于刘景龙，完全不用两人去多查什么。北俱芦洲年轻十人中高居第三的陆地蛟龙刘景龙，是北方太徽剑宗迅猛崛起的天之骄子。

如今太徽剑宗的两名剑仙都已远游倒悬山，对于一个宗字头仙家而言，尤其是在一言不合就要生死相向的北俱芦洲，是一件很危险的事情。以剑修作为立身之本的大山头，仇家都不会少。但是仍没有任何人小觑没有剑仙坐镇的太徽剑宗，修为不够高的，是不敢，修为够高的，是不愿意。

两名去往剑气长城的剑仙，其中一位太徽宗主，不是刘景龙的传道人，另外一人，辈分更高，也不是刘景龙的护道人，有此机缘的，是刘景龙的一个师姐，但是北俱芦洲评点十人，并无她的一席之地。因为刘景龙入山之时，她就已经是金丹瓶颈的剑修，刘景龙成名之后，她依旧未能破境，哪怕太徽剑宗封锁消息，仍有小道消息流传出来，说这个被寄予厚望的女子金丹剑修，差点走火入魔，还是刘景龙亲自出手，以自己身受重伤为代价,帮她渡过一劫。

反观刘景龙的传道人,只是太徽剑宗的一个龙门境老剑修,受限于资质,早早就趋于大道腐朽的可怜境地,已经逝世。

如今看来,这本身就是一件天大的怪事,但是在当年,却是很合情合理的事情,因为刘景龙并非一个真正意义上的先天剑胚。刘景龙上山修行之初,不仅太徽剑宗之外的山头,哪怕是师门内,几乎就没有人想到刘景龙在修道之路上可以如此高歌猛进。有一位与太徽剑宗世代交好的剑仙,在刘景龙跻身洞府境,又中途荣升为凤毛麟角的祖师堂嫡传弟子后,对此就有过疑虑,担心刘景龙的性子太软绵,根本就是与太徽剑宗的剑道宗旨相悖,很难成材,尤其是成为宗门大梁的人物。当然事实证明,太徽剑宗破例收取刘景龙作为祖师堂嫡传,对得不能再对了。

陈平安望向那个太霞一脉的女冠修士,说道:"我是外乡人,你们应该已经查探清楚了。事实上,我来自宝瓶洲。救下隋景澄一事,是偶然。"

荣畅问道:"能否细说?"

陈平安点点头,便将行亭一役,说了个大概。至于观人修心一事,自然不提半个字。更不谈人好人坏,只说众人最终行事。

不说浮萍剑湖荣畅,就是脾气不太好的顾陌,都不担心此人说谎。因为这个青衫年轻人身边坐着一个刘景龙。

哪怕是上五境修士,也可以谎话连篇,真假不定,算计死人不偿命,可是刘景龙注定不会。以至于能够成为刘景龙朋友的人,应该也不会。

这就是一个无形的道理,一条无形的规矩。

只需要刘景龙坐在那里,哪怕他什么都不言语。

"我先前曾经以最大恶意揣测,是你拐骗了隋景澄,同时又让她死心塌地追随你修行,毕竟隋景澄涉世未深,身上又怀有重宝,如金鳞宫那般暴殄天物的手段,落了下乘,其实被我们事后知晓,没有半点麻烦,反而是像我先前所看到的情景,最为头疼。"

荣畅听完之后,坦诚道:"不承想陈先生早就猜出隋景澄身后的传道机缘,还给她留了一个偏向于我们的选择,看来是我以小人之心度君子之腹了。"

陈平安说道:"已经说完了我这边的状况,你们能不能说一些可以说的?"

荣畅和顾陌对视一眼,都有些为难。

顾陌飘落在小舟之上,盘腿而坐,竟然开始当起了甩手掌柜:"荣剑仙你来跟他们说,我不擅长这些弯弯绕绕,烦死个人。"

荣畅有些无奈,其实顾陌如此作为,还真不好说是她不讲义气。事实上,隋景澄一事,本就是太霞元君李好仙师在帮他师父郦采剑仙,准确说来,是在帮浮萍剑湖的未来主人,因为郦采肯定要远游倒悬山,之所以滞留北俱芦洲,就是为了等待太霞元君出关,一起携手去往剑气长城斩杀大妖。如今李好仙师不幸兵解离世，师父大概仍然会独自一人去往倒悬山。而师父早有定论，浮萍剑湖未来坐镇之人，不是他荣畅，哪怕他跻身了上五境剑修，一样不是，也不是浮萍剑湖其余几位资历修为都不错的老人，只能是荣畅那个已经"闭关三十年"的小师妹，也就是五陵国的那个"隋家玉人"。

荣畅对此没有心结，更无异议，相信所有浮萍剑湖修士都是如此。道理很简单，怕被宗主郦采一巴掌拍死嘛。

太霞一脉，李好精通好几种极妙术法，据说是火龙真人的道法真传。

小师妹真身的的确确就在浮萍剑湖闭关悟道，但是在太霞元君的神通驾驭之下，小师妹以一种类似阴神远游的状态，半"转世"成为了隋景澄，并且不伤隋景澄原有魂魄半点，可以说屋内隋景澄，还是那个老侍郎隋新雨嫡女，却又不完全是。总之，是一种让荣畅略微深思就要感到头疼的玄妙境地。至于最终归属，小师妹到底是如何借此练剑，荣畅更是懒得多想。

师父郦采当年没有多说什么，似乎还多有保留，反正荣畅需要做的，不过是将那个太霞元君兵解离世的大意外引发的隋景澄这边的小意外给抹去，将隋景澄留在北俱芦洲，等待师父郦采跨洲返乡，那么他荣畅就可以少挨师父回到师门后的一剑。至于什么金鳞宫，什么曹赋，他娘的老子以前听都没听过的玩意儿，荣畅都嫌自己出剑脏了手。

荣畅一番思量后，依旧不愿多说，眼前两个青衫男子，喜欢讲道理，也擅长讲道理，但是如果这就将他们当作傻子，那就是荣畅自己蠢了。兴许自己透露出一点点蛛丝马迹，就会被他们顺藤摸瓜，牵扯出更多的真相，两个旁观者，说不定比荣畅还要看得更加深远。对方未必会以此要挟什么，可终究不是什么好事。

在浮萍剑湖有两件事最要不得——练剑不行，脑瓜子太笨。

不过师父郦采反正看谁都是剑术不成的榆木疙瘩。

师父每次只要动怒打人，就会忍不住蹦出一句口头禅："脑瓜子不灵光，那就往死里练剑嘛，还好意思偷懒？"

这种道理怎么讲？

于是荣畅小心翼翼酝酿措辞后，说道："形势如此，该如何破局才是关键。隋景澄明显已经倾心于陈先生，慧剑斩情丝，说来简单行来难，以情关情劫作为磨石的剑修，不能说没有人成功，但是太少。"

陈平安点头道："确实如此。"

在藕花福地，春潮宫周肥，或者说是姜尚真，为了帮助好友陆舫破开情关心结，可谓手段迭出，诸多作为，令人发指不说，即便已算人间极致的冷酷手段，依旧效果不好。陆舫最终没能跻身十人之列，不单单是输给了陈平安，事实上，更重要的原因，还是陆舫尚未心境圆满，哪怕能够"飞升"离开藕花福地，其实仍等于虚耗了六十年光阴。

荣畅问道:"非是问罪于陈先生,只谈现状,陈先生已经是系铃人,愿不愿意当个解铃人?"

陈平安摇头道:"难。"

荣畅皱了皱眉头。

打算修炼闭口禅的顾陌忍不住开口道:"你这是什么态度?!修道之人,贪恋美色,就落了下乘,还是说你图谋甚大,干脆想要与隋景澄结为山上道侣?好嘛,如此一来,就等于跟我们太霞一脉和浮萍剑湖攀上了关系,你倒是打得一手好算盘!"

陈平安依旧摇头道:"并非如此。"

有些言语,话难听,可是愿意与人当面说出口,其实都还算好的。真正难听的言语,永远在别人的肚子里边,或者躲在阴暗处,阴阳怪气说上一两句所谓的中允之言,轻飘飘的,那才是最恶心人的。

刘景龙也点头道:"很难。"

陈平安突然说道:"我只说一些可能性。先说两个极端情况,佛家东渡,逐渐有小乘大乘之分,小破我执不如无我执,隋景澄修心有成,今日之喜欢,变成来年之淡然,才是真正的斩断情丝。当然,还有一种情况,就是隋景澄情根深种,哪怕远离我千万里,依旧萦绕心扉,任她跻身了上五境,成为了剑仙,出剑都难斩断。再说两端之间的可能性,你们两位,都是山上宗字头仙家的高人,应该会有一些术法神通,专克情关,专破情劫,但是我觉得隋景澄的心境,我们也要照顾……"

顾陌又开始头疼:"你能不能说直接点,该怎么做,需要这么絮絮叨叨吗?!"

陈平安望向她,问道:"对于你而言,是一两次出手的事情,对于隋景澄而言,就是她的一生大道去向和高低,我们多聊几句算什么,耐着性子聊几天又如何?山上修道,不知人间寒暑,这点光阴,很久吗?!如果今天坐在这里的,不是我和刘先生,换成其余两位境界修为相当的修道之人,你们两个说不定已经重伤而退了。"

刘景龙淡然道:"是死了。"

陈平安无奈道:"会不会说话?"

刘景龙嗯了一声:"你继续。"

陈平安取出两壶酒,一壶抛给刘景龙,自己打开一壶,喝了一口。刘景龙只是拎酒壶却不喝,是真不爱喝。

荣畅笑了笑。

话难听。理是这么个理。

他其实比较能够接受,不过估计顾陌就比较不痛快了。

果不其然,顾陌站起身,冷笑道:"贪生怕死,还会进入太霞一脉?!还下山斩什么妖除什么魔?!躲在山上步步登高,岂不省事?都不用遇上你这种人!若是我顾陌死了,不过是死了一个龙门境,可北俱芦洲却要死两个修为更高的王八蛋,这笔买卖,谁亏谁赚?!"

陈平安犹豫了一下:"你自己不亏?"

顾陌破口大骂道:"亏你大爷!"

陈平安半点不恼,转头笑道:"你修为更高,你来讲道理。"

刘景龙微笑道:"你脾气更好,还是你来讲吧。"

顾陌一袭太霞法袍双袖飘荡不已,气得脸色铁青:"你们两个,别磨叽,随便滚出来一个,与我打过一场!"

陈平安说道:"你师门太厉害,我不敢跟你打。"

顾陌气笑道:"我又不是疯子,只与你切磋,不分生死!"

刘景龙微笑道:"捡软柿子捏,不太善喽。"

顾陌也没有半点难为情,理所当然道:"又不是斩妖除魔,死便死了。切磋而已,找你刘景龙过招,不是自取其辱吗?"

顾陌望向陈平安:"你既然装了一路的金丹剑修,还打过几场硬仗,连大观王朝的金身境武夫都输给你,那个什么刀客萧叔夜更被你宰了,我看你也不是什么软柿子,你我交手,不涉宗门。"

然后顾陌疑惑道:"你们两个是不是在嘀咕什么?"

陈平安点头道:"在与刘先生询问,你那件法袍是不是可以抵御地仙剑修的倾力一剑,所以才如此胸有成竹。刘先生说必须的。"

顾陌大怒道:"臭不要脸!"

荣畅揉了揉眉心。这都什么跟什么啊。

早知道是这么麻烦的事情,这趟离开浮萍剑湖,自己就该让别人掺和。

陈平安站起身。

顾陌笑道:"哟,打架之前,要不要再与我唠叨几句?"

陈平安摇摇头:"打架期间,不太说话的,得看你有没有本事让我开口言语、悄悄换气了。"

陈平安一跺脚,这栋宅子院墙之上出现了一条若隐若现的雪白蛟龙,光线炸开,无比绚烂,如凡夫俗子骤然抬头望日,自然刺眼。

荣畅不过是微微眯眼,顾陌却是下意识闭上眼睛,然后心知不妙,猛然睁开。

就是一瞬间的事情。一抹雪白剑光和一道幽绿剑光飞掠而出。一袭青衫身影骤然消逝,出现在顾陌身侧,又迅猛返回原地,轻轻落座。

顾陌站在原地,呆滞片刻,盘腿坐在小舟上:"好吧,我输了。你继续讲道理,再烦人我也受着。"

这也是荣畅愿意与顾陌一路随行，并且双方关系还不错的原因。

顾陌似乎后知后觉，怒道："不对！是刘景龙帮你画符你才占了先手?!"

刘景龙摆摆手道："与我无关。"

荣畅说道："与刘先生确实没有关系。"

顾陌打量了一眼陈平安，好奇问道："你为何会有两把不是本命飞剑的飞剑？"

陈平安说道："你好意思说我？"

顾陌咧嘴一笑："可惜都没你出剑快，何况不是生死之战，以命换伤，我又没毛病，不会做的。"

陈平安心中叹息。顾陌除了身上那件法袍，其实至少还藏着两把飞剑，而且与自己差不多，都不是剑修本命物。第一把，应该是太霞一脉的家底；第二把，多半是来自浮萍剑湖的馈赠。所以顾陌境界越高，尤其是跻身地仙之后，对手就会越头疼。至于跻身了上五境，就是另外一种光景了。一切身外物，都需要追求极致，杀伤力最大，防御最强，术法最怪，真正压箱底的本事越可怕，胜算才越大，不然一切就只是锦上添花，比如姜尚真的那么多件法宝，当然有用，而且很有用，可归根结底，旗鼓相当的生死厮杀，哪怕分出胜负之后，还是要看那一片柳叶的淬炼程度来一锤定音，决定双方生死。而顾陌能够一眼看穿初一、十五不是他的本命飞剑，这兴许就是一个大宗门子弟应有的眼界。

荣畅开口说道："当下有一个相对比较稳妥的法子，就是等我师父来到此地，等她见过了隋景澄再说。不知道陈先生和刘先生，愿不愿意多等一段时日？"

这其实是强人所难了。

虽相对稳妥，但只是相对荣畅和顾陌而言。

对于眼前的外乡人陈平安来说，一个不小心，就是生死劫难，并且后患无穷。若是他今天一走了之，留下隋景澄，其实反而省心省力。能够做到这一步，哪怕师父郦采赶到绿萼国，一样挑不出毛病，自己的"闭关弟子"喜欢上了别人，难不成还要那个男人几巴掌打醒小师妹？打得醒吗？寻常女子兴许可以，但是观看这个隋景澄的一言一行，分明心思玲珑剔透，百转千回，比起小师妹当年修行路上的直爽，有天壤之别。所以隋景澄越是浮萍剑湖器重之人，他荣畅的师父修为越高，那么陈平安就会越危险，因为意外会越大。

之所以荣畅一开始没有如此建议，是因为这个建议很容易让有机会好好谈、慢慢聊的局面，变成一场天经地义的搏命厮杀。

到时候两人往太徽剑宗一躲，便是师父郦采，也不会去太徽剑宗找他们。既不占理，也无意义。

北俱芦洲修士不是全然不讲理，而是人人皆有自己符合一洲风俗的道理，只不过这边的道理，跟其他洲不太一样罢了。所以才会有那么多背景通天的外乡修士，在这边死无葬身之地，甚至到最后连死在谁手都查不出来。除了皑皑洲财神爷的亲弟弟，龙虎山天师府的嫡传黄紫贵人，一名文庙副教主的得意弟子，其实还有好几个身份一样吓人的修士，只是消息封锁，除了宗字头仙家，再无人知晓罢了。

这些死人身后的大活人、老神仙，哪个家底不厚、拳头不硬？但是你们有本事来北俱芦洲，卷袖子露拳头试试看？北俱芦洲别的不多，就是剑修多、剑仙多！

陈平安心中有了决定，不过没有说什么，只是转头望向刘景龙。

刘景龙笑道："我依旧闲来无事。"

陈平安欲言又止。

刘景龙笑道："我道理没讲够，哪怕我讲完了，太徽剑宗也有道理要讲的。"

陈平安便不再说什么。然后他站起身，去敲门。

刘景龙已经随手撤去符阵。

陈平安带着隋景澄走到荷塘畔，只要是可以说的，都一一说给她听。

最后陈平安笑道："现在你什么都不用多想，在这个前提之下，有什么打算？"

隋景澄小声问道："不会给前辈和刘先生惹麻烦吗？"

陈平安摇头道："修行路上，只要自己不去惹是生非，就别怕麻烦找上门。"

顾陌坐在小舟上，比刘景龙更加闲来无事，看似凝视舟外莲叶，实则一直竖耳聆听，忍不住翻了个白眼。不是因为那人说得不合心意，恰恰是她顾陌觉得对方说得还挺有道理，可是对陈平安，她从不否认自己有很大的成见，所以才会如此。

隋景澄点点头，笑道："那等我见过了那位高人再说？"

陈平安说道："可以。"

隋景澄有些神色黯然，一双眼眸中满是愧疚，欲语还休。

陈平安皱眉道："如果处处多想，只是让你拖泥带水，那还想什么？嫌自己修行进展太快？还是修心一事太过轻松？"

隋景澄哦了一声。既不反驳，好像也不反省。

若是换成自己的开山大弟子，陈平安早就一栗暴下去了。

刘景龙依旧坐在原地，非礼勿视，非礼勿闻。

但是修为高，言语清晰入耳，拦不住。

荣畅可能才是那个最苦闷的人。

大局已定，一开始火急火燎的顾陌，反而变成了那个最轻松的人，瞧着那对关系奇怪的男女，竟是觉得有点嚼头啊。

之后顾陌和荣畅就在这座龙头渡仙家客栈住下，两栋宅子都不小。

与那荷塘宅院相距较远，也算一种小小的诚意，免得被那两个青衫男子误认为是不放心他们。

顾陌和荣畅在小院中相对而坐。

顾陌问道："荣畅，我只是随便问一句，你真打不过那刘景龙？一招就败？"

荣畅笑道："真要厮杀，当然不会输得这么惨，不过确实胜算极小。刘景龙与那个外乡女冠在砥砺山一战，要么收手了，要么就是找到了破境契机。"

顾陌感慨道："这个刘景龙，真是个怪胎！哪有这么轻而易举一路破境的，简直就是势如破竹嘛。人比人气死人。"

荣畅笑道："若是再去看看刘景龙之前的那两位，我们岂不是得一头撞死算数？"

顾陌摇摇头道："那俩啊，我是比都不会去比的，念头都不会有。刘景龙是极有希望跻身未来的北俱芦洲山巅之人，但是那两位，是板上钉钉了，甚至我一位别脉师伯还断言，其中一人，将来哪怕去了中土神洲，都有机会跻身那边的十人之列。"

顾陌突然问道："郦剑仙去的宝瓶洲，听说风雪庙剑仙魏晋和大骊藩王宋长镜，也都是强人？"

荣畅点头道："都很强，大道可期。"

顾陌疑惑道："魏晋不去说他，可宋长镜是纯粹武夫，走了条断头路，大道可期不适用他吧？"

荣畅想起了之前某个站在自己师父身边还敢吊儿郎当的家伙，曾说过一句言者无心听者有意的话语，便照搬过来，说道："大道长生之外，也有大道。"

顾陌笑了笑："这类话，与我们山门趴地峰上那些师伯师叔的言语，有些相像了。"

荣畅不再多说什么。

毕竟趴地峰是火龙真人那位老神仙的山头，老真人几乎从来不理会山门事务，都交给徒子徒孙们去打理，老真人只管睡觉。

像顾陌的师父太霞元君，就是修道有成，自己早早开峰，离开了趴地峰，然后收取弟子，开枝散叶。

除了太霞一脉，还有其余三脉，在北俱芦洲都是大名鼎鼎的存在，桃山一脉尤其精通五雷正法，白云一脉精通符阵，指玄一脉精通剑道。

但是无一例外，在北俱芦洲闯出偌大名头的这四个嫡传弟子，若是谈及了恩师的道法传授，永远只说学到了些皮毛而已。

这种客气话，听者信不信？在北俱芦洲，还真信。

这还不算最夸张的，最让人无言以对的一个说法，是前些年不知如何流传出来的，结果很快就传遍了大半座北俱芦洲，据说是火龙真人某个嫡传弟子的说法。那个弟子在下山游历的时候，与一个拜访趴地峰的世外高人闲聊，不知道怎么就"泄露了天机"，说师父曾经亲口跟他说过，师父觉得自己这辈子最遗憾的事情，就是降妖除魔的本事低了些。听闻好像那个弟子还深以为然来着,好在说起此事的时候,小道士倒是没对他师父如何嫌弃。

许多别处剑仙,都想伸手狠狠按住那个火龙真人嫡传弟子的脑袋,大声询问那个脑子估计有坑的年轻道士,你小子当真不是在说笑话吗?!当然问过问题之后,剑仙们还是要笑呵呵礼送出境的。

北俱芦洲的剑仙,天不怕地不怕,谁都不怕,就怕半个自家人的那位火龙真人。好在这位老神仙嗜好睡觉,不爱下山。

不过和那个不知所终的年轻道士差不多,他们这些个资质不佳的火龙真人嫡传弟子,趴地峰上还有二十余人,都留在了趴地峰那边结茅修行,说是修行,其实落在别处宗字头仙家修士眼中,那就是……混吃等死了。除了他们,还有许多小道童,毕竟火龙真人的这些嫡传弟子修为再不济,也都会有自己的弟子。这些小道童倒是经常能够听到不睡觉的火龙真人亲自传道说法,不过似乎依旧不开窍罢了,外界已经很久没有哪位趴地峰上的弟子徒孙在修行一事上,让人感到"能不能讲点道理"了,总之都白白浪费了那么大的一份仙家道缘。许多北俱芦洲的地仙修士,都觉得若是换成自己是任何一个趴地峰的愚钝道士,早就一路登天,直接去往上五境了。

所以,趴地峰是一处让人很不理解的修道之地。风水灵气,并不是最好的,待在上边的嫡传和嫡传们的弟子,也多是些怎么看都大道渺茫的,所以这些道士虽然辈分极高,但是在火龙真人诸脉当中,其实也就只剩下辈分高了。况且趴地峰不会与其余山头过多往来,加上火龙真人经常闭关……也就是睡觉,太霞、白云数脉的众多修士,都没理由跑去套近乎,所以对于那些动辄就要见面尊称一声师伯祖师叔祖的火龙真人嫡传弟子,既不熟悉,也谈不上如何亲近。

至于趴地峰这个名称的由来,众说纷纭。最玄乎的一个说法,是趴地峰一带,曾经隐匿着数条境界极高的凶悍蛟龙,被火龙真人路过瞧见了,可能瞧着不太顺眼,就一脚一个,全给老真人踩趴下了,不但如此,恶蛟趴地之后,就再没哪条胆敢动弹分毫。老真人决定在那里结茅之后,让弟子们运转神通,从穷乡僻壤处搬山运土,那些恶蛟就成为了一条条寂然不动的山脉。据说至少紫诏峰、南华峰和扶摇峰的由来,就与货真价实的"龙脉"有关。至于早年到底被老真人踩趴下几条恶蛟,天晓得。

荣畅笑问道:"老真人还没有回来?"

顾陌有些伤感:"还没呢,若是师祖在山上,我师父肯定就不会兵解离世了。"

荣畅叹息一声。

有些言语他不好多说。比如生死有命。

真正走到了火龙真人这种高度的老神仙,他的慈悲心肠,未必是我们这些修士可以理解的。

不过荣畅对于火龙真人，确实敬重，发自肺腑。师父郦采更是。

很简单，就凭火龙真人的三句话。

"我们从山下人间来，总是要到山下人间去的，登山靠走，下山御风，修行路上，壮举难求，成了神仙，小事易做。"

"不过如果有人能够挣脱天地束缚，去往最高处看一看，当然也是好事，北俱芦洲这样的修道之人，可以多一些。"

"别让中土之外第一洲的名头，只落在剑上，杀来杀去不是真本事，贫道几巴掌就能拍死你们。"

翠鸟客栈那座天字号宅子。

风波过后，雨过天也青。荷香阵阵，莲叶摇曳。

陈平安和刘景龙坐在一条长凳上，隋景澄自己一个人坐在旁边凳上。

刘景龙说道："跻身三境，可喜可贺。"

陈平安点了点头。

隋景澄眼睛一亮。才三境？她站起身，蹲在荷塘旁边，又摘了一枝莲叶，坐回了长凳。

陈平安与刘景龙两两沉默，只是安静望向荷塘。

陈平安突然问道："那对锦绣鸳鸯，是春露圃出产？"

刘景龙没有着急回答，而是身体前倾，瞥了眼隋景澄。

那女子一脸钦佩，大概是佩服她这前辈见多识广？

刘景龙很快坐正，以心湖涟漪与陈平安言语，疑惑道："之前没觉得，我现在开始觉得荣畅担心之事，确实是有理由的。"

跻身了练气士三境，陈平安已经勉强可以用涟漪心声言语，笑道："不想这些了，等着浮萍剑湖的祖师赶来再说。"

刘景龙说道："那个女子剑仙，名为郦采，人不坏，脾气嘛……"

陈平安无奈道："能够和太霞元君成为至交好友，太霞元君又能教出顾陌这般弟子，我心里有数了。"

刘景龙便不再言语。

隋景澄不愿意自己沦为一个外人，她没话找话道："刘先生，先前你说道理不在拳头上，可你还不是靠修为说服了荣畅？最后还搬出了师门太徽剑宗。"

陈平安和刘景龙相视一笑，都没有开口说话。

隋景澄有些羞恼：怎的，就只有我自己是一个什么都不懂的傻子吗？

隋景澄然后有些委屈，低下头去，轻轻拧转着那枝莲叶。

以前她有什么不懂的，陈平安都会解释给她听，瞧瞧，现在遇上了刘景龙，就不愿意了。

好在陈平安已经笑着说道:"刘先生那些道理,其实是说给整个太霞一脉听的,甚至可以说是讲给火龙真人那位老神仙听的。"

隋景澄抬起头,这个解释,她还是听得明白的:"所以荣畅说了他师父要来,刘先生说自己的太徽剑宗,其实也是说给那位浮萍剑湖的剑仙听?荣畅会帮忙传话,让那位剑仙心生顾忌?"

片刻之后,隋景澄试探性问道:"是不是可以说,刘先生所谓的规矩最大,就是让拳头硬的人,在明明可以杀死人的时候,心有顾忌?所以这就让拳头不够硬的人,能够多说几句?甚至可以说,哪怕不说什么,就已经是道理了?只不过实力悬殊的话,出不出手,到底还是在对方手中?"

隋景澄眼神明亮,继续道:"是不是又可以说,也就等于验证了前辈所谓的'最少最少,多出了一种可能性'?"

陈平安点头。

刘景龙微笑道:"不说个例,只说多数情况。市井巷弄,身强力壮之人,为何不敢随便入室抢劫?世俗王朝,纨绔子弟依旧需要藏藏掖掖为恶?修士下山,为何不会随心所欲,将一座城池富豪的金银家产搜刮殆尽,屠戮一空?我为何以元婴修为,胆敢拉着你的陈先生,一起等待一位玉璞境剑修的大驾光临?所以说,拳头硬,很了不起,此语无关贬义褒义,但是能够束缚拳头的,自然更厉害。"

陈平安提醒道:"注意措辞。"

隋景澄微微一笑。

刘景龙犹豫了一下,望着荷塘:"不过话说回来,这是规矩之地的规矩,在无法之地,就不管了。但是,世道只要向前走,遍观历史,以及从目前情形来看,还是需要从无序走向有序,然后众人合力,将未必处处正确的表面有序,变成山上善序、山下善法,世间慢慢从讲理,逐渐趋于一个大范畴包容下的有理,尽量让更多人可以得利,兴许可以不用拘泥于三教百家,寻找一种均衡的境界状态,最终人人走出一条……"

陈平安轻声道:"先不说这些。"

刘景龙便停下了言语。

陈平安突然说道:"那个顾陌的心态,难能可贵。"

刘景龙嗯了一声:"世道需要很多这样的山上修士,但是不可以只是这样的修士。所以遇上顾陌,我们不用着急,更不可以苛求她。"

陈平安点头道:"对的。"

隋景澄看着那两个家伙,冷哼一声,拎着荷叶,起身去屋内修行。

我碍你们眼行了吧,我走行了吧?

陈平安问道:"这是?"

刘景龙无奈道:"你是高手,别问我啊。"

陈平安一头雾水:"什么高手?"

刘景龙已经转移话题:"与你说些三境修行的注意事项?"

陈平安瞥了眼他手中的那壶酒:"不喝拉倒,还给我,好几枚雪花钱的仙人酒酿。"

刘景龙气笑道:"你当我不知道糯米酒酿?忘了我是市井出身?没喝过,会没见过?"

陈平安想了想:"那就是我拿错了。"

房屋那边,故意放慢了脚步的隋景澄,快步迈过门槛,最后重重摔上门,震天响。

刘景龙又有疑惑。

陈平安说道:"女人的心思,你猜不准的。"

刘景龙嗯了一声:"经验之谈,金玉良言。"

然后闲聊,陈平安就不再称呼对方为刘先生,而是用了"刘景龙"这个名字。

"刘景龙,你有喜欢的女子吗?"

"没有。"

"可怜。"

"……"

"这都还不喝酒?你都快一百岁的人了,还没个喜欢的姑娘。"

"住嘴。"

"我给你换一壶真正的仙家酒酿?"

"陈平安,我如果喝酒,你能不能换一个话题?"

"……"

刘景龙开始豪饮,都不用陈平安劝酒。

"齐景龙,我们边喝边聊?你模样也不差,修为又高,喜欢你的姑娘肯定不会少的。"

"滚!"

这些天龙头渡客栈很是云淡风轻,就是入住的客人越来越多,有些人满为患。

因为听说有火龙真人那边的女冠现身,而且还跟着一个不知根脚的剑仙。气势汹汹,与另外一拨人对峙上了。不过可惜架没打成,又所幸相安无事。

这也是各路修士敢来客栈看热闹的原因,不然不是自己找死?

陈平安向刘景龙请教了许多下五境的修行关键。

刘景龙自然知无不言言无不尽。

至于符箓一道，两人也有不少共同言语，不过双方都未随便传授各自符箓秘法。

不是不愿意，而是不可以。

例如陈平安先前画在墙壁上的鬼斧宫雪泥符，以及刘景龙随便打造的禁制符阵。

不过大道相通，符箓一途，交流心得，比学会具体某种符箓，更加裨益修为。

当然刘景龙早已是此道高人，更多还是为陈平安解惑。

当刘景龙得知陈平安双袖藏着三百多张黄纸符箓的时候，也是一阵汗颜无语。

你陈平安当自己是做符箓买卖的小贩呢？

关于割鹿山的刺客袭杀一事，刘景龙只评价了一句话："凶险万分。"

不过当陈平安拿出那些被隋景澄搜出的战利品后，刘景龙对于甘露甲、巨弓等物，只是大致估价而已，唯独对那两把篆刻有"朝露""暮霞"的短刀，忍不住感慨道："这么好的手气啊？"

理由很简单。不是刘景龙如何知晓割鹿山的内幕、认识那个女子修士，而是刘景龙在一本仙家古籍上，翻到过这对短刀，历史悠久。那个割鹿山女刺客，只是运气好，才取得这对失传已久的仙家兵器，只是运气又不够好，因为她对于短刀的炼制和使用，都没有掌握精髓。于是刘景龙就将书上的见闻，详细说给了陈平安。

一旁隋景澄满脸笑意。

后来顾陌和荣畅先后拜访过一次荷塘宅院，荣畅和刘景龙说剑道，顾陌则是向刘景龙询问一些事迹传闻的真假。例如你刘景龙当真在金丹境界就击杀过那个元婴魔头？你刘景龙是不是真的与那水经山卢仙子情投意合？刘景龙一一回答，并无回避。顾陌听过所有答案之后，既心满意足，又有些失望。总觉得那几个师姐眼神不好，竟然会仰慕这么一个无趣至极的太徽剑宗修士。

陈平安和隋景澄反正就坐在长凳上嗑瓜子看热闹。

在顾陌询问之时，听到了那个卢仙子，陈平安和隋景澄对视了一眼。

顾陌离去后，隋景澄就发现陈平安朝自己使了一个眼神，她立即懂了，赶紧停下嗑瓜子，拍了拍手掌，就要向那刘景龙好好问一问，反正她自己也好奇那个水经山女修到底好不好看，这一路行来，顾陌也好，小舟上那两个女修也罢，都不如她。

结果刘景龙坐在原地，闭上眼睛，来了一句："我要修行了。"

又过了约莫一旬，夜幕中，陈平安差不多刚彻底稳固了三境气象。并没有御剑如虹、雷声大作的惊人动静，荷塘对岸，悄无声息出现了一个女子修士，腰间佩剑。

这些天一直坐在那条长凳上的刘景龙睁开眼睛，原本正在屋内抄写经文的陈平安也放下笔，走出屋子。

刘景龙站起身，微笑道："见过郦剑仙。"

郦采摆摆手："荣畅已经飞剑传信给我，大致情况我都知道了，那个名叫隋景澄的小丫头呢？最后该如何，是要谢你们还是打你们，我先跟她聊过之后再说。"

郦采一步跨出，就越过了刘景龙和长凳："你小子竟敢拿太徽剑宗吓唬我，好你一个刘景龙。"

刘景龙笑道："什么时候我跻身了玉璞境，郦剑仙可以按照规矩向我问剑。"

郦采笑道："你等着便是。不过你要抓紧，因为我很快就要离开北俱芦洲，城头杀妖一事，李好那份，我得帮她补上。"

刘景龙想了想："有机会的。"

郦采转头啧啧道："都说你是个说话好似老婆姨裹脚布的人，山上传闻就这么不靠谱？你这修为，加上这脾气，在我浮萍剑湖，绝对可以争一争下一任宗主了。"

刘景龙转身望向站在一处房屋附近的陈平安，陈平安轻轻点头。

郦采停下脚步，看到那个站在不远处的青衫年轻人："你就是陈平安？"

陈平安疑惑道："剑仙前辈如何知道我的名字？"

郦采想了想，给出一个昧良心的答案："猜的。"

陈平安也未多问，让出道路。

郦采一步跨入屋子，挥袖造就小天地。

隋景澄正在酣睡。

郦采轻轻坐在床头，看着那张有些陌生的容颜。

她笑了笑，感慨道："模样倒是俊俏了许多。"

接着又叹息一声："就是有苦头吃喽。小妮子，不愧是你师父最喜欢的弟子，不是一家人不进一家门，咱们啊，同病相怜。"

然后她似乎有些恼火，骂道："姜尚真这张破嘴！"

她双指弯曲，在隋景澄额头轻轻一敲："闭关了，都能给师父丢脸！"

隋景澄惊醒过来，发现有一个佩剑女子点燃一盏灯火，然后坐在椅子上，面朝自己。

隋景澄坐在床沿，一言不发。

郦采说道："不用怕，你就聊聊这些年在五陵国隋氏家族的见闻。"

约莫一炷香后，郦采带着懵懵懂懂的隋景澄一起走出屋子。

郦采对陈平安说道："陈平安，此后隋景澄可以继续游历宝瓶洲，但是有条底线，不管她认谁为师，哪怕你也好，其他人也罢，都只能是记名弟子，不可以载入祖师堂谱牒。什么时候隋景澄自己开窍了，只有等到那一天，她才可以自己决定，到底是在浮萍剑湖祖师堂写下名字，还是在别处祖师堂敬香。在这期间，我不会约束她，你也不可以再多影响她的心境，不光你，任何人都不可以。至于荣畅，会担任她的护道人，一路跟随去往宝瓶洲。"

陈平安刚要确定所谓的心境影响，具体该如何"记账"，郦采已经有些恼火，大袖一挥："算了，反正只要你们别滚床单，其余都随便了。"

说完之后，郦采直接御剑化虹远去，声势不小，看来是心情不太好的缘故。

隋景澄两颊绯红，低下头，转身跑回屋子。

刘景龙忍住笑。陈平安叹了口气。

墙头之上，由于师父出现了，荣畅都没敢站着，就蹲在那边。

顾陌也一样蹲在一旁，火上浇油道："荣剑仙，啥个叫滚床单？"

荣畅倒是心情不错，假装一本正经道："不太晓得呀。"

顾陌和荣畅一起离去。

刘景龙第一次离开荷塘畔，去一间屋子开始修行。

陈平安敲了敲房门，隋景澄开门后，两人坐在荷塘畔长凳上。

隋景澄轻声问道："说到底，还是给前辈添麻烦了，对吧？"

陈平安摇摇头："和你说些心里话？"

隋景澄嗯了一声，转头望向他。

陈平安缓缓道："如果你喜欢一个人，不管他境界有多高，或只是一个凡俗夫子，其实都没有问题。但是如果你喜欢的人，已经喜欢别人了，难道不是一件很让人伤心的事情吗？你可以说，没关系，喜欢一个人，是我自己的事情，若是对方不喜欢，远远看着就好了。事实上，我当年也是这么想的，所以我不是不明白，这跟对错好像没关系，所以很难讲道理。走过了很远的路后，我陈平安不是瞎子，也不会灯下黑，对于与自己有关的男女情爱，哪怕是一些苗头和迹象，我都能够看在眼里。

"对我来说，与你说我不会喜欢你，不是害怕自己不这么告诉自己，就会管不住自己的心猿意马，更不是故意让你觉得我是一个痴情人。事实上，在男女感情上，我心最定，因为这不是练拳之后，更不是修行之后，才学会的，而是在很早很早之前，我就觉得，这就是一件天经地义的事情。你要知道，很多我原本也以为是天经地义的道理，如今不知不觉，变了很多，唯独这件事，从来没有变过，喜欢一个人，就只喜欢她，很够了。"

隋景澄默然无声，只是看着他。

陈平安轻声道："对不起啊。"

隋景澄擦了擦眼泪，笑了："没关系。能够喜欢不喜欢自己的前辈，比起喜欢别人别人也喜欢自己，好像也要开心一些。"

陈平安摇摇头，不再说话。

隋景澄笑问道："前辈才三境练气士？"

陈平安转头说道："可我年纪比你小啊。"

隋景澄双手撑在长凳上，伸出双腿，摇头晃脑，笑眯起眼："我可不会生气。"

刘景龙说是去修行了,也确实是在修行,但是荷塘畔那边的对话,依旧一字不漏落入耳中。境界高,就是有些烦恼。

刘景龙想了想,觉得是该好好请教一下陈平安了,哪怕被劝酒也能忍。

隋景澄坐了一会儿,便回屋休息了。

陈平安在荷塘畔开始呼吸吐纳。天亮时分,陈平安离开宅院,去找顾陌,尘埃落定之后,有件事情才可以开口。

顾陌开门后,两人对坐在院中石凳上。

陈平安开门见山道:"张山峰是我朋友,顾仙子认识吗?"

顾陌点头道:"认识,不是很熟,见过几次而已,按照辈分,算是我的师叔。"

陈平安点了点头,至于那个出现于青鸾国一带巷弄中的老道人,应该就是张山峰的师父火龙真人无疑了。因为三人三个辈分,可道袍样式大致是一样的。

陈平安却没有多说什么,得知张山峰与火龙真人如今都不在趴地峰后,便只是询问以后若是路过,能否登山拜访。

顾陌笑道:"既然你认识那个小师叔,这有什么不可以的。"

然后顾陌补充了一句:"但是你到了山头,别与我打招呼,我跟你更不熟。"

陈平安笑道:"再说。"

顾陌一瞪眼:"师姐师妹们闲话可多了,你要是这么做了,她们能嚼舌头好多年的,你可莫要害我!"

陈平安笑着点头,告辞离去。

顾陌突然说道:"你认识我小师叔,为何一开始不说,可能就不会有那些误会了。"

陈平安摇摇头,没解释什么。

顾陌的心境问题,刘景龙看得出来,他陈平安其实也依稀看得出一些端倪。

水堵不如疏。陈平安对此感受极深。

当初云海之上,披麻宗竺泉就做得很好。

顾陌在陈平安离开并确定远去之后,这才抬起手,抹了把脸。

那个名叫张山峰的小师叔,师父当年私底下只跟她说过一点点,说祖师爷爷也只跟师父说过那么一点点天机。

祖师爷爷是这么跟太霞元君说的:"如果哪天师父不在人间了,只要你小师弟还在,随便一跺脚,趴地峰就继续是那趴地峰。你们根本不用担心什么。"

天下宴席有聚便有散。

陈平安要继续北游,然后沿着那条大渎去往上游,横穿北俱芦洲。

刘景龙说是要去大篆京城那边看一看。

在龙头渡的渡口岸边，顾陌在逗弄隋景澄，怂恿这个隋家玉人："反正有荣畅在身边护着，摘了幂篱便是，长得这么好看，遮遮掩掩，岂不可惜？"

隋景澄当然没理睬。

荣畅也施展了障眼法，隐匿了一身元婴境剑修气象，压制在了寻常金丹境修士附近。

只要还不是剑仙，在北俱芦洲山下游历四方，你往自己脑门上张贴那境界标签试试。有些个玉璞境剑仙，没事就下山瞎逛荡，最喜欢一路追杀元婴境修士和八境、九境武夫，打得对方屁滚尿流不说，还美其名曰老子帮你修行莫要谢我，真要谢我就多挡一剑吧。这种挨千刀的混账高人，不但有，而且不少。哪怕成为了剑仙，也不好说。

陈平安和刘景龙缓缓散步走远。

隋景澄犹豫了一下，还是远远跟着。

顾陌想要跟着她，结果被荣畅以心声劝阻。

两人并肩而行，陈平安以心声闲谈："你这算是与郦剑仙约好了？等你跻身玉璞境，她作为三位问剑的剑仙之一？"

刘景龙笑着回复道："放心吧，不是我意气用事，而是浮萍剑湖的剑意，正好和我自身剑意相差极大，用来砥砺剑锋，效果奇佳，至于凶险什么的，我们北俱芦洲，哪个新剑仙会担心这个？况且你可能还不太清楚，历史上，许多次所谓的问剑，其实也有一种传道的深意在里边。"

陈平安点点头，笑道："你们这些剑仙风采，我很仰慕啊。"

刘景龙微笑道："希望有一天，你能赶上我，到时候咱俩一起游历中土？"

陈平安道："如此最好。"

陈平安停下脚步，说道："如果，我是说如果，将来有一天你齐景龙，遇到了不讲理的人，又是个境界很高、很能打的，需要帮手……"

停顿片刻，陈平安眼神坚毅道："那么就算上我一个！"

又一个停顿，陈平安笑容灿烂："我会让他知道什么叫天底下最快的剑。"

刘景龙啧啧道："你当着一位即将跻身上五境的剑修，说自己剑快？"

陈平安笑呵呵道："你如今多大年纪，我如今才多大。"

刘景龙有些无奈："听上去还挺有道理啊。"

陈平安拍了拍刘景龙肩膀："别介意。我这不刚炼化成功第二件本命物嘛，有些飘飘然了。"

隋景澄停下脚步，站在不远处，她许多想要说出口的离别言语，这会儿觉得好像都不用说了。而且她觉得，刘先生境界是高一些，可是不如前辈英俊嘛。

她转身离去，来到顾陌那边。顾陌以肩头轻轻撞了一下隋景澄，压低嗓音说道："你干吗喜欢那个姓陈的，明显啥都比不上刘景龙，别的不谈了，只说相貌，还不是输给刘景龙?"

隋景澄瞥了她一眼,没有说话,只是腹诽不已:挺好一姑娘,怎么这么眼瞎呢。

远处,刘景龙伸出手,陈平安取出两壶酒,一人一壶,一起面朝入海江河,各自小口饮酒。

陈平安轻声说道:"什么是强者,我觉得就是儿时每一个深埋心底的梦想,年少时每一句说出口的大话,都实现了,成真了,而且能够越来越像当年自己最仰慕的那些人。齐景龙,你觉得呢?"

刘景龙点头道:"差不多。"

陈平安说道:"那你现在就缺一个喜欢的姑娘,以及爱喝酒了。"

刘景龙完全不接这一茬,不过终于回答了先前陈平安的那个问题:"如果真有我自己应付不了的强敌,我会喊你的,不过前提是你至少跻身了元婴境界,或是九境武夫。不然你就别怪我不把你当朋友。"

陈平安抬起手,张开手掌:"一言为定?"

刘景龙愣了一下,因为从未有此经历,山上修行,多是不知寒暑的清心寡欲,当然也有并肩作战的生死之交,不过多是尽在不言中。这么山下江湖气的举动,还不曾有过。不过刘景龙仍是抬起手,满脸笑意,重重击掌:"那就一言为定!"

渡口岸边,两个都喜欢讲道理的人,各自一手拎酒壶,一手击掌。

第三章
伏线

　　龙头渡去往南方骸骨滩的渡船缓缓升空，天边的云霞灿若红锦。

　　顾陌趴在栏杆上默默流泪，师父曾经说过，她这辈子最大的愿望，就是举霞飞升。

　　当时顾陌还是一个懵懂少女，问飞升有什么好呢？

　　师父当时只是望向天边的晚霞，什么都没有告诉她。

　　顾陌不是伤心自己失去了什么靠山，太霞一脉的道士和女冠，下山斩妖除魔，只要不死，就别回家和师长抱怨。可是死了还如何抱怨？顾陌觉得师父说得好没道理，却又最有道理。

　　隋景澄站在顾陌身边，荣畅没有露面，倒是刘景龙站在她们不远处，因为渡船南下，还算顺路，渡船航线会经过大篆王朝版图。不过刘景龙很快就返回了自己的屋子。

　　地面上，陈平安那一袭青衫已经开始徒步向北，去往那条大渎入海口。

　　顾陌和隋景澄住在渡船上的毗邻屋舍，顾陌这会儿已经恢复正常，大大方方跟着隋景澄进了屋子，给自己倒了杯茶，很不见外，对于隋景澄一脸我要独自修行的神色，视而不见。顾陌脸上满是笑意，就你隋景澄现在的紊乱心境，还能静心吐纳？骗鬼呢。

　　顾陌问道："那个姓陈的，就没送你几件定情信物？"

　　隋景澄不理会这个口无遮拦的女修。

　　顾陌瞥了眼她手中的小炼行山杖，以她的龙门境瓶颈修为，自然一眼就看穿了那家伙的拙劣障眼法："就这玩意儿？材质是不错，模样也算凑合，可隋景澄你长得这么好看，那家伙分明没啥诚意嘛。隋景澄，真不是我说你，可别被那家伙的花言巧语给弄得鬼迷心窍了。"

隋景澄摘了幂篱,将行山杖放在案几上,坐在顾陌对面,趴在桌上。

顾陌打量着这个隋家玉人,啧啧出声。天底下只要是真正好看的女子,说不说话,都是风景。

等到隋景澄跻身了中五境,姿色只会更加光彩照人,到时候还了得?顾陌忍不住伸手想要去摸一把隋景澄的柔腻脸蛋。

隋景澄一掌拍掉顾陌伸过来的手,挺直腰肢坐正身体,皱眉道:"顾仙子,请你自重!"

顾陌翻了个白眼,一口喝光茶水,放下茶杯后,轻声问道:"听说你跟那姓陈的一同远游数国,若是风餐露宿,平时洗澡怎么办?还有你尚未斩赤龙吧,不麻烦?"

隋景澄淡然道:"顾仙子是修道神仙,问这些不合适吧?"

顾陌笑嘻嘻道:"修了道,不还是人?女子修行不也还是女子?问这些,我不用花一枚雪花钱,你也不会少一枚雪花钱,说说看嘛。"

隋景澄沉声道:"前辈是正人君子,顾仙子我只说一次,我不希望再听到类似言语!"

顾陌一脸惊恐道:"是不是你一生气,就要让荣剑仙砍死我?"

然后顾陌脑袋重重磕在桌面上,身体前倾,就那么趴在桌上,双手乱挥:"不要啊,我怕死啊……"

有敲门声轻轻响起,门外荣畅说道:"是我。"

隋景澄如释重负,连忙说道:"请进。"

顾陌已经正襟危坐,缓缓喝茶。

荣畅似乎早已见怪不怪,落座后,对隋景澄说道:"接下来我们就要去往北俱芦洲最南端的骸骨滩,之后更要跨洲游历宝瓶洲,我与你说些山上禁制,可能会有些烦琐,但是没办法,宝瓶洲虽说是浩然天下最小的一个洲,但是奇人异士未必就少,我们还是要讲一讲入乡随俗。"

荣畅其实有些别扭。

在浮萍剑湖,他的脾气并不算好,只是相较于师父郦采,才会显得和蔼可亲。他真正的脾气如何,那些在他荣畅剑下,或死或伤的修士,最清楚。

作为北俱芦洲中部极有分量的一个元婴剑修,荣畅在浮萍剑湖其实也有几名嫡传弟子,山下市井讲究一个棍棒出孝子,在他荣畅这边,就是多吃几剑涨修为。

不过在半个小师妹隋景澄这边,荣畅自然要多很多耐心。

隋景澄耐心听着荣畅长篇大套的讲解。

顾陌不算外人,荣畅不会赶人,她也没那眼力见儿自己滚蛋,就在那儿干坐着喝茶，一杯又一杯，还时不时打着哈欠，宁肯听那些枯燥乏味的说教，也不愿意自己一个人去房间待着。

荣畅松了口气，隋景澄似乎在那个姓陈的年轻人那边，学了许多山上规矩。而且相较于那个熟悉的小师妹，确实太不一样了。

小师妹是浮萍剑湖脾气最好又是最不好的一个，脾气好的时候，能够指点师门晚辈剑术许久，比传道人还要尽心尽力，脾气不好的时候，就是师父郦采都拿她没办法。一次游历归来，小师妹觉得自己没有错，剑仙师父觉得自己更对的争论之后，小师妹被暴怒的师父禁锢到只剩下一身洞府境修为，沉入浮萍剑湖的水底长达半年光阴。被拽上岸的时候，已经奄奄一息，师父问她认不认错，结果小师妹来了一句："湖底风光绝好，没看够。"

最后师父便环顾四周，眼神冰冷，于是荣畅这个当大弟子的，便硬着头皮主动出列，当然没忘记以心声喊上了几个师弟师妹，说所有人愿意为小师妹代为受罚，师父这才顺水推舟，每人打赏了一剑，略微解气，离开岸边。

事后荣畅差点被师弟师妹们联手追杀，荣畅那叫一个憋屈，又不能泄露天机，只能逃出师门避风头。师父她老人家当时独独以心声让他滚出来受罚，拿出一点大师兄的风范，他能咋办？！师父给人穿小鞋的手段，不比她的剑术差吧？

但是浮萍剑湖，到底是很好的。比如浮萍剑湖有一条不成文的祖师堂规矩："所有弟子下山练剑，一律不可使用浮萍剑湖的剑修身份，可如果遇到打不过的，分三步走：第一步，赶紧逃；第二步，逃不掉，就报上浮萍剑湖郦采的名号；第三步，郦采这个名号不管用，别忘了死前以祖师堂符剑传递仇家的姓名，将来魂归师门埋剑处，必有头颅相伴。"

荣畅自然希望小师妹能够百尺竿头更进一步，成为第二个浮萍剑湖的剑仙郦采。

至于他自己，希望不大了。修行到了元婴境这个份儿上，最终能够走到多高多远，其实心中早已有数。

修成金丹客，方是我辈人。可一旦结丹成功，天大的幸运之余，就会出现一条更加显著的分水岭。

这就像世俗王朝那些鲤鱼跳龙门的科举士子，有些人得了一个同进士出身，就已经欣喜若狂，觉得祖坟冒青烟，恍若隔世，随后几十年都沉浸在那种巨大的成就感当中。这些人，就像山泽野修，就像一座小山头仙家府邸里数百年不遇的所谓修道天才。

有些得了二甲进士，可能有人倍感庆幸，也可能有人犹有遗憾。这些人，多是大山头的谱牒仙师。

有些人得了一甲三名的榜眼、探花，觉得天经地义，美中不足。这一小撮人，往往是宗字头仙家嫡传子弟。

还有一种人，一举夺魁，得了状元，却只因为状元是最高的名次，仅此而已。刘景龙可以算一个。至于排名犹在刘景龙之前的那两个"年轻修士",当然更是如此。

顾陌,以及刘景龙的那个师姐,还有他荣畅,暂时境界各异,可是最终的成就,大概都差不多,可以奢望一下玉璞境,但也只是奢望。

隋景澄突然说了一句题外话:"荣剑仙,我们会顺路去一趟金鳞宫吗?"

荣畅笑道:"不顺路,但是可以去。"

隋景澄有些疑惑不解,难不成是带着她一起御风远游去往金鳞宫,然后再匆匆忙忙赶上渡船?

荣畅解释道:"砸钱便是,渡船这边会答应的,对乘客做些补偿,只需绕路几天而已。"

隋景澄问道:"若是渡船乘客不愿收钱呢?"

荣畅笑道:"一名元婴剑修送钱给他们,他们该烧高香才对。"

隋景澄摇摇头。

荣畅正色道:"之前跟你说的,更多是一些宝瓶洲的禁忌和风俗,如今渡船还在北俱芦洲版图上空,还是我们这边的山上规矩。"

隋景澄笑道:"算了吧,以后等我修道有成了,自己去金鳞宫讨回公道。"

这次轮到荣畅摇摇头,顾陌则是笑得合不拢嘴。

听说那金鳞宫好像有一个不知名元婴坐镇,真实战力,肯定是元婴中的废物,但如果隋景澄打算自己解决恩怨,这就意味着她至少要成为一个金丹瓶颈剑修才可以。

剑修寻仇或是问剑于一座仙家门派,从来都是一人一剑,与整座山头为敌,先破山水大阵,再破修士法器齐出的围攻大阵,最后才是与一座修行门派的顶梁柱厮杀,这就相当于纯粹武夫一人一骑,在沙场上凿阵杀穿一座重甲步阵,不是开玩笑的事情。北俱芦洲历史上,不知死了多少个不知天高地厚的问剑剑修。

隋景澄微笑道:"我知道这需要等待一段很长的岁月,不过没关系。"

荣畅心想:倒也未必,只要你哪天重新成为那个魂魄完整的浮萍剑湖小师妹。

隋景澄犹豫了一下,轻声说道:"荣剑仙,我觉得远游历练,还是小心为妙。"

荣畅忍住笑,点头道:"好的。"

顾陌点头附和道:"荣剑仙,要谨慎啊,许多江湖老话,要听一听的。"

隋景澄不理会顾陌打趣自己,继续说道:"荣剑仙你看待渡船乘客的有些眼神,太过明显了,修为可以隐藏,但是一名剑仙的某些气象,很难掩饰,落在有心人眼中,难免就会让他们多出一份戒备,真要是一伙亡命之徒,说不定虽只是洞府境的战力,会拉拢帮凶,尽量变成观海境,观海境会变成龙门境,以此类推,小事就成了大事,大事就成了祸事。"

隋景澄想了想,觍颜道:"可能是我修为低,一路行走江湖,遭遇过几次险境,有些风声鹤唳了。荣剑仙就当我是井底之蛙,胡说八道。"

顾陌没了先前的玩笑神色。不是说隋景澄的道理太对,而是作为三十余年来只走过一趟江湖的半吊子修士,隋景澄就有如此心性,肯定要比她顾陌……愿意动脑子。

荣畅微笑道:"我自有计较。"

他好歹是一个元婴境剑修,又常在山下行走,不同境界的生死厮杀更是许多次。但是隋景澄的提醒,并不差。

似乎小师妹变成了眼前的这个隋景澄,不全是坏事。

当年小师妹闯下大祸,导致浮萍剑湖与崇玄署云霄宫杨氏交恶,她被沉入湖底半年后,师父郦采就再没有让小师妹出门历练,小师妹自己也不愿意出去了,只是待在浮萍剑湖修行,变得喜欢独处,彻底不问世事。然后连同宗主郦采在内,整座浮萍剑湖都感到了一丝慌张,不是荣畅的这个小师妹修为是凝滞,而是破境太快!

短短二十年间,连破龙门、金丹两个瓶颈,直接跻身元婴境,这便是郦采敢说自己这个得意弟子,必然在下一届北俱芦洲年轻十人之列的底气所在。但是连荣畅都察觉到一丝不稳妥,总觉得如此破境,长远来看,极有可能会带来巨大的隐患,师父郦采自然看得更加真切,这才有了小师妹的闭关和太霞元君李好的悄然下山去往五陵国。

这一天,隋景澄还给了顾陌那支篆刻有"太霞役鬼"的金钗,但是按照她与郦采剑仙的一个秘密约定,顾陌不会将金钗带回师门,而是暂时交给荣畅保管,至于为何如此,顾陌不知深意,但是郦采剑仙与师父李好是至交好友,而顾陌炼化的一把飞剑,确实如陈平安猜测,是浮萍剑湖一个兵解剑仙的遗留之物,被郦采转赠给顾陌,所以顾陌对这位如同自家长辈的女子剑仙十分亲昵。

而隋景澄终于拿到了《上上玄玄集》的中、下两册。

上册阐述这门大道术法的根本宗旨,落在一般地仙手中就是一本鸡肋秘籍,却硬是被隋景澄修出个二境瓶颈,连荣畅都觉得隋景澄的资质,当得起天纵奇才了。中册才是按部就班的修行口诀,是名副其实的一部"金丹秘籍",下册更是跻身上五境的关键所在。

荣畅还给了隋景澄一枚浮萍剑湖祖师堂的特殊玉牌,不但象征嫡传身份,更是一件寻常上五境修士才会有的咫尺物,荣畅自己就只有一件方寸物。

渡船南下,其间经过了春露圃,稍作停留,乘客可以下船粗略游历渡口周边,能有两个时辰。

刘景龙走下船去,更多乘客还是御风的御风,飞掠的飞掠。

顾陌死皮赖脸跟在了这个陆地蛟龙身后,继续询问那些山上传闻。这要是回到了师门,还不得眼馋死那些个花痴师姐师妹?不光是自家太霞一脉,指玄、白云在内的好些个女修,对这名不是读书人更像书呆子的太徽年轻剑仙,仰慕得都快一个个光是提及名字就要流口水了。而说完了悄悄话,等到她们一转身,在各自师兄弟那边,好嘛,一个个冷若冰霜，不假颜色，看得顾陌大开眼界。

顾陌反正是打定主意了，回到师门，就说这刘景龙其实是个道貌岸然的大色胚，随便见到了一个女子，视线就喜欢往胸脯和屁股蛋儿瞥，而且还特别俗不可耐，刘景龙就中意脸上涂抹胭脂好几斤重的那种狐媚子，气死她们这些偷偷抹了些许胭脂水粉就不敢出门的女冠，等于是帮她们安心修行了不是？退一万步说，不也帮她们省下买胭脂的钱了？

于是顾陌看待这名太徽剑宗的年轻剑仙，已经从一开始的怎么看怎么不顺眼，变成了现在的越看越顺眼。

刘景龙在春露圃符水渡书肆买了一些书，犹豫了一下，还是开口说道："顾姑娘，虽然这么说有些不妥，可我真的不喜欢你。"

顾陌愣了一下，勃然大怒，问道："刘景龙，你脑子进水了吧？"

刘景龙不怒反笑，果然有用！

顾陌有些慌张，看样子是真进水了？眼前这位，该不会是一个假的刘景龙吧？

刘景龙继续散步，一身轻松。

顾陌生怕这家伙失心疯了，便稍稍放缓脚步，不敢跟他并肩而行，更不敢笑嘻嘻看他了。

刘景龙转头笑道："顾姑娘，你无须如此，我们还是朋友。"

顾陌差点没忍住一脚踹过去，只是掂量了一下两人的修为，总算忍住了，只是气得牙痒痒，转身就走。

刘景龙有些感慨，跟陈平安比，在这种事情上，好像自己还是差了些道行。不过大方向应该是对的。

隋景澄去了一下春露圃老槐街，逛了一下那座不大的蚍蜉店铺。陈平安与刘先生闲聊的时候，说起过这份家当。荣畅当然一路跟随。

隋景澄头戴幂篱，手持行山杖，进了铺子，店铺掌柜是个热络殷勤的人，情绪饱满，三言两语便大致介绍了蚍蜉铺子如何好，还不至于让人厌烦。

隋景澄悄悄问道："荣师兄，我可以跟你借钱吗？"

如今她虽然得了那件祖师堂嫡传玉牌，不过仍是浮萍剑湖宗主郦采的记名弟子，所以称呼荣畅为师兄，没有问题。

荣畅以心声笑道："师父为你预留了一百枚谷雨钱，隋师妹可以随便开销，不算借。荣师兄这边还有一点家底，也不用还。"

浮萍剑湖与崇玄署云霄宫杨氏，分别拥有一座龙宫小洞天的两成和三成收入，其余五成，当然是地头蛇的。

那座三十六小洞天之一的龙宫洞天，位于大渎最深处的水底，风景可谓光怪陆离，既是名动一洲的游览胜地，更是练气士修行水法的绝佳去处，光是在那边长久租借修道府邸的地仙修士，就有十余人，一年收入之巨，可想而知。哪怕只是两成的分红，对浮萍剑湖而言，也是一笔相当夸张的进账。

宗主郦采却分文不取。龙宫小洞天每六十年一结账的所有神仙钱，全部作为浮萍剑湖祖师堂的家产，按照修士的境界高低、天资好坏以及功勋大小，分给除了她之外的所有宗门修士。这就是浮萍剑湖。

荣畅可以保证，就算师父郦采跌境了，不再是一位上五境剑修，可浮萍剑湖的宗主，还是郦采，而且只会是郦采。

不管如何，浮萍剑湖是真不缺钱。

何况师父郦采对待女弟子，一向推崇女弟子一定要富养的规矩，免得随便就给男子拐骗走。

不过这一百枚谷雨钱，一半其实是师父郦采的私房钱，剩余一半是祖师堂理该划分给闭关小师妹的。

隋景澄看遍了蚍蜉店铺的多宝架，挑中了几件取巧物件，都不算什么灵器，砍价一番，花了不过十枚雪花钱。

然后隋景澄询问有没有镇店之宝，价格高一些，没关系。

那个从照夜草堂过来帮忙的年轻掌柜依旧热情，并未因隋景澄先前只买了几件廉价货便变脸，大致说了几件没放在前边铺子的昂贵物品，那张龙椅就算了，年轻掌柜根本不提这一茬，但是着重说了那法宝品秩的两盏金冠，说一大一小，可以拆开卖，稍大的，十八枚谷雨钱，稍小的，十六枚，若是一起买了，可以便宜一枚谷雨钱，总计三十三枚谷雨钱。

隋景澄问道："可以先看一看吗？"

年轻掌柜笑道："当然，看过了，若是不合客人的眼缘，不买也无妨。"

年轻掌柜绕出柜台，去开门。

荣畅瞥了眼门上的文字，有些哭笑不得。

四个大字：有缘者得。

四个小字：价高者得。

荣畅无法将这铺子主人，与绿莺国龙头渡那个青衫年轻人联系在一起。

隋景澄一眼就相中了那两盏金冠，没有砍价，请荣畅掏出三十三枚谷雨钱。一手交钱，一手交货。

抱着那只照夜草堂精心打造的槐木匣，隋景澄离开了蚍蜉铺子，走在老槐街上，脚步轻盈，心情极好。

年轻掌柜一路低头弯腰，将那两名贵客送到店铺外。目送他们远去后，只觉得匪夷所思。

其实他这个蚍蜉店铺的代掌柜,自己都有些心虚。

那对金冠,虽是货真价实的一对山上法宝,可真卖不到三十三枚谷雨钱的天价。

其实照夜草堂私底下有过估价。虽说是两件法宝,可以敕令出两个金身神女的庇护,功效类似法袍,同时兼具一定程度的攻伐之用,但终究不是一件法宝品相的法袍,所以二十五枚谷雨钱左右,比较公道,哪怕加上一些千金难买心头好的溢价,例如女子地仙看上眼了,撑死了就是二十八枚左右。

到了地仙境界,对于法宝的要求,其实很简单,越极端越好,这也是两顶金冠一直卖不出去的根本原因。不是没有客人喜欢,实在是价格过高,毫无实惠可言。

但是金冠和龙椅的价格,是那个剑仙掌柜当初亲口定下的,理由是万一碰到个钱多人傻的呢。照夜草堂对此也很无奈,总觉得至少要吃一两百年的灰尘。不承想……这才过去多久?

走出老槐街后,荣畅微笑道:"买贵了。"

隋景澄有些难为情,可是她真的很喜欢这对金冠啊。

隋景澄轻声道:"荣师兄,我接下来肯定什么都不买了。"

"我没有怪罪小师妹的意思。"

荣畅摇摇头,笑着说道:"我们师父买东西,还要豪爽,曾经相中一件十分心仪的漂亮法袍,硬要对方抬高价格,不然还就不买了。当时师父没有显露身份,对方被吓了个半死,以为碰到砸场子的了。事后得知是我们师父,就悔青了肠子,捶胸顿足,觉得应该直接将价格翻一番的。"

隋景澄由衷感慨道:"早知如此,就先去浮萍剑湖看一看了。"

荣畅松了口气。就凭小师妹这句话,若是师父郦采在场,肯定就要询问他荣畅最近有没有想买的法宝了吧。

回到渡船,两人落座后,关于两盏精致金冠的炼化一事,荣畅传授给隋景澄一门浮萍剑湖的炼剑口诀。

剑可炼,自然万物可炼。

荣畅说完数千字的炼剑口诀,隋景澄闭上眼睛,睁眼后,笑道:"记住了。"

荣畅便不再复述。

当年的小师妹,如今的隋景澄,虽然性情迥异,判若两人,可在修道天赋一事上,还是如出一辙,不会让人失望。

不过隋景澄还是让荣畅再说了一遍,免得出现纰漏。

随后顾陌在廊道那边使劲敲门,砰砰作响。

隋景澄开门后,顾陌急匆匆道:"隋景澄,隋景澄,我跟你说一个秘密啊,刘景龙可能被掉包了,咱们现在看到的,可能是另外一个人!"

隋景澄一头雾水,转头望向荣畅。

荣畅有些无奈,对顾陌说道:"别胡说。"

顾陌一屁股坐在椅子上,皱眉深思许久,一脸恍然大悟,然后一拳头砸在桌上:"好嘛,这个臭不要脸的王八蛋,原来是调戏我来着!"

荣畅起身离去。

顾陌这一路,都走得心境不稳,荣畅却不能多说什么。所幸这趟龙头渡之行,顾陌心境重新趋于道家推崇的清净境,这是好事。

那两个好似青衫先生的修士,功莫大焉。当然隋景澄也有功劳。

荣畅关上门后,顾陌便将事情经过向隋景澄说了一遍。

隋景澄以手抚额,不想说话。

你们俩修为都很高啊,怎么两个都是拎不清的。

这个刘先生也是,读书读傻了吧?怎的跟前辈待了那么久,也不学半点好?果然前辈说得对,修士境界真不能当饭吃。

顾陌疑惑道:"咋了?你给说道说道,难不成还有玄机?我可还是黄花大闺女呢。这类事情,经验远远不如你的。"

隋景澄涨红了脸:"你瞎说什么呢!"

顾陌哀叹一声:"算了。"

顾陌趴在桌上,侧脸望向窗外的云海。

隋景澄将玲珑可爱的稍小金冠放在桌上,也与顾陌一般趴在桌上,脸颊则轻轻枕在一条手臂上。她伸出手指,轻轻敲击那盏金冠。

顾陌轻声道:"我有些想念师父了。你呢,也很想念那个男人吗?"

隋景澄细语呢喃道:"你不说,会想,一说起来,就没那么想了,你说怪不怪?"

顾陌无奈道:"我咋个晓得嘛。"

两两无言。

顾陌蓦然神采奕奕,站起身,搬了椅子,屁颠屁颠坐在隋景澄身边,在她耳边窃窃私语:"隋景澄,我跟你说啊,这双修之法,路数很多的,而且半点不下流,本就是道家分支之一,堂堂正正,不然那些山上道侣为何要结为夫妻,对吧?我知道一些,例如那……"

隋景澄听了片刻,一把推开顾陌,恼羞成怒道:"你怎么这么流氓呢?!"

顾陌悻悻然道:"道听途说,道听途说。"

隋景澄满脸通红,猛然站起身,将顾陌赶出屋子。砰然关门。

顾陌咳嗽一声,学那姓陈的嗓音口气说道:"景澄,我来了,开门吧。"

隋景澄怒道:"顾陌!"

顾陌依旧语气不变:"景澄啊,怎的如此不乖巧了,喊我前辈。"

隋景澄环顾四周,抄起那根行山杖,开了门就要打顾陌。

顾陌早已蹦蹦跳跳远去,在廊道拐角处探出脑袋,嬉皮笑脸道:"哎哟喂,你这会儿的模样,我一个女子瞧见了都要心动。我觉得吧,那家伙跟你走了一路,肯定没管住眼睛,只不过他修为高,你道行低,没发现而已。唉,就是不知道到底你是亏大发了,还是……赚大发喽。"

隋景澄气得就要跑去追她。

顾陌已经神清气爽地返回自己屋子了,心情大好。

隋景澄关了门,背靠房门,嫣然一笑,坐在桌旁,戴起那盏金冠,手持铜镜。

之后摘了金冠,收起铜镜,隋景澄开始仔细翻阅《上上玄玄集》的中册。

修道之人,不知昼夜。

刚刚踏足修行之路的练气士,往往会对光阴流逝的快慢,失去感知。

这天深夜,隋景澄放下《上上玄玄集》的最后一册,转头望向窗外。

缺月梧桐,骤雨芭蕉,大雁秋风,春草马蹄,大雪扁舟,青梅竹马,才子佳人,名将宝刀,美人铜镜……

世间这么多的天作之合。那么隋景澄与前辈呢?

刘景龙在翻阅一本从符水渡买来的书,是关于各洲各国御制瓷器的杂书,是那个北俱芦洲最会做生意的琼林宗版刻刊印。

他突然皱了皱眉头,合上书,闭上眼睛。

在龙头渡翠鸟客栈,陈平安和自己聊了许多,大多一笔带过,不露痕迹。

有那艘打醮山坠毁的跨洲渡船,关于北俱芦洲东南一带的虮蜉,还有他家乡骊珠洞天的本命瓷一事。

这些话题,夹杂在更多的话题当中,不显眼,陈平安也确实没有刻意想要追求什么答案,更多是朋友之间无话不可说的闲谈。

但是刘景龙不笨,这其中是藏着一条线的,可能陈平安自己都没有察觉到。

打醮山跨洲渡船,北俱芦洲十大怪人之一的剑瓮先生,生死不知,渡船坠毁于宝瓶洲中部最强大的朱荧王朝,北俱芦洲震怒,天君谢实南下宝瓶洲,先是重返故国家乡——大骊王朝的骊珠洞天,继而去往宝瓶洲中部,掣肘七十二书院之一的观湖书院,先后接受三人挑战。大骊铁骑南下,形成席卷一洲之势。在北俱芦洲大宗门内并不算什么机密的骊珠洞天本命瓷一事。陈平安最早称呼自己,之后稍作改口,将齐先生修改为刘先生,最后再改称呼,变成齐景龙,而非刘景龙。陈平安如今才练气士三境,必须借助五行之属的本命物,重建长生桥。陈平安学问驳杂,却力求均衡,竭尽全力在修心一事上下苦功夫。

刘景龙重重叹息一声，站起身，来到窗口。

他相信陈平安此次游历北俱芦洲，绝对有着一桩很深远的谋划，而且必须步步为营，比他障眼法已经足够层出不穷的行走江湖，还要更加谨小慎微。

刘景龙自言自语道："难道是你的本命瓷，如今被掌握在北俱芦洲的某座大宗门手中？那么你今天要小心再小心，以后境界更高，就更要小心了。"

刘景龙心情沉重，若是在那商家鼎盛的皑皑洲，万事可以用钱商量，在北俱芦洲，就要复杂多了。尤其是一个外乡人，想要在北俱芦洲讲道理，更是难上加难。

刘景龙当然不介意自己站在陈平安身边，代价就是要么他从此退出太徽剑宗，要么连累太徽剑宗声誉崩毁。

而一旦他刘景龙涉足其中，麻烦事就会变得更麻烦，说不定就要引来更多原先选择冷眼旁观的各路剑仙。

这就是规矩的可怕之处。

北俱芦洲喜欢抱团，在一件事情可对可错、不涉及绝对善恶的时候，只要外乡人想要倚仗身份行事，本身就是错了，对于北俱芦洲的诸多剑仙而言，那就是在求我出剑了。历史上皑皑洲刘氏家主，龙虎山天师府道士，都曾经想要登岸北俱芦洲亲自追查凶手，结果如何，十数个上五境剑仙就堵在那边，根本没有任何人吆喝喊人，皆是自己主动聚拢在海边，御剑而停，无一例外，一句话都不跟你说，唯有出剑。

对此，火龙真人在内的世外高人，从来不管，哪怕火龙真人极有可能是龙虎山传说中的外姓大天师，一样没有出面缓和或是说情的意思。

而且一旦交手，剑仙选择递出第一剑，在那之后，就是不死不休的境地。每死一名剑仙，战场上极有可能很快就会赶来两个。

这就是北俱芦洲为何明明位在东北，却硬生生从皑皑洲那边抢来那个"北"字。

不服？

当年一桩大恩怨过后，北皑皑洲一洲汹汹，对俱芦洲大放厥词，还有皑皑洲大修士大肆辱骂数名战死于剑气长城的俱芦洲剑修，不但如此，还扬言要驱逐所有俱芦洲修士出境。然后当时还是东北俱芦洲的两百余名剑修，不约而同做好了御剑远游北皑皑洲的准备，其中上五境剑修就有十位之多。而且半数上五境剑修，都曾在剑气长城砥砺剑锋。动身之前，这拨剑修没有对北皑皑洲撂半句狠话，直接就联袂跨洲远游了。

当北皑皑洲骤然得知东北俱芦洲二百余名剑修距离海岸只有三千里的时候，几乎所有宗字头仙家都要崩溃了。因为对方扬言，要剑挑北皑皑洲，谁都别急，从东到西，一座一座，人人有份。至于北皑皑洲的那个"北"字，你们不是很稀罕嘛，留着便是。

在这一拨"开疆拓土"的剑修之外，还有陆续不断纷纷向西远游的剑修。最后是一个老秀才堵住了那拨剑修的去路。不知道一个老秀才面对两百余剑修，到底聊了什么，最终东北俱芦洲剑修没有大规模登岸，选择撤回本洲。

不过在那之后，北皑皑洲就没了那个"北"字。

刘景龙想起这些陈年往事，哪怕不曾亲身经历，只能从宗门前辈那边听闻，亦是心神往之。

太徽剑宗的两位剑仙就在当年跨洲远游之列，却从不愿意多说此事。

刘景龙只听一些宗门老人聊起，两位剑仙关于谁镇守宗门谁跨洲出剑，是有过争执的，大致意思就是一个说你是宗主，就该留下，一个说你剑术不如我，别去丢脸。

刘景龙开始反复推敲各种可能性。最好与最坏两种，以及这其中的诸多种种。

这与陈平安看待大小困局，是一模一样的脉络。

只是刘景龙思来想去，都觉得这是一场极有可能牵动各方的复杂局面。所以刘景龙打算多收集一些消息再说。

好心帮忙，有一点很重要，那就是别给人添麻烦。

刘景龙坐回座位。

琼林宗会是一个较好的切入点。因为这个财源滚滚的宗门十分鱼龙混杂，打探他们的消息，不会打草惊蛇。

还有一座与太徽剑宗世代交好的门派，听说就有做过骊珠洞天本命瓷的买卖，可以旁敲侧击一番。

此外，刘景龙还有一些想法。

无非是循序渐进，追求一个慢而无错，稳中求胜。

刘景龙大致有了一条脉络之后，便给自己倒了一杯茶水。

如今的北俱芦洲年轻十人当中，崇玄署先天道胎的杨凝真、杨凝性兄弟，刘景龙当然都很熟悉。尤其是跑去习武的杨凝真，更是一个喜欢钻牛角尖的。杨凝性排第九，哥哥杨凝真垫底，但是事实上，杨凝真的名次是可以前挪几位的。

排在第四，也就是刘景龙身后的那位，是一个山泽野修，是北俱芦洲历史上最年轻的野修元婴，属于那种特别能够一点一点磨死对手的可怕修士，哪怕玉璞境剑修都极难杀死他。既靠神通术法，也靠那件杀出一条血路得手的半仙兵，以及早年机缘之下"捡来"的半仙兵，一攻一守。而且此人性情阴沉，城府极深，睚眦必报，被誉为北俱芦洲的本土姜尚真。

一次报仇，他一人就将一座二流仙家门派屠戮殆尽，没留下一个活口。可怕的是他没有选择光明正大地硬闯山门，而是三次潜入，算计人心，到了一种堪称恐怖的地步。

等到一个玉璞境剑仙率领众人赶到，他刚好远离。那个仙家门派的老祖师刚好咽下最后一口气，金丹被剥离，本命元婴被点灯，就那么搁放在祖师堂的屋顶，熊熊燃烧。

山上山下，皆是一盏盏不断燃烧魂魄的修士本命灯，有些熄灭，化作灰烬，有些还有魂魄残余。一座原本灵气盎然的仙家山头，一股子阴森气息，如同鬼蜮。

刘景龙和他打过一次交道。刘景龙还出了剑。但是那人且战且退，甚至和他刘景龙说了一些肺腑言语，以及一些刘景龙前所未闻的山上内幕。

其中关于分心一事，就是此人的告诫。

这个野修，名为黄希。

黄希也曾做过一些莫名其妙的壮举，总之，此人行事从来难分正邪。

在他之前的那两位。第一人，不去多想了。只要他愿意出手，对方就肯定已经输了，哪怕高他一境，也不例外。这还是他从来不动用认主仙兵的情况下。就算是他刘景龙，难免都有些高山仰止，只不过刘景龙却也不会因此就心灰意冷便是。大道之上，一山总有一山高，从来如此。而且刘景龙坚信，只要双方差距不被拉开太远，自己就有机会追上。

至于第二人，名为徐铉。此人尚未出生之时，就有数座宗字头仙家伺机而动，据说中土神洲的世外高人亦有窥探。这其中必然牵扯极深。

徐铉在修行路上，最终炼化而成的五行之属本命物，堪称奇绝，气象之大，蔚为壮观。他有两个贴身侍女，一个专门为他捧刀，刀名咳珠；一个司职捧剑，剑名符劲。

作为北俱芦洲北方剑仙第一人白裳的唯一弟子，徐铉既是那个剑仙的大弟子，也是闭关弟子。

关于徐铉的传闻，不多。但是每一个，都很惊世骇俗。比如他其实是琼林宗的半个主人，而琼林宗的生意早就做到了宝瓶洲，甚至是桐叶洲。又比如他的志向之一，是击败恩师白裳。最近的一个天大传闻，则是徐铉希望与清凉宗女子宗主贺小凉，结为道侣，只要她答应，他徐铉愿意离开宗门，转投清凉宗。

可无论是弟子扬言要击败师父，还是离开宗门，大剑仙白裳始终无动于衷，不过听说白裳如今在闭关，试图破开仙人境瓶颈。这应该就是白裳没有一起去往倒悬山的原因。没有人会质疑白裳的气魄，因为白裳在一生中，曾两次投身于剑气长城的城头之上，在那边待了将近七十年。

由于徐铉从未出过手，以至于北俱芦洲到现在都不敢确定，此人到底是不是一名剑修，就更不用谈徐铉的本命飞剑是什么光景了。

但是没有人质疑徐铉高居年轻十人的榜眼位置。因为徐铉破境，先后跻身洞府境、金丹境和元婴境三大修士门槛，皆有气势恢宏的异象发生。

有人说徐铉其实早就跻身上五境了，只是白裳亲自出手，镇压了全部异象。

而徐铉又是十人当中，最年轻的那个。比排在第四的黄希，还要年轻三岁。

然后才是太徽剑宗刘景龙。

排第五的,是一个女子武夫,如果不算杨凝真,她便是唯一一个登榜的纯粹武夫。

排第六的,已经暴毙。师门追查了十数年,都没有什么结果。

排第七的,与人在砥砺山一战,两败俱伤,伤及根本,所谓的位居十人之列,已经名存实亡。对方是一个敌对门派的年迈元婴境剑修,明摆着是要用自己的一条命毁去这名年轻天才的大道前程。既然明知是陷阱,都没能忍住,而是选择应战,那么这就是下场,大道从来无情。

排第八的,便是那名水经山卢仙子。

但是如今又有些传闻,有几个横空出世的山上新人,完全有资格跻身十人之列,甚至名次还不低。

刘景龙翻开一些字帖和画集,最近他在研究草书字帖上的篆籀笔意和八面出锋。这就是练剑。

观摩名家画卷上的写意和白描,也是练剑。

读书之时,翻到一句"青引嫩苔留鸟篆",也是一份剑意。

刘景龙一直坚信所谓的"我讲道理",会是一个从复杂到简单的过程,水到渠成。

就像读书读厚再读薄,最终可能只留下点睛之笔的三言两语,却可以伴随终生,受益终身。并且支撑起一肚子学问的根本道理,如那一座屋子的柱廊与横梁,相互支撑,却不是相互打架,最终道心便如那白玉京,层层递高,高入云海,不但如此,屋子占地还可以扩大,随着掌握的规矩越来越大,所谓有限的自由,便自然而然,无限趋近于绝对的自由。

夜深人静,刘景龙一直在挑灯读书。

所有人都觉得他在分心,所幸终究有人不这么觉得。

一袭青衫,沿着一条大渎往上游行去。

入秋时分,这天在江湖市井,陈平安突然找了家老字号酒楼,点了一份金字招牌的火锅。

多有江湖豪客在那边大呼痛快,满头大汗,依旧下筷如飞。其中一个可能是读过书的江湖人,大醉酩酊,没来由说了一句话,让陈平安多点了一壶酒。

那人说,弱者簇拥在烈火鼎沸的油锅,就是强者桌上下筷的火锅。

陈平安大碗喝酒,觉得宋老前辈说得对,火锅就酒,此间滋味,天下仅有。

第四章
思无邪

一老一小两个道士，走在中土神洲的大泽之畔，秋风萧瑟，老道士跟弟子说是要去见一个故交老友。年轻弟子也没问到底是谁、境界高不高，因为没必要。

当年在孤悬海外的那座岛屿，被一位读书人拒之门外，年轻道士对自己师父的修为，便又有了一些感慨。尤其是师父说那读书人不是什么陆地神仙，更不是玉璞境、仙人境和飞升境后，年轻道士原本想要安慰师父几句，只不过一看到师父浑不在意的模样，也就作罢了。如此更好，师父斩妖除魔的本事不济，他这个当弟子的，道法稀烂，好像也情有可原？

后来师父带他登岸中土神洲，去了趟自家师门上宗的中土龙虎山，结果年轻道士张山峰被师父留在了山脚。他有些遗憾，不过觉得师父面子应该是不够大，无法带人一起登山，也就没说什么。师父只说这趟登山，是想要与那些黄紫贵人求一件事情，若是成了，他张山峰就可以登山了，张山峰便让师父用点心，与那些黄紫贵人好好说话，别像在自家山头那般混不吝，毕竟自己能不能拜访天师府，就全靠师父了。老道士说："师父办事，你有什么不放心的。"

张山峰眼神哀怨，心想自己在趴地峰修行那么多年，师父你到底办成了什么事？偶尔有些别脉的道人赶来找你老人家谈事情，你要么在呼呼大睡，要么就让自己和几个上了岁数的师兄帮忙推脱。久而久之，太霞、白云和指玄三脉的同门道人，还没谈事情呢，见着自己露面，就立马叹气，转身就走，毫不犹豫。虽说弟子帮师父解忧，天经地义，可弟子次次帮师父挡灾，就说不过去了吧？

老道士登山没多久，就下山了，说事情不成，应该是要害得弟子没办法去天师府长见识了。

张山峰便说没关系，还反过头来宽慰了老道士几句。

老道士满怀感激，无比感慨，说："山峰啊，你这样的弟子，真是师父的小棉袄。"

张山峰仰头看了一眼远处的龙虎山，仙气缭绕，仙鹤长鸣，宝光蕴藉，便有些失望，只不过这种失望，不是对师父的失望，而是对自己。当年按照师父的吩咐，离开了山头，心想就别在自家山头附近逛荡了，要去远一些的地方看看风景，于是他就乘坐渡船直接去了远方。一番游历之后，失魂落魄，不愿意就这么返回师门，所以一咬牙，掏出几乎所有的神仙钱，乘坐打醮山渡船直接跨洲远游到了宝瓶洲，后来认识了一个朋友，再后来，又认识了一个，三人有分别，有重逢，又有离别。

历练之后，有些事情，张山峰拎得很清楚。所以对自己的师父，他越来越感恩。

老道士在大泽之畔某处停步，说："稍等片刻。"

张山峰背着竹箱站在一旁，轻声问道："师父，登门拜访，没带礼物？"

道袍之上绣有两条火龙的老道士愁眉不展道："着急赶路，给忘了。"

张山峰叹了口气："哪怕只是几枚雪花钱的礼物，那也是礼轻情意重。师父，我们是不是太不讲究了？下次你再要拜访好友，你与我事先说好，我来准备礼物便是。"

老道士想了想，点头答应下来。但他还是忍住了没告诉张山峰真相：咱们师徒若是带了礼物登门，厴泽水神怕是要误以为咱们是要先礼后兵，对他抽筋剥皮，膝盖多半会软。这尊大泽水神，虽说在浩然天下第三大王朝的水神祠庙中居第一位，可当年是真不会做人……做神祇，自己脾气又不太好，所以才会运转神通，焚煮大泽，等到整座大泽水面下降丈余之后，大泽水神终于开始跪地磕头，祈求自己法外开恩。

这会儿，施展了障眼法的老道士稍稍泄露了些许气象。

很快就有一个金袍老人辟水而来，上了岸后，却没说话。他是不敢，内心打鼓不已，战战兢兢，绷着脸色，害怕自己一个没忍住，就要跪下去痛哭流涕卖个可怜，说一些肉麻的马屁话，到时候惹得老神仙不喜，岂不是大祸？在这座大王朝和山上山下，他这尊品秩和修为都不算低的水神，说来也算是出了名的硬骨头，曾经还跟数位过境大修士打生打死，但唯有面对火龙真人，是例外。

一般大修士，撑死了也就是以术法和法宝打裂他的金身，虽然大伤元气，但凭借香火和水运修缮，金身便可以恢复。但是眼前这位火龙真人，却是不仅可以打得他金身稀碎如齑粉，而且他还毫无还手之力。更何况当年双方可是结了仇的。修道之人寻仇，百年千年再寻一次，不是常有的事？

至于火龙真人可以随意对一个山水神祇出手，中土书院却对这位老神仙规矩约束极少，有些古怪。

张山峰看了眼挺像是一个在此结茅修道的世外高人,再看看此人板着脸一言不发的冷漠神色,有些埋怨师父:瞧瞧,有半点故友重逢的喜庆气氛吗?难不成是师父觉得在龙虎山那边丢了面子,想要来这蜃泽水域,随便找个关系平平的道友,好在他这个弟子这边,显摆自己在中土神洲交友广泛?其实师父你真不需要如此。张山峰都有些心疼师父了。

张山峰咳嗽一声:“师父?”

神游万里的火龙真人哦了一声,对蜃泽水神微笑道:“好久没见了。”

蜃泽水神咽了口唾沫,笑容牵强道:“是很久了。”

火龙真人懒得与这个蜃泽水神废话:“与你讨要一瓶水丹。”

蜃泽水神差点当场就要流下眼泪。

一瓶蜃泽水神宫的本命水丹而已,让人捎话说一声的小事,哪里需要老真人亲自出马?多走这几步乡野小路,岂不是耽误了老神仙的修行?老神仙你知不知道,你这一现身,都快要吓破我这小神的胆子了好不好?

蜃泽水神只觉得劫后余生,回头就得在水神宫举办一场筵席,毕竟他这一千多年来,一直忧心忡忡,总担心下一次见到火龙真人,自己不死也要脱一层皮,哪里想得到只是一瓶水丹就能摆平。当然了,所谓一瓶水丹而已,也只是针对火龙真人这种飞升境巅峰的老神仙而言,寻常精通火法神通的仙人境修士都不敢这么开口。他这个品秩极高的中土水神,打不过也逃得掉,往水里一躲,能奈何?反正对方若是仗势欺人,真闹出了大动静,王朝与书院都不会袖手旁观。

蜃泽水神手中立即多出一只瓷瓶,小心翼翼问道:“一瓶就够?”

火龙真人笑了笑:“你觉得呢?”

蜃泽水神二话不说就要多拿出一瓶蜃泽水运精华凝聚而成的水丹。

火龙真人其实确实只需要一瓶,只不过突然想到自家山头的白云一脉,有人可能需要此物帮着破境,就没打算拒绝。

张山峰轻轻扯了扯师父的袖子。

火龙真人笑道:“你那朋友送了你那么一份大礼,又与你相交以诚,师父当年虽说对他有过一份馈赠,可事实上,以师父的辈分而言,还是不太够的,所以打算多送他一瓶水丹。既是帮你还人情,也是断一些因果。至于另外一瓶,是送给你白云一脉的师兄。”

张山峰没太听明白何谓当年馈赠和因果,不过一想到陈平安可以多拿一瓶水丹,终究是天大的好事。

火龙真人不介意弟子张山峰与陈平安大道同行,天长地久,但是一些琐碎的小因果,还是需要梳理一遍。

火龙真人接过两瓶水丹,与此同时,悄然在蜃泽水神掌心留下了一条纤细如丝线的火蛟,帮他淬炼神祇金身。拿人好处,总得礼尚往来。

而关于陈平安,其实当年火龙真人不愿拔苗助长。事实上,弟子张山峰,或者说自己,是欠了对方两个人情。

一是那方上代大天师亲手篆刻的印章,东西不贵重,但是对于张山峰而言,意义深远。这就是道缘。于道人而言,天大地大,道缘最大,法宝仙兵且靠边。

二是那把剑,只不过这就是另外一桩道缘了。也是此次火龙真人"求人"无果之后,愿意不在天师府发火的重要原因。

此次按照约定登山,火龙真人是希望弟子张山峰能够得到当代天师府大天师的授意,"世袭罔替"外姓大天师一职。天师府虽然认可张山峰未来大道可期,但是觉得大乱之世气象已有,远水不解近渴,断言张山峰在百年之内注定无法成为龙虎山的中流砥柱,加上天师府在这千年之间,又找到了两位外姓大天师候补,所以并未采纳火龙真人的提议。火龙真人在北俱芦洲真正飞升之后,中土龙虎山当天就会推出一位外姓大天师,虽说相较于火龙真人逊色颇多,可是和张山峰相比,自然有天壤之别。

当时在天师府祖师堂内,除了那位神色自若的大天师,其余黄紫贵人都有些道心紊乱,难免惶恐,害怕火龙真人一言不合就要动手。所幸老真人只是默然下山,带着弟子张山峰离开了龙虎山地界。

大泽之畔,屬泽水神如痴如狂,刚想要磕头谢恩,却被火龙真人以眼神示意,别这么胡来。屬泽水神赶紧稳了稳心神。

张山峰从火龙真人手中接过两瓶水丹,收入袖中后,笑逐颜开。

自己终于可以为陈平安做点什么了不是? 当年蹭吃蹭喝一路不说,还欠了陈平安好多债。在彩衣国鬼宅赊账的那件甘露甲,在梳水国渡口赊账的那把剑,后来与徐远霞在青鸾国那边身陷围杀困局,还不是陈平安出手相救?

火龙真人瞥了眼屬泽水神,后者立即心领神会,又咬咬牙,掏出随身携带的最后一瓶水丹,送给张山峰。

只是一个下五境修士? 真是火龙真人的趴地峰高徒? 虽说火龙真人脾气古怪,收取弟子从不以资质来定,可是老神仙既然愿意与一个弟子携手游历中土神洲,这个弟子怎会简单?

张山峰有些羞赧,虽然想要那瓶水丹,但又总觉得不厚道,便言语推脱了一番。

屬泽水神大言不惭,说这水丹在自家是最不值钱的玩意儿,双方第一次见面,他虚长几岁,理该送礼。他都没敢说是虚长几岁的前辈,不然自己若是小道士的前辈了,岂不是就要与火龙真人同辈了?

张山峰其实已经打定主意不收了,不过火龙真人劝他收下,说以后有机会独自游历中土神洲,可以还礼。

"还礼"二字，让屪泽水神听得头皮直发麻，内心惶恐万分。心想，别还了，咱这小小水神，高攀不起啊。

屪泽水神已猜出火龙真人是与龙虎山有关系的，因为在火龙真人焚煮大泽回到北俱芦洲之后的千年间，便经常会有天师府黄紫贵人下山游历，专程来此瞻仰战场。

张山峰这才收下第三瓶水丹，打了个稽首谢礼。

屪泽水神没敢多待，告辞离去。他要赶紧借助那条老神仙赠送的火蛟淬炼金身。在这之前，当然是要传令下去，辖境内所有湖泽精怪立即全部滚回老巢，谁敢管不住腿，他这个屪泽水神就要让他们扛不住自己的脑袋。

火龙真人带着张山峰继续徒步游历。

火龙真人有些重话，没有对弟子张山峰多说。

那个陈平安与北俱芦洲的因果牵扯极深，很容易让他这个弟子牵扯其中。但相信以陈平安的性情，就算身陷绝境，他也不会主动拉上张山峰。可是世事一团麻，虽然陈平安那么做了，但自己这个弟子也会有自己的主张，肯定会义无反顾投身其中。到时候自己这个当师父的，是像当年那样，任由北俱芦洲剑仙联袂出海，抵挡那拨龙虎山天师府道人；还是坏了规矩，下山拉扯弟子和陈平安一把？

不得不承认，陆沉推崇的许多道法根本，虽然乍一看很混账，乍一听很刺耳，实则推敲百遍千年之后，就是至理。

山上修行，人人修我，虚舟蹈虚，或飞升或轮回，自然山上清净，天下太平。一旦山上修道之人，以个人喜好决定山下命运，又有诸子百家的学问，东扯西拽，一团乱麻就会更乱。

人人讲理，人人不讲理。人人都有理，人人又都不算得道。

火龙真人在因缘际会之下，早年是去过青冥天下的。

既看到了那座天下道家不拖泥带水的好与不好，也看到了这座天下儒家人情凝结成网的好与不好。

果然青冥天下道家以一座白玉京，抗衡虚无缥缈的化外天魔，浩然天下以剑气长城和倒悬山抵御蛮荒天下，是有大道理的。

张山峰突然笑道："师父，我如今走过了中土神洲，便和陈平安一样，是走过三洲之地的人了。"

火龙真人笑着点头："都很了不起。"

张山峰问道："宝瓶洲年轻一辈的练气士，是不是比我们那边要逊色一些？"

火龙真人说道："两洲的大年份，差了一甲子光阴而已，接来下再看的话，所有人可能就会发现宝瓶洲的年轻人，越来越瞩目。不过话说回来，一洲气运是定数，可灵气多寡却没这个说法，哪个洲大，哪里正值年轻天才如雨后春笋般涌现的大年份，数目就会更加夸张。所以宝瓶洲想要让其余八洲刮目相看,还是需要一点运气的。就目前来看,师父曾经的故友,如今名叫李柳的她,肯定会出类拔萃,这是谁都拦不住的。马苦玄,也是只差一些岁月的得天独厚之人,他辅佐的那个女子,当然也不例外。这三人,相对而言,意外最小,所以师父会单独拎出来说一说。只不过意外小,也并不等于没有意外就是了。"

张山峰笑了:"陈平安肯定也会脱颖而出的,对吧?"

火龙真人点头道:"他应该算一个。可是最终高度,暂时还不好说,因为有太多的变数。"

张山峰说道:"师父,我眼光不错吧,在宝瓶洲第一个认识的朋友,就是陈平安。"

火龙真人说道:"我觉得陈平安的眼光也不错。"

张山峰想了想:"陈平安交朋友的眼光是不差,可是师父你收弟子的眼光,大概属于不好也不坏吧。毕竟有些从趴地峰走出去的师兄师姐,还是很厉害的。"

火龙真人沉默片刻,微笑道:"山峰啊,记住一件事情。"

张山峰好奇道:"师父你说。"

老真人感慨道:"以后你也会收取弟子,也会给他们传授道法,切记,不要觉得谁一定可以成为山巅之人,就格外喜欢那些弟子,其实是那些弟子身上的许多……好,兴许连当师父的都没他们好,所以才会注定让他们有更多机会登山登顶,如此你便可以多喜欢他们一些。这其中的先后顺序,别搞错了。资质一事,从来不是绝对。万物生发,婀娜多姿,风景没有什么唯一。许多宗字头仙家的老祖师,就修行修行修到了脑子生锈,拎不清这件小事,才会搞得一座山头没有半点人味儿。"

火龙真人转过头,看到自己弟子忍着笑,问道:"怎么了?"

张山峰笑道:"师父,就我如今这点道行,怎么好意思收弟子,不是误人子弟嘛。"

火龙真人笑道:"慢慢来,不着急。"

所谓的道法传承,薪火相传。可能从来不是多大的事情,无非是有人率先亮起一粒灯火,虽然光亮稀薄,却可以在漆黑的道路上,帮到后边的人。不然世道永远漆黑一片。

道生一,一生二,二生三,三生万物。

"山峰,想不想坐一坐琼瑶宗的仙家渡船?跨洲南下,远游南婆娑洲,沿途风景相当不错。"

"师父,打肿脸充胖子的事情,咱们还是别做了吧。"

"可是那边有好友邀请师父过去做客,盛情难却啊。"

"那我觉得师父你老人家的这个朋友,多半与师父关系平平了,不然岂会不知道师父手头拮据?"

"山峰啊，实在不行，那就只能让你受点罪了，师父斩妖除魔的本事，确实是差了点火候，可师父那一手还算凑合的缩地术法，你是领教过的。"

"那咱们还是乘坐跨洲渡船吧，钱财乃身外物，弟子登船之前，多备些干粮腌菜便是。"

"师父怎么就收了你这么个有灵性的弟子呢？"

"师父眼光好？"

"有道理。"

"师父，此次做客，总要备好礼物了吧？出门在外，终究不是在自家山头修行，还是要讲究一点礼数。"

"是个读书人，咱们随便路边摊上买几本书就行了，很好对付。"

"又是读书人？可别又吃闭门羹啊。"

"山峰，师父不得不与你说些真相了，其实师父的道法和名号，在自家山头之外，还是有几分薄面的。"

"那为何方才那个前辈都不乐意邀请咱们去府上做客？请我们喝杯茶也好啊。我总觉得那个前辈，其实很客气了，哪怕分明不太愿意见着咱们师徒，仍是礼数周到。这类光景，我可不陌生，当年我离开趴地峰在山下游历，好些煞气蒸腾的富贵门户，我想帮个忙，敲门说清楚情况之后，对方也不赶人，只是丢给我一把铜钱或是几粒碎银子，对方的意思，我都懂。"

"原来如此。"

"师父，以后你别总在山上睡觉，多去山下走走，这些粗浅的人情世故，弟子也是在山下历练出来的。"

"山峰啊，你上次下山途中，是不是半路遇到了一个老人？听说相谈甚欢？"

"嗯，那个老前辈说与师父是旧识，登山问道，我便给他指了路，又闲聊了片刻，聊完之后，那个老前辈好像挺开心的。"

火龙真人点点头，没有多说什么。

一个十二境剑仙离开了趴地峰后，跟市井长舌妇似的散布消息，能不开心吗？

等他什么时候返回北俱芦洲，自己就去趟那家伙的宗门，再让他开心开心，一次吃饱。

不过火龙真人有些黯然，修为再高，亦有人间多离别的伤感。

未必回得来了。断剑可回，人则未必。

倒悬山之外，剑气长城那边，剑气冲霄。

浩然天下，鸡犬相闻，炊烟袅袅，万家灯火。

有三个洲，有可能在转瞬之间，便失去这一切。

最后张山峰没来由地说了一句："师父，虽然你道法不高，但我觉得你已经是天底下最好的师父了。"

火龙真人笑道："这就对了，师父挑选弟子的眼光，与弟子看待师父的眼光，都不差。"

张山峰随口说道："师父，是不是等我哪天有你老人家这样的道法，就算修道小成了？"

火龙真人开怀笑道："算。"

天下道法，出自一人？

沉默片刻，火龙真人笑了笑，轻声道："福生无量天尊。"

之前的入夏时分，骑龙巷铺子那边，只剩下石柔一人看顾铺子生意。

裴钱已经离开了学塾，朱敛点头答应的，所以石柔就没说什么。

裴钱一走，周米粒就跟着去了落魄山。

从热热闹闹，一下子变得冷冷清清，石柔有些不太适应。

魏檗这段时日经常悄然来到落魄山，郑大风也经常离开山脚他一手督造而成的那座豪宅，来到朱敛这边。

藕花福地一分为四，落魄山得以占据其一。

当然是好事，可也有麻烦，那就是任何一座福地想要维持天地稳定，都需要"吃钱"，大把大把的神仙钱。尤其是想要把一座灵气贫瘠的下等福地，升为一座可以让福地当地人修行的中等福地，更是需要掌管福地之人，持续消耗神仙钱。简单而言，这就是一个无底洞。但是如果经营得当，就会像那桐叶洲玉圭宗姜氏掌握的云窟福地那样，起先任由福地鲸吞神仙钱，最终升为上等福地，形成一个相对稳固的格局后，开始出现可以帮忙稳固山水灵气的各方神祇，以及将灵气聚拢在各大仙家山头的修道门派，这非但没有拖垮姜氏家底，反而财源滚滚，最终反哺姜氏。福地的当地修士，以及受那灵气浸染、逐渐孕育而生的各种天材地宝，皆是财源。

最近魏檗和朱敛、郑大风，就在商议此事，到底应该如何经营这处暂命名为"莲藕福地"的小地盘。真正的命名，当然还需要陈平安回来再说。

如今这座小福地所在疆域，是昔年藕花福地的南苑国版图。人口总计两千万。

莲藕福地被落魄山拿到手的时候，灵气已经充沛许多，介于下等福地和中等福地之间，这就意味着南苑国众生，无论是人，还是草木精怪，都有希望修行。

但是问题症结在于，只要尚未跻身中等福地，哪怕南苑国皇帝和朝廷敕封了山水神祇，一样留不住灵气，这座福地的灵气会消散，并且去无踪迹，哪怕是魏檗这种山岳大神都找不到灵气流逝的蛛丝马迹，就更别提阻拦灵气缓缓外泄了。所以当务之急，是如何砸钱将莲藕福地升为一座中等福地。可砸钱,如何砸,砸在何处,又是大学问,不是胡乱丢下大把神仙钱就可以的,做得好,一枚谷雨钱说不定可以留下九枚小暑钱的灵气,做得差了,能够留下四五枚小暑钱的灵气都算运气好。

平时还好,一遇到这种事情,落魄山家底的不够雄厚,就一下子凸显出来了,比先前打造落魄山护山大阵,处处捉襟见肘时还要明显。

在如何一掷千金之前,又有难题:如何借钱,跟谁借钱,借多少钱。

在这两个大问题得到确定之后,才是如何与南苑国皇帝和种秋签订契约,以及随后如何偷偷安置仙家灵器法宝、散布修行秘籍等一系列琐碎事务,之后才是传授南苑国朝廷敕封山水神祇的一整套礼数、仪轨,以及落魄山到底如何从莲藕福地得到收益,保证不会涸泽而渔,又可以让一座中等福地有望跻身上等福地,在将来涌现出一拨可以被落魄山招徕的地仙修士——这更需要落魄山被迫担任"老天爷"的身份,来为莲藕福地定下条条框框的缜密规矩。

朱敛、郑大风和魏檗,各自拿出了一份详细章程,然后相互查漏补缺。

随后,朱敛难得主动给卢白象那边寄了一封信,要他拉拢势力之余,可以开始积攒神仙钱了。

至于给魏羨的那封信,只需要寄给崔东山就行了。其实说到底,还是寄给崔东山,反正是自家少爷的弟子学生,不用客气。

玉圭宗隋右边那封,用上了消耗重金的跨洲飞剑,朱敛忍不住骂了一句娘。要隋右边在不耽误自己修行的同时,记得讲一讲良心,有事没事就捞几件法宝送回娘家。

魏檗在商言商,他愿意和大骊朝廷已经相对熟稔的各方势力借钱,但是莲藕福地在跻身中等福地之后的收益,与牛角山渡口一样,需要有分成。

朱敛于是开始翻脸不认人了,咬死一件事情,魏檗除必须拿出足够的谷雨钱之外,莲藕福地的收益,只能占一成,而不是魏檗自己提议的两成,不但如此,朱敛还想要加上一个期限,千年为期,此后如果魏檗还想要分成,就要再拿出额外的谷雨钱,至于具体数目,到时候可以再议。郑大风当然是帮着朱敛的。

魏檗通过自己的秘密渠道大肆借钱举债的同时,开始与这两个家伙慢慢磨。

魏檗此举,朱敛和郑大风都没说什么,魏檗做事,自会拿捏分寸。

对崔东山收到密信后的各种可能性,三人倒是如出一辙,不管此人愿意掏出多少神仙钱,哪怕是以借钱的名义,与落魄山打交道都没问题,反正绝对不允许他掺和分成一事。

这天三人再度碰头,坐在朱敛小院中,魏檗叹了口气,缓缓道:"结果算出来了,至少消耗两千枚谷雨钱,最多三千枚谷雨钱,就可以勉强跻身中等福地。拖得越久,消耗越大。"

朱敛说道："老龙城范家和孙家的回信,还未收到。"

按照三人商议的定论,如果这两家愿意借钱给落魄山,落魄山则按约加息还钱给他们,可如果两家愿意各出一大笔谷雨钱,可以共同分去一成的福地收益,或是落魄山以半成收益加上一半无息本金偿还的方式,慢慢还钱。只不过三人也做好了最坏的打算,那就是两家都觉得收益太小或是太慢,婉拒落魄山。

如今阮邛已经从一座大骊新山岳那边返回龙泉郡,但是对于当邻居的龙泉剑宗这边,三人想都没想,谁都不会开这个口,因为双方不适合牵扯太深。陈平安终究是真正的落魄山主人,各种谋划,还是需要首先考虑陈平安的处境。

郑大风笑道："干脆让魏檗再举办一次夜游宴,蚊子腿也是肉,过两天跻身了玉璞境,再办一场,那就是两条蚊子腿了。"

魏檗无奈道："这么不要脸,不合适吧?"

郑大风转头望向朱敛,笑道："你觉得合适吗?"

朱敛正色道："我觉得挺合适啊。"

魏檗笑了笑："行吧,那我就再办一场,再收一拨神仙钱和各色灵器。"

郑大风说道："不过到时候牛角山店铺重新开张,高价售卖那些还没焐热的拜山礼,我觉得就真有些不要脸了。"

朱敛笑呵呵道："我来卖,当个店铺掌柜好了,又不用魏山神出面,怕什么。大不了让披云山放出话去,就说魏山神家里遭了毛贼,给偷了个一干二净。"

魏檗揉了揉眉心："还是在山水夜游宴举办之前,铺子就开业吧,反正已经不要脸了,干脆让他们晓得我如今很缺钱。"

郑大风啧啧道："一举两得啊,让人误以为你需要神仙钱帮忙增加破境机会,这第二场夜游宴就举办得极有深意了,拜山礼说不定比第一次差不了多少。"

朱敛和郑大风相视一笑。

随后三人又开始推敲提升中等福地的各个细节。

朱敛上次与裴钱一起进入藕花福地南苑国后,又独自去过一次。福地开门关门一事,并不是什么随便事,灵气流逝会极大,很容易让莲藕福地伤筋动骨,所以每次进入崭新福地,都需要慎之又慎。朱敛去找了国师种秋,又在种秋的引荐下,见了南苑国皇帝,谈得不算愉快,也不算太僵。后来是种秋说了一句点睛之语,看似询问朱敛身份,是否是那个传说中的贵公子朱敛,朱敛没有承认也没有否认,南苑国皇帝便当场变了脸色和眼神,减了些犹疑。

朱敛如今是那"谪仙人",南苑国皇帝当然忌惮不已。可如果这位从天而降的"谪仙人"是那朱敛,南苑国皇帝就只剩下畏惧了。

很简单,历史上是哪个武疯子一人杀九人,将其余九大宗师杀了个殆尽? 战场可就在南苑国京城！和这种人谈买卖，谁不怕？

朱敛最后便对那个南苑国皇帝随便说了一嘴，天外有天，外边的长生之法，可不是你们藕花福地可以媲美的，那么多炼丹修仙的皇帝死了，只是不得其法罢了。于是南苑国皇帝的眼神，就从畏惧变成了炙热。

国师种秋虽然忧心忡忡，当时却没有多说什么。

小院三人聊过了这桩大事，接下来还有一桩大事。裴钱练武一事。

嗷嗷叫，哇哇哭。二楼那边，几乎每天都是这样。

魏檗有些担心裴钱会心性大变，到时候陈平安回到落魄山，谁来扛这个责任？

郑大风说自己就是看山脚大门的，当然是朱敛这个大管家，朱敛说自己扛不住，还是让竹楼崔诚老前辈来吧，魏檗就有些无言以对了。

魏檗犹豫了半天，说了一句："如果陈平安真的发火了，反正我就躲到披云山，你们两个跑哪里去？"

郑大风看了眼朱敛："我好歹离竹楼远一点。"

朱敛微笑道："行了，不会有大问题的。真要有，也属于谁都拦不住的，可能我家少爷在山上会更好，可既然不在，事情又避无可避地发生了，我们就只能静观其变了。"

魏檗头疼，走了。

郑大风想了想，下了山，去了趟小镇。

郑大风去了趟杨家铺子，不是借钱，而是询问一些经营福地的注意事项。

吞云吐雾的杨老头没有开口回答那些鸡毛蒜皮的事情，只是讥笑道："真把落魄山当自个儿的家了？"

郑大风笑道："我觉得挺好。"

杨老头说道："这些小事，你寄信去北俱芦洲狮子峰，李柳会告诉你。"

郑大风点点头。

郑大风问道："那斤两真气符，我可不可以用在别人身上？"

杨老头说道："随你。"

郑大风便起身离去。

在前边铺子，郑大风趴在柜台上，和那师妹嬉皮笑脸了几句，把师弟憋屈得想要打人。

落魄山那边，一天拂晓时分，本该去往竹楼二楼的黝黑丫头裴钱，一路飞奔到落魄山山脚，坐在台阶上，偷偷抹着眼泪。再跨出一步，就算是离开落魄山了，所以她坐在那边发呆。

而且她知道，竹楼去迟了，自己只会吃更多苦。

等到她缓缓起身，打算登山时，却发现老厨子朱敛就坐在自己身后的台阶上。

裴钱手持行山杖,怒道:"老厨子,你是不是怕我偷偷跑回骑龙巷铺子?!我是那种胆小鬼吗?"

朱敛摇头道:"我没觉得你跑回骑龙巷有什么不好。"

裴钱一屁股坐回原处,将行山杖横放在腿上,双手抱胸,怒气冲冲。

朱敛坐在后边的台阶上,笑道:"如果是怕少爷失望,我觉得没有必要。你的师父,不会因为你练了一半的拳法就放弃,就对你失望,更不会生气。放心吧,我不会骗你。只有你偷懒懈怠,耽搁了抄书,他才会失望。"

裴钱眼泪一下子就涌出了眼眶。

每一次被陈如初背着离开竹楼,从药水桶里清醒过来,她死活都要去抄书,可是魂魄颤抖,身体颤抖,如何能够做到双手不颤抖?

这段时间,不管她如何咬牙坚持,不管用了多少法子,比如将手和笔捆绑在一起,始终没能端端正正写好一个字,已经积攒下很多欠债了。

朱敛又对那个纤细背影说道:"但是懈怠一事,分两种,心境上的松懈更可怕。你如果能够在练拳之余,哪天补上欠债,就不算真正的懈怠,你师父反而会觉得你做得对。因为你师父一直觉得,所有人都有做不好的事情,暂时的有心无力,不算什么过错。等到有心有力,还能一一补上,更是难得。"

裴钱抹了把脸,默默起身,飞奔上山。朱敛坐在原地,转头望去。

一天,朱敛在灶房那边炒菜,与平时的用心不太一样,而是精心准备了不少时令菜肴。

因为屋门口那边,站着一个摇摇欲坠的黝黑丫头,双臂颓然下垂,脸色惨白,一路晃荡到这边后,说她今儿有些嘴馋哩。所以朱敛就打算犒劳犒劳这黑炭丫头的五脏庙。

然后岑鸯机说有客人拜访落魄山,来自老龙城,自称孙嘉树。

朱敛当时系着围裙,哦了一声,只说先让那位孙家主等着,实在不行,就喊几声魏檗的大名,让这家伙先招待对方。

裴钱便说:"老厨子,你去忙大事吧,已经炒了好几碟菜了,够吃。回头我让米粒端上桌就成。"

在院子里帮裴钱扛着行山杖的小水怪,立即挺直腰杆,高声道:"暂任骑龙巷压岁铺子右护法周米粒,得令!"

裴钱嗯了一声,转过头,板着脸说道:"办事得力的话,以后等我师父回家,我再替你跟师父说些好话,让你升任落魄山右护法,也是有机会的。"

周米粒愈加挺起胸膛,咧嘴而笑,只是很快就闭了嘴。

可是灶房里边,朱敛头也没转:"我觉得现在手上忙活的,就是大事。"

裴钱犹豫了一下："老厨子,你还是去见那谁吧,炒那么多菜,吃不完咋整嘛。"

周米粒刚想要说些大义凛然的言语,结果被裴钱转过头,瞪了一眼,周米粒立即大声道:"我今儿不饿!"

朱敛这才放下锅铲,解了围裙,离开灶房和院子。

正屋那边,裴钱让周米粒将那些菜碟一一端上主桌,不过让周米粒奇怪的是,裴钱还吩咐她多拿了一副碗筷,放在面朝大门的那个主位上。

周米粒拿了一个大碗,盛满了米饭,和裴钱坐在一张条凳上,因为经常需要她这位右护法建功立业——周米粒需要帮着裴钱拿筷子夹菜喂饭——这是最近常有的事情。裴钱说了,小米粒做的这些事情,她裴钱都会记在功劳簿上,等到师父回家那一天,就是论功行赏的时候。

周米粒每给裴钱喂一口饭菜,她自己就狼吞虎咽一番,然后抬头的时候,就看到裴钱望着那个安安静静放着饭碗筷子的空位子。裴钱收回视线,似乎有些开心,摇晃着脑袋和肩头,跟周米粒说给她再盛一小碗米饭,今儿要多吃一些,吃饱了,明天她才能多吃几拳头。

周米粒起身后,屁颠屁颠端着空碗饭去搁在一旁小凳上的饭桶那边盛饭。背对着裴钱的时候,她偷偷抹了把脸,抽了抽鼻子,她又不是真笨,不晓得如今裴钱每吃一口饭,就要浑身疼。

这一天,是五月初五。

修道之人,宜入名山。

陈平安在芙蕖国深山遇到了一对书生主仆,是两个凡夫俗子,书生科举失意,看了些志怪小说和文人笔札,听说那些得道高人,莫不飘渺绝迹于幽隐山林,就一门心思想要找见一两位,看看能否学些仙家术法,总觉得比那金榜题名然后衣锦还乡,要更加简单些,所以辛辛苦苦寻觅古寺道观和山野老叟,一路吃了许多苦头。陈平安在一条山野小路见到他们的时候,年轻书生和少年书童已经面黄肌瘦,饥肠辘辘,大太阳的,少年书童在一条溪涧里辛苦摸鱼,年轻书生躲在树荫底下纳凉,隔三岔五询问抓着没,书童苦不堪言,闷闷不乐,只说没呢。陈平安当时躺在古松树枝上,闭目养神,同时练习剑炉立桩和千秋睡桩。最后书童好不容易摸着了一条带刺的黄姑婆,欢天喜地地双手攥住鱼儿,高声言语,说着"好大一条",和自家公子邀功,结果双手冷不丁被刺得锥心疼,鱼就跑了。那年轻书生丢了充当扇子的一张野蕉叶,原本打算瞅瞅那条"大鱼",结果只看到书童一屁股坐在溪涧中,号啕大哭。年轻书生叹了口气,说"莫急莫急",又说了句"得之我幸,失之我命"的安慰话,不承想书童一听,哭得越发使劲,年轻书生愁得蹲在溪边直挠头。

陈平安取出竹箱背在身上，手持一根崭新的青竹行山杖，飘落在山路上，缓缓而行。然后"偶遇"了那年轻书生和少年书童。陈平安摘下竹箱，卷起裤管和袖子，也不多说什么，下了溪涧，瞅准一处游鱼较多的地方，开始搬运石子，紧靠溪边，在上游建造堤坝，一横一竖再一横，然后在水浅不过一掌的自家地盘里摸鱼，很快就有好些黄姑婆和船钉子被丢到岸上。那书童眼睛一亮，觉得按照公子的说法，在江湖上，这叫醍醐灌顶，被相中根骨的武林前辈灌输了一甲子功力，在山上，这就是仙人扶顶传授长生法！

那书童都忘了手还火辣辣地疼，依葫芦画瓢，搬石舀水，果真也有收获，都是些喊不出名字的野溪杂鱼，虽然无法与那个"前辈"媲美，但是与自家公子对付一顿午餐绰绰有余。只是一想到火折子已经消耗殆尽，如何生火做饭烧鱼，年轻书生和书童又开始大眼瞪小眼。如果路线没错的话，距离最近的县城还有百余里山路，他们是真的好久没瞧见炊烟了。游历之初，觉得乡野村落那些鸡鸣犬吠烦人至极，这会儿却委实是有些想念了。

所幸那个瞧着半点不像歹人的年轻青衫客，又教了那书童一手绝活。只见年轻青衫客摘了几根狗尾巴草，将那些已经被开膛破肚清洗干净的溪鱼串起，然后随手放在溪畔大石上曝晒。书童不管三七二十一，现学现用便是，将那些大的有巴掌大小、小的不过尾指长短的溪涧杂鱼清洗干净后，一一贴放在了滚烫的溪畔石头上。

书生自报名号，芙蕖国鹿韭郡人氏，姓鲁名敦。他邀请青衫年轻人一起在树荫乘凉，书童则蹲在一旁，看着不远处躺在石头上晒太阳的十数条溪鱼，偷偷乐和。青衫年轻人自称姓陈，来自南边的小国，一路游历至此。鲁敦便与他闲聊，主要还是希望能够与这个负笈游学的陈公子同行，一起去往他的家乡鹿韭郡，他早已囊中羞涩，不然还剩下五六百里路程，怎么走？其实返乡路途中，是可以向两处与自家还算有世交之谊的当地郡望家族借些盘缠，只是他哪里好意思开这个口。尤其是距离较近的那户人家，有同龄人在此次京城春闱当中杏榜高中，他这要是跟乞丐似的登门拜访，算怎么回事。至于另外一处，那个家族当中有一个他心心念念的美娇娘，娴雅淑静，是出了名的美人，他就更没脸去了。

陈平安从竹箱里拿出一些干粮递给这对主仆。

鲁敦道谢之后，也不客气，分给书童一半。

三人一起吃着干粮。

陈平安便说了那些曝晒成干的溪鱼，可以直接食用，还算顶饿。

鲁敦和书童恍然大悟。

鲁敦到底是个读书人，便说自己曾经在一本《西疆杂述》上看到过一段类似的文字记载，说那烈日可畏，试将面饼贴之砖壁，少顷烙熟。

书童十分自豪。自家公子，果然还是很有学问的。

陈平安耐心听完鲁敦的阐述，在细嚼慢咽的时候，也思量着一些事情。

绿鸢国龙头渡购买的一套二十四节气谷雨帖，数量多，却并不昂贵，十二枚雪花钱，贵的是那枚谷雨牌，售价四十八枚雪花钱，为了砍价两枚雪花钱，当时陈平安费了九牛二虎之力。

在斗蟋蟀成风的荆南国买了三只竹编蛐蛐笼，打算送给裴钱和周米粒，当然不会忘记粉裙女童陈如初。

兰房国的三只小瓷盆，可以种植小青松、兰花等。兰房国的盆景，冠绝十数国，一样是三人人手一件，不过估计就算栽种了花草，裴钱和周米粒也都会让陈如初照料，很快就没那份耐心去日日浇水、经常搬进搬出。

金扉国的一座前朝御制香薰炉，以及一种巧夺天空的镂空金制圆球，依次套嵌，从大到小，有九颗之多。

陈平安最终没有答应和鲁敦、书童同行。不过最后将自己那些溪鱼赠予了他们，又送了他们一些鱼钩鱼线，两人再次致谢之后，继续赶路。

陈平安坐在山中溪边，开始呼吸吐纳。

这么多年远游，陈平安见过很多人，也钦佩很多。但是有一个人，在最为艰难的书简湖之行当中，看似很不起眼，只是人间泥泞道路上的小小过客，却让陈平安始终记忆犹新。

那是一个身世坎坷的乡野老妇人，当时陈平安正带着曾掖和马笃宜一起还债。

临近村落溪畔，陈平安见到了一个身形伛偻的穷苦老妪，衣裳洁净，哪怕缝缝补补，仍然没有半点破败之感。老妪刚好从溪边捣衣而返，挽着只大竹篮向家中走去。被她孙子死后化作的鬼物附在身上的曾掖，跑到老妪身边，使劲磕头。老妪便赶紧将那放满刚刚清洗干净衣裳的竹篮放在了满是泥泞的地上，蹲下身试图扶起那个她不认得的陌生少年。

那一幕，陈平安能够记一辈子。甚至可以说，老妪对陈平安而言，就像伸手不见五指的书简湖当中，又一粒极小却很温暖的灯火。

在老妇人身上，陈平安第一次清清楚楚地感受到了"从容"两个字的力量。

好像天地间的那么多无形规矩和苦难，结结实实落在老妪身上之后，却是那么不值一提。

世间有山上山下之分，又有富贵贫贱之别，可是苦难的分量，未必有大小之分。落在每个人头上，有人听了一句言语的难熬，可能就是别人挨了一刀的疼痛，但都是一般的难熬。这很难去用道理解释什么。

唯有"从容"二字，千古不易。

陈平安猛然睁开眼睛，竟是被迫退出修道之人的内视之法，心神大动！却绝非那种武夫走火入魔的紊乱气象。

陈平安只觉得双袖鼓荡,竟是完全无法抑制自己的一身拳意。心腹两处皆如神人播鼓,震动不已。

陈平安站起身,身形踉跄,一步跨入溪涧中,然后咬牙站定,一脚在山,一脚在水。

鼓响之际,体内气府窍穴火龙游曳而过,如一连串春雷震动,自然而然炸响于人身小天地。

鼓歇之后,陈平安便有了一颗英雄胆。

已经消失很久的圣人阮邛总算打道回府了。他先去了趟龙须河畔的铺子,见到了弟子徐小桥,然后在去龙泉剑宗本山神秀山之前,将两头附庸西边大山仙家府邸却不守规矩的精怪,随手丢出了地界之后,这才返回自家山头。在董谷、徐小桥之后收取的十二名弟子,被董谷喊到一起,让他们一一出剑演武。阮邛始终面无表情,也未指点这拨记名弟子什么具体的剑术,坐在条凳上看完之后,就起身打铁铸剑去了。这让那拨原本意气风发的记名弟子一个个惴惴不安。

那个喜好穿着青色衣裳的大师姐,从头到尾都没有露面。四师兄谢灵倒是在场,叹了口气,就返回自己的宅子继续修行了。

阮邛一现身,便不断有人赶赴龙泉剑宗,希望能够得到这座宗字头仙家的青眼。既有被大骊权贵门庭护送而来的年轻子弟,也有单独赶来的少年少女,还有许多希冀着成为山上客卿供奉的山泽野修。可谓鱼龙混杂。

这让阮邛名义上的大弟子董谷,有些不胜其烦。他既要给暂时尚未记录在祖师堂谱牒的十二名同门晚辈当那半个传道授业的师父,又要管着宗门上上下下的大小事务。十二人在龙泉剑宗已经修行一段时日,资质、天赋高低,相互间都差不多心中有数。人性也随之逐渐显露,有自认练剑天赋不如别人便分心在人情往来一事上的,有埋头苦练却不得其法、剑术进展缓慢的,有在山上恭谨谦让、下了山却喜好以剑宗子弟自居的,还有境界一日千里、远胜同辈的先天剑胚,已经私底下跟董谷请求多学一门风雪庙上乘剑术。

至于那些在西边大山建造府邸的仙家门派,多会拜访神秀山,自然还是需要董谷出面打点关系,那是一件很耗费精力和光阴的事情。大师姐阮秀肯定不会理睬,师妹徐小桥性情冷漠,天生不喜欢应酬,谢灵自然更不愿意与人赔笑脸说好话。

如果不是龙泉剑宗无须在钱财一事上劳心劳力,董谷都想要反悔,主动开口向师父阮邛请求开峰一事,然后好名正言顺地闭关修行。百年之内务必元婴,这是董谷给自己订立的一条规矩。毕竟与一早就是风雪庙剑修之一的徐小桥不同,董谷虽是龙泉剑宗谱牒上的开山大弟子,却不是剑修,这其实是一件很不合规矩的事情。阮邛不介意,但是董谷对此却极其愧疚,所以他就想到了一个最笨的法子,不是剑修,那就用境界来弥补。

至于师弟谢灵,已经孕育出一把本命飞剑,如今正在温养。不但如此,谢氏老祖,也就是那位展现出一人镇压一洲风采的北俱芦洲天君谢实,已先后赠送这个桃叶巷子孙两件山上重宝,一件是让谢灵炼化为本命物的北俱芦洲剑仙遗物,名为"桃叶",是那位剑仙兵解之后遗留在人间的一把本命飞剑,虽然不算谢灵的本命飞剑,可是一旦炼化为本命物之后,剑仙遗物,威力大小,可想而知。还有一只名为"满月"的养剑葫,品秩极高。

董谷心知肚明,在师弟谢灵眼中,根本没有自己这个师兄。不是说谢灵倚仗家族背景,便目中无人、倨傲跋扈,恰恰相反,在董谷这边,谢灵没有半点不敬,对董谷的真身身份更没有半点鄙夷,平日里谢灵能够帮上忙的,从不推脱,在一些个董谷跻身金丹境后的修行关键时期,谢灵便会主动代为传授剑术,这个谢家长眉儿,让人挑不出半点瑕疵。只不过谢灵根骨、机缘实在太好,山上,他眼中只有阮秀,山下,他也只盯着马苦玄在内屈指可数的几个年轻人。

到了董谷、谢灵这般境界,山上饮食,自然不再是五谷杂粮,多是依循诸子百家中药家精心编撰的食谱来准备一日三餐,这其实很耗神仙钱。

只不过龙泉剑宗家业大,弟子却少。阮邛又是大骊王朝的头等供奉第一人,每年都可以从朝廷那边领取一大笔仙师俸禄。至于董谷,由于是金丹境,早年又走过一趟书简湖,那时虽没怎么出手,但白白挣着了一笔不小的功劳,事后拿到了一枚刑部颁发的太平无事牌,如今还在大骊粘杆郎那边挂了个名,所以也有一笔数目可观的官家俸禄。

这天阮邛离开剑炉,亲自做了一桌子饭菜,独独喊来董谷。

董谷一看桌上那些市井门户的菜肴,就知道大师姐肯定会到。

果不其然,阮秀很快就进了屋子,自顾自盛饭,坐在阮邛一旁,董谷当然背对屋门,与师父阮邛相对而坐。

"慢点吃,没人跟你抢。"

阮邛自然而然往女儿碗里夹了一筷子红烧肉,然后对董谷说道:"听说原先的郡守吴鸢,被调离出新州了?"

董谷立即放下筷子,毕恭毕敬道:"龙泉郡升为龙州后,这个国师弟子,并未顺势成为龙州刺史,而是平调去了观湖书院以南的原朱荧王朝版图,在那座大骊新中岳的山脚附近,继续担任一地郡守。"

都猜测吴鸢当年是被国师寄予厚望,来此率先开疆拓土,不承想被小镇当地的四大姓十大族联手排挤得灰头土脸,吃了许多软钉子,虽说后来从县令升为郡守,但国师大人心中早有不满，所以此次郡升州，其实没有功劳也有苦劳的吴鸢，便被看似平调实则贬谪去了异国他乡。

龙泉郡升为龙州，占地广袤，下辖青瓷、宝溪、三江、香火四郡。小镇则依旧属于槐黄县。

袁县令如今顺势高升为青瓷郡郡守，龙窑督造官曹督造依旧是原先官职，不过礼部那边悄悄修改了督造官的官品，与一地郡守相当，所以两个上柱国姓氏的年轻俊彦，其实都属于升了官，只是一个在明处，一个名声不显而已。

龙州刺史是一个大骊官场的外人，来自藩属黄庭国，名叫魏礼，寒族出身，在黄庭国官品不过是正四品的小小郡守，结果到了大骊就成了名副其实的封疆大吏，这让大骊庙堂十分意外。事后有小道消息在京城流传，据说是大骊吏部尚书钦点的人选，所以也就没了争执。这等破格提拔藩属官员升任大骊地方重臣的举动，不合礼制？反正皇帝陛下都没说话，礼部那边也没折腾，谁敢蹦跶，真当关老尚书是吃素的？能够与崔国师据理力争还吵赢了的大骊官员，可是没几个。

除了官场上的变化，州郡县三位城隍爷也都有了定数，郡县两个城隍都是两大邻州举荐出来的当地英灵，虽说早早在大骊礼部那边记录在册，是各地文庙、城隍和山水神祇的候补，但是一般情况下，注定不会有太好的位置给他们，此次莫名其妙担任龙州辖境城隍，两个都属于得了个令人艳羡的肥差。

而作为神位最高的龙州第一任州城隍，这位城隍爷的水落石出，也在大骊官场闹出不小的动静，不少中枢重臣都在看袁曹两大上柱国的笑话。

因为州城隍不是两大姓氏举荐的人选，而是绣花、冲澹两江交汇处一个名为馒头山的小祠庙小土地。

阮邛缓缓道："吴鸢远离大骊本土，未必是坏事。"

董谷不太清楚大骊庙堂内幕，便不敢妄言什么。不过对于吴鸢的离去，董谷这边还是有些遗憾，因为这个年轻郡守十分会做人，与龙泉剑宗打交道的方式也让董谷很欣赏。

好在担任宝溪郡的新郡守，名为傅玉，是当年跟随吴鸢最早进入小镇县衙的佐官，文秘书郎出身。直到此人从幕后走到前台，许多已经共事多年的同僚才惊讶发现，原来这个傅郡守竟然是大骊豪阀傅氏嫡长房出身。傅氏可是那些个上柱国姓氏之外的豪族。

傅玉升为宝溪郡郡守后，很快就拜访了龙泉剑宗，董谷与之相谈甚欢，也算一桩不大不小的好事。

阮邛说道："以后山头这边的迎来送往，你别管了，这种事情你只要不推掉，就一辈子都忙不完，那还怎么修行？龙泉剑宗的立身之本，不是如何会做人。"

阮邛看了眼董谷，后者有些战战兢兢，大概是误以为自己对他这个大弟子不太满意。

阮邛难得有个笑脸："我收你为弟子，不是让你来打杂的。修行一事，分山上山下，你如今算半个粘杆郎，每次在山头这边遇到小瓶颈，不用在山上耗着，可借此机会出去历练，平时也可主动与大骊刑部那边书信往来。如今宝瓶洲世道乱，你下山之后，说不定可以捎带几个弟子回来。下一次，你就与刑部那边说好，先去走一趟甘州山地界，不管怎么说，风雪庙那边的关系，你还是要笼络一下的。"

董谷如释重负，点了点头。对这个师父，心中充满了感激。

师父的三言两语，既是为他减轻压力，又有传道深意，更关键的，等于是变相让自己获得风雪庙修士的认可。

阮邛突然拿起筷子，拍掉女儿想要伸向最后一块红烧肉的筷子："留点给董谷。"

阮秀这会儿已经盛了不知道第几碗饭了。

董谷不敢笑。

阮邛对董谷说道："那十二个记名弟子，你觉得如何？"

董谷便一一讲述了十二人的天赋和性情优劣。

阮邛望向自己闺女。

阮秀刚夹起一大筷子菜，轻轻抖了抖，少夹了些。

阮邛瞅着差不多已经见底的菜碟，干脆将菜碟推到她跟前。

阮秀笑了笑，问道："爹，今儿怎么不喝酒？"

阮邛摇摇头，突然说道："以后你去龙脊山那边结茅修行，记得别与真武山修士起冲突就是了。再就是不管遇到什么怪事，都不用惊讶，爹心里有数。"

阮秀点点头。

阮邛又问了些大骊的近况。

龙泉剑宗拥有宝瓶洲最翔实的山水邸报，由大骊朝廷亲自制定，定期送往龙泉郡披云山和神秀山两处。

阮邛没来由说道："其实当年我最想要收取的弟子，是那个刘羡阳。"

董谷听说过此人，和泥瓶巷陈平安是最要好的朋友，差点儿死在了正阳山搬山老猿手下。为此刘羡阳和陈平安算是与正阳山和清风城许氏结下了死仇。

清风城许氏当初将已经建好的仙家府邸贱卖给大骊朝廷，未尝没有忌惮陈平安的意思。后来清风城许氏又见风使舵，做了些亡羊补牢的举措，将一个嫡女远嫁给上柱国袁氏的一个庶子，还出钱出力，帮助袁氏子弟掌控了一支边关铁骑。毕竟没有人能想到那个泥瓶巷少年，能够一步一步走到今天。

阮邛和董谷不过是象征性吃了几筷子饭菜，然后师徒二人开始散步。

董谷轻声道："魏山神又举办了一场夜游宴,包袱斋遗留在牛角山渡口的铺子重新开张了,售卖之物,都是山水神祇和各地修士的拜山礼。"

阮邛笑道："看来落魄山那边很缺钱。"

相较于金丹境界的董谷,阮邛不但是玉璞境,更是坐镇圣人,所以看得更加高远透彻。魏檗此次破境,属于没有瓶颈的那种。准确说来,魏檗跻身上五境的瓶颈,早就被人打破了,而且破得极为巧妙隐蔽,阮邛也是长久观察之后,才得出这个结论的。魏檗追求的,是唾手可得的玉璞境更加无瑕,而不是能否破境。所以说阿良在棋墩山的那一记竹刀,很准。

阮邛心中惆怅不已。

一般意义上的大剑仙,他们的剑术高低、剑意多寡,其实境界稍逊一筹的上五境剑修,勉强还能看得到大致的差距。可是有些人的有些出剑,真是很多年之后才能看出力道。力极大却不显。归根结底,可能剑还是要落在人心上才见功力。

阮邛希望将来哪天,龙泉剑宗能够出现这么一个剑修,哪怕晚一点都无所谓。

董谷很快告辞离去。

阮邛眺望远方。

北岳地界,作为大骊的龙兴之地,有魏檗这个北岳山神,宝瓶洲唯一能够与之抗衡的山水神祇,不在中岳,而在南岳,是一个女子山神。

如今大骊中岳,即朱荧王朝的旧中岳,山岳正神依旧,可谓因祸得福,成为如今宝瓶洲的一洲中岳。

墨家游侠、剑修许弱,如今还坐镇山头,跟那位中岳神祇毗邻而居。

阮邛盯着的,是新西岳甘州山。由于距离风雪庙不算远,加上甘州山一直不在任何王朝的五岳之列,所以阮邛此行是最轻松的。也正因如此,他这个宝瓶洲第一铸剑师,还顺便去了趟风雪庙与师门前辈和师兄弟们叙旧,这其实就是大骊新帝故意送给龙泉剑宗的一桩扶龙功勋。

相较于许弱那边的暗流涌动、杀机四伏,和阮邛的无事一身轻,反观大骊新东岳磧山那边,那就是打得天昏地暗了。大骊大部分头等供奉是金丹元婴地仙,光是在那场大骊敕封山岳大典期间,就有过一场极其惨烈的厮杀,各国修士四面八方蜂拥而至,试图杀上山去,宰了大骊使节,最后连那"金泥银绳、封之印玺"的新帝敕封文书,差点都给一位敌对元婴修士打得粉碎。击退那些修士之后,大骊供奉可谓伤亡惨重。

随后大骊礼部右侍郎代天巡狩,又是一场摆明了是陷阱的围杀之局,依旧还有一拨拨各个覆灭之国的众多修士入局,慷慨赴死,这导致新东岳磧山一带,方圆千里,灵气紊乱至极。之后虽又有零星的修士动乱,不过磧山总算在一路坎坷中成了大骊新东岳,坐镇神祇是大骊旧五岳中的一尊。

比敕封五岳更大的一件事情，还是大骊已经着手在宝瓶洲南部选址，建造陪都。

宋集薪就藩于老龙城，等陪都建成，在宗人府谱牒上名为宋睦的宋集薪，便会遥掌陪都。其中一个选址就是朱荧王朝的旧京城，好处是无须消耗太多国力，明面上的坏处是距离观湖书院太近，至于更隐蔽的庙堂忌讳，自然是有些人不太希望新藩王宋睦，凭借陪都和老龙城的首尾呼应，一举囊括宝瓶洲半壁江山。不过最终落址何处，大骊朝廷尚未有定论。

作为大骊首席供奉，阮邛是可以建言的，大骊宋氏新帝也一定会倾听意见，只不过阮邛只会缄默罢了。

阮秀出现在阮邛身旁。

这次出山走过一趟风雪庙的阮邛轻声说道："以前爹小的时候，风雪庙师长们都觉得世道不会变太多，只需要好好修行，所以我们这些晚辈也是差不多的想法。现在所有老人都在感慨，已经完全看不透短短几十年后，宝瓶洲会是怎样一个光景。秀秀，你说这是好事，还是坏事？"

阮秀想了想，答非所问："龙泉剑宗少一座属于自己的洞天福地。"

阮邛神色凝重起来，以圣人神通隔绝出一座小天地："有两件事情：第一，当初龙脊山那片斩龙台石崖，一分为三，分别属于我们龙泉剑宗与风雪庙、真武山。但是你可能不太清楚，风雪庙负责看管、开采的斩龙台，其实差不多已经是一个空壳子了，爹一直假装没有看到，所以，这次拜访风雪庙老祖师，提及此事，祖师要我不用去管，相当于默认了斩龙台的不翼而飞。所以，你去那边结茅修行的时候，一样无须理会此事。第二件事，就是你所说的洞天福地，其实杨家铺子那边是可以做买卖的，有现成的，但是估计价格会比较难以接受。其实价格还好说，大不了赊欠便是。"

说到这里，阮邛看了眼女儿，忧心忡忡道："爹还是不太希望节外生枝。"

说到底，还是不希望阮秀过早入局。

阮邛所做的一切，从离开风雪庙，以消磨修为的代价担任骊珠洞天坐镇圣人，到自立山头，被大骊宋氏邀请担任供奉，等等，一切都是为了女儿。

阮秀却说道："爹，没问题的。杨老头是哪种脾气，爹你明白吗？"

阮邛笑道："爹还真不清楚。"

除了齐静春，骊珠洞天历史上那么多三教一家坐镇此地的各方圣人，恐怕没谁敢说自己清楚那位老人的想法。阮邛当然更不例外。

阮秀眺望小镇那边，掏出绣帕，拈起一块糕点，含糊不清道："很简单，谁更纯粹，谁有希望走得更高，杨老头就押重注在谁身上。我觉得我不算差，所以爹可以去试试看，至于怎么开价，不如就跟那位老前辈说，现成的洞天福地，不管多大，我们龙泉剑宗都要了，至于需要阮秀以后做什么，得看阮秀的心情。"

阮邛疑惑道:"这都行?"

阮秀眯眼而笑,大概是糕点滋味不错的缘故,心情也不错,拍了拍手掌,道:"试试看嘛。"

阮邛犹豫了一下:"真这么聊?"

阮秀点点头。她刚要伸手,阮邛已经施展圣人神通,悄无声息出现在杨家铺子后院。

阮秀叹了口气,还想爹带些糕点回来的。

不到半炷香工夫,阮邛一脸古怪地返回神秀山这边,看着自己这个闺女,摇摇头,感慨道:"难道真有天上掉馅饼的好事?"

和杨老头做生意,有一点是可以保证的,甚至比世间任何山水誓言更稳妥,那就是这个老前辈说出口的言语,做得准,不用有任何怀疑。

阮秀瞥了眼天幕,心想若是掉些糕点下来就好了。

位于宝瓶洲最南端的老龙城,在符南华迎娶云林姜氏嫡女、城主迎战九境武夫两件大事后,对于练气士而言,不过就是稍稍喘了口气的工夫,便迎来了一件更大的事情。

大骊宋睦,作为当今大骊皇帝同父同母的弟弟,如今成为宋氏最为煊赫的一位权势藩王,正好就藩于老龙城。其余先帝之子,虽各自也获得了藩王称号,离开大骊去往各大覆灭之国列土封疆,但全是三字王,远远不如宋睦这个一字并肩王,这般风光到吓人的地步。

这对于自由散漫惯了的老龙城而言,本该是一桩噩耗,可是包括符家在内的几大家族,好像早就与大骊朝廷通过气了,非但没有任何反弹抵触,反而各自在老龙城以北、朱荧王朝以南的广袤版图上,把生意做得风生水起,而且相较于以前的各自为政、界限分明,如今老龙城几大族开始相互合作,例如范家就与孙家关系紧密。无论是谁与谁一起打算盘挣钱,唯一的共同点,就是这些老龙城大族的商贸路线,都有大骊帮忙开道,只要手持太平无事牌,就可以向沿途所有大骊铁骑、宋氏藩属国寻求帮助。所以当符家让出半座老龙城内城作为宋睦的藩王府邸时,已经没有人感到奇怪。

不过作为一洲枢纽重地的老龙城,起先生意还是受到了一定程度的影响,不少将老龙城当作一块世外桃源和销金窟的练气士悄悄离开,静观其变。但是随着南边大洲的桐叶宗、玉圭宗先后表明态度,老龙城的买卖,很快就重返巅峰,生意昌隆,甚至犹有过之,尤其是宋睦入主老龙城后,并未改变任何现状,诸多修士便纷纷返回城中,继续享乐。

这天一个脱了藩王蟒袍的年轻人,离开藩邸,带着婢女一起去往外城一座陋巷药铺。

没有任何扈从,因为不需要。年轻人袖子里蜷缩着一条头生犄角的四脚蛇。更何况老龙城符家家主,就等于是他的私人供奉。

已经关门有几年的药铺那边,刚刚重新开张,铺子掌柜是个老人。铺子里还有一个眉心有痣的白衣少年郎,皮囊俊美得不像话,身边跟着个好似痴傻的稚童,倒是也生得唇红齿白,就是眼神涣散,不会说话,可惜了。

宋集薪走入巷子,秋意清凉,身边的婢女稚圭姿容愈加出彩。

当主仆二人跨过药铺门槛,那个老掌柜初来乍到,没认出眼前这个年轻公子哥的身份,笑问道:"可是买药? 客人随便挑,价格都写好了的。"

宋集薪皱了皱眉头,瞥了这个老人一眼,便开始挑选药材。稚圭自己从药铺搬了条凳子坐在门口。

老人笑了笑,这俩小家伙,还真不见外。

他如今可是天不怕地不怕,在整个宝瓶洲都敢横着走,当然前提条件是跟在那个白衣少年身边。

这个老掌柜,正是在彩衣国胭脂郡谋划不成的琉璃仙翁陈晓勇,他非但没有取得金城隍沈温所藏的那枚城隍爷天师印,还差点身死道消,连琉璃盏都没能保住。所幸国师大人和绿波亭,双方都没计较他这点疏漏。这也正常,崔大国师那是志在吞并一洲的山巅人物,哪里会介意一时一地一物的得失。不过当那个白衣少年找到他的藏身处后,他还是被坑惨了。怎么个凄惨? 就是惨到一肚子坏水都被对方算计得点滴不剩,如今他只知道这个姓崔的少年,是大骊所有南方谍子死士的负责人。

宋集薪心湖起涟漪,得到那句话后,开始走向药铺后院。

刚掀起竹帘,琉璃仙翁陈晓勇赶紧说道:"客人,后边去不得。"

宋集薪笑道:"我叫宋睦。"

琉璃仙翁陈晓勇想了想,笑容尴尬道:"客官自便。"

宋集薪转头望向门口那边:"不一起?"

稚圭转头笑道:"我就算了。"

她这辈子只怕三个人,一个已经死了,一个不在这座天下了,最后一个的半个,就在后院那边。

宋集薪便独自去了后院,走向大门打开的正屋那边,脚步轻缓,入门之前,还正了正衣襟。

他宋集薪能够活到今天,是屋子里边的那个人和叔叔宋长镜,一起做出的决定。至于他那个娘亲和皇帝"兄长",大概是不介意他在宗人府谱牒上重录又抹掉的。

跨过门槛,只见白衣少年仿佛将这间正屋大堂当作了书房,八仙桌上摊开一幅《雪夜栈道行骑图》,描绘细微,却又有写意气象,可谓神品。还翻开了一本私家书肆刊印拙劣的江湖演义小说,青铜小兽镇纸压在书页上,上面多有朱笔批注。

宋集薪作揖道:"宋睦拜见国师。"

崔东山趴在桌上,双脚绞扭在一起,姿态慵懒,转头看了眼宋集薪,笑道:"小镇一晃多年,总算又见面了。"

宋集薪毕恭毕敬说道:"若非国师开恩,宋集薪都没有机会成为大骊宗室,更别谈封王就藩老龙城了。"

崔东山语不惊人死不休:"当年你和赵繇,其实齐静春都有馈赠。赵繇呢,为了活命,便跟我做了桩买卖,舍了那枚春字印,其中得失,如今还不好说。至于你,齐静春留给你了那些书,只可惜你小子自己不上心,懒得翻,其实齐静春将儒、法两家的读书心得,都留在了那些书里边,只要你诚心,自然就可以看得到。齐静春不是那种不知变通的人,对你期望不低,外儒内法,是谁做的勾当? 若是你得了那些学问,你叔叔和我,可能就会让你衣服上多出一爪了。"

宋集薪神色如常。

崔东山点点头:"心性是要比赵繇好一些,也怪不得赵繇当年一直仰慕你,下棋更是不如你。"

崔东山指了指条凳,宋集薪端坐在长凳上。

崔东山始终趴在桌上,就像是与人拉家常,笑道:"宋煜章死得真是不值当。先帝当初建造廊桥的手段,见不得光,毕竟死了那么多大骊宋氏的龙子龙孙,宋煜章这个督造官,非但没有见好就收,赶紧和你划清界限,好好在礼部颐养天年,反而真把你这个皇子当作了自己的私生子,这如果还不是找死,还要怎么找?"

宋集薪腮帮子微动,应该是微微咬牙。

崔东山哈哈大笑,啧啧道:"你宋集薪心大,对于坐不坐龙椅,目光还是看得远,可心眼也小,竟然到现在,还没能放下一个小小落魄山山神宋煜章。"

宋集薪双手握拳,默不作声。

崔东山笑问道:"马苦玄对你的婢女纠缠不清,是不是心里不太痛快?"

宋集薪点点头:"我知道稚圭对他没有想法,但终究是一件恶心人的事情。所以,等到哪天形势允许我杀了马苦玄,我会亲手宰掉这个杏花巷的贱种。"

崔东山摆摆手,微笑道:"贱种? 别说这种不知天高地厚的大话。你这大骊宋氏子孙,所谓的天潢贵胄,在马苦玄眼中,才是贱种。何况,真武山肯定是要死保马苦玄的。除此之外,马苦玄的修行速度,一洲练气士都看在眼中。所以,你所谓的形势,可能越往后拖,就越没有。"

宋集薪摇头道:"锋芒太盛,物极必反。我既然是世俗藩王,身份难改,也就不需要与他捉对厮杀。世间杀人,拳头之外,还有很多。"

马苦玄在朱荧王朝，连杀两名金丹境剑修，一次是步步为营，戏耍对方，一次是近乎搏命，选择以层出不穷的压箱底手段硬撼对手。

马苦玄在先后两场厮杀中展露出来的修道资质，隐约之间，已成为当之无愧的宝瓶洲修行第一天才。

在马苦玄之前，有此山上公认的天之骄子殊荣的，数百年间只有两个，一个是风雷园李抟景，一个是风雪庙魏晋。

山上一直有个传言，李抟景若非为情所困，一旦被他跻身玉璞境剑修，就有机会顺利跻身仙人境，甚至是飞升境！到时候连神诰宗都压制不住风雷园，更别提一座正阳山了。所以李抟景当年的恩怨情仇，其实内幕重重，绝对不只是正阳山牵扯其中。只不过这些真相，随着李抟景兵解离世，皆成过眼云烟。风水轮流转，被李抟景一人一剑压制许久的正阳山，终于扬眉吐气，开始反过来稳稳压了风雷园一头，若非新园主黄河开始闭关，让各方势力不得不等待他出关，只有一个刘灞桥苦苦支撑，正阳山那拨憋了一肚子火气的老剑修们，应该早就一次次问剑风雷园了。

崔东山以手指轻轻敲击桌面，陷入沉思。

宋集薪没有任何急躁。他从来不觉得当了大骊藩王，就有资格在此人面前挺起腰杆，事实上哪怕换了件衣服，坐了龙椅，也一样。

崔东山望向屋外，没来由说道："在笼子里出生的鸟雀，会以为振翅而飞是一种病态。鸡啄食于地，天空有鹰隼一闪而过，便要开始担心谷米被抢。"

宋集薪细细咀嚼这两句言语的深意。

崔东山叹了口气："不谈这些有的没的，这次前来，除了散心，还有件正经事要跟你说一下，你这个藩王总不能一直窝在老龙城。接下来我们大骊的第二场大仗，就要真正拉开序幕了。你去朱荧王朝，亲自负责陪都建造一事，顺便跟墨家打好关系。一场以战养战的战争，如果只是止步于掠夺，毫无意义。"

宋集薪轻声问道："敢问国师，何谓第二场？"

崔东山笑道："没有修复和重建能力的破坏，都是自取灭亡，不是长久之道。"

宋集薪很聪明，有些理解这位国师的言下之意了。

崔东山继续道："大骊铁骑的南下之路，打碎了一切旧有规矩、王朝法统，这只是马背上的战场。接下来，翻身下马的大骊武夫，如何将我们的大骊律法颁布下去，才是重中之重，法规是死的，就摆在那边，所以关键在人，法之善恶，半在文书半在人。北边做得如何，南方做得如何，就是你这个藩王和皇帝陛下之间的一场考验，别把大骊关老爷子在内的那拨上柱国当傻子，一个个都瞪大眼睛瞧着你们俩呢。"

宋集薪沉声道："谢过国师点拨。"

崔东山笑了笑："知道为何先帝明明属意你来当皇帝，却在去世之前，让你叔叔监国？非要摆出一副皇位以兄传弟的架势？"

宋集薪脸色微变。

崔东山扯了扯嘴角，伸手指了指宋集薪："以前是先帝和藩王宋长镜，现在是新帝宋和、藩王宋睦。"

宋集薪嘴唇微动，脸色泛白。

崔东山说道："当皇帝这种事情，你爹做得已经够好了，至于当爹嘛，我看也不差，至少对你而言，先帝真是用心良苦了。你内心深处怨恨那位太后有几分，新帝不一样有理由怨恨先帝几分？所以宋煜章这种事情，你的心结，有些可笑。可笑之处，不在于你的那点情感，人非草木孰能无情？很正常的情感。可笑的是你根本不懂规矩，你真以为杀他宋煜章的，是那个动手的卢氏遗民，是你那个将头颅装入木匣送往京城的娘亲？是先帝？分明是也不是嘛。这都想不明白？还敢在这里大放厥词，依靠形势，去杀一个好似天命所归的马苦玄？"

宋集薪站起身，再次作揖而拜："国师教诲，宋集薪受教了！"

崔东山斜瞥了他一眼，说道："齐静春留给你的那些书，他所传授的学问，表面上看似是教你外儒内法，事实上，恰好相反，只不过你没机会去搞清楚了。"

宋集薪重新落座，一言不发。

崔东山摆摆手，宋集薪站起身，告辞离去。

宋集薪和婢女稚圭一起走出巷子。

崔东山来到门槛那边坐着，打着哈欠。

那个被他随手拎在身边一起逛荡的老掌柜，跑到院子中，谄媚问道："崔仙师，那人真是大骊藩王宋睦？"

崔东山说道："那小子骗你的，逗你玩呢。"

琉璃仙翁陈晓勇一脸尴尬。信还是不信？这是个问题。

崔东山挥挥手："继续当你的掌柜的去。"

琉璃仙翁陈晓勇赶紧离开院子。

崔东山换了个姿势，就那么躺在门槛上，把双手当作枕头。

当年彩衣国胭脂郡一事，只是众多谋划中的一个小环节。以入魔的金城隍作为线头，牵动彩衣国，是明面上的小小谋划之一，他和老王八蛋崔瀺的真正所求，更加隐蔽，他是要用一种合乎规矩和大道的婉转手段，放出白帝城那个被天师符箓压胜千年的可怜家伙，如今应该是叫柳赤诚了，暂时不得不依附在一个书生魂魄中。这个人情，对方不想还也得还。至于什么时候还这个恩情，就看崔东山什么时候找他柳赤诚了。

宝瓶洲这盘棋局上，还有很多这样不为人知的妙手。不过对于他们两个人而言，其实不算什么妙手，正常下棋罢了。

例如青鸾国那边，老东西相中的柳清风和李宝簏，还有那个韦谅，三人在一国之地所做之事，意义深远，甚至将来的影响有可能都要超出宝瓶洲一洲之地。只不过三人如今自己都不太清楚，到最后，率先明白意义所在的，反而可能还是那个都不是修道之人的柳清风。

偏居一隅，百余年间，做了那么多的琐碎事情。崔东山有些时候也会扪心自问，意义何在，如果听之任之，山崩地裂，换了乾坤，浩然天下是不是也等于吃够了教训，最终结果，会不会反而更好？

崔东山睁大眼睛，望着头顶咫尺之地的那点风景。

随波逐流的，是绝大多数的世人。再聪明一点，为人处世，喜欢走捷径，寻找省心省力的方便法门，万事求快，越快达成目的越好。这没什么错，事实上能够做到这一点，已经殊为不易。只不过就如先贤所说，人生如逆旅，我亦是行人。故而又有先贤说，世之奇伟瑰怪，种种非常之观，常在于险远，人迹罕至，唯有志者可以慢行而至，得见壮观。

崔东山叹了口气。世间万事一路推敲下去，好像到最后都是"没劲"两个字。

被陆沉从棋盘上摘出又重新落子的马苦玄，十境武夫宋长镜，风雪庙剑仙魏晋，朱荧王朝那个因祸得福、身负残余文武国运的年轻剑修，破而后立、梦中练剑的刘羡阳，书简湖那个秉性不改只是变得更加聪明、更懂规矩运转的顾璨，绝对有机会成为一个比刘老成还要老成的真正野修，生而知之的江湖共主李柳，阮秀，风雷园黄河，神诰宗精心呵护、祁真亲自栽培的那枚隐藏棋子，福缘深厚的谢灵，还有一些尚未脱颖而出或是名声不显的年轻人，都有可能是未来宝瓶洲汹汹大势中的中流砥柱。

崔东山坐起身，又发了一会儿呆，继续去八仙桌那边趴着。

视线转移，桌上那本摊开的江湖演义小说，是当年从大隋山崖书院带出来的，崔东山无所事事的时候，就会翻看几页，批注几句。

当下摊开的书页上，写书人写有"提剑摄衣，跃而登屋，瓦片无声，时方月明，去如飞鸟"一句，便有他这个翻书人的朱笔批语——"真乃剑仙风采也"。

崔东山挪开镇纸，往指尖吐了口唾沫，拈起书页轻轻翻过，又重新翻回，瞥了眼批语文字，不忘赞扬自己："好字好字，不愧是先生的弟子。"

崔东山抬起头，旁边房间那边站着一个浑浑噩噩的无知稚童。崔东山笑眯眯绕过八仙桌，弯下腰，摸着小家伙的脑袋，眼神慈祥道："小高承，要快快长大呀。"

第五章
本命瓷

　　陈平安从溪涧收回脚后，重重吐出一口浊气，右手抖腕一震，竟有些许灰烬散落。

　　当初陈平安右臂被割鹿山刺客以佛门神通禁锢，这是因果缠绕被彻底震散后的余烬。

　　刘景龙作为即将破境的元婴境剑修，点评河谷刺杀一役，也用了"凶险万分"一语，这门佛家神通，可能就占了一半。

　　陈平安蹲下身，双手掬水洗了把脸，望向水中倒影，歪着脑袋，用手心摩挲着下巴上的细密胡茬，有些担心自己会不会变成徐远霞那种大髯汉子。

　　陈平安伸手入水，摊开手掌，轻轻一压，溪涧流水骤然停滞，随即便继续流淌如常。他转换手势，手掌画圈旋转，脚边溪水漩涡越来越大，只不过他很快就停下了动作，溪水再次趋于平静。

　　以前跟张山峰一起游历，见过那年轻道士经常自顾自比画，拳也不拳掌也不掌，意思古怪，陈平安便学了些皮毛架势，只不过总觉得不对劲。这其实挺奇怪的。要说拳法强弱，一百个张山峰都不是陈平安的对手，何况陈平安学拳，历来极快，就像当初在藕花福地，种秋的根本拳架校大龙，陈平安看过之后，自己施展出来，不光形似，亦有几分神似，可是张山峰的拳法，陈平安始终不得其法。陈平安这会儿也未深思，只当张山峰的拳法，是山上修行道人一种独门养气功夫，需要配合道法口诀。

　　最底层的江湖武夫，之所以被笑称为武把式，就是因为只会点拳架、路数，不得真意，归根结底，真正的讲究和门道，还是那一口纯粹真气的行走路线，再深处，就是"神意"二字,那是一种玄之又玄的境界。同一拳种,拳意会有诸多偏差,同一个师父同样的一部拳谱,却可能是龙生九子,各有不同的光景,这与世人看山看水看风看雪,各有感悟是一样的道理,所以才会说师父领进门,修行在个人。

陈平安站起身,以一趟六步走桩缓缓舒展筋骨。

炼出一颗英雄胆,是六境关键所在。所谓的英雄胆,不是实物,而是那一口纯粹真气与武夫魂魄的修养之所,意义之大,有点类似修道之人的金丹。

陈平安先前说自己距离破境,只差了两点意思,如今有了一颗英雄胆,就只剩下最后一点意思了。事实上陈平安的体魄坚韧程度,早就媲美金身境了,崔诚的拳头打熬,和朱敛的切磋,天劫雷云里的淬炼,加上远游路上的那么多次厮杀,当然还有孜孜不倦的练拳,点点滴滴,都是一个纯粹武夫的外在修行。但是这一点,极有可能就是大瓶颈,距离跻身金身境就是一道天堑。

不过陈平安不着急,瓶颈越大越好,争夺最强六境的机会就越大。"最强"二字,陈平安以前几乎从不去想,当年的最强三境,那是在落魄山竹楼被老人一拳一拳硬生生锤炼出来的,跟陈平安想不想要,没有半枚铜钱的关系。落到十境武夫崔诚手上,是你陈平安不想就可以不要的吗?

陈平安的心路根本脉络之一的一端,便是姚老头所说的"该是你的就抓好,不是你的就想也别想",概括起来,无非就是螃蟹坊上那块佛家匾额上的"莫向外求"四字,自然而然就延伸出了"命里八尺,莫求一丈"的道理。这是被陈平安视为天经地义的道理,这是水到渠成的心路,所以陈平安在漫长岁月里的一言一行,都会受到潜移默化的影响。例如老龙城的武运,就被陈平安打退,而且是接连两次。还有陈平安几乎从不愿意主动进入洞天福地寻觅机缘,而是喜欢"捡破烂发小财"。

如世人见溪涧,往往只见流水潺潺,不见那河床。

陈平安曾经也不例外,这是陈平安在北俱芦洲这趟游历途中,不断观人观道、修行问心之后,才开始慢慢想通的道理。

知人者智,自知者明。很难的。

所有被一次次推敲琢磨、最终提纲挈领的学问,才是真正属于自己的道理。

陈平安重新坐在溪涧旁边,看了看南边。

不知道想起了什么,便笑了起来,做了一个敲栗暴的手势。

不知道裴钱如今在学塾那边读书如何了。

一艘来自骷髅滩披麻宗的跨洲渡船,在龙泉郡牛角山缓缓停岸。

一个身姿婀娜的女子,头戴幂篱,手持行山杖,身边跟随着一个散发金丹气象的护道人。正是跨洲南下的隋景澄、浮萍剑湖元婴剑修荣畅。

渡船进入宝瓶洲地界后，隋景澄就经常离开屋子，在船头那边俯瞰别洲山河。脚下就是那座大骊王朝。

荣畅先前进入从洞天降为福地的龙州后，远观了一眼披云山，感慨道："山水气象惊人，不愧是一洲北岳。"

北俱芦洲也有诸多五岳，只是相较于这座横空出世的披云山，仍是逊色远矣。

听闻北岳山神魏檗，即将破境跻身上五境，荣畅更是唏嘘不已。山岳神祇坐镇自家地盘，相当于圣人坐镇小天地的格局，是需要抬升一境来看待的。魏檗一旦跻身玉璞境修为，大骊就等于拥有了一位仙人境金身神祇，战力其实没那么重要，重要的是大骊国运，整个北岳地界的山水灵气、文武气运，可以因此而愈加稳固。

按照隋景澄的说法，魏檗与那个前辈，关系莫逆。

夜幕沉沉，牛角山渡船数量不多，所以披麻宗渡船显得格外瞩目。

渡船今夜会在此处停留一天，明晚才起程，方便北俱芦洲乘客游览这座破碎坠地的旧洞天。据说牛角山就有仙家店铺刚刚开张，至于能否捡漏，各凭财力和眼力。但是披麻宗渡船负责人也明确告知所有乘客，到了这宝瓶洲北岳地界，再不是北俱芦洲，而且龙泉郡还有风雪庙出身的圣人阮邛坐镇，规矩森严，不可以肆意御风御剑，任何人下船之后惹出麻烦，别怪披麻宗袖手旁观。

渡口处，出现了一个风采如神的白衣男子，耳边垂挂一枚金色耳环，面带笑意，望向隋景澄和荣畅。他身边不断有灵雀萦绕，隐约之间又有霞光流淌。

荣畅看不出对方深浅，那么身份就很明显了，整个宝瓶洲品秩最高的山神——魏檗。

隋景澄快步向前，轻声问道："可是魏山神？"

魏檗看了眼隋景澄手中的行山杖，一抬手，将那些飞雀轻轻赶走，然后微笑点头道："飞剑传信我已收到，就过来迎接你们了。"

荣畅有些讶异。哪有这么客气热络的山岳神祇？需要亲自出面迎接他们二人。说到底，他们只算是远道而来的外乡陌生人。

在之前的宝瓶洲，他荣畅一个元婴剑修，有此待遇，并不奇怪，可是在大骊披云山，荣畅不觉得自己有这么大的面子。

这座昔年骊珠洞天的地盘，别的不说，就是藏龙卧虎神仙多。北俱芦洲天君谢实，南婆娑洲剑仙曹曦，这就两个了，传闻都是小镇街巷出身。所以到了这里，谁也别拿自己的境界说事，笑话而已。

隋景澄有些惶恐，施了个万福："有劳魏山神了。"

魏檗摆摆手，笑容和善："隋姑娘无须如此客气。接下来是想要逛一逛牛角山包袱斋，还是直接去往落魄山？"

隋景澄说道："我们先去落魄山好了。"

魏檗点了点头，施展神通，带着隋景澄和荣畅一起到了落魄山山脚。

荣畅心中又是一惊。

这位大骊北岳正神，跻身上五境应该问题不大，山水契合的程度简直吓人。千里山河缩地成寸，被裹挟远游，荣畅发现自己那把本命飞剑竟是没有太多动静。

魏檗歉意道："毕竟是陈平安的山头，我不好直接带你们去往半山腰宅邸，要劳烦隋姑娘和荣剑仙徒步登山了。"

一个佝偻汉子鞋也没穿，从山门口那边宅子里光着脚就飞奔了出来，瞧见了隋景澄后，就懒得再看荣畅了。

魏檗介绍道："这位大风兄弟，是落魄山的看门人。"

郑大风站在魏檗身边，搓手笑道："是隋姑娘吧？要不要先去我家坐一坐，我与魏檗可以做顿消夜，就当是帮陈平安待客，为隋姑娘接风洗尘了。吃饱喝足之后，下榻休息也无不可。我家地儿大房间多，莫说是一位隋姑娘，便是隋姑娘再带几个闺阁朋友都不怕……对了，我姓郑，隋姑娘可以喊我郑大哥，不用见外。"

隋景澄有些不知所措。

魏檗无奈道："隋姑娘和荣剑仙，稍作停顿吃顿消夜，或是马上登山赶路，都没问题。"

结果隋景澄和荣畅就看到那驼背男人一脚踩在魏檗脚上，笑容不变："一顿消夜而已，不麻烦不麻烦。"

隋景澄小心翼翼道："那就去山上吧，有些事情还要和魏山神细说，飞剑密信，不便泄露太多。"

郑大风叹息一声，脚尖在魏檗靴子上重重一拧，魏檗神色自若，对隋景澄说道："好的。"

荣畅看得差点额头冒汗，剑心不稳。

四人一起缓缓登山。

郑大风压低嗓音，埋怨道："这么不仗义？"

魏檗笑道："先聊正事。"

郑大风怒道："兄弟的终身大事，怎的就不是正事大事了？他娘的涝的涝死，旱的旱死。"

魏檗微笑道："书中自有颜如玉，画上美人也多情。"

郑大风哀叹一声："终究是差了点意思啊。"

魏檗拍了拍郑大风肩头，安慰道："一表人才，还怕找不到媳妇？"

郑大风一肘打在魏檗身上："这种话换成陈平安来说，我觉得自己底气十足，你？"

隋景澄登山之时,环顾四周,心神沉浸:这里就是前辈的家啊。

荣畅则有些摸不着头脑,猜不透那驼背汉子的来历,分明是大道断绝、半个废人的纯粹武夫,为何与魏檗如此熟稔? 关键是两人也没觉得半点不对。

隋景澄放缓脚步,一个年轻女子从山上练拳下山,拳桩有几分熟悉,隋景澄便开始仔细打量起对方的相貌,还好,漂亮,又没那么漂亮。

郑大风笑着打招呼道:"岑妹子啊,这么晚还练拳呢? 实在是太辛苦了,郑大哥看你都瘦了。"

岑鸳机只是走桩练拳,置若罔闻,心无旁骛,一路下山而去。

郑大风点头赞赏道:"没关系,眼里没有大风哥哥,是对的,练拳要专心嘛,反正只要心里有大风哥哥,就够够的了。"

魏檗无奈道:"你就别耽误岑鸳机练拳了。"

郑大风嗤笑道:"我这是帮她淬炼心境。你不是武夫,懂个屁。这丫头片子每次山顶山脚来回打拳一趟,真正的门槛关隘在哪里? 就在我的山脚大门口那边。别看我每次坐在小板凳上什么都没有做,但是我那种杀气腾腾的眼神、暗藏玄机的言语,寻常女子武夫,有几个扛得住?"

魏檗一脸恍然大悟,点头道:"对对对,你说的都对。"

荣畅就纳了闷了,这个汉子,就凭那些言语和那种眼神,若是小镇土生土长的,怎的没被人打死? 还是说遭受重创,武道之路中途崩塌,就是这张嘴招惹祸事,所以才沦为落魄山的看门人? 不得不依附陈平安,寄人篱下? 还是说另有隐情,人不可貌相?

郑大风乐呵呵道:"你还真别不信,那姓郦的婆姨就没扛住嘛。终有一天,岑鸳机要感谢她大风哥哥的良苦用心,到时候少不得一把鼻涕一把泪抹在我身上,这一幕画面,真是想一想,就觉得感人肺腑。"

魏檗懒得再说什么。

荣畅这次剑心不稳得有些明显。

郑大风愣了一下,转移视线,疑惑道:"荣剑仙,你也有些大道裨益? 这不合理啊,我这路数,一般只针对女子的。"

荣畅笑了笑:"没什么,离乡千万里,方才有些感慨而已。"

只是荣畅再不敢将那驼背汉子当作寻常人。

元婴境剑修本命飞剑轻微颤鸣于心湖,一般武学宗师,如何能够瞬间感知?

到了半山腰,朱敛已经站在那边笑脸相迎。

一起进了朱敛宅邸,荣畅便告辞离去,郑大风领着他去了别处入住。

荣畅丝毫不担心隋景澄会有危险。山水神祇的气象,看辖境一地的山水便行了。

魏檗大道必然长远。那么一个既能够与刘景龙一见如故的"前辈",又能够与魏檗关系极好的年轻山主,门风到底是好是坏,不难知晓。

荣畅和郑大风在半路上遇到了一个粉裙女童。

郑大风笑道:"陈丫头,不用故意起来忙活的,宅子保管纤尘不染。对了,这位是来自北俱芦洲的客人,荣大剑仙。"

陈如初赶紧作揖行礼:"落魄山小丫鬟陈如初,见过荣剑仙。"

荣畅笑了起来。

一条文运浓郁的小火蟒?又是怪事。

陈如初掏出一大串钥匙,熟门熟路挑出其中一小串,开了门后,将那串钥匙递给荣畅,然后跟这个北俱芦洲剑修仔细说了一遍每把钥匙对应哪扇门,不过还说了下榻入住后,便是大大小小的房门都不锁也没关系,而且她每天会早晚两次打扫房间屋舍,若是荣剑仙不愿有人打搅,也不打紧,需要有人端茶送水的话,她就住在不远处,招呼一声便可以了。一鼓作气说完之后,便安安静静跟随两人一起进了宅子,果然干干净净,清清爽爽,虽说没什么神仙府邸的仙气,也没王朝豪阀的富贵气,可就是瞧着挺舒心。荣畅没什么不满意的。

郑大风跟荣畅笑道:"朱敛是咱们落魄山的大管家,陈丫头是小管家,有些时候朱敛也要归她管,我反正是特别喜欢陈丫头。"

陈如初腼腆一笑。

荣畅想了想,刚想要从方寸物当中取出一份见面礼,赠送给这个面相讨喜的丫头,陈如初已经要告辞离去。被郑大风笑嘻嘻按住小脑袋后,她只得停步。

荣畅拿出来一件小巧可爱的灵器,是一只鎏金竹节熏炉,不贵,可几枚小暑钱还是值的。

陈如初有些为难,总觉得太贵重了些,仙家器物中蕴含灵气多寡,她还是能够大致掂量出来的。

郑大风却笑道:"犯什么愣,赶紧收下呀。"

陈如初双手捧过那小熏炉,然后弯腰作揖致谢。

荣畅住下后,郑大风离开宅子,发现粉裙小丫头陈如初还站在门外不远处。

郑大风笑问道:"陈灵均呢,最近怎么没瞅见他的身影,又上哪儿晃荡了?"

陈如初轻声道:"最近他在鳌鱼背那边闹腾呢,玩心总这么大。"

如今自家老爷名下的山头可多了,除了租借给龙泉剑宗三百年的宝箓山、彩云峰和仙草山不说,还有落魄山和真珠山。后来又买入了距离落魄山很近、占地极大的灰蒙山,包袱斋离去后的牛角山,清风城许氏搬出的朱砂山,还有鳌鱼背和蔚霞峰,以及位于群山最西边的拜剑台,如今这六座山头都属于自家地盘了。除了秀秀姐姐她家,龙泉郡就数自家老爷山头最多啦。

郑大风一语道破天机："他啊，是见不得裴钱练拳吃苦，加上这么一对比，更觉得自己整天不务正业，心里边不得劲，就干脆眼不见心不烦，跑出去瞎胡闹。"

陈如初神色黯然。裴钱练拳，也太惨了些。不比当年老爷练拳好半点。

备好了药水桶后，每次背着昏死过去的裴钱离开竹楼二楼，事后她都要拎着水桶去二楼清洗血迹。地板上，墙壁上，都有的。看得她眼泪哗哗流，好几次一边清洗血迹，一边望向那个盘腿而坐、闭目养神的老前辈。可惜老前辈只是装傻。

郑大风拍了拍小丫头的脑袋："早点休息去吧，一天到晚忙碌同样的事情，感觉就这么做个百年千年，你也不觉得乏味，便是我都要佩服你了。那个陈灵均要是有你一半的耐心和良心，早他娘的可以靠自己的本事，让旁人刮目相看，哪里需要每天在陈平安这边蹭脸，在魏檗那边蹭座位。"

陈如初愧疚道："可是我修行太慢了，什么事情都帮不上忙。"

郑大风叹了口气："别这么想，落魄山没了陈丫头，人味儿得少去一半。"

陈如初瞪大眼睛，神采飞扬："真的吗？"

郑大风笑呵呵道："不许骄傲，再接再厉。"

陈如初使劲点头。

落魄山山头上，每天跑来跑去最多的，大概就是这个小丫头了。独来独往，一个人默默做着鸡毛蒜皮的琐碎事。好像从来没有人在意她，可其实谁都在意她。

在落魄山，卢白象之流，若是在外边吃了大亏，陈平安得知之后，就他那犟脾气，兴许还要与人磨磨蹭蹭，先好好讲一讲道理。可若是粉裙女童陈如初在山外被人欺负了，你看陈平安还要不要讲道理？

郑大风双手抱住后脑勺，缓缓而行，没去朱敛院子那边掺和什么。朱敛做事情，陈平安那么一个心细如发的，都愿意放心，他郑大风一个糙汉子粗坯子，有什么不放心的。

至于那个拜访落魄山的幂篱美人，郑大风看过了，也就看过了，这就像当年在老龙城灰尘药铺的光景。

秋夜月尤高。郑大风缓缓下山。有些期待将来陈平安下山去与人讲道理。例如正阳山，还有大骊京城。

最有趣的地方，是当陈平安决定去的时候，就一定是他的道理无论说与不说，对方都要不听也得听的时候了。

不过郑大风也很期待落魄山之外的那些山头，将来到底会有哪些人入住其中。

但是最值得期待的，还是如果有一天落魄山终于开宗立派，会取一个什么样的名字。之前闲聊提及这件事情，他和朱敛、魏檗不约而同地相视一笑，笑得很不客气。

山上小院那边，朱敛和魏檗听过了隋景澄的详细阐述，多是陈平安的山水历程和一路见闻。

魏檗收下了那根行山杖，准备从他的披云山寄给崔东山。这比朱敛以落魄山身份寄出，要合适。

除了行山杖，隋景澄还亲笔撰写了一封密信，陈平安交代她说给那位崔前辈的言语，隋景澄不愿意当面说给朱敛和魏檗听。并非信不过朱敛和魏檗，只是她的心性使然。这一点，她与陈平安确实很像。

魏檗收下了那封密信。隋景澄如释重负。

接下来在见到那位被陈平安说得神乎其神的崔先生之前，她就只需要在一个元婴剑仙大师兄的护送下，安心在宝瓶洲"游山玩水"了。不过她打算在落魄山和龙泉郡先待一段时日。反正理由很多啊，比如见一见前辈的开山大弟子裴钱，逛一逛牛角山渡口的仙家铺子，还有魏山神的披云山怎么可以不去做客？这儿当年可是三十六小洞天之一的骊珠洞天，不需要慢慢走上一走？甚至可以先去北边的大骊京城看一看，再乘坐长春宫渡船返回牛角山渡口，就又可以在这边歇一歇脚。

隋景澄被一个长得粉雕玉琢的可爱女童，领着去了宅子。

魏檗先去了趟披云山，寄出行山杖，然后返回朱敛院子这边。

朱敛在缓缓踱步，思量着事情。魏檗没有打搅，自己倒了一杯茶水。

打个比方，山水神祇的修为，是可以用金身来直观显露的，修士修为，则以气府积蓄的灵气多寡来衡量。那么在魏檗看来，藕花福地的画卷四人，南苑国开国皇帝魏羡，魔教教主卢白象，女子剑仙隋右边，当然各有各的精彩人生，而且也都站在了藕花福地的人间巅峰，可若是只说心境，其实都不如朱敛"圆满无瑕""凝练周密"。出身于钟鸣鼎食的顶尖富贵之家，一边悄悄学武，一边随便看书，少年神童，早早参加过科举夺魁，耐着性子编撰史书，官场沉寂几年后，正式进入庙堂，仕途顺遂，平步青云，很快就已光耀门楣，后来转去江湖，浪迹天涯，更是风采绝伦，嬉戏人生，还见过底层市井江湖的泥泞，最终山河覆灭之际，力挽狂澜，重归庙堂，投身沙场，放弃一身举世无敌的武学，只以儒将身份，独木支撑起乱世格局，最终又重返江湖，从一位贵公子变成桀骜不驯的武疯子。所以这就是为什么朱敛哪怕到了浩然天下，依旧对什么都兴趣不大的原因。对于朱敛而言，天下还是天下，不过是从一座藕花福地变作了版图更大的浩然天下，可人心还是那些人心，变不出太多花样来。简而言之，朱敛从来就没真正提起劲来。

隋右边会希冀着以剑修身份，真正飞升一次。魏羡有帝王心性，野心勃勃，纵横捭阖，试图重新崛起，想要比一位福地君王掌握更多的兵马和权势。卢白象会希望重新江湖起身，慢慢积攒底蕴，最终开宗立派，有朝一日脱离落魄山，自立门户，以纯粹武夫身份傲视山上神仙。三人各有所求，在新的天下，都找到了自己的大道。朱敛呢？无欲无求。朱敛的心境，其实早已大道无拘束。

说句难听的，朱敛撕下当下那张脸皮，靠脸吃饭都能把饭吃撑。何况朱敛对于琴棋书画从未上心,便已经如此精通。说句好听的,堪称惊才绝艳的朱敛,学那隋右边转去修行,一样可以境界一日千里,破境如破竹。

朱敛回过神,停下脚步,笑了笑:"不好意思,想事情有点出神了。"

魏檗给他倒了一杯茶,朱敛落座后,轻轻拧转瓷杯,缓缓问道:"秘密购买金身碎片一事,跟崔东山聊得如何了?"

这是朱敛、魏檗和郑大风商议出来的一桩关键秘事,莲藕福地一旦成为落魄山私家产业,跻身中等福地之后,就需要大量的山水神祇,多多益善,因为人间香火,是落魄山不用开销一枚雪花钱,却对一座福地至关重要的一样东西。但是金身碎片一物,与大骊朝廷直接牵扯,哪怕是魏檗来开口,都绝非好事,所以需要崔东山来权衡尺度,与宝瓶洲南方仙家山头做一些桌面下的买卖,大骊朝廷哪怕洞悉此事,也只会睁一只眼闭一只眼,对于落魄山来说,这就够了。

魏檗说道:"还在等。"

魏檗突然笑了起来:"相信那根行山杖寄出去后,你家少爷的那位学生,原先七八分气力,会变得铆足了劲,愿意花十二分精力来应付我们了。"

朱敛点点头:"崔东山此人,我们跟他打交道,一定要慎之又慎。"

对于崔东山,朱敛还是十分忌惮。因为双方算是一路人。朱敛绝不会因为崔东山与陈平安的那份复杂关系,而有半点掉以轻心。

再就是郑大风那边说了,近期将会有一位精通福地运转规矩的人物,莅临落魄山。这也是个不小的好消息。

落魄山的谷雨钱没有多出一枚,但是此人每多说一分福地内幕,本就等于为落魄山节省一笔谷雨钱。

先前孙嘉树亲自登山,极有诚意。老龙城孙家愿意拿出三百枚谷雨钱,只定期收取利息,莲藕福地的未来收益,他孙嘉树和家族不要任何分成。范家同样会拿出三百枚,亦是如此。不是范氏家主,而是一个名叫范二的年轻人作为给钱人。

不过两家还有许多各自不同的详细诉求。例如孙嘉树提出一条,落魄山在五十年之内,必须为孙家提供一个挂名供奉,远游境武夫,或是元婴境修士,皆可。为孙家在遭遇劫难之际出手相助一次,便可作废。再就是孙家打算开辟出一条渡船航线,从南端老龙城一直往北,渡船以牛角山渡口而非大骊京畿之地的长春宫作为终点,这就需要魏檗和落魄山照拂一二,以及帮忙在大骊朝廷那边稍稍打点关系。哪怕加上这些需要双方慢慢磨合的附加条件,这次孙嘉树借钱,只收取利息,虽说保证可以让老龙城孙家旱涝保收,但是如今宝瓶洲处于天翻地覆的格局,其中蕴含着无数的生财机遇,孙家几乎掏空家底,押注落魄山,绝对不属于最佳选择。真正的生意经,应该是让钱生脚,和其余几大家族那样,落在观湖书院以南、老龙城以北的广袤地带,利滚利,钱生钱。按照如今逐渐明朗的形势，孙氏不但同样稳赚不赔，还可以与大骊朝廷和宋氏新帝交好，一旦大骊吞并一洲，这种隐性的付出，就会帮着后世孙氏子孙拓宽财路。

朱敛突然说道："包袱斋那边的铺子开张后，不出意外的话，大骊新帝会主动给你送来一笔金精铜钱，或是一堆金身碎片，披云山只管收下便是，免得让年轻皇帝多想。聪明人一闲下来，就喜欢生出疑心，反而不美。不过事先说好，关系归关系，买卖归买卖，还是我们落魄山跟你披云山低价购买。"

魏檗笑道："当然。"然后补充了一句，"如果去掉'低价'两个字，就更好了。"

魏檗从隆重举办第二场夜游宴，到牛角山开设自家包袱斋，除了挣点昧良心的神仙钱之外，其实……还有再挣一笔昧良心金精铜钱的用意。

既然北岳大神都需要大肆攫取神仙钱来帮助破境了，大骊朝廷岂会坐视不理？甚至可以说，如今的大骊新帝，比宝瓶洲任何一人，都更加希望魏檗能够顺利跻身上五境！动静越大越好！最好是方圆千里祥瑞齐出的天大气象。这意味着什么？他宋和得位最正，天地庆贺！

魏檗是先帝手上敕封的唯一一位新五岳山神。可魏檗又是大骊龙兴之地的山岳神祇，属于重中之重的存在，因为大骊京城就在魏檗这尊神祇的眼皮子底下。那么如何巧妙拉拢"前朝旧臣"魏檗，很容易成为大骊新帝的一块心病，久而久之，双方若无沟通，就会变成皇帝心中的一根刺。那么就需要魏檗和披云山，给一个台阶，让大骊朝廷可以顺势走下来，还要走得舒服，不生硬。所以当初朱敛和郑大风提及此事，为何魏檗稍作犹豫便答应下来？因为当时小院在座三人，一个比一个会下棋，皆是走一步算多步。

魏檗犹豫了一下："就不问我为何突然得知藕花福地的情况？"

朱敛摆摆手："不用告诉我。可以说的，我们三人早已知无不言言无不尽，不方便说的，我们三人之间也无须谁问谁答，毫无意义的事情。"

魏檗举起茶杯："以茶代酒。"

朱敛赶紧勾肩搭背，双手举起茶杯，笑容谄媚道："魏大神的敬酒，不敢当不敢当。"

两人饮尽杯中茶后，魏檗笑道："可惜大风兄弟没在。"

朱敛伸手摸了摸后脑勺："做人这一块，你我都不如他。"

魏檗没有异议，反正他魏檗也不是人。这个便宜是白占朱敛的。

从这老厨子身上占点便宜，下棋也好，做买卖也罢，可真不容易。

魏檗站起身，笑道："就不打搅你做消夜了。"

朱敛点了点头，叹息一声："一开始的时候，我是硬气的，这会儿我有些心虚了，以后我家少爷返回落魄山，我估摸着需要去你那边躲一躲。"

魏檗有些幸灾乐祸，一闪而逝。

朱敛起身去开门，那边有个双臂颓然下垂的黑炭丫头，在用脑袋敲门，应该是她没喊醒那个骑龙巷右护法的缘故。

朱敛开了门，裴钱摇摇晃晃跨过门槛，颤声道："老厨子，我睡不着，和你聊聊天，行不行？"

朱敛关了门，笑道："这有什么行不行的。"

裴钱坐在凳子上，龇牙咧嘴，屁股开花似的。

今晚她可不是什么睡不着，是被硬生生疼醒的，无法睡，她如今都恨不得给自己一个大嘴巴，以前说什么被褥才是自己的生死大敌，这会儿不就应验了？ 轻飘飘的被褥，盖在身上，真是刀子一般。

朱敛问道："不饿？ 吃顿消夜？ 快得很。"

裴钱摇摇头，病恹恹道："没胃口。"

朱敛又问："有心事？"

裴钱嗯了一声，却也不开口。

朱敛问道："是欠债越来越多，心烦意乱？"

裴钱点头，闷闷道："老头儿说我还有几天才能破三境，到时候就勉强可以有一段光阴来抄书了，不过也没几天日子，很快就又要手脚不利索，烦死个人。"

朱敛只是听黑炭小丫头说话，并不插嘴。

裴钱抬起头，看着天上的那只大玉盘："以前吧，在骑龙巷那边总想着哪天嗖一下，师父就回家了，这会儿我既想着师父回家，又害怕他回家，要是给师父知道我那么多天没抄书了……一生气一发火就把我赶出师门了，咋办？"

裴钱皱着脸，噘着嘴，眼眶里泪花盈盈，委屈道："师父又不是没做过这样的事情。刚离开藕花福地那会儿，在桐叶洲一个叫大泉王朝的地儿，就不要过我一次的。老厨子你想啊，师父是什么人，草鞋穿烂了，都会留下来的，怎么说不要我就不要我了呢？ 那会儿，我还不懂事，师父可以不要我又反悔，现在我懂事了，如果师父再不要我了，就是真的不会要我了。"

朱敛轻声问道："是怕这个？ 所以一直不敢长大？"

裴钱艰难抬起手肘，抹了把脸："怎么能不怕嘛。长大有什么好的嘛。"

其实关于抄书一事，朱敛对裴钱有过解释，她肯定是听进去了。所以真正的原因，是裴钱没办法说出口的，死死压在她心底的。朱敛大致猜得出来，却没有说破。

当年陈平安曾经亲口对裴钱说过，他真正想要带出藕花福地的人，是那个曹晴朗。那会儿，陈平安对于性情在另外一个极端的裴钱，别说喜欢，讨厌都有，而且在她这边，并无掩饰。

所谓的成长，在朱敛看来，不过就是更多的权衡利弊。裴钱处于一个很尴尬的境地。她不是不懂权衡利弊,恰恰相反,饱经苦难的小孤儿,最擅长察言观色和计算得失。但是她跟随了陈平安之后,发现她最擅长的那些事情,反而只会让她距离陈平安越来越远。所以她一直畏惧长大,一直在悄悄模仿陈平安。裴钱在试图成为一个能够获得陈平安认可的裴钱。其实这没什么不好。因为陈平安有足够的耐心,等待裴钱慢慢长大,更愿意在不同的岁月阶段,传授裴钱不同的规矩礼数和为人处世。可是谁都没有料到,藕花福地一分为四,朱敛和裴钱进入其中后,刚好见到了那一幕。

事实上,如果裴钱只是看到藕花福地里那个好像一夜之间就长大的青衫少年郎,撑伞出现,都还好说。问题在于最早的时候,裴钱在那条小巷的门口,看过陈平安撑伞和曹晴朗一起走在雨中陌巷的画面。到了浩然天下后,在崔东山的那幅光阴长卷走马图中,又看到了无比相似的一幅画面,是草鞋少年和他最敬重的一位先生,同样是撑伞雨幕中,并肩而行。所以裴钱才会说,她谁都可以输,唯独不能输给曹晴朗。

因为裴钱害怕那个已经长大、极其出彩的曹晴朗,会拿走事实上本该就属于他曹晴朗的一切。裴钱害怕有一天,大雨中,师父会撑着伞,和曹晴朗并肩而行,就那么渐渐远去,再不回头。那么身在落魄山和浩然天下的裴钱,就像回到了当年藕花福地的小巷门口,一无所有。

在藕花福地重新见到曹晴朗的那一刻,裴钱如坠冰窟,手脚冰凉,并且心有杀机!

但是在找机会杀了曹晴朗然后注定失去师父,和自己主动长大、一定要胜过曹晴朗之间,在陈平安身边耳濡目染的裴钱,走出藕花福地和桐叶伞后,重新站在落魄山竹楼之前时,她选择了后者。

朱敛小心翼翼酝酿措辞,问道:"如果你师父回到落魄山,也见到了曹晴朗,很喜欢他,你会很伤心吗?"

裴钱想了想:"只要最喜欢我,就很开心。如果喜欢我跟喜欢曹晴朗一样多,就有点不开心,如果喜欢曹晴朗多过我,就……很伤心。"

朱敛笑了,说道:"那你可以放心了,一二三,三种情况,我不敢多说什么,你至少可以保二争一。"

裴钱翻了个白眼:"你又不是我师父,说话有个屁用嘞。"

虽然她嘴上这么说,事实上还是有些开心的。

朱敛忍住笑意:"信不信由你,不过练拳这么久,欠债那么多,还没破三境,这就有点不合适喽。"

裴钱重重叹息一声,皱着那张似乎没那么黝黑的小脸庞:"可不是,老头儿也说我资质不咋的,连我师父都不如,这不是尽说些废话嘛,我能跟师父比吗?愁死个人!"

朱敛有些心肝打战。自己不过是跟裴钱说一句玩笑话,没想到那老前辈更心狠手辣,这种良心给狗吃了的混账话,还真说得出口?!

朱敛揉了揉眉心,不太愿意讲话了。

纯粹武夫的三境瓶颈,那是第一道甚至可以说是决定武夫最终高度的最大关隘。意义之大,无异于山巅境武夫再破大门槛,成功跻身止境的十境武夫。

换成一般人传授拳法,如此惊世骇俗的破境速度,还可以解释为是底子打得不够牢固,一辈子不用奢望什么最强二字,一步纸糊,步步纸糊。可竹楼那位?在他手上,天底下仿佛就没什么最牢固的武境底子,只有更牢固。

裴钱突然抬头问道:"老厨子,你是几境啊?"

朱敛笑道:"八境,远游境。"

裴钱低下头去,手指微动,算了一下,又是一声叹息,重新抬起头,脸上满是失落:"老厨子,那我不得好几年都赶不上你啊。"

朱敛笑容僵硬:"好像是的……吧。"

朱敛随即疑惑问道:"你师父几境,你不知道?"

裴钱一脸看傻子似的看着朱敛:"我师父如今六境啊。"

朱敛愈加想不明白:"少爷不是比我低两境?你咋个不先赶上你师父的境界?"

裴钱一脸呆滞,好像在说你朱敛脑子不开窍哩。她摇摇头,老气横秋道:"老厨子,你大晚上说梦话吧,我师父的境界,不得翻一番计算?"

朱敛心悦诚服。

裴钱摇头晃脑,心情大好。她蓦然起身,脚尖一点,飘然跃上墙头,又悄无声息跃上屋脊,再一步跨到翘檐之上,举目望向北方。大概她如今自己还不知道,什么叫拳出真意惊鬼神,但估摸着她很快就不用往自己额头上贴符箓了。

朱敛突然想起一事,神色骤然变化,沉默片刻后,正色问道:"裴钱,你先前两次饱嗝不断,老前辈和你说了什么?"

裴钱只是望向北方,很是恼火道:"说我欠揍。"

其实那老头儿还一脸嫌弃,说她的武道境界好像蚂蚁搬家和乌龟爬爬,不过这种话,还是她一个人知道就算了,不然老厨子这种大嘴巴,指不定明天整座落魄山都要知道了。

朱敛一拍额头,他是真后悔让裴钱这么快学拳练武了。

朱敛用膝盖想都知道,等到陈平安回到落魄山,发现裴钱的异样后,他和郑大风,还有魏檗,一个都逃不掉,保证会被骂得狗血淋头。

可能在外人眼中,落魄山多奇人怪事,可在落魄山自家人眼中,大概又要数裴钱最怪。当然,还是陈平安更怪。

天底下所有的师父,都会为自己有一个裴钱这样开窍的弟子而欣喜,但是陈平安会不太一样。不是他不会算账,恰恰相反,这个在书简湖当了三年账房先生的年轻人,最会算账。他只是无比希望身边有人，哪怕只有一个人，可以在那本该无忧无虑的岁月里，肩上挑起草长莺飞和杨柳依依。在那之后，才是天高地阔，大道远游。

裴钱低头说道："老厨子，我走啦。"

朱敛点点头，裴钱便高高跃起，落在墙头之上，纵身飞跃，转瞬即逝。如那崔东山所看书上所写：跃而登屋，瓦片无声，时方月明，去如飞鸟。

一个跨洲返乡的年轻女子，离开了牛角山渡口，徒步走出大山，往槐黄县县衙所在的小镇走去，途经那座小土包似的真珠山时，她多看了几眼。进了小镇，先去了趟距离真珠山不远的自家老宅，当年被正阳山一个老畜生踩踏过屋脊后，一家四口只能搬去亲戚家住，后来掏钱修缮一事，让娘亲絮絮叨叨了很久。她掏出家门钥匙，去临近水井挑了两桶水，将里里外外细致清扫一遍，这才锁上门，去了那座冷冷清清的杨家铺子。生意难做，铺子里边只剩下两个伙计，少年名叫石灵山，师姐名为苏店，管着药铺。

石灵山趴在柜台上打盹，苏店坐在一条长凳上默默呼吸吐纳，破开三境瓶颈后，得了师兄郑大风一个"瓶破雷浆迸，铁骑凿阵开"的评语，说是很不俗气了，有助于拔高以后那颗英雄胆的品相，还劝她跻身五境之后，就要走一趟古战场遗址，在那边淬炼魂魄，事半功倍，尤其适宜她之后的六境修行。不过苏店并没有太多欣喜，反而只有浓重的失落，因为她心知肚明，三境瓶颈，既是大关隘，更是大机缘，她梦寐以求的"最强"二字，最终与她无缘。只能寄希望于当下的第四境。拥有极强胜负心的苏店，本就已经不苟言笑，这让她如今变得愈加沉默寡言，每天练武一事，近乎疯癫。她的武道修行，分三种，白练、夜练和梦练，又以最后一种最为玄妙，前两者在大日曝晒之时和月圆之夜，效果最佳，梦练一事，则是每夜入睡之前，点燃三炷香后，便可以跻身千奇百怪的各种梦境，或是捉对厮杀，或是身陷沙场，或瞬间毙命，或垂死挣扎，梦练结束后，非但不会让苏店第二天精神萎靡不振，反而每天拂晓清醒之后，始终神清气爽，绝不会耽搁白练和夜练。

石灵山看似打盹，其实亦是在辛苦修行，少年的修行之法相较于师姐苏店更简单，名为"蹚水"。行走在光阴长河之中，打熬身体魂魄。

苏店并不知道自己师父的真实身份，更不知道师父是什么修为境界，但是苏店可以很确定一件事，自己与师弟的两条修行之路，绝对不同寻常。如今槐黄县多神仙往来，西边大山更有数量众多的精怪妖物以人形出没，不断有小镇当地子弟或是卢氏刑徒，被修道之人收为入室弟子。苏店猜测除了被圣人阮邛收入龙泉剑宗的弟子之外，应该没有人能够与她和师弟媲美了。

苏店睁开眼睛，望向门外那个陌生的客人，趴在柜台上的石灵山依旧呼吸绵长，纹丝不动。

苏店是龙窑半杂役半学徒出身,其实就是做苦力活的。龙窑烧瓷是小镇自古以来的头等大事,烧造的又是大骊宋氏官窑,属于御用瓷器,小名胭脂的苏店早年不过是靠着叔叔的身份,在那边混口饭吃,真正的烧瓷事务,忌讳和规矩极多,她一个女子,无非是做些砍柴烧炭、搬运土料的体力活,每次开窑,她都不能靠近那些窑口,不然就会被驱逐出龙窑。

所以苏店对小镇当地百姓并不熟悉,至于师弟石灵山,到底是桃叶巷殷实门户出身的孩子,从小习惯了只跟街坊邻居以及福禄街的大户人家同龄人玩耍,对于什么泥瓶巷、杏花巷这类鸡粪狗屎的陋巷,也很陌生,最多是熟稔骑龙巷这些杂货铺扎堆的地方。

身姿纤柔的李柳,看了眼苏店,柔声笑道:"你就是苏店吧?"

苏店对这个客人的印象很好,柔柔弱弱的模样,就像那些她叔叔在世时一直念叨的胭脂水粉。

苏店点点头,起身说道:"客人是要抓药?"

李柳摇头道:"找人。我爹曾经是这里的伙计,我弟弟叫李槐,他小时候也常来这边玩,你有没有听说过?"

苏店神色微变。李槐?就是那个好似吃了一百颗熊心豹子胆的儒衫少年?为何那么一个大大咧咧的少年,会有这么一个温柔似水的姐姐?眼前女子,长得就跟春天里的柳条似的,说话嗓音也好听,面相更是和善,不是那种乍一看就让男子动心的俊俏水灵,但是很耐看,是让苏店这种漂亮女子都觉得漂亮的耐看。

苏店轻声问道:"是找我师父?"

李柳笑着点头。

苏店有些为难。

就在此时,杨老头破天荒出现在店铺和后院之间的门口那边,以烟杆挑起帘子,笑道:"到了啊,进来吧。"

李柳走入后院。

杨老头坐在台阶那边,继续吞云吐雾,李柳随便挑了张条凳坐下。

杨老头说道:"落魄山新收福地一事,该说就说,不用忌讳,看似牵扯很广,其实就是合乎规矩的分内事,通了天的大人物嘛,这点肚量还是有的。你们如今的皮囊身份,既是束缚,可好歹也是有些用处的。"

李柳点点头:"让郑大风喊我来,不单单是这件事吧?"

杨老头嗯了一声:"刚好阮邛找了我一趟,也与洞天福地有关,你可以一并解释了。东西还在我这边,回头你去过了落魄山,再去趟神秀山。"

李柳眼神深沉。

杨老头笑道:"连道也没了,还扯什么大道之争?不是笑话吗?你和她的那些陈年恩怨,我看就算了吧。不过我估计你们俩都不会听劝,不然当初……算了,陈芝麻烂谷子的事情,不提也罢,真要计较,谁都有过。反正你们俩真要较劲的话,也不是现在。"

一位江湖共主。一位火神高坐。无非是大道崩塌,山河变幻,各自虽皮囊变了,金身根本却还在。

至于为何他这个天底下辈分最高、身份最大的刑徒,还能苟延残喘,一直活到今天,得问三个人、两尊神祇。

那两尊神祇,一位决定了为何剑修杀伤力最大,却极难跻身传说中的第十四境;一位决定了世间所有的武道之路为何是断头路,同时也决定了为何练气士当中的兵家修士,可以独独近乎不沾因果。

李柳突然说道:"我觉得不成事。"

杨老头冷笑道:"当初谁会觉得那些蝼蚁会登顶?会成事?"

李柳默不作声。

确实,如杨老头所说的那句话。真要计较,谁都有过。

杨老头以烟杆敲地,抖落出一座云雾缭绕的小庙,小庙翻滚在地,最终落定。里边跑出一个香火小人,双手使劲拖拽着两块"大匾额",其实是一块玉牌和一枚印章。

李柳瞥了眼两物,笑了笑:"被醇儒陈氏借走三十年的刘羡阳,肯定会进入龙泉剑宗?"

杨老头说道:"阮邛觉得刘羡阳回来的可能性不大,事实上机会还是很大的。"

那个香火小人一路飞奔到李柳脚边,李柳拿起了那两座洞天、福地的钥匙。

她兴趣不大,破碎的旧山河罢了。

她和阮秀、李二、郑大风、范峻茂之流,都不太一样。

至于观湖书院贤人周矩,老龙城孙嘉树,北俱芦洲峒仙境那个小门派里的翠丫头,就更无法与她媲美了。

骸骨滩壁画城那八名神女,如今遗留给披麻宗的那座画中仙境府邸,亦是破碎山河之一,甚至可以算是李柳的避暑府邸之一,所以其中那名行雨神女,一见到李柳,就会心神不定,只觉得她们遇上李柳,宛如世俗王朝的官场胥吏,见到了吏部天官大人。其实这不是行雨神女的错觉,因为世事如此。壁画城八名神女,职责大致相当于如今人间庙堂上的六科给事中,不过只是相似,事实上八名神女权责还要更大一些,她们可以巡狩天地,约束、监察、弹劾诸部神祇,可谓位卑权重。

李柳跟杨老头一步步引领到那条古老道路上的其他人最大的不同是,她根本不需要开窍,因为她生而知之。许多宗字头仙家,在老祖师兵解离世后,在如何寻找祖师转世一事上,需要耗费大量的山头底蕴。例如桐叶宗那位中兴老祖,就让人下山找回了自己的娘亲。不过找到了，也未必能够记起前生事，修行路上，先天资质好，并不意味着就一定可以重返山巅。

将玉牌和印章随随便便收起后，李柳思量片刻，叹了口气："你还是不希望我们俩翻旧账。"

一个陈平安不够，就再加上一个李槐，还不安稳，那就再加一个刘羡阳。

一场隐藏极深的水火之争，是陈平安暂时替换了她李柳，去与阮秀争。因为当年真正应该拿到"泥鳅"那份机缘的，是陈平安，而不是顾璨。阮秀为何会对陈平安青眼相加？如今可能变得越来越复杂，但是一开始，绝不是陈平安的心境澄澈，让阮秀感到干净那么简单，而是阮秀当年看到了陈平安，就像一个老饕清馋，看到了世间最美味的食物，她便转移不开视线。

李槐是她李柳的弟弟，也是齐静春的弟子，机缘巧合之下，陈平安担任过李槐的护道人。她李柳想要跟阮秀翻旧账，就需要先将天生亲水的陈平安打死，由她来占据那条大道，可是李槐绝对不会让这种事情发生，而李柳也确实不愿意让李槐伤心。

可这还不够稳妥。所以杨老头要为刘羡阳重返龙泉剑宗，增加一些合情合理的可能性，例如一座不计入三十六之列的洞天，和刘羡阳那本祖传剑经，相辅相成。

有陈平安和刘羡阳在，落魄山和龙泉剑宗的关系只会越来越紧密。

杨老头没有否认什么，眼神冷漠："谁都有过，你们两个，过错尤其大！"

李柳既没有畏惧，也没有愧疚，仰头望天："大概是吧。"

杨老头突然说道："虽说对于你们而言，种种泥泞，振衣便散，但还是要小心，不然总有一天，不起眼的泥泞，如那印泥沁色印章中，你们都要吃大苦头。"

李柳摇头道："这些话不用对我说，我心里有数。"

然后李柳婉约而笑，望向杨老头。

杨老头哑然失笑，似乎是在为自己找借口："在牢笼里枯坐万年，还不许我找点解闷的乐子？"

李柳忍住笑："我爹还好，毕竟要为宝瓶洲留下些武运，可我娘亲其实不用去北俱芦洲的。"

杨老头默不作声，脸色不太好。一想到那个仿佛每天都要吃好几斤砒霜的市井泼妇，他就没什么好心情。神憎鬼厌的玩意儿，香炉里的苍蝇屎，多看一眼都嫌脏眼睛。

李槐和他娘亲跟父亲李二、姐姐李柳不一样，都非同道，那娘俩只是寻常人罢了。当然，李槐是人不假，却绝对不寻常。天底下福运就没这么狗屎好似排队给他踩的小崽子。桐叶洲太平山黄庭、神诰宗贺小凉，各自被誉为福缘冠绝一洲，但是跟李槐拥有天下无敌的狗屎运比，好像后者更让人无法理解。黄庭和贺小凉还需要思虑如何抓稳福缘，以免福祸相依，你看李槐需不需要？他是那种福缘主动往他身上凑，兴许还要忧愁东西有点重和好不好看的人。所以杨老头对李槐，可以破例多给一些，而且可以完全不涉及生意买卖，毕竟老人是真心喜欢这个小兔崽子。

骊珠洞天岁月悠悠，可以进入杨家药铺后院的人，本就稀少，李槐这种孩子，不多见的。

至于妇人，正是因为太过普通平庸，所以老人才懒得计较，不然换成早年的桃叶巷谢实、泥瓶巷曹曦试试看？还能走出骊珠洞天？

杨老头沉默片刻："陈平安开始悄悄追查本命瓷一事了，很隐蔽，没有露出半点蛛丝马迹。"

李柳对此没什么感触，大致内幕，她是知道一些的，属于一条极其复杂的山上脉络。杨家药铺当然撇不清关系，只不过做事规矩，并未刻意针对陈平安，只是与大骊宋氏坐地分赃罢了。本命瓷的烧造，最早便是杨老头的通天手笔，甚至可以说大骊王朝的发迹及慢慢崛起，都要归功于骊珠洞天的这桩买卖。所以杨老头对少年崔瀺关于神魂一道的称赞，已经是天底下最高的认可了，可以说除杨老头之外，此道通天之人，便唯有崔瀺、崔东山了。住在杏花巷却有本事掌握龙窑的马氏夫妇，也就是马苦玄的爹娘，在陈平安本命瓷破碎一事上，关系极大，龙须河如今那个从河婆升为河神神位，却始终没有金身祠庙，也就更无祭祀香火的马兰花，虽心肠歹毒，唯独在此事上是有良心发现的，甚至还竭力阻止过儿子儿媳，只是那夫妇利欲熏心，她没成功罢了。马苦玄当年曾经半夜惊醒，知晓此事一点真相，所以对于陈平安，这个早年一直装傻扮痴的天之骄子，才会格外在意。

那个大骊娘娘，如今的太后，还有先帝，是为了宋集薪，更是为了大骊国祚。

国师崔瀺，则是顺势为之，以此与齐静春下一局棋，如果只看结果，崔瀺确实下出了一记神仙手。

至于当年到底是谁购买了陈平安的本命瓷，又是为何打碎，大骊宋氏为此补偿了幕后买瓷人多少神仙钱，李柳不太清楚，也不愿意去深究这些事不关己的事情。一般来说，一个出生在泥瓶巷的孩子，赌瓷之人的价格不会太低，因为泥瓶巷出过一个南婆娑洲看管一座雄镇楼的剑仙曹曦，这是有溢价的，但是也不会太高，因为泥瓶巷毕竟已经出了一个曹曦了。所以宋氏先帝、大骊朝廷和那个买瓷人，当年应该都没有太当回事。不过随着陈平安一步步走到今天，估计就难说了，对方说不定就要忍不住翻旧账，寻找各种理由，跟大骊新帝好好掰扯一番。因为按照常理，陈平安本命瓷碎了，尚且有今日风光，若是没碎，又被买瓷人带出骊珠洞天，然后重点栽培，岂不是一个板上钉钉的上五境修士？所以当年大骊朝廷的那笔赔款，注定是不公道的。当然了，若是买瓷人属于宝瓶洲仙家，估计如今不敢开口说话，只会腹诽一二，可若是别洲仙家，尤其是那些庞然大物的宗字头仙家，尤其是来自北俱芦洲的话，根基尚未稳固的大骊新帝少不得要父债子还了。

李柳突然说道:"陈平安是一个很好说话的人。"

李柳又说道:"但是。陈平安同时又是一个很可怕的人。"

杨老头笑了笑:"能够被你这么评价,说明陈平安这么多年没有瞎混。"

李柳皱了皱眉头:"一旦被陈平安摸清楚底细,第一个仇家,就与落魄山和泥瓶巷近在咫尺了。"

第一个就是杏花巷马家。第二个便是大骊宋氏皇族。而马苦玄分明是老人极其看重的一笔押注。

老人嗤笑道:"若是马苦玄会被一个本命瓷都碎掉的同龄人打死,就等于帮我省去以后的押注,我应该感谢陈平安才对。"

李柳叹了口气。这就是老人的生意经。

杨老头笑了笑:"那个道家掌教,其实早年说了好些大实话,就是不知道陈平安有没有想明白。比如,做好事的,未必是好人;做坏事的,未必是坏人。"

杨老头抬头望天:"你知不知道为什么佛家,似乎十分不在乎骊珠洞天的存亡和走势?"

李柳默不作声。

杨老头自问自答道:"假设末法时代来临,你觉得最惨的三教百家,是谁?"

李柳说道:"道家。一旦没了飞升之路,也无灵气,世间修行之法皆成屠龙技,道家的处境会最艰难。大道高远的清净无为,就有可能变成无所作为的无为。这对道家而言,极有可能是最早到来的又一场天地、神人两分别。反观儒家和佛家,依旧可以薪火相传,传道千年万年,无非是薪火之光亮,大不如前罢了。"

杨老头点头道:"所以道老大,才会着急。道老三才会亲自为大师兄护道,走一趟骊珠洞天,当个摆摊的算命先生,死死盯住齐静春。"

李柳问道:"齐先生为何不使用那根自家先生赠送的簪子?"

杨老头说道:"那是臭牛鼻子老观主的关键物件,老秀才当然是好心好意,一开始连我都没瞧出那根簪子的来历,齐静春应该起先也未察觉,后来是齐静春力扛天劫,那根簪子的古怪才稍稍显露出来。臭牛鼻子当然也有存心恶心道祖的念头。只可惜齐静春不愿意从一个棋盘陷入另一个棋盘,死则死矣,硬生生掐断了所有线头。"

杨老头流露出一抹缅怀神色:"当年就是这种人,打翻了我们的天地。"

杨老头笑道:"别觉得如今的世道一塌糊涂,其实真大难临头了,一样会有很多这样的人,挺身而出,这就是儒家的教化之功了。总喜欢说百姓愚昧的,是谁? 是山上人,再就是读书人。事实上,为善而根本不知善,为恶而自知是恶,这才是儒家最厉害的地方。子女养老,父母教子,君臣师徒,亲朋好友,街坊邻里,儒家的世道,如那烧瓷,学问渗透了天地，最具黏性，虽然瓷器易碎，泥土本性却不断绝。"

杨老头想了想："先前李槐那崽子寄了些书到铺子，我翻到其中一句，'清寒入山骨，草木尽坚瘦'，如何？是不是大有意思？杏花巷马兰花那种烂肚肠的货色，为何一样会阻拦儿子儿媳求财行凶？这就是复杂的人性，是儒家落在纸面之外的规矩在约束人心，许多道理，其实早已在浩然天下的人心之中了。"

李柳好奇问道："齐先生当年在骊珠洞天一甲子，到底在研究什么学问？"

杨老头说道："三教诸子百家自然都有看，齐静春读书一事，当得起'一览无余'这一赞誉，但是他私底下着重精研三门学问：术算、脉络、律法。"

李柳叹了口气。

一介书生，何苦来哉？

杨老头摸出些烟草。李柳看到这一幕，会心一笑。应该是弟弟李槐送给老人的。理由很简单，因为那些烟草看着就便宜。

一番闲聊之后，李柳站起身，一闪而逝，改变了主意，先去往神秀山，再去落魄山。

神秀山峭壁，从上往下，有"天开神秀"四个极大的字。

一个扎马尾辫的青衣女子，坐在"天"字第一横之上，如高坐天上栏杆，俯瞰地上人间。她慢慢吃着糕点。

李柳出现在她身旁后，阮秀依旧没有转头。

李柳蹲在地上，举目远眺，随手将那两件东西丢过去。阮秀一把接住，收起包糕点的帕巾。

李柳说道："一座洞天，水田洞天。一座福地，烟霞福地。比起十大洞天三十六小洞天，稍有不如，福地则是一座现成的中等福地，不好不坏，砸点钱，是有希望跻身上等福地的。只不过福地里边没人，唯有山泽精怪、草木花魅。因为老头子不爱跟人打交道。这你应该清楚。按照约定，将来老头子会让你做两件事，然后你按照自己的心情决定要不要做，如何做。"

阮秀摊开手，低头望去：一块玉牌，上面篆刻有"不是青龙任水监，陆成沟壑水成田"，是为水田洞天，别名青秧洞天。一枚印章，边款篆刻有"岁月人间促，烟霞此地多"，是为烟霞福地。

福地在地在人，在天材地宝，洞天在修行得道。这就是字面意思的"天壤之别"。

当然最好的情况就是一座宗门，同时拥有洞天福地，例如神诰宗拥有一座清潭福地的同时，还有一座小洞天，只不过不在骊珠洞天、龙宫洞天这类三十六之列，因为品相不够。但小洞天终究是洞天，比起寻常灵气充沛的风水宝地，除了灵气更多之外，关键是要多出许多玄妙，例如大道气息，还有被光阴长河长久流逝、洗刷积淀出来的一些金色物件,小小一粒,满室光彩。

那座水田洞天,又有一些镜花水月的奇妙,所以一定程度上适合刘羡阳梦中练剑。

其实老头子还有更适合那部剑经的洞天福地,但是暂时还不合适拿出来。

与人做买卖,千万别上竿子送,卖不出高价的。

阮秀皱了皱眉头,问道:"没有火属的碎片秘境?"

李柳说道:"老头子就算有,也不会给你的,你敢收,你爹也会送回去。我更不会因为这种事情,多跑一趟。"

阮秀点头道:"谢谢你啊。"

李柳没有反应。

阮秀重新取出帕巾包裹的糕点:"要不要吃?"

李柳犹豫了一下,拈起一块糕点,放入嘴中。

阮秀笑眯眯,有些开心,然后说道:"以后打死你之前,你可以再吃一次。"

李柳笑道:"我吃糕点,你吃我,反正还是你吃,倒是好买卖。"

阮秀收起糕点,笑望向远方:"不过也可能是你吃掉我嘛。我觉得这样挺好的,没那么多约束,想吃就吃。"

烧水焚江煮海,万物可吃。

阮秀问道:"以前的事我都不记得了,我们最后一次交手,谁输谁赢?"

李柳神色淡然道:"都输了。"

李柳问道:"那十二个龙泉剑宗的记名弟子,明显有别人安插进来的棋子,你为何故意视而不见?"

阮秀一脸茫然道:"别人放了几只小蚂蚁进鸡笼,我需要去管吗?"

李柳笑了起来。

可怜的蝼蚁,其中大概又以谢灵最可怜。

阮秀看似随意问道:"你在北俱芦洲,就没碰到熟人?"

李柳说道:"在骸骨滩一个叫鬼蜮谷的地方,擦肩而过了,就没故意去打招呼,反正以后会在狮子峰碰面。"

阮秀哦了一声:"那你不太会做人。"

李柳冷笑道:"去那烟霞福地打一架?"

"不去,明摆着会输,还是赔钱买卖,打来打去,福地灵气涣散,大妖死伤,没意思。"阮秀摇头道,"你这种脾气,我当年都没打死你,说明我以前的脾气是真的好。"

李柳后仰倒去,双手枕在后脑勺下边:"那是相当好了。"

阮秀瞥了眼高处,有两人御风而游,往南边去。她看了眼便不再计较。

一个乘坐自家渡船来到牛角山渡口的男子，身边跟着一个名叫鸦儿的婢女。两人直接御风去往落魄山。

龙泉剑宗打造的剑牌，他有，上次造访落魄山，顺路跟当地一座仙家府邸买来的，这会儿就挂在腰间。

倚仗身份原价买卖，这种事情，他做不出来，跟道义不道义没关系，只是价格翻倍不肯卖，再翻，对方便爽快卖了。哪怕如此，也不过一枚谷雨钱而已。

到了山脚那边他便落下身形，高声喊道："大风兄弟！"

一个在宅子大门口板凳上晒太阳的佝偻汉子，立即起身跑来，热络道："哎哟喂，周肥兄弟来啦！"

姜尚真身边站着一个姿色绝美的年轻女子，正是他从藕花福地带出来的鸦儿。

看过之后，郑大风唏嘘道："涝死啊。"

姜尚真问道："可以上山不？"

郑大风点头道："可以啊，不过最近咱们落魄山手头紧，就有了个新山规，过门登山，得缴一笔小钱。既然是周肥兄弟，那我就不要脸了，徇私一回，不按照规矩走了。周肥兄弟只管看着给便是，反正身份摆在这边，是差点儿成了咱落魄山供奉的半个自家人，看着给就行。"

姜尚真笑呵呵摸出一枚谷雨钱，放在郑大风手上。

郑大风收入袖中："使不得，使不得，太多了些。"

那个鸦儿看着厚颜无耻的佝偻汉子，她那颗极其灵光的脑子，都有些转不过弯来。

郑大风陪着姜尚真一起登山，问道："这次来，有啥事？"

姜尚真笑道："是来与你们落魄山表达一番谢意，如今我书简湖多出了一个玉璞境剑修担任供奉，多亏了你们山主。再就是听说魏山神举办了第二场夜游宴，我两次都错过了，实在过意不去，挠心挠肝的，所以必须亲自走一趟。一个致谢，一个道歉，必须补上。"

书简湖出现了一座新宗门，名为真境宗，这是宝瓶洲山上众所周知的大事。如果不是一洲版图上的马蹄声太嘈杂，这绝对能够让山上修士津津乐道许久。

真境宗是桐叶洲如今第一大仙家门派玉圭宗的下宗。首席供奉刘老成是宝瓶洲唯一一个上五境野修。此外供奉还有青峡岛截江真君刘志茂，以及从玉圭宗赶来落脚书简湖的一拨强大修士。如今又多出了一个北俱芦洲的女子剑仙郦采，成为宗门记名供奉。声势浩大。

一时间宝瓶洲山上各地，望向神诰宗的视线，就多了起来。很好奇地头蛇与过江龙之间，会不会在台面上打起来，桌面底下的暗流涌动，到底不如双方大修士打生打死来得精彩。

神诰宗,宗主祁真是一个十二境修为的天君,又得了道统掌教赐下的一件仙兵,而且神诰宗在中土神洲,同样是有上宗作为靠山的。祁真的师弟,如今好像就在上宗那边担任要职。

只不过按照宝瓶洲修士的推断,真境宗在近百年当中,肯定还是会小心翼翼扩张领土。大骊宋氏不会允许宝瓶洲凭空多出一个尾大不掉的宗门。事实上真境宗也确实恪守规矩,哪怕是处置书简湖的众多岛屿,除了早期的那些典型的顺者昌逆者亡的血腥铁腕,如今已经趋于平稳和缓,一些足够聪明的修士和岛屿,发现刘志茂整顿之后,不谈宗门规矩束缚的话,其实各自岛屿各有收获,实力和家底不减反增。其中最有意思的一件事是,宝瓶洲最无法无天、鱼龙混杂的野修,好像一夜之间,摇身一变,就莫名其妙成了一位位谱牒仙师,而且还是一座宗字头仙家的谱牒仙师。

在这期间,珠钗岛试图迁出书简湖,真境宗专门拨划出几座山水绵延的岛屿,却始终没有决定归属,真境宗某位大修士突然闭关不现身,就都属小事了。

朱敛接待了姜尚真,相谈甚欢。姜尚真拿出了两件价值连城的法宝,作为补上两次夜游宴的拜山礼,劳烦朱敛转交给披云山魏檗。除此之外,姜尚真还准备好了两件仙家重宝,作为落魄山年轻山主为真境宗赢来一个玉璞境供奉的谢礼。

朱敛便说:"玉璞境剑修,那可是剑仙,更何况还是北俱芦洲的剑仙,周肥兄弟只给两件,说不过去,三件就比较合理了。"

当时坐在小院石凳上的姜尚真一拍大腿,说:"怎么就忘了这茬,罪过罪过。"于是直接又拿出了……两件。

鸦儿有些不忍直视。

她在离开藕花福地之后,既见过姜尚真在玉圭宗内看似跋扈实则算计的手段,还追随姜尚真去过云窟福地,更见识过姜尚真的冷酷无情,杀那些不服管束的福地地仙,就跟拧断几只鸡崽儿脖颈似的,眼睛都不眨一下。最后到了书简湖,虽然姜尚真从来没有具体地发号施令,好像当起了天不管地不管老子什么都无所谓的甩手掌柜,但是人人事事,魔教出身、大致熟稔一个大门派运转的鸦儿,都看出了姜尚真为人处世的无形烙印。所以她就愈加奇怪,当年那个姓陈的年轻谪仙人,至于让姜尚真如此郑重其事对待吗?再说了,如今陈平安可都不在自家山头。

如今的鸦儿,再不是藕花福地那个井底之蛙,她已经见过整座桐叶洲最高处的风光。

郑大风一瞧,乐了。

好嘛,灰蒙山、朱砂山、蔚霞峰、鳌鱼背,落魄山四座附属山头的压胜之物,都有了。

而这个周肥兄弟最聪明的地方,在于这四件品秩不俗的压胜之物,将来是可以作为辅佐器物存在的,也就是说只要落魄山找到了更合适的仙家重器,镇压那些山头的山水,如今的雪中送炭,就会自动转为锦上添花。当然了,这个真境宗宗主的手法,之所以能够这么聪明,有一个至关重要的前提:有钱!

不过也正常,那座云窟福地,是能够让那帮眼睛长在额头上的中土神洲修士都要纷纷慕名而去的好地方,更是整座玉圭宗大头收入的来源。

所以朱敛杀猪,杀周肥的猪。一个愿打一个愿挨,皆大欢喜。估摸着这个古道热肠的周肥兄弟,还要嫌弃朱敛捅在自己身上放血的刀子,不够多不够快。

既然到了马屁山……落魄山,双方自然要比拼一下道法高低。

这趟落魄山之行,胸有成竹的姜尚真,竟然再次甘拜下风。因为朱敛有杀手锏,就是陈平安那个开山大弟子裴钱的那句境界翻番,一锤定音。

姜尚真拜服。鸦儿在一旁听得浑身不得劲儿。

双方总算开始聊正事了。

鸦儿十分拘谨,因为那个佝偻汉子的视线,实在是让她感到腻歪。可偶尔对视一眼,对方的眼神,又真谈不上恶心。这让她有些无奈。

鸦儿打定主意,以后再也不来落魄山了。

"我要莲藕福地的两成收益,没有期限约束,是永久的。"姜尚真伸出两根手指,"我给出的条件:第一,真境宗先借给落魄山一千枚谷雨钱。跻身中等福地后,再借给两千枚。跻身上等福地后,还会拿出三千枚。都没有利息。但是三笔谷雨钱,陈平安和落魄山,必须分别在百年之内、五百年、千年之内还给我们真境宗,不然就得额外加钱。至于是以钱还钱,还是借人还债,我们双方可以事后商量,暂时先不去细说。第二,我会从云窟福地那边抽调人手,进入莲藕福地,负责帮助落魄山打理各种庶务。第三,我还可以在书简湖边界地带,一口气拿出六座岛屿,不是租借,而是直接赠予落魄山。"

朱敛微笑不语。姜尚真也不着急。

朱敛突然说了一句话:"如今是神仙钱最值钱,人最不值钱,但是接下来很长一段时间,可就不好说了。周肥兄弟的云窟福地,地大物博,当然很厉害,我们莲藕福地,疆域大小,是远远不如云窟福地,可是这人,南苑国两千万,松籁国在内其余三国,加在一起也有四千万人,真不算少了。"

姜尚真摇摇头,一挥袖子,立即笼罩出一座小天地,缓缓道:"这种话,换成外人,可能我们那位荀老宗主都会相信,可惜不凑巧,我刚好是从藕花福地走出来的谪仙人,大致猜得出那位老观主的手笔,所以南苑国之外,松籁国在内的这些纸人和纸糊的地盘,短期之内,人之魂魄稀碎淡薄,山水气运更是极其稀疏,可以忽略不计,只能靠实打实的南苑国来分摊、弥补,所以南苑国之外的所有人和物,如今真的不值钱,半点都不值,只能慢慢等,长远了,才会越来越值钱。所以,我才会咬死'永久'二字。"

朱敛既没有承认也没有否认,笑道:"两成,还是永久收益,有点多了。"

不过对于这个周肥兄弟，还是高看了一眼。

这叫以人算猜天算，猜到了，就是本事，得认。

不过与此同时，姜尚真心中其实也是差不多的看法。

朱敛也是在以赌大势来压价。关键是对方赌对了。

姜尚真撤了小天地，起身说道："我先去走走逛逛，什么时候有了确切消息，我再离开落魄山，反正书简湖有我没我，都是一个鸟样。"

姜尚真带着鸦儿御风去往龙州州城，也就是曾经的龙泉郡郡城所在地。他打算给那个从北俱芦洲带去书简湖的孩子，找几个年龄相差不大的玩伴儿。身边的婢女鸦儿，明显老了点，也笨了点。

郑大风看到朱敛投来视线，笑道："我邀请的那个高人，应该很快就到了。到时候可以帮咱们跟姜尚真压压价。"

说到就到。一个年轻女子飘然落在小院当中。

郑大风笑道："小柳条儿，如今出落得真好看，真是俊俏得不要不要的。"

李柳笑道："郑叔叔好。"

朱敛也没有说什么客气话，与这个陌生女子，开门见山聊起了莲藕福地的事项，事无巨细，四国格局，娓娓道来。至于她是什么身份来历，朱敛根本不在意，郑大风这个落魄山的看门人，自会把关。

李柳也没有卖关子，让朱敛喊来魏檗，打开桐叶伞，与朱敛一起走入了那座曾经的藕花福地。

一个远游境武夫，一个随随便便就跻身元婴境界的大修士，一起俯瞰福地山河。

李柳扯了扯嘴角："不愧是臭牛鼻子，道法高深了不少，难怪敢跑去青冥天下掰手腕了。"

朱敛盘腿而坐，置若罔闻。

李柳伸手指了指脚下万里山水，缓缓道："此处福地的变迁，按照早年的说法，属于'山河变色'，南苑国之外的地界，被你们当年的那位老天爷，以莫大神通，打造出了一种类似白纸福地的形、香火洞天的意的存在。简而言之，就是南苑国之外所有的山水草木和一切有灵众生，皆如白纸，活也能活，但是已经没有了'半点意思'，也就是说这些纸片，心思再虔诚，拜佛求神，都没办法孕育出一星半点的香火精华，但是不耽误他们在新福地的投胎转世，只要新福地灵气越来越多，南苑国香火越来越鼎盛，所有纸片随之都会越来越厚重，最终与常人无异，甚至还可以拥有修道资质，以及成为山水神祇的可能。"

朱敛淡然道："从绚烂的彩绘画卷，变成了一幅工笔白描。"

李柳笑道："可以这么说。"

李柳凝神望去,随便指了几处:"所谓的谪仙人,都已经撤出这座碎裂福地。并且一些已经开始登山的修道之人,明显也不在你们莲藕福地了,例如松籁国那处曾经有俞真意坐镇的湖山派,山水气运,就会显得特别空白,十分扎眼,这就是俞真意被老道相中的结果。俞真意如今应该在四块真实藕花福地之一,那个陆抬又是一个,南苑国京城那个书香门第,看到没有,一样空白极大,极其突兀,一定是这个家族出现了一个老道觉得有意思的人,所以藕花福地一分为四后,大致归属,已经很明朗,分别是陈平安,藕花福地历史上第一个成功转去修道的俞真意,一统魔教的谪仙人陆抬,陈平安去过藏书楼两次的那户人家。"

朱敛看也没看,挠头而笑:"我可不是山水神灵,看不出那些天地气象。"

李柳笑了笑:"不用试探我,没必要,而且小心画蛇添足。"

朱敛微笑道:"好的。"

李柳问道:"如果你是那个臭牛鼻子的棋子,陈平安会死得很惨。"

朱敛双手撑拳在膝,天风吹拂,身体微微前倾:"既然有幸生而为人,就好好说人话做人事,不然人间走一遭,有意思吗?"

朱敛眯起眼,缓缓道:"天地生我朱敛,我无法拒绝,我朱敛如何去死,是可以由我决定的。"

李柳转过头,第一次仔细打量起这位覆有面皮的纯粹武夫:"朱敛,你大道可期。"

朱敛抬起头,转头望向那个极其危险的年轻女子:"柳姑娘,你不来我们落魄山,真是可惜了。"

李柳有些疑惑,却懒得知道答案,继续为朱敛讲解福地运转的关键和禁忌,半点不比姜尚真生疏。

道理很简单。历史上,哪怕撇开最早大道根脚不说,李柳也管理过一手之数的洞天福地,其中一座洞天一座福地——中土神洲的涟漪洞天,流霞洲的碧潮福地,它们曾经甚至都在三十六和七十二之列,只不过下场比下坠扎根的骊珠洞天还要不堪,如今都已破碎,被人遗忘。

裴钱这几天都在闭关,夜以继日做一件事情,那就是在竹楼一楼的书案上埋头抄书。

快不得,她只能老老实实,一个字一个字写端正。

身为山头小管家的粉裙女童陈如初,一门心思想要兼任落魄山竹楼右护法的周米粒,都在竹楼这边伺候裴钱抄书,给她端茶送水,揉肩敲背。

终于在一天晌午时分,裴钱轻轻放下笔,站起身,做了一个气沉丹田的姿势:"神功大成!"

陈如初问道:"真抄完啦?"

裴钱斜眼道:"不但还清了债,还学宝瓶姐姐,多抄了一句的书。"

裴钱双手环胸,冷笑道:"从明天练拳开始,接下来,崔前辈就会知道,一个心无杂念的裴钱,绝对不是他可以随便叽叽歪歪的裴钱了。"

陈如初欲言又止。

算了吧,反正都是一拳的事情。她就不泼冷水了。

周米粒赶紧抬起双手,飞快拍掌。

裴钱趴在抄书纸张堆积成山的书案上,玩了一会儿自己的几件家传宝贝,收起之后,绕过书案,说是要带她们两个出去散散心。

陈如初多拿了些瓜子,周米粒扛着行山杖。

裴钱大摇大摆走向老厨子那边的宅子,要去找那个师父从北俱芦洲拐骗过来的未过门小师娘,结果隋景澄没在家。裴钱就去找老厨子。结果半路窜出一条土狗,裴钱一个飞扑过去,一巴掌将狗头按在地,一手抓住狗嘴巴,娴熟拧转,让那狗头一歪。

裴钱蹲在地上,问道:"你要造反?这么久了都不露面?说!给个说法,饶你不死!"

那条土狗只能呜咽。

裴钱一个拧转,狗头瞬间转向,点头称赞道:"好胆识,面对一个杀人如拾草芥的绝世高手,都可以一言不发,凭这份英雄气魄,就可以不死。"

土狗赶紧摇了摇尾巴。

裴钱却没有放过它:"死罪可免,活罪难逃。"

她抬起一只手掌,周米粒立即递过去行山杖,打狗还需打狗棒,捅马蜂窝的时候,行山杖的用处就更大了,这是裴钱自己说的,结果裴钱没好气道:"瓜子。"

粉裙女童陈如初赶紧放了一把瓜子在裴钱手上,裴钱一手拿着瓜子嗑,一手始终拧住土狗嘴巴:"来,学那书上的高人,冷冷一笑。"

土狗扯了扯嘴。

裴钱又说道:"换一个,学那江湖演义小说的坏人,来个邪魅一笑。"

土狗又变了眼神扯嘴角。

裴钱一皱眉,土狗心知不妙,开始挣扎。

裴钱拽着土狗,站起身,旋转一圈,将那条土狗摔出去七八丈远。然后她嗑着瓜子,看到不远处站着一个男子和一个年轻女子。

她歪着脑袋,看了半天之后,蓦然笑容灿烂,鞠躬行礼。陈如初弯腰喊了一声"周先生"。周米粒有样学样。

"这是我们第二次见面了吧?"姜尚真望向那个当年就觉得挺有趣的黑炭小丫头,

笑眯眯道，"如今成了陈平安的开山大弟子？很好，我觉得陈平安的眼光很不错，愿意带你离开藕花福地。"

裴钱小鸡啄米般使劲点头。这家伙马屁功夫不赖啊。不过这家伙能够认识自己师父，真是祖坟冒青烟，应该多烧香。

所以裴钱笑道："前辈去过咱们山顶的山神庙没有？"

姜尚真笑道："去过了。"

裴钱又问道："那么那座龙州城隍阁呢？"

州城隍的那个香火小人儿，如今是她的半个小喽啰，因为早先他带路找到了那个大马蜂窝，事后还得了她一枚铜钱的赏赐。在那位州城隍老爷还没有来这边任职当差的时候，双方早就认识了，当时宝瓶姐姐也在。不过这段时日，那个跟屁虫倒是没怎么出现。所以一有机会，她还是想着为城隍阁那边添些香火。

姜尚真摇头道："这地儿倒是还真没去过。"

姜尚真告辞离去后，裴钱带着陈如初、周米粒两个去了台阶之巅，一起坐着。

朱敛带到山上的少女岑鸳机，正从半山腰那边，往山上练拳而走。

按照粉裙女童陈如初这个小耳报神的说法，前不久岑鸳机一天之内必须走完三趟台阶，山脚山巅来回为一趟。

三个小丫头，肩并肩坐在一起，嗑着瓜子，说着悄悄话。

姜尚真回到自己院子，摇头笑道："总算知道南婆娑洲那位醇儒的肩头，为何会被偷走一轮明月了。估摸着藕花福地的，也被老观主摘取大日于手，撷取精华，放在了这个小丫头的另外一颗眼眸当中。"

鸦儿听得惊世骇俗。

姜尚真瞥了她一眼："是不是很憋屈，自己如此辛苦修行，好像一辈子都比不上别人一桩机缘？"

鸦儿不敢说话。

姜尚真笑眯眯取出一件半仙兵品秩的真境宗未来镇山之宝："我诚心送你，你接得住吗？不会死吗？会的。而且你都不知道是怎么死的，是刘老成，还是刘志茂？还是那些玉圭宗跟过来的大小供奉。随便用点心计手段，你就会咬饵上钩，然后身死道消。"

鸦儿安静等待姜尚真这位宗主收回那件半仙兵，但是姜尚真却攥紧那颗珠子，一巴掌打入她眉心处，微笑道："送你了。省得你以为抱上了一条大腿，就可以安心修行。虎狼环伺之地，还跟在藕花福地一样这么不长心眼，可不行。"

鸦儿如置身油锅之中，神魂被煮沸，双手抱头，疼痛得满地打滚。

姜尚真早已挥袖造出小天地。

"我要拿你去钓一钓刘老成和刘志茂的心性，山泽野修出身嘛，野心大，最喜欢自由,我理解。他们忍得住,就该他们一个跻身仙人境,一个破开元婴瓶颈,与我姜尚真一起登高,共赏风月。忍不住,哪怕动心起念,稍有动作,我就要很痛心了,真境宗白白折损两员大将。"

姜尚真跷着二郎腿坐在一旁,给自己倒了一杯茶水:"天底下所有的修士,几乎没几个,意识到唯有自己的心性,才是真正可以伴随一生的护道人。"

南苑国京城陌巷中,一个青衫少年正坐在多年不换的板凳上想着事情。

陆先生几年前告辞离去,说是以后有机会的话,可以在外边重逢,在这座天下就别想了。

那会儿陆先生,已经是当之无愧的天下第二人了,与那个貌若稚童、御剑远游的湖山派老神仙俞真意,实力相差无几。

不但如此,北晋国在龙武大将军唐铁意的率领下,大军北征草原,战功彪炳,在那之后唐铁意和北晋兵马就不再大动干戈,而是任由草原陷入子杀父、兄杀弟的内讧。而且唐铁意还数次孤身北上,以一把佩刀炼师,手刃无数草原高手。

臂圣程元山不知为何在南苑国之行过后,便放弃了草原之上的所有富贵家业,成为湖山派一员。

松籁国则在湖山派一手扶植起来的傀儡新帝主政之下,大肆搜寻适合修道之人。

陆舫的鸟瞰峰、簪花郎周仕的春潮宫,一直处于封山状态。

只不过这些天下大势,青衫少年郎只是默默看在眼中,更多还是读书,以及修行。

先生种秋,陆先生,各自陪他曹晴朗走过一次南苑国五岳。既是远游,也是修行。

当时少年手上就有那本五岳真形图,国师种秋当年得到这件仙家之物后,担心被俞真意夺走,一直试图销毁而无果,后来不知道陆先生说了什么,国师就将这本书交由曹晴朗保管。曹晴朗也大致猜出一些端倪,陆先生其实如此针对俞真意,既是为己,也是为了这本玄之又玄的神仙书。

两位先生,传授曹晴朗的学问,又有偏差。先生种秋所授学问,循序渐进,礼义醇厚。毕竟种秋是一位被誉为文国师武宗师的存在。先生陆抬所教,驳杂而精深。而这位陆先生,在这座天下横空出世,崛起速度更是前无古人。他的几个弟子,无一例外,都成了雄踞一方的枭雄豪杰。

敲门声响起,曹晴朗走去开门。是一位双鬓霜白的老儒士——南苑国国师。

种秋与算是半个弟子的曹晴朗分别落座。

种秋笑道:"晴朗,你年少时便多有疑问,问星辰由来,问日月轮替,问风雨根脚。我这个学塾夫子,无法回答,以后你可以自己去追寻答案了。"

曹晴朗轻轻点头。

种秋沉默片刻，感慨道："但是我希望将来，你可以为这座天下，说一说话，不至于沦为人人难逃棋子命运的棋盘。"

曹晴朗说道："会的。这与我将来本事高低，有些关系，却不重要。而是我相信他。"

种秋笑道："那我就放心了。"

种秋对这个自己看着一年一年长大的青衫读书郎放心，对当年那个白衣负剑的年轻人，也放心。

种秋突然有些犹豫。

曹晴朗说道："先生是犹豫留在南苑国，还是去往那座天下？"

种秋点头道："我不好奇外边的天地到底有多大，我只是有些憧憬外边的圣贤学问。"

曹晴朗笑容灿烂："先生放心吧，他说过，外边的书，价钱也不贵的。"

种秋打趣道："那会儿你才多大岁数，他当年说了什么话，你倒是什么都记得清楚。"

曹晴朗喃喃道："怎么会忘记呢。不会忘的。"

两两无言。

种秋抬头看了眼天色："要下雨了。"

曹晴朗微笑道："道路犹在，撑伞便是。"

渔翁先生吴硕文当初带着弟子赵鸾鸾和她哥哥赵树下一起离开胭脂郡，开始游历山河。毕竟朦胧山那边的事情太大，吴硕文不是信不过陈平安，实在是小心驶得万年船，所以一路远游，离开了彩衣国。

先去了趟梳水国，拜访了那位梳水国剑圣宋雨烧。双方属于聊得来，又谈不上一见如故。没办法，不是朋友的朋友，就一定可以成为至交好友，这得看缘分。

不过宋雨烧对两个晚辈还是很喜欢的，尤其是宋雨烧那个如今掌管家业的儿媳，更是对那个瞎子都看得出来是一个修道坯子的少女鸾鸾，发自肺腑地喜欢。这大概跟她自己尚未有子女也有关系，遇到赵鸾鸾这样身世悲惨却乖巧单纯的少女，出身大骊谍子的妇人，当然忍不住会去心疼。

老少三人，开始北归。因为越往南，越不安生。吴硕文不敢拿两个孩子的性命开玩笑。

这天三人在一处山巅露宿，赵鸾鸾在呼吸吐纳，赵树下在练习走桩。吴硕文看得心中欣慰不已。

鸾鸾当然资质更好，可老人对待两个孩子，从无偏私。

　　吴硕文其实身上还带着一本秘籍，是陈平安一个字一个字亲笔手抄出来的《剑术正经》，还有一把他自己暂时背在身上的渠黄仿剑，都没有与赵树下明说。按照和陈平安的约定，吴硕文只有等到什么时候赵树下练拳有成了，才会拿出两物，转交给少年。

　　赵树下练拳之后，站在原地，眺望远方。

　　在胭脂郡，那次与陈先生久别重逢，赵树下当时只练了十六万三千多拳。后来离别之际，陈先生又让他练到五十万拳。赵树下知道自己资质不好，所以一门心思埋头练拳，希望勤能补拙。

　　不知何时，赵鸾鸾站在了他身边，柔声道："哥哥，你是不是想成为陈先生的弟子？"

　　赵树下挠挠头，有些难为情："不敢想。"

　　陈先生那样的一位剑仙，他赵树下怎么敢奢望成为弟子？

　　赵鸾鸾悄悄说道："哥哥，可是我总觉得陈先生，对你是寄予了厚望的。"

　　赵树下想了想："不管其他，我一定要练完五十万拳！以后的事情以后再说。"

　　赵鸾鸾点点头。

　　赵树下突然叹了口气。

　　赵鸾鸾疑惑道："怎么了？"

　　赵树下小声说道："我是说假如，假如我侥幸成为了陈先生的弟子，那我该喊你什么？师娘吗？这辈分岂不是乱套了？"

　　赵鸾鸾满脸涨红，如红晕桃花蓦然盛开于春风里。她一脚踹在赵树下小腿上："赵树下！你胡说八道什么?!"

　　赵树下一脸无辜，龇牙咧嘴。

　　吴硕文大声道："我什么都没有听到！"

　　赵鸾鸾愈加红透了脸颊，跑去远处一个人待着。

　　赵树下转过头，跟吴硕文相视一笑，一切尽在不言中。

　　虽然年纪悬殊，可都是男人嘛。

　　不过当赵树下重新开始练拳的时候，便又不同。

　　如今少年枯燥练拳的时候，吴硕文甚至有些时候会有些恍惚，总觉得赵树下的资质，其实很好？

　　曾经的赵树下，的的确确不是什么练武奇才，当下的赵树下，事实上拳意也极其淡薄，依旧不算武学天才。但只要少年持之以恒，走在当下这条道路上，那么将来总有一天，至少是有那么一种可能的。

　　天下拳意最近陈平安，唯有无名小卒赵树下。

　　青鸾国边境那边，琉璃仙翁都快要道心崩溃了。

那个白衣少年容貌的崔大仙师,让一个孱弱稚童背着他。稚童摇摇晃晃,走在崎岖山路上。崔东山挥动一只雪白袖子,嘴里嚷着"驾驾驾",好似骑马。

落魄山竹楼二楼,裴钱刚刚艰难躲过一拳,却又被下一拳砸中额头,且被一路带到墙壁那边,好似被那一拳钉在了墙壁上。

光脚老人崔诚面无表情道:"我以世间纸糊的四境打你三境,结果你这都等于死了几次了?你是个废物吗?!你师父是个资质尚可的废物,那你就是一个没资格当陈平安弟子的废物!"

好似被挂在墙壁上的裴钱,七窍流血,她竭力睁开眼睛,朝崔诚吐出一口血水。

崔诚也不躲避,只是手上一拳骤然加重力道,如果这栋竹楼是市井屋舍,估计那颗小脑袋就直接完完整整地凹陷进去了。

崔诚冷笑道:"不服气?你有本事开口说话吗?废物师父教出来的废物弟子!我要是陈平安,早就让你卷铺盖滚蛋了,省得以后丢人现眼!"

他这一拳,打得裴钱本就鲜血模糊的整张脸庞,再不见半点黝黑。

一条纤细胳膊颤颤巍巍抬起,都不算什么出拳,只是轻轻碰了一下老人肩头。轻飘飘的,挠痒痒呢?

崔诚似乎勃然大怒,以拳变掌,抓住裴钱整颗头颅,随手一挥,裴钱横飞出去,撞在墙壁上,重重坠地。裴钱已经彻底晕死过去。

崔诚来到她身边,蹲下身,伸出手指,凌空虚点。片刻之后,他站起身,转头对竹楼外廊道那边说道:"拖走。"

竹门大开,粉裙女童陈如初娴熟背起瘫软在地的黝黑丫头裴钱,脚步轻柔却快速,往一楼跑去。

崔诚双手负后,大步走出屋子,来到廊道栏杆那边。他当然不是什么以寻常四境给那丫头喂拳,这可能吗?

崔诚笑却无声,默默望向远方。有那一拳,就该你裴钱境境最强!

第六章
出拳风采

　　一袭青衫沿着那条入海大渎一路逆流而上，并没有刻意沿着江畔听水声见水面而走，毕竟他需要仔细考察沿途的风土人情、大小山头和各路山水神祇，所以需要经常绕路，走得不算太快。

　　他下定决心去做一件事情的时候，从来如此，劳心劳力，不以为苦，但是身边的人，就可以安心放心，若是年纪不大的，甚至还会身在福中不知福。

　　大概是生长于市井底层的关系，陈平安有着极好的耐心和韧性。

　　途中陈平安遇到了一桩引发深思的山水见闻。

　　一次陈平安夜宿于芙蕖国某座郡城隍庙附近的客栈，夜间子时，响起一阵阵唯有修士与鬼物才可听闻的喧天锣鼓，阴冥迷障骤然破开，在各路鬼差胥吏的指引下，郡城附近鬼魅依次入城，井然有序，是谓一月两次的城隍夜朝会，又被称为城隍夜审，也就是城隍爷会在夜间审判辖境阴物鬼魅的功过得失。

　　陈平安悄然离开客栈，来到郡城隍庙门外，担任门神、以防鬼魅喧哗的两尊日夜游神定睛一看后，立即躬身行礼，并非敬称什么仙师，而是口呼夫子，神色十分恭谨。

　　陈平安抱拳还礼之后，询问是否能够旁听城隍爷夜审。

　　其中那尊日游神马上转身去禀报，得到城隍爷、文判官与阴阳司三位正辅主官的共同许可后，立即邀请陈平安入内。

　　在大堂上，城隍爷高坐大案之后，文武判官与城隍庙诸司主官依次排开，有条不紊，判罚众多鬼魅阴物。若有鬼魅阴物不服，如果并非那些功过分明的大奸大恶之辈，便准许他们向邻近的大岳山君、水神府君上诉,到时候山君和府君自会派遣阴冥官差来此复审案件。

陈平安没有直接坐在城隍爷特意命人搬出的椅子上,而是先将椅子摆在了一根朱漆梁柱后边,然后安安静静坐在那边,一直闭目养神。

当有一个阴物大声喊冤,不服判决后,陈平安才睁开眼睛,竖耳聆听那位郡城隍爷的反驳言辞。

原来那个阴物生前是一个并无正式功名的儒家童生,他曾在郡城外无意间挖掘到一大批骸骨,他一一取出好生安葬了。阴物觉得自己这是大功劳一桩,质疑城隍庙诸多老爷们为何视而不见,不可以此抵消自身罪过。这就是天大的不公。他一定要上诉水神府君,若是府君那边不予理会,官官相护,他就是拼着失去转世投胎的机会,也要敲响冤鼓,再上诉至芙蕖国中岳山君,要山君老爷为他主持公道,重罚郡城隍的失职。

城隍爷怒斥道:"世间城隍勘察阳间众生,你们生前行事,一律有心为善虽善不赏,无心为恶虽恶不罚!任你去府君山君那边敲破冤鼓,一样是遵循今夜判决,绝无改判的可能!"

那个阴物颓然坐地。

寅时末,即将鸡鸣,城隍夜审告一段落。

陈平安这才起身,绕过梁柱,站在堂下,向那位官袍、补子只有黑白两色的城隍爷致谢,然后告辞离去。

城隍爷亲自将陈平安送到了城隍庙大门口。到了门口那边,城隍爷犹豫了一下,停步问道:"夫子是不是在曲江郡境内,为进入深山峻岭开采皇木的役夫,悄悄开凿出一条巨木下山道路?"

陈平安点头道:"确实有过此举,见那道路崎岖,瘴气横生,便有些不忍。"

城隍爷叹气道:"其中两人本该在送木途中横死,一人被巨木活活碾死,一人摔落山崖坠死,所以夫子此举等于救下了两条性命,那么夫子可知此举,是积攒了功德更多,还是沾染了因果更多?"

陈平安笑道:"既然城隍爷开口说了,想必是后者居多。"

城隍爷看着陈平安,片刻之后笑道:"夫子之所以是夫子,小神有些明白了。"

神祇观人间,既看事更观心。

城隍爷叹了口气:"世人行事如那积水成河,河水既可灌溉田地,惠泽万民,也会不小心泛滥成灾,兴许一场决堤洪涝,就要淹死无数,转瞬之间,功过转换,让人措手不及。夫子既然上山修行,还是要多加注意。当然了,小神位卑言轻,谈不上任何眼界,还希望夫子不要被小神这些言语扰乱心境,不然小神罪莫大焉。"

陈平安再次致谢。

陈平安回到了客栈,点燃桌上灯火,抄写那一页即一部的佛家经书,用以静心。停笔之后,收起纸笔和那一页经书。

天微微亮,陈平安吹灭灯火,站在窗口。

山水神祇的大道规矩,细究之后,就会发现其实与儒家订立的规矩偏差颇多,并不绝对符合世俗意义上的好坏善恶。

在山上渐次登高,越来越像一个修道之人,这是必须要走的道路,这就像每个人都会长大。

陈平安其实心情不错,走过了那么多的山山水水,积攒了那么多的大小物件,家当满满。

以后的落魄山,让陈平安充满了期待。一枝独秀不是春,满园花开,那才是陈平安最希望看到的美好景象。

陈平安离开郡城,继续行走于芙蕖国版图。没有了玉簪子,没有了斗笠,只是背着竹箱,青衫竹杖,独自远游。

这天在一座水畔祠庙,陈平安入庙敬香之后,在祠庙后殿看到了一棵千年古柏,古柏需要七八个青壮汉子才能合抱起来,荫覆半座广场,树旁矗立有一块石碑,是芙蕖国文豪撰写内容,当地官府重金聘请名匠铭刻而成,虽然算是新碑,却极富古韵。看过了碑文,才知道这棵古柏历经多次兵燹事变,岁月苍苍,依旧屹立。

陈平安喜欢碑文上的文字内容,便摘下绿竹书箱,拿出纸笔砚墨,以竹箱作书案,一字一字抄录碑文。碑文内容繁多,陈平安抄写得一丝不苟,不知不觉,就已入夜。

祠庙有夜禁,但庙祝非但没有赶人,反而与祠庙小童一起端来两条几凳,放在古碑左右,点燃灯盏,帮着照亮庙中古碑,灯火有素纱笼罩在外,以防风吹灯灭,素雅却精巧。

陈平安见到这一幕后,赶紧停笔起身,作揖致谢。

老庙祝笑着摆手,示意陈平安只管抄录碑文,还说祠庙有屋舍可供香客下榻过夜。

老庙祝吩咐了小童一声,后者便手持钥匙,蹲在一旁打了会儿瞌睡。

后来小童实在无聊,便在陈平安身后看着抄录碑文,字嘛,不好不坏,就是抄得认真,写得端正,真瞧不出有多好。他曾经去别处祠庙游玩,比起自家祠庙那是风光多了,庙里多有士林文人的题壁,那才叫一个比一个飘逸,尤其是一位文豪醉酒持杯,写了一墙草书,真真正正让人看得心神摇曳,虽是草书题壁,却被芙蕖国文坛誉为一幅老蛟布雨图。眼前这个年轻青衫儒士的字,不咋的,很一般。

陈平安抄完碑文后,收拾好竹箱,重新背好,去客舍入住,至于如何表达谢意,思来想去,就只能在明天离去的时候多捐一些香油钱。

小童哈欠不断,都快要觉得自己耳朵里爬进了瞌睡虫,不过倒也不会埋怨客人太磨蹭。祠庙多石刻和题壁,所以这边经常有读书人来此抄书。小童年岁不大,但是经验老到，况且庙祝爷爷脾气又怪，对读书人一向尊崇优待，听庙里几个师兄说，庙祝爷爷在这一生当中，不知道接待了多少进京赶考或是游览山水的读书人，可惜祠庙风水平平，这么多年过去了，也没哪位读书人金榜题名，成了芙蕖国高官，别处祠庙，哪座没出过一两位仕途顺遂，后为祠庙扬名的读书老爷。

陈平安走入廊道后，驻足不前，回首望去，千年老柏树叶婆娑。

陈平安微笑呢喃道："清风明月枝头动，疑是剑仙宝剑光。"

小童愣了一下："好诗呀。公子在哪本书上看到的？"

陈平安笑道："忘了出处。"

小童惋惜道："若是公子自己有感而发便好了，回头我就让庙祝爷爷找写字写得好的，捉刀代笔，题写在墙壁上，好给咱们祠庙增些香火。"

陈平安望向那古柏，摇摇头。

小童还以为这个负笈游学的外乡公子是说那句诗词并非他有感而发，便轻声说道："公子，走吧，带你去客舍，早些歇息。客舍不大，但是洁净，放心吧，都是我打理的，保证没有半只虫蚁。"

说到这里，小童轻声道："若是不小心撞见了，公子可莫要跟庙祝爷爷告状啊。"

陈平安笑着点头，嗯了一声，跟随小童一起去往客舍。

古柏那边，枝叶婆娑，那个即将幻化成人形的古木精魅差点憋屈得掉下眼泪来，恨不得一把按住那祠庙小童的榆木脑袋，一顿栗暴将其敲醒。

你这痴儿小童子，怎的如此不开窍，知不知道祠庙错失了多大一桩福缘？若是请那剑仙题写那句诗词在祠庙壁上，说不得它就可以一步登天了！至于祠庙香火和风水，自然水涨船高无数。十个在芙蕖国庙堂的朱紫公卿，比得上此人的一副随笔墨宝吗？

只是那位仙人方才对它摇头，它便不敢妄自言语，免得惹恼了那位过境仙人，反而不美。

这天深夜，陈平安依旧是练习六步走桩，同时配合剑炉立桩和千秋睡桩。

半睡半醒之间，拳意流淌全身，人身小天地之内，又有别样修行。修身修心两不误。

陈平安心中微动，却没有睁开眼睛，继续心神沉浸，继续走桩。

这天庙祝老人梦中见到一个青衣男子，背负一根古柏树枝，宛如游侠负剑。此人向他坦言身份，正是祠庙后殿那株将军柏的化身，他祈求庙祝请那位青衫客人留下一副墨宝，无论如何都一定要恳请那位夜宿祠庙的过路仙师，做完了此事再继续赶路。青衣男子言辞殷切，几乎落泪。

庙祝老人猛然惊醒之后，叹息一声，似乎并不愿意强人所难，难以向那位真人在前不知仙的年轻书生开口求字,但思量许久,想起那棵古柏与祠庙的千年相伴,历史上确实多有口口相传荫庇祠庙的灵验事迹,所以老人仍是穿靴穿衣,在夜幕中离开了屋子,只是到了客舍那边,徘徊许久,老人依旧没有敲门,而是转去古柏那边,轻声道:"柏仙,对不住。我并未依循您的言语去开口求人。仙人行事,不好揣度,既然对方不愿主动留下墨宝,想必是祠庙这边功德不够,福缘未满。"古柏寂然,唯有一声叹息,亦是没有强求庙祝老人改变心意。

直到这一刻,陈平安才停下拳桩,会心一笑。

陈平安一直相信,一地风水正与不正,根柢依旧在人,不在仙灵,得讲一讲先后顺序,世人所谓的留得青山在不愁没柴烧,所谓青山,还在人心。

故而陈平安在祠庙如风飘掠,转瞬之间便来到庙祝身边,微笑道:"举手之劳。"

修行千年尚未得一个完整人形的古柏精魅,以青衣男子容貌现身,体魄依旧飘渺不定,跪地磕头:"感谢仙人开恩。"

庙祝老人也有些惶恐,就要弯腰拜谢。

陈平安坦然受了那古木精魅的跪拜,庙祝老人的鞠躬拜谢,却被他伸手阻拦了下来。

这不是因为木魅非人,便低人一等,而是大道之上,受天地恩惠,草木精怪所拜谢的,其实是那份来之不易的大道机缘。

先前旁观城隍夜审之后,陈平安便如同拨开云雾见明月,彻底明白了一件事情。修行之人,欲求心思清澈,还需正本清源。

陈平安让庙祝老人和古柏精魅稍等片刻,去了趟客舍,在客舍取出一张金色材质的符纸,正襟危坐,屏气凝神片刻之后,才在上边一笔一画写下那句诗词,然后背好竹箱返回后殿古柏处,递交给那个青衣男子,正色道:"可以将此符埋于树根与山根牵连处,以后慢慢炼化便是。大道之上,福祸不定,皆在本心。以后修行,好自为之,善善相生。"

青衣男子双手捧金符,再次拜谢,感激涕零。

陈平安便不再留宿祠庙,而是告辞离去,月明星稀,明月在肩也在竹箱。

回头望去,庙祝老人与青衣木魅还在那边目送自己离开,陈平安摆摆手,继续远游。

好嘛,省下一笔香油钱了。不亏。

陈平安笑着继续赶路,夜深人静,以六步走桩缓缓而行。不分昼夜,百无禁忌。

世事如此,机缘一事,各有各的定数。此地祠庙遇到他陈平安,兴许便成了一桩所谓的福缘。别处祠庙哪怕风水迥异于此,但遇上了其他性情、眼缘的修道之人,一样可能是恰到好处的机缘,遇到他陈平安,反而会擦肩而过。

大道之上,路有千万,条条登高。所以同道中人,才会如此稀少,难以遇见。

随后陈平安在芙蕖国中岳地界的大渎水畔停步,与一个老翁相邻垂钓。后者分明是一个练气士,只不过境界不高,兴许是观海境,也可能是龙门境,但是阵仗很大,身边跟了许多婢女童子,一长排的青色鱼竿,至于饵料,更是备好了无数,一大盆挨着一大盆,估摸着大渎大水,再大的鱼也能喂饱吃撑。老翁瞧着陈平安应该是一个四五境的纯粹武夫,又是喜好垂钓之人,便吩咐一个婢女端去了一大盆饵料。婢女笑言陈平安无须客气,自家老爷对于萍水相逢的钓友素来大方,还说了句"不打大窝,难钓大鱼"的话。婢女放下大盆和陈平安说起这些话的时候,陈平安使劲点头:"是这个理儿,老先生定是垂钓一道的世外高人。"收了人家这么一大盆仙家饵料,一开始陈平安还有些惴惴不安,便高声询问那个老仙师的道号。

老翁大笑道:"山上朋友,都喜欢称呼老朽为填海真人!"

陈平安默默瞥了眼大盆,心想混江湖也好,混山上也罢,真是只有爹娘取错的名字,绝对没有别人取错的绰号。

老翁鱼获不断,只是没能钓起心目中的一种大渎奇鱼。

入暮时分,有一艘巨大楼船经过大渎之畔,楼船上有披甲之士肃然而立,破水逆行,动静极大,大浪拍岸,岸边青竹鱼竿被大浪拍得七颠八倒。老翁破口大骂,中气十足。

楼船中走出一个身披甘露甲的魁梧武将,手持一杆铁枪,气势凌人,死死盯住岸边的垂钓老翁。

一个婢女小心翼翼提醒道:"老爷,好像是芙蕖国的大将军,穿了副很稀罕的甘露甲。"

"是芙蕖国大将军高陵!"

老翁定睛一看,一跺脚,气急败坏道;"他娘的,踩到一块牛硬如铁的狗屎了。听说这家伙脾气可不太好,咱们收竿快撤!"

楼船那边,那个芙蕖国护国大将军身边多出一个女子,高陵低下头,与其窃窃私语,后者点了点头,高陵轻轻一跃,站在了船头栏杆之上,蓄势待发。

陈平安缓缓收竿。楼船之上,那魁梧武将与女子的对话清晰入耳。

一身锦缎绫罗的富贵女子,听闻老渔翁是一个别国山泽野修,道号填海真人,生性散漫,是空有境界却战力稀松的龙门境老朽修士后,便让武将高陵去领教一下,不用打杀了,教训一下就行,比如打个半死,然后找个机会看能不能将其收为她府上的客卿门客。

高陵犹豫了一下,说:"此人未必愿意,他已经拒绝了青玉国皇帝数次担任供奉的邀请。"

女子哦了一声,高陵便心领神会。

芙蕖国本身势力不大，但是靠山却出奇地大，高陵身旁既有富贵身份也有仙家气息的女子，便是芙蕖国与那座靠山的牵引之一。

高陵虽然看着不过而立之年，实则已是花甲之年，在芙蕖国武将当中官职不算最高，从三品，但是他的拳头一定是最硬的。

今天一拳下去，说不定就可以将从三品变成正三品。于是高陵大声笑道："我看就别跑了，不妨来船上喝杯酒再说！"

高陵脚尖重重一点，楼船顿时倾斜，一大片铁甲铮铮作响，那些甲士一个个顾不得仪度，赶紧伸手牢牢抓住栏杆。

高陵落在大渎水面之上，往岸边踩水而来，一枪递出。

龙门境的老翁只是个山泽野修，还不是什么谱牒仙师，识趣一点就该服软，不识趣更好，刚好让自己在那女子眼前施展一番拳脚。只是不等登岸，高陵便眼前一花，然后觉得胸口发闷，身形一路倒退回楼船那边。

原来是一袭青衫神出鬼没，刹那间便来到了高陵身前，一只手掌拍在了他的甘露甲上。高陵来时快若奔雷，去势更是风驰电掣，在陈平安轻轻一掌后，他身形飘起，耳畔呼啸成风，落在渡船船头之上，跟跄脚步才站稳脚跟。

陈平安一掌轻拍过后，借势倒掠出去数丈，一只大袖翻转，身形迅猛拧转，眨眼间便返回了岸边，飘然站定。

高陵脸色阴沉，心知打赢这一架就别想了，只犹豫要不要打肿脸充胖子。不然让她觉得丢了颜面，是他高陵办事不力，那就是最尴尬的处境，两头不讨好。

楼船上的女子眼神熠熠光彩，微笑道："没事，不用计较，更不用追究。师父曾经亲口说过，山下也不容小觑，大山大水之间，常有高人出没。不枉费我在绿莺国龙头渡下船，故意走这趟迢迢水路，总算给我瞅见了所谓的世外奇人，见过一眼，就是赚到了。"

高陵松了口气。

岸上，陈平安抱拳，好似向楼船这边致歉。高陵愣了一下，也笑着抱拳还礼。

女子愈加光彩照人，自言自语道："好家伙，真有趣。高陵，我记你一功！"

楼船缓缓离去。

那个龙门境老修士刚想要和陈平安结交一番，却蓦然不见了陈平安的身影。

咋办？老修士揉了揉下巴，然后发号施令开始挪位置，吩咐婢女小童将所有大盆都挪到另外一个位置，正是陈平安垂钓之地，他觉得那里定然是一处风水宝地。他一落座，顿时觉得神清气爽，果然是仙人一眼相中的地方，这拂面江风分明都要香甜几分嘛。

远处，陈平安继续远游。他稍稍绕路，走在一处视野开阔的平原之地。

陈平安突然停下了脚步，收起竹箱放入咫尺物当中。可是片刻之后，又皱眉深思起来,难道是错觉?

陈平安缓缓前行。

洒扫山庄,是五陵国江湖人心中的圣地。

关于这座庄子,武林中有各种各样的传闻。

有的说王钝老前辈之所以一辈子不曾娶妻,是年轻的时候游历北方,受过情伤,喜欢上了后来成为荆南国太后的女子,可惜天公不作美,月老不牵线,两人没能走到一起,王钝老前辈是个痴情种,便潜心武学,这成了王钝一人的不幸,却是整个五陵国江湖的大幸。

还有的说那庄子自酿的瘦梅酒,其实是仙人遗留下来的酿酒方子,武人喝上一坛,就能增长好几年功力。所以王钝老前辈教出来的那些弟子,才会一个个出类拔萃,因为都是在瘦梅酒的酒缸里泡出来的。

还有传闻洒扫山庄内有一处戒备森严、机关重重的禁地,摆放了王钝亲笔撰写的一部部武学秘籍,任何人得到一部,就可以成为江湖上的第一流高手,得了刀谱,便可以媲美傅楼台的刀法,得了剑谱,便能够不输王静山的剑术。

这些,当然全是假的,让外人唾沫四溅,却会让自己人哭笑不得。

王钝的嫡传弟子之一,陆拙对此就很是无奈,只是师父好像从来不计较这些。

陆拙是同门师兄弟当中资质最不济的一个,剑术、刀法、拳法,学什么都很慢,不但慢,而且瓶颈大如山,皆无望破开,一丝曙光都瞧不见,师父虽然经常安慰他,可事实上师父也没辙,到最后陆拙也就认命了。如今老管家年纪大了,大师姐远嫁,天赋极好的师兄王静山,这些年不得不挑起山庄庶务,实实在在耽搁了修行,其实陆拙比王静山还要心急,总觉得王静山早就该闯荡江湖、砥砺剑锋去了,所以陆拙开始有意无意接触山庄多如牛毛的世俗杂事,打算将来帮着老管事和王师兄,由他一肩挑起两份担子。

卯时起床,走桩,或练剑或练刀至辰时,吃过早餐,就开始去老管家那边,看账记账算账,洒扫山庄的书信往来,诸多产业的经营状况,府上诸多弟子门生的开销,都需要向老管家一一请教,约莫巳时,结束好似学塾蒙童的课业,去洒扫山庄后山看一会儿小师弟练剑,或是师妹的练刀。后山那边安静。

山庄有许多弟子、杂役家眷,所以山庄开办了一座家塾。早年学塾里的那些夫子先生学问都大,但是留不住,都是待上一年半载就会请辞离去。有些是辞官退隐的,实在是年岁已高,有些则是没有官身但是在士林颇有声望的野逸文人。最后师父便干脆聘请了一个科举无望的举人,再不更换先生。那个举人有事跟山庄告假的时候,陆拙就会担任学塾里的教书先生。

下午陆拙也会传授一拨同门弟子刀剑拳法,毕竟与陆拙同辈的师兄弟们,也需要自己修行，那么陆抽就成了最好使唤的那个人，不过陆抽对此非但没有半点芥蒂，反而觉得能够帮上点忙，十分欣喜。

陆抽如今的一天，就是这么鸡毛蒜皮，零零碎碎，好像几个眨眼工夫，就会从拂晓时的天青如鱼肚白，变成日头西沉鸟归巢的暮色时分。只有戌时过后，天地昏黄，万物朦胧，他才有机会做点自己的事情，例如看一点杂书，或是翻一翻师父购买的山水邸报，了解一些山上神仙的奇人异事，看过了之后，也没有什么向往憧憬，无非是敬而远之。

陆抽这天亲手持灯笼巡夜山庄，按例行事而已，虽说江湖传闻多而杂，但事实上不守规矩擅闯洒扫山庄的人从来没有。

后山那边小师弟还在勤勉练剑。陆抽没有出声打搅，默默走开，一路上悄悄走桩，是一个走了很多年的入门拳桩，师姐傅楼台、师兄王静山都喜欢拿这个笑话他。因为那拳桩并非洒扫山庄王钝亲自传授，而是他年少时一个偶然机会得到的粗劣拳谱。师父王钝没有介意陆抽修行此拳，因为王钝翻阅过拳谱，觉得修行无害，但是意义不大，反正陆抽自己喜欢，就由着陆抽按谱练拳。事实证明，王钝和师兄师姐是对的，不过陆抽自己也没觉得白费功夫便是了。

下山途中，陆抽看到那个身形佝偻的老管家站在台阶底下，似乎在等待自己。陆抽快步下山。

老管家相貌清癯，身形消瘦，一袭青衫长褂，但是经常咳嗽，好像早些年落下了病根，就一直没痊愈。老人一条腿微微瘸拐，只是并不明显。

老人姓吴，名逢甲，这是一个不太常见的名字。除了陆抽这一辈同门，再低一辈的年轻人和孩子，都已经不知道老人的姓名，从王钝大弟子傅楼台起，到陆抽和小师弟，都喜欢称呼老人为吴爷爷。陆抽年少时第一天进庄子的时候，老管家就已经在洒扫山庄当差，据说庄子多大岁数，老管家在山庄就待了多少年。

陆抽轻声道："吴爷爷，风大夜凉，山庄巡夜一事，我来做就是了。"

老人摆摆手，与陆抽一起继续巡夜，微笑道："陆抽，我跟你说两件事，你可能会比较……失望，嗯，会失望的。"

陆抽觉得有些奇怪，似乎今晚的老管事有点不太一样。以往老人给人的感觉，是迟暮，像是处于风烛残年，命不久矣。这其实让陆抽很担心。陆抽兴许是武学无望登顶的关系，所以会想一些更多武学之外的事情，例如山庄老人的晚年处境，孩子们有没有机会参加科举，山庄今年的年味会不会更浓郁几分。

老人缓缓说道："陆抽，你其实是有修行资质的，而且如果早年运气好，能够遇到传道人，前途不会小的。只可惜遇上了你师父王钝，转为学武，暴殄天物了。"

陆抽笑了笑，刚要说话，老人摆摆手，打断陆抽的言语："先别说什么没关系，那是因为你陆抽从没亲眼见识过山上神仙的风采。一个刘景龙，当然境界不低了，他与你只是江湖偶遇的朋友，那刘景龙又是个不是书生却胜似醇儒的小怪胎，所以你对于山上修道，其实并未真正知晓。"

陆拙无言以对。

老人继续说道："再就是你陆拙的习武天资，实在一般，很一般。所以你那些武学瓶颈，是真真切切的关隘拦路，你如今过不去，而且可能一辈子就都过不去了。"

陆拙叹了口气，有些伤感："吴爷爷，我自己心里最清楚不过了。"

老人也有些没来由的伤感："山庄里这么多孩子，我其实最看好你的心性，所以我才让你无意间得到那部拳谱。可天底下很多事情就是如此无奈，不是你陆拙是个好人，就可以人生顺遂，年轻时分，是比不过你师姐师兄，成年之后，你还是只能眼睁睁看着师弟师妹一骑绝尘而去，到老到死，说不得连他们的弟子，你的那些师侄，你还是比不过。所以不管你失望与否，我是很失望的，不在人心，而在世事。"

陆拙有些震惊，提着灯笼张大嘴，竟是说不出一个字来。

老人转头看了眼陆拙："陆拙，最后问你一个问题，介不介意一辈子碌碌无为，当个山庄管事，将来年复一年，处处风光，都与你关系不大？"

陆拙仔细想了想，笑道："真的没关系，我就好好当个山庄管家。"

老人点头："很好。也别小觑了自己，有你这种人在，做着一件件小事，天底下才会有更大的希望，出现一桩桩壮举。所以说，我先前的那点失望，不值一提，一个个陆拙，才是这个世道的希望所在。这种大话，一个洒扫山庄的糟老头子吴逢甲说出口，似乎很不要脸，对不对？"

陆拙笑了，既不愿说违心话，也不愿伤了老人的心，只好折中说道："还好。"

老人爽朗大笑，此时此刻，哪有半点腐朽老态病容。鹰立如睡，虎行似病，正是他攫人噬人手段处。

"你既然已经通过了我的心性大考，那就该你换道登高，不该在鸡毛蒜皮之中消磨心中意气了！"

老人说道："我今夜就要离开山庄，躲躲藏藏多年，也该做个了断。我在账房那边，留下了两封书信，一件山上重器，一部仙家秘籍。一封你交给王钝，就说你这个弟子，他已经耽误多年，也该放手了。一封信你带在身上，去找刘景龙，以后去修行，当那山上神仙！一个愿意安心当山庄管家一辈子的陆拙，都可以让世道希望更大，那么一个登山修道练剑的陆拙，自然更有益于世道。"

陆拙一脸错愕。

老人一手抓住陆拙头颅，一拳砸在陆拙胸口，打得陆拙当场重伤，神魂激荡，却偏偏哑口无言，痛苦万分。

"别的都好，就是这扭扭捏捏的脾气，我最看不爽，你陆拙不去争一争山巅一席之地,难道要让道给那些比王八蛋还不如的练气士?!"

老人盯住几乎就要昏死过去的陆拙,沉声道:"可是你想要走上修行一途,就只能先断了长生桥,以便帮你彻底驱散那口纯粹真气!放心,长生桥断而不碎,我那封密信,足够让你重建此桥。此后,说不得你连撼山拳都可继续再练!记住,咬紧牙关,熬得过去,一切就有希望;熬不过去,刚好可以安心当个山庄管家。"

老人松开手,陆拙倒地不起,手中灯笼摔落在地。陆拙呕血不已。

老人蹲下身,笑道:"我当然不叫什么吴逢甲,那只是年少时行走江湖,一个已死侠客的名字罢了。他当年为了救下一个被车轮碾压的路边小乞儿,才会命丧当场。那个小瘸子,这辈子练拳不停,就是想要向这个救命恩人证明一件事情,一位四境武夫为了救下一个满身烂脓的孤儿,搭上自己的性命,这件事,值得!"

陆拙只觉那一口纯粹武夫的真气逐渐消散,疼痛难当,但他依旧咬紧牙关,试图仔细听清楚老人的每一个字。

老人微笑道:"我自悟一套粗劣拳法,到底是一般人眼中的资质平平,不是什么天才。如今回头再看,拳谱所载拳法拳桩拳招,确实稀松平常,所以埋头练拳直到四十多岁,才能够以一人之力,公然宣言要向那座一国执牛耳者的仙家府邸报仇。人人笑话我蚍蜉撼树,不自量力!很好,我那套拳法之拳意根本,就在于蚍蜉搬山入海!可惜你陆拙,练习拳谱多年,始终无法入门,无法拳意上身,无妨,世间大路何其多,你陆拙是个好人即可,是不是我的嫡传弟子,关系不大。"

最后老人双指并拢弯曲,在陆拙额头轻轻一敲,让其昏睡过去,毕竟陆拙已经无须继续武学登高,这点体魄上的苦头吃与不吃,毫无意义,神魂之间激荡不停歇,才是以后上山修道的关键所在。

青衫长褂的老人站起身,喃喃自语道:"老夫真名,姓顾名祐。"

老人笑道:"与猿啼山那姓嵇的分出生死之前,好像应该先去会一会那个年轻人。若是死了,就当是还了我的撼山拳,若是没死……呵呵,好像很难。"

老人思量片刻,冷笑道:"我也不欺负人,既然你是在争最强六境的纯粹武夫,那我就压一压境界,只以……九境武夫出拳好了。"

平原之上,陈平安觉得越来越不对劲。一股巨大的危机感笼罩天地,避无可避,逃无可逃。

这是在北俱芦洲游历第二次有这种感觉了。第一次,是在峥嵘峰山脚那边,遭遇猿啼山剑仙嵇岳。

陈平安没有任何恐慌,反而一瞬间便心如止水。

在陈平安目力极限之外,有一个老人身穿一袭青衫长褂,站在原地,闭目养神已久。

老人睁开眼睛，一步跨出，悄无声息。但是转瞬之后，大地之上，如平地炸春雷。

陈平安眯起眼，双袖符箓，法袍金醴，两把飞剑，哪怕是剑仙，在这一刻，都是纯粹武夫身外物，注定毫无裨益。

陈平安相信自己的直觉，对方至少是一位山巅境武夫！拳意之凝练雄厚，匪夷所思。

陈平安开始直线向前奔去。一撤退一避让，自身拳意就要减少一分，生还机会也会少去一分。

拳意一减，便是认输。行走江湖，认输往往就要死。

一拳互换，陈平安顿时倒飞出去数十丈，一个骤然落地，依旧止不住倒退之势，脚上靴子直接磨光所有鞋底，浑身几乎散架。

这是陈平安第一次使出神人擂鼓式，却拳递出意即断！

那人却纹丝不动，闲庭信步，似乎任由陈平安直接换上一口纯粹真气，飘飘然尾随而至，又递出一拳。已经视线模糊的陈平安又被当头砸了一拳，倒飞出去，毫无还手之力。

那一袭青衫长褂，已经跃上高空，一拳砸下。这一拳砸中陈平安心口，大地之上出现一个大坑。

陈平安浑身浴血，倒地不起，血肉经脉，四肢百骸，气府窍穴，都已处于崩溃边缘。

那个至少也是山巅境武夫的老者，站在大坑顶上边缘，双手负后，一言不发，不再出拳，只是俯瞰着那个坑中血人。

只见其实已经彻底失去意识的陈平安，先是左手一根手指微动，然后试图以手肘抵住地面，挣扎起身。

青衣老者只是神色冷漠，看着陈平安种种下意识的细微挣扎。

陈平安从一次次抬肘，让自己后背高出地面，一次次坠地，到能够双手撑地，再到摇摇晃晃站起身，就消耗了足足半炷香光阴。

老人冷笑道："我就站在这里，你只要能够走上来，向我递出一拳，就可以活。"

其实已经没有了意识、只剩下一点本命灵光的陈平安，低头弯腰，双臂摇晃，踉跄向前。那走出大坑斜坡的二十几步路，就像稚童背着巨大的箩筐，顶着烈日曝晒，登山采药。

步步登高，满脸血污的陈平安刚刚抬起一条手臂，老人淡然道："不好意思，你还是得死。"

一手抬起，一拳抡开，青衫长褂布鞋的老人一拳将陈平安打回坑底。

老人一步一步走下大坑，嗤笑道："年纪越大，境界越高，就越怕死？难怪最强三境昙花一现之后,四境、五境都没能争到那最强二字!既然如此,我看你还是死了算数,那点武运,给谁不好,给了你这种人,老夫都觉得脏了那部拳谱。"

那个半死之人,无声无息。

老人皱了皱眉头,然后低下头,见陈平安再次手指微动。

老人笑了笑。很好!可谓人身已死,拳意犹活。这点小意思,乃是世间最做不得假的大意思!

老人放声大笑。

陈平安猛然间睁开眼,皱了皱眉头,差点没骂娘。

已是深夜时分,明月当空,这一觉睡得有点死。

而能够疼到让陈平安想要骂娘,应该是真疼了。

一身鲜血早已干涸,与大坑泥土黏糊在一起,微微动作,就是撕心裂肺一般的痛感。不过陈平安仍是深吸一口气,大致确定体魄状况后,猛然坐起身,四周并无异样。

那个至少也是山巅境的纯粹武夫,为何出手却没有杀人?陈平安怎么都想不明白。难不成是北俱芦洲的风俗使然,只是看自己走桩不顺眼,就莫名其妙来上几拳?

大坑上边,响起一个嗓音:"总算睡饱了?"

陈平安只是缓缓起身,连拳架都没有拉开,不过身上拳意越发纯粹且内敛。

大坑边缘,出现青衫长褂布鞋,正是那个老武夫。那个在洒扫山庄隐姓埋名多年的老管家吴逢甲,或者撇开横空出世的李二不说,他就是北俱芦洲三位本土十境武夫之一、大篆王朝顾祐。

大篆王朝在内周边数国,为何只有一座弱势元婴坐镇的金鳞宫?而金鳞宫又为何孱弱到会被浮萍剑湖荣畅视为一座听也没听过的废物山头?正是武夫顾祐以双拳打散了十数国山上的神仙,那些山上神仙几乎悉数被此人驱逐出境。

顾祐曾言,天大地大,神仙滚蛋。豪言须有壮举,才是真正的英雄。

顾祐笑道:"你这一身拳意,还凑合。六步走桩,过百万拳了吧?"

陈平安点头道:"将近一百六十万拳了。"

顾祐问道:"出身小门小户,年幼时分得了本破烂拳谱,便当作宝贝,从小练拳?"

见微知著。世间任何一位豪阀子弟,绝对不会去练习那撼山拳,所以这个年轻人,出身绝对不会太好。

陈平安摇头道:"十四岁左右,才开始练拳。"

顾祐有些欣慰:"其他都不难,出拳是死功夫,稍微有点毅力的,百万拳都能成,唯一的难,在于一直练习这走桩。"

陈平安一头雾水,从头到尾都是。

不过毋庸置疑，老人对自己没有杀心，事实上，老人几拳过后，对自己裨益之大，无法想象。甚至不在体魄、神魂，而在拳意、人心。

这一刻，陈平安轻轻攥拳又轻轻松开，觉得第六境的"最强"二字，已是囊中之物。这对于陈平安而言，不常见。

老人说道："我叫顾祐。"

陈平安顿时心中了然，自己的拳法根本，还是当年泥瓶巷顾璨赠送自己的拳谱，所以他直接问道："那部《撼山谱》？"

顾祐点头道："应该是我顾氏子弟流散四方，带去了你的家乡。早年遭了一场大灾，本就不大的家族便分崩离析，如鸟兽散了。"

顾祐感慨道："寿命一长，就很难对家族有太多挂念，子孙自有子孙福，不然还能如何？眼不见为净，不然大多会被活活气死的。"

陈平安抱拳道："宝瓶洲陈平安，见过顾老前辈。"

顾祐笑道："让一位十境武夫护着你酣睡半天，你小子架子挺大啊。"

陈平安咧嘴一笑。

顾祐招手道："陪你走一段路程，我还有事要忙，没太多工夫与你唠嗑。"

陈平安摇摇晃晃，走上斜坡，与止境武夫顾祐并肩而行。

顾祐说道："拿过几次武夫最强？"

陈平安说道："两次，分别是三境和五境。"

顾祐摇头道："如此说来，比那中土同龄人曹慈差远了，那家伙次次最强，不但如此，还是前无古人的最强。"

陈平安笑道："慢慢来，九境十境左右，好歹还有机会。"

顾祐转头疑惑道："教你拳法之人，是宝瓶洲崔诚？不然你这小子，原本不该有此心性。"

陈平安犹豫了一下，还是点了点头。

顾祐恍然大悟道："难怪。不过你小子前些年肯定吃了不少苦头吧？也对，没这份打熬，走不到今天。"

顾祐突然问道："崔诚如何评论《撼山谱》？"

陈平安只敢话说一半，缓缓道："拳意宗旨，极高。"

竹楼崔老头又没在这边，自己没理由帮他白白挨上一拳。

止境武夫哪怕压境以山巅境出拳，对于他这个小小六境武夫而言，不还是重得不行？

顾祐嗯了一声："不愧是崔老前辈，眼光极好。"

宝瓶洲的崔诚，曾经单枪匹马游历过中土神洲，虽然听闻下场极其惨烈，但哪怕是在顾祐这样最拔尖的别洲武夫眼中,亦是真豪杰。

双方拳法高低不去说,但是既然没打过,顾祐就不会对崔诚有任何钦佩,除此之外,只说岁数和作为,尊称崔诚一声崔前辈还是没问题的。当然了,若非"极高"二字评价,顾祐依旧不会改口称呼前辈。

陈平安欲言又止。

顾祐说道:"但说无妨。"

陈平安问道:"顾老前辈与猿啼山嵇剑仙是死仇?"

顾祐说道:"死仇,双方必须死一个的那种。"

陈平安便不再言语。

世事复杂,就在于坏人杀好人,好人杀坏人,坏人也会杀坏人。在这之外,好人也会杀好人。

许多不涉及大是大非的事情,并未真正知情,妄加评论,或是指点江山,其实没多大问题,但是切莫觉得当真就已经对错清晰、善恶分别。

顾祐笑了笑,说道:"你小子大概只听说大篆王朝京城那边的异象,什么玉玺江一条大蛟,摆出了水淹京城、妄图打造龙宫的失心疯架势。不过我很清楚,这就是嵇岳在以阳谋逼我现身,我去便是。事实上,他不找我顾祐,我也会找他嵇岳。呵呵,一个早年差点与我换命的山上剑修,很厉害吗?"

顾祐停顿片刻,自顾自道:"当然是厉害的。所以当年我才会伤及体魄根本,躲了这么些年,说到底,还是自身拳法不够高,止境三重境界,气盛,归真,神到。我在十境之下,每一步走得都不算差,可跻身止境之后,终究是没能忍住,太过希冀着争先进入那个传说中的境界,哪怕当时自己不觉得心境有纰漏,可事实上依旧是为了求快而练拳,以至于差了许多意思。小子,你要切记,跟曹慈这种同龄人,生活在同一个时代,是一件既让人绝望也很正常的事情,但其实又是一件天大的好事,有机会的话,便可以相互砥砺。当然前提是别被他三两拳打死,或是打碎了信心,习武之人,心气一坠,万事皆休,这一点,牢牢记住了。"

陈平安点头道:"会的。"

顾祐看似随口问道:"既然怕死,为何学拳?"

这是一个很怪的问题。怕死才学拳,好像才是道理。

陈平安回答道:"不是真的怕死,是不能死,才怕死,好像一样,其实不同。"

顾祐沉默片刻:"大有道理。"

事实上,这是顾祐觉得最奇怪不解的地方。

陈平安自知必死之时,尤其是当他可以说"已死"之际,反而是拳意最鼎盛之时。这就不是一般的"怕死"了。所以顾祐可以无比确定,一旦陈平安死了,自己若是对他的魂魄听之任之,那么天地间就会立即多出一个极其强大的阴灵鬼物,非但不会被罡风吹得灰飞烟灭,反而等同于死中求活。贪生怕死到了这种夸张地步,陈平安这得怀揣着多大的执念?

不过这些言语,多说无益。

他此次露面,就是要陈平安这个曾经走过洒扫山庄所在小镇的年轻武夫真正经历生死。唯有如此,才可使得陈平安近乎瓶颈的拳意更加纯粹。

顾祐语重心长说道:"到了北边,你要小心些。就算不提北方那个老怪物,还有一个山巅境武夫,都不算什么好人,他们都是杀人随心。你偏偏是外乡人,而且死了还会将一身武运留在北俱芦洲,他们想要杀你,就是几拳的事情。你要么临时抱佛脚,学一门上乘的山上逃遁术法,要么就不要轻易泄露真实的武夫境界。没法子,人好人坏,都不耽误修行登顶,武夫是如此,修道之人更是如此。一个追求拳意的纯粹,一个道心求真,规矩的束缚,自然还是有的,但是每一个走到高位的修行之人,哪有蠢人,都是擅长避开规矩的。"

陈平安叹了口气:"我会小心再小心的。"

顾祐停下脚步,望向远方:"很高兴,撼山拳能够被你学去,并且有望发扬光大。说实话,哪怕我是撰写拳谱之人,也要说一句,这部拳谱,真不咋的,撑死了也就有那么点意思。"

陈平安沉声道:"顾老前辈,我真心觉得撼山拳,意思极大!"

哪怕当年在落魄山二楼,面对崔诚,陈平安对于这部相依为命的拳谱,始终十分推崇。

顾祐转过头,笑道:"哪怕你说这种好听的话,也没仙家法宝赠送给你,毕竟我只是一介武夫。"

这位止境武夫,眼光何等老辣,一个被崔诚传授拳法的年轻人,若非对《撼山谱》真心认可推崇,岂会一直远游到了北俱芦洲,依旧走桩不停?

所以别人不知死活当面说一些溜须拍马的言语,不过是弄巧成拙,相当于求他顾祐出拳而已。恐怕天地间,也就只有眼前这个来自宝瓶洲的外乡年轻人来说这些话,才是唯一合理的。

好话憋在心里,也不坏,说出口,自然更好。

陈平安苦笑道:"三拳足矣,再多也扛不住。"

顾祐拍了拍陈平安的肩膀:"顾祐的九境三拳,分量当然还是可以的。"

顾祐突然说道:"你知不知道,我这个撼山拳的老祖宗,都不知道原来走桩、立桩和睡桩可以三桩合一而练。"

陈平安无言以对。

顾祐思量片刻:"其实还可以加上天地桩。"

陈平安无奈道:"以头点地而走?"

顾祐见陈平安似乎当真在思量此举的可行性,一巴掌重重拍在陈平安肩头,大笑道:"你小子练拳别练傻了,我辈武夫行走江湖,要点脸行不行? 就你这练拳法子,姑娘见着一个,吓跑一个,这可不行。练习撼山拳之人,岂可没有那江湖美人仰慕万分!"

顾祐说完这些,双手负后,仰头望去,似乎有些缅怀神色。

大概每一个行走江湖之人,都会有这样那样的遗憾和惦念。

陈平安被顾祐一巴掌打得肩头一歪,差点跌倒在地。等他站直身体,身着一袭青衫长褂的顾祐已经无声无息拔地而起,飘然远去。

陈平安久久没有收回视线。他知道,顾祐此行,是慷慨赴死。但是也许,猿啼山也不会再有一位剑仙嵇岳了。这就是人生。

陈平安取出竹箱搁在地上,一屁股坐在上边,再拿出养剑葫,慢慢喝着酒。

他没有着急赶路,想稍稍恢复几分实力再说。

三拳下去,一月之内能够恢复到六境之初的修为,就算万幸了。

反正一时半会儿不会动身,陈平安干脆就想些事情。

关于纯粹武夫,崔前辈曾经提及过一个笼统说法:七境、八境死家乡,山巅境死本国,止境死本洲。

修行路上,唯精唯诚。就像顾祐所说,许多分心,自己只会浑然不觉。这其实是一件很可怕的事情。

想到最后,陈平安捧着养剑葫,怔怔出神。

活着,想要去的远方,还在远方等待自己,真好。只不过有些远方的有些人,来年见到自己后,估计不会太高兴就是了。

近一些的,杏花巷马家,大骊太后;远一些的,正阳山搬山猿,清风城许氏。

还有一些需要再看一看的,更有一些隐藏在重重幕后的。一桩桩一件件,一个个一座座。

裴钱这个开山大弟子喜欢在小本上记账,其实是随她这个师父。只不过一个用笔纸去记,一个只用心记。

再广袤的平原,总会遇到山,顾祐就落在一座山头之上。

六个面覆雪白面具的黑袍人,只留下一人站在原地,其余五人都快速散落四方,远远离开。所幸脚穿布鞋、身穿青衫长褂的顾祐,似乎没有追杀的意图。

留在原地的割鹿山修士躬身抱拳道:"拜见顾前辈。"

顾祐问道:"这么大排场,是为杀人? 别说一个即将破境的六境武夫,就是远游境武夫,也不够你们杀的。割鹿山什么时候也不守规矩了？还是说,其实你们一直不守规矩,只不过做事情比较干净?"

与顾祐对峙之人,是这拨割鹿山刺客的首领,虽是元婴修士,可面对这位青衫老者,那张面具四周仍是渗出细密汗水。

很简单,昔年大篆王朝的护国武夫顾祐最重规矩。再就是只要他选择出拳杀人,必然挖地三尺,斩草除根。一旦割鹿山惹火了顾祐,那就不是山头这边死六个人这么简单了。

这个割鹿山刺客摇头道:"割鹿山的规矩,自祖师开山以来,就不曾破例……"

下一刻,顾祐一手负后,一手掐住那元婴修士的脖子,瞬间提起。顾祐也不抬头,只是平视远方:"先动者,先死。"距离山头颇远的其余五人,顿时噤若寒蝉,纹丝不动。

顾祐缓缓说道:"若是我出拳之前,你们围剿此人,也就罢了,割鹿山的规矩值几个破钱?但是在我顾祐出拳之后,你们没有赶紧滚蛋,还有胆心存捡漏的心思,这就是当我傻了。好不容易活到了元婴境,怎么就不珍惜一二?"

顾祐皱了皱眉头,只是拎起那个没有半点还手念头的可怜元婴,却没有立即痛下杀手,似乎这位沉寂多年的止境武夫,在犹豫要不要留下一个活口,给割鹿山通风报信,若是要留,到底留哪个比较合适。顾祐毫不掩饰自己的一身杀机,杀机浓重如实质,罡气流溢,方圆十丈之内,草木泥土皆齑粉,尘土飞扬。

顾祐手中那个元婴修士身上的法袍传出一阵阵细密的撕裂声响。

顾祐随手一弹指,一缕罡气洞穿额头处,一名纯粹武夫出身的割鹿山刺客当场毙命。金身境武夫,就这么死了。

顾祐淡然道:"心动也是动。动静之大,在老夫耳中,响如擂鼓,有点吵人。"

那个元婴修士已经无法开口说话,只好以心湖涟漪言语道:"顾前辈,你一旦杀了我们六人,任你拳法如神,护得住那年轻人一时,也护不住他一世。我割鹿山并无固定山头,各方修士漂泊不定,顾前辈当然可以肆意追杀,谁也拦不住前辈出拳,被前辈遇上一个,当然就会死一个,可是在这期间,只要那个年轻人不跟在前辈身边,哪怕只有几天工夫,他就一定会死!我可以保证!"

顾祐问道:"一座过街老鼠似的割鹿山,就可以威胁老夫了?谁给你的胆子?猿啼山嵇岳?"

元婴修士苦笑道:"顾前辈,我只是在陈述一个事实。"

顾祐思量片刻:"很简单,我放出话去,答应与嵇岳在砥砺山一战,在这之前,他嵇岳必须杀绝割鹿山,给他一年期限好了。嵇岳在猿啼山的那帮徒子徒孙,一定会很高兴,可以跟你们玩猫抓耗子的游戏。"

元婴修士脸色微变:"顾前辈,我们此次会聚在一起,当真没有坏规矩。先前那次刺杀无果,就已经事了,这是割鹿山雷打不动的规矩。至于我们到底为何而来,恕我无法泄密,这更是割鹿山的规矩,还望前辈理解。"

顾祐问了一个问题:"我若是半路上遇到你们,会不会一拳打死你?"

元婴修士不知这位十境武夫为何有此问,只得老老实实回答道:"当然不会。"

顾祐又问道:"你现在跟我口口声声说什么割鹿山的规矩,希望我遵守,那么我的规矩,你们为何不放在眼中?对方是一个我出拳而没杀的人,你们又明知我的身份,你们连隐忍几天都不乐意?难道说一定要我站在这里,跟你们说出口的规矩,才是你们可以懂的规矩?"

顾祐笑了笑:"奇了怪了,什么时候老子的规矩,是你们这帮崽子不讲规矩的底气了?"

言语之际,那个元婴修士的头颅被直接拧断,随意滚落在地。

同时顾祐负后之手一拳递出,打得金丹与元婴一同炸碎,再无半点生还机会。

一个元婴修士的金丹及元婴齐齐粉碎后的激荡气机,声势之大,原本足可媲美一道陆地龙卷,但是被顾祐随手便拍散了。

顾祐一跺脚,一个展开土遁之术的割鹿山修士,瞬间被罡气震死,地底下传来一阵沉闷声响,便再无动静。

还剩下三个割鹿山刺客,依旧散落远处,却一个个大气都不敢喘。

顾祐双手负后,转头望向一个方向,叹了口气。那小子不是受了重伤吗,怎的还有这么敏锐的直觉。撼山拳也教这个?我这个撰写拳谱的,怎么都不晓得?

不过也对。那小子的直觉,或者说拳意,相当不错。

例如先前生死一线之间,被他故意以拳意死死盯住,境界悬殊的陈平安如果敢拳意松懈,稍稍心有杂念,转去抖搂一些花里胡哨的玩意儿,也就是他顾祐临时加重一拳的事情,然后就再然后了。虽说不会死,无非是莫名其妙挨了九境一拳,倒地不起,但注定毫无收获。

境界差不多的捉对厮杀,只需要相差一线,就是生死之别。

一袭青衫长掠而来,到了山头这边,弯下腰去,大口喘气,双手扶膝,当他停步,鲜血滴落满地。

顾祐微笑道:"真是个不知道疼的主。"

陈平安直起腰,脸色惨白,脸上夹杂着血污,他很快就一屁股坐在地上,抹了把脸:"前辈这是?"

顾祐说道:"还好意思问我?"

陈平安无奈道:"这拨割鹿山刺客,我早有察觉,其实已经飞剑传信给一个朋友了,再拖几天,就可以螳螂捕蝉黄雀在后了。"

顾祐问道:"什么朋友,山上的?真能够不怕割鹿山这拨最喜欢黏人的蚊蝇?"

陈平安笑道:"反正是一个好朋友,耐心比我还要好,最不怕这些货色。麻烦他,我没什么不好意思的。"

顾祐点了点头,说道:"这次我是真要走了,剩下三个,留给你喂拳?"

陈平安苦笑道:"顾前辈,真不成。"

顾祐笑问道:"那怎么说?"

陈平安盘腿而坐,双手撑在膝盖上:"那就容晚辈向前辈学一学天底下最正宗的撼山拳!"

割鹿山刺客,死都不会开口泄露机密,这一点,陈平安领教过。

顾祐沉声道:"坐着学拳?还不起身!"

陈平安摇摇坠坠站起身,虽然身形不稳,但是拳意却极其端正,一如读书识字之后的抄书写字。

顾祐双膝微曲,手腕一拧,手掌握拳,缓缓递出向前,一手握拳,却是往回缩:"我撼山拳,最重一拳对敌,一拳守心意,故而哪怕迎战三教祖师,只要拳意不散,人死犹可再出一拳!任你仙人术法通天,山岳压我顶,我撼山拳,开山便是!我顾祐七境之时,就有此悟,才能够写出这部拳谱的序言,你陈平安若想将来比我走到更高处,就当有此全然不知天高地厚的大念头!"

三个割鹿山刺客已经开始疯狂逃命,有人御风远游,有人贴地飞奔,有人祭出神通,化作青烟飘散。

顾祐一脚踏出,随后六步走桩瞬间走完,一拳递出。再换走桩,向别处递出一拳,又换走桩,依旧是一拳朝天而去。

陈平安死死瞪大眼睛,追随着顾祐的身形。原来这才是真正的撼山拳。

不单单是顾祐以十境武夫的修为递出三拳而已,而是撼山拳的拳意,原来可以如此……壮观!

至于拳罢落在何处,结果如何,陈平安根本不用也不会去看。

顾祐收拳站定,问道:"如何?"

陈平安缓缓说道:"仿佛观拳如练剑。"

顾祐嗤笑道:"练剑?练出个剑仙又如何,我此行大篆京城,杀的就是一个剑仙。"

陈平安挠挠头,说道:"有人说过,练拳即练剑。"

顾祐点头道:"也有道理,反过来说,依然是一样。死万千拳法,活出一种拳意,才是真正的练拳。"

陈平安眼神明亮:"对!"

顾祐突然说道:"崔诚拳法高低不好说,喂拳实在一般,若是换成我顾祐,保证你陈平安境境最强!"

陈平安哑口无言。他嘴唇微动,但是有些话,最终还是没有说出口。

顾祐摇摇头,示意陈平安无须多说。

陈平安最后唯有双手抱拳相送,顾祐亦是双手抱拳告别。无关境界,无关年龄。

世间撼山拳,先有顾祐,后有陈平安。

陈平安在山头那边待了两天,一天到晚,只是跟跄练习走桩。

这天拂晓时分,有一个青衫儒士模样的年轻男子御风而来,发现平原上那条沟壑后,便骤然悬停,然后很快就看到了山顶那边的陈平安。刘景龙飘落在地,风尘仆仆,能够让一位元婴瓶颈的剑修如此狼狈,一定是赶路很匆忙。

只是从御风到落地,刘景龙始终无声无息,直到他轻轻振衣,符箓灵光散尽,这才现出身形。

陈平安微微一笑,那根一直紧绷着的心弦,悄然松懈几分。只要刘景龙出现了,偷懒无妨。

披麻宗竺泉赠送的剑匣中藏有两把传信飞剑,先前在龙头渡离别之前,陈平安赠送给刘景龙一把,方便两人相互联系,只不过他怎么都没有想到,这么快就派上了用场。天晓得那拨割鹿山刺客为何连金字招牌都舍得砸烂,就为了针对他一个外乡人。

陈平安和刘景龙无非是交换了一把传信飞剑。而刘景龙的回信很简单,简明扼要得不像话:"稍等,别死。"

这会儿刘景龙环顾四周,仔细凝视一番后,问道:"怎么回事?还是两拨人?"

陈平安坐在竹箱上,取出养剑葫,晃了晃。

刘景龙一阵头大,赶紧说道:"免了。"

陈平安如今身上穿着那件"路边捡来"的百睛饕餮法袍,灌了一口酒,说道:"其中一个老前辈,我不好说姓名。你还记不记得我和你说过一件事,关于北俱芦洲东南方的蚍蜉搬山?"

刘景龙点点头。

陈平安笑道:"这个前辈,就是我所学拳谱的撰写之人。老前辈找到我后,打赏了我三拳,我没死,他还帮我解决了六个割鹿山刺客。"

刘景龙问道:"是他?"

陈平安眨了眨眼睛,不说话。

那便是了。

刘景龙便不再多问。

第二拨割鹿山刺客,未能在山头附近留下太多痕迹,却明摆着是不惜坏了规矩也要出手的，这意味着对方已经将陈平安当作一个元婴修士，甚至是强势元婴来看待，唯有如此，才能够不出现半点意外，还不留半点痕迹。那么能够在陈平安挨了三拳受了如此重伤之后，以一己之力随手斩杀六个割鹿山修士的纯粹武夫，至少也该是一位山巅境武夫。

哪怕是从五陵国算起，再从绿莺国一路逆流远游，直到这芙蕖国，都不拥有任何一位九境武夫，大篆京城倒是有一位女子大宗师，可惜必须与那条玉玺江恶蛟对峙厮杀，再联系陈平安所谓的蚍蜉一说，以及一些北俱芦洲东南部的早先传闻，那么到底是谁，自然而然就水落石出了。很好猜，顾祐无疑。

止境武夫顾祐，这一生都不曾正式收取弟子，大篆京城那位女子宗师，都只能算半个，顾祐对于传授拳法一事，极其古怪，众说纷纭。唯一一个还算靠谱的说法，是传闻顾祐曾经亲口说，我之拳法，谁都能学，谁都学不成。

刘景龙思量片刻："近期你是相对安稳的，那位前辈既然出拳，就几乎不会泄露任何消息出去，这意味着割鹿山近期还在等待结果，更不可能再抽调出一拨刺客来针对你，所以你继续远游便是。我替你去找一趟割鹿山的开山祖师，争取收拾掉这个烂摊子。但是事先说好，割鹿山那边，我有一定把握让他们收手，可是出钱让割鹿山破坏规矩也要找你的幕后主使，还需要你自己多加小心。"

陈平安双手抱胸，说道："行走江湖，我比你有经验。"

刘景龙问道："打算在这边再待几天？"

陈平安直截了当道："还需要三天，等到体魄恢复一些再赶路。"

刘景龙一步跨出，来到山脚，然后沿着山脚开始画符，一手负后，一手指点。每画成一符便掠出十数丈，行云流水，没有半点凝滞。别忘了，刘景龙的符箓之道，能够让云霄宫杨凝真都望尘莫及，要知道崇玄署云霄宫，可是北俱芦洲符箓派的祖庭之一。

约莫一炷香后，刘景龙返回山顶："可以抵御一般元婴修士的三次攻势，前提条件，不是剑修，没有半仙兵。"

陈平安竖起大拇指："不过是看我画了一墙雪泥符，这就学去七八成功力了，不愧是北俱芦洲的陆地蛟龙，如此年轻有为！"

刘景龙懒得搭理陈平安，准备走了。

早走一分，早点找到割鹿山的话事人，这家伙就多安稳一分。至于找到了割鹿山的人，当然是要讲道理了。

不过这会儿刘景龙瞥了眼陈平安，法袍之外的肌肤，多是皮开肉绽，还有几处白骨裸露，便皱眉问道："你这家伙就从来不知道疼？"

陈平安呵呵一笑："我辈武夫，些许伤势……"

刘景龙突然出现在陈平安身边，一把按住他肩头，陈平安顿时脸庞扭曲起来，肩头一矮,躲过刘景龙:"干吗呢!"

刘景龙这才笑道:"还好,总算还是个人。"

刘景龙环顾四周,抬手一抓,数道金光掠入袖中,应该都是他的独门符箓,确定四周是否有隐藏杀机。

陈平安笑问道:"真不喝点再走?"

刘景龙气笑道:"喝喝喝,给人揍得少掉几斤血,就靠喝酒找补回来? 你们纯粹武夫就这么个豪迈法子?"

陈平安一本正经道:"实不相瞒,挨了那位前辈三拳过后,我如今境界暴涨,这就叫士别三日当刮目相待! 你再不抓紧破境,以后都没脸见我。"

刘景龙问道:"你这是金身境了,还是远游境了?"

陈平安笑道:"跟你聊天挺没劲。"

刘景龙二话不说,直接御风远游离去,身形缥缈如烟,瞬间消逝不见。绝对是上乘符箓傍身的缘故。

来也匆匆去也匆匆,莫过于此。

陈平安没有任何愧疚,甚至都不用道谢。

道理更简单。以后刘景龙喊他陈平安帮忙,一样如此。不过陈平安还是希望这样的机会,不要有。即便有,也要晚一些,等他的剑术更高,出剑更快,当然还有拳头更硬。越晚越好。

因为天底下最经得起推敲的两个字,就是他的名字——平安。

修养一事,尤其是肉身体魄的痊愈,急不来,所以刘景龙远游去后,陈平安闲来无事,犹豫了一下,见反正四下无人,就开始头脚颠倒,以脑袋撑地,尝试着将天地桩和其余三桩融合在一起。以头点地,"缓缓而走"。

半炷香后,陈平安一掌拍地,飘然旋转,重新站定,拍了拍脑袋上的泥土尘屑,感觉不太好。结果陈平安看到竹箱那边站着去而复还的刘景龙。

陈平安道:"跟个鬼似的,大白天吓唬人?"

刘景龙好奇问道:"你这是做什么?"

陈平安继续拍着脑袋,郑重其事道:"练习走桩啊,独门秘术,你要不要学? 一般人想学,我都不教他。"

刘景龙抖了抖袖子,将两壶从骸骨滩那边买来的仙家酒酿,放在竹箱上:"那你继续。"

刘景龙再次化虹升空,然后身形再次蓦然消散无踪。

陈平安坐在竹箱上,拎起那壶酒,是货真价实的仙家酒水,不是市井坊间的糯米酒酿。这家伙好像比自己要厚道一些。

正阳山举办了一场盛宴，庆贺山上剑仙之一的陶家老祖嫡孙女陶紫跻身洞府境。

洞府境是一道大门槛。跻身了洞府境，就是中五境神仙了。

除了各方势力前来道贺的众多拜山礼，正阳山自己这边当然贺礼更重，直接赠送了陶紫一座从外地搬迁而来的山峰，作为她的私人花园。这不算开峰，毕竟陶紫尚未结成金丹，只是她诞生之时就已拥有一座山峰，后来苏稼离开正阳山，苏稼的那座山峰也拨给了她，现在陶紫一人就手握三座灵气充沛的风水宝地，可谓嫁妆丰厚，将来谁若是能够与她结为山上道侣，真是上辈子修来的天大福气。而那座被正阳山祖师堂当作贺礼的山峰，是一个小国旧山岳！

有小国负隅顽抗，被大骊铁骑彻底踏平，山岳正神金身在战事中崩毁，山岳就成了彻彻底底的无主之地，正阳山便将山上修士的战功跟大骊朝廷折算一些，买下了这个小国的北岳山头，然后交由那头正阳山护法老猿，老猿运转本命神通，切断山根之后，背负山岳巨峰而走。由于这个小国的北岳并不算太过巍峨，搬山老猿只需要现出身高十数丈而已的并不完整的真身，如青壮男子背巨石般，登上自家渡船，带回正阳山，落地生根，便可以山水牵连。

陶紫从小便是正阳山那些老剑仙的开心果，除了她身份尊贵之外，自身资质极好，也是关键。陶紫是正阳山五百年来的一个异类，资质好的同时，根骨、天赋、性情、机缘，方方面面都四平八稳，这意味着陶紫的进阶速度虽不会太快，但是瓶颈会很小，跻身金丹境毫无悬念，未来成为一位高入云海的元婴修士机会极大。

对于致力于开宗立派的仙家洞府而言，风雪庙魏晋这般惊才绝艳的大天才，当然人人艳羡，可陶紫这种修道坯子，也很重要，甚至某种程度上说，一个不急不缓走到山顶的元婴，比起那些年少成名的天之骄子，其实要更加稳妥，因为木秀于林风必摧之。

不过贺礼当中，有一份最为令人瞩目。哪怕送礼之人没有露面，但是整座正阳山陶家老祖之外的山峰，都觉得与有荣焉。因为那份贺礼，来自老龙城藩王府邸，送礼之人正是大骊宋氏的一字并肩王宋睦。

此前，有小道消息说陶紫年少时走过一趟骊珠洞天，在那个时候就结识了当时身份还未显露的皇子宋睦。

新山头之上，北岳祠庙破败不堪，还需要耗费不少人力物力财力去修缮。

宴席渐渐散去，一个亭亭玉立的少女站在祠庙大门外，腰间系挂着一只光泽晶莹的翠绿小葫芦，正是她的搬柴哥哥当年赠送给她的小礼物。事实上，当初谁都没有意识到这只翠绿葫芦，竟然会是一件价值连城的极好法宝，还是陶家老祖亲自找高人鉴定后，才确定了它的珍稀。

少女陶紫身边站着那个身材魁梧的正阳山护法老猿。

陶紫从恢弘祠庙那边收回视线，转头笑问道："白猿爷爷，苏姐姐就真的没机会返回正阳山了吗？"

老猿摇头道："已是个废物，留在正阳山，徒惹笑话。"

陶紫哀怨道："风雷园那个年轻园主也真是的，早不闭关晚不闭关，偏偏在这个关头躲起来不见人，真是鸡贼。"

老猿咧咧嘴："李抟景一死，风雷园就垮了大半，新任园主黄河天资再好，亦是独木难支，至于那个刘灞桥，为情所困的孬种，别看现在还算风光，破境不慢，事实上越到后期，越是大道渺茫。黄河出关之时，我们正阳山就可以正大光明地前去问剑，到时候就是风雷园除名之日。"

老猿望向那座祖师堂所在的祖脉本山正阳山。

老猿笑道："我们正阳山不同，条条剑道登顶，一旦再在人间多聚拢些大势，不但可以一举跻身宗字头仙家，说不定还不止一位上五境剑仙！那会儿，一洲剑修，都要对我们顶礼膜拜。强者强运，此后百年千年，正阳山只会更加蒸蒸日上。比那趋于腐朽的风雪庙、真武山，注定大道更高。"

陶紫叹了口气："白猿爷爷，你说的这些，我都不太感兴趣。"

老猿突然说道："清风城许氏的人来了。"

陶紫翻了个白眼："那个烦人精。"

老猿笑了笑。

清风城许氏家主在得了那件瘊子甲后，大肆清洗许家内部的旁支势力，很快就清理干净了内部隐患，除了当年搬出那座朱砂山之外，在大骊朝廷那边落了下乘，印象不佳，再无昏招。加上后来清风城许氏将嫡女嫁给袁氏庶子，亡羊补牢，攀附了一个位高权重的上柱国姓氏，如今也算山上扶龙脉的一股中坚势力，不过仍是要比正阳山逊色一筹。近几年来，清风城那个心机深沉的狐媚妇人一直旁敲侧击，希望她的嫡子能够和陶紫结为神仙道侣，只是陶家老祖至今还没有松口。事实上，一旦陶家与清风城联姻，对于整座正阳山来说，都是一桩不小的好事，两家可以相互锦上添花。

一个气态雍容的宫装妇人与一个身穿朱红大袍子的俊美少年联袂御风而来。

陶紫笑容灿烂，行礼道："见过夫人。"

那少年则对搬山老猿行礼道："拜见猿爷爷。"

老猿只是点了点头，就算是回复了少年。

妇人则动作轻柔，伸手抓起陶紫的手，神色亲昵，微笑道："这才几年没见，我家陶丫头便出落得这般水灵了。"

一番客套寒暄过后，妇人和老猿这两个长辈很有默契地走向那座旧山岳祠庙，让少年少女独处。

祠庙外边，陶紫一瞪眼，伸手道："烦人精，你的那份礼物呢？"

一袭朱红袍子的俊美少年伸手握拳，然后骤然松开，空无一物，轻轻拍在陶紫手心："收好。"

陶紫皱眉。少年举起双手，嬉皮笑脸道："别急，我们清风城那边的狐国，近期会有惊喜，我只能等着，晚一些再补上礼物。"

陶紫冷哼一声。

两人走在这座别国旧山岳的山巅白玉广场上，沿着栏杆缓缓散步，正阳山的群峰风貌，想来是宝瓶洲一处久负盛名的形胜美景。

少年瞥了眼陶紫腰间那只翠绿葫芦："你那搬柴哥哥怎的也不来道贺？"

陶紫冷笑道："以为是你这种游手好闲的人？他如今可是大骊藩王，半洲江山之主。"

少年笑道："这种话可别乱说。"

陶紫嗤笑道："我站在这里乱说的后果，跟你听到了之后去乱说的后果，哪个更大？"

少年无可奈何，这臭屁丫头说的都是大实话。

他趴在栏杆上："马苦玄真厉害，那支海潮铁骑已经彻底没了。听说当年惹恼马苦玄的那个女子，跟她爷爷一起跪地磕头求饶，都没能让马苦玄改变主意。"

陶紫哦了一声："就是骊珠洞天杏花巷那个？去了真武山之后，破境就跟疯了一样。这种人，别搭理他就行了。"

少年沉默片刻，脸色阴沉，因为他想起了某个当年第一眼看到就最不喜欢的人。

不过让他心情略好的是，他不喜欢那个泥腿子贱种，只是个人私仇，而身边的陶紫和整个正阳山，与那个家伙，是神仙难解的死结，板上钉钉的死仇。更好玩的，还是那个家伙不知道怎的，几年一个花样，长生桥都断了的废物，竟然转去学武，喜欢往外跑，常年不在自家享福，如今不但有了家业，还极大，拥有落魄山在内那么多座山头。其中自家的朱砂山，就为此人做了嫁衣裳，还白白搭上了现成的山上府邸。一想到这个，他的心情就又变得极差。

可惜龙泉郡那边，消息封禁得厉害，又有圣人阮邛坐镇，清风城许氏不敢擅自打探消息，许多云遮雾绕的碎片内幕，还是通过他姐姐所嫁的袁氏家族，一点一点传回娘家的，用处并不大。

只要那个人不死，就是他这个清风城未来城主心头的一根刺。当然更是正阳山的一个眼中钉，很扎眼睛的。

相信如今最让正阳山忌惮的事情，还不是那个年轻人自身家底如何，而是害怕那个贱种当真攀附上龙泉剑宗，尤其是一旦与那个青衣马尾辫的女子，真有了拎不清的关系,就会很麻烦。毕竟那是阮邛独女。

龙泉郡是大骊朝廷与山上山下心照不宣的一处禁地,无人胆敢擅自探究,就因为圣人阮邛是大骊当之无愧的首席供奉。大骊宋氏两代皇帝,对这位风雪庙出身的铸剑师,都诚心诚意奉为座上宾。

少年回望一眼,旧山岳祠庙遗址当中,妇人与老猿聊过了一些宝瓶洲形势,然后转入正题,轻声道:"那个刘羡阳,一旦从醇儒陈氏返回龙泉剑宗,就会是天大的麻烦。"

老猿讥笑道:"比起我们正阳山,你们许家这点未来的小麻烦算什么。"

妇人愁眉不展:"山上修行,二三十年光阴,弹指工夫,我们清风城与你们正阳山,都志在宗字头,无远虑便有近忧。尤其是那个姓陈的,必须要死。"

老猿淡然道:"别给我找到机会,不然一拳下去,就天地清明了。"

妇人恼火道:"有这么简单?!"

老猿反问道:"我不去找他的麻烦,那小子就该烧高香了,难不成他还敢来正阳山寻仇?"

妇人哀叹一声,她其实也清楚,哪怕是刘羡阳进了龙泉剑宗,成为阮邛的嫡传弟子,也折腾不起太大的浪花,至于那个泥瓶巷泥腿子陈平安,哪怕如今积攒下了一份深浅暂时不知的不俗家业,可面对靠山是大骊朝廷的正阳山,依旧是蚍蜉撼树,哪怕撇开大骊不说,也不提正阳山那几位剑修老祖,只说身边这头搬山猿,又岂是一座落魄山一个年轻武夫可以抗衡的?

可不知为何,妇人这些年总是有些心神不宁。

老猿扯了扯嘴角,满脸讥讽:"夫人,你觉得风雪庙剑仙魏晋,如何?"

妇人虽然不知这头老畜生为何有此问,仍是回答道:"是李抟景之后、马苦玄之前的一洲天才第一人。"

老猿说道:"那么魏晋若是问剑我们正阳山,敢不敢?能不能一剑下去让我们正阳山俯首低头?"

妇人笑了:"自然是敢的,却也不能。"

老猿最后说道:"一个泥瓶巷出身的贱种,长生桥都断了的蝼蚁,我就算借给他胆子,他敢来正阳山吗?!"

"这么说可能不太中听。"妇人停顿片刻,缓缓说道,"我觉得那个人,敢来。"

这头搬山猿爽朗大笑,点点头:"倒也是,当年就敢与我捉对厮杀,胆子是真不小。不过如今可没有谁会护着他了,离开了龙泉郡,只要他敢来正阳山,我保管让他抬头看一眼正阳山祖师堂,就要死在山脚!"

远离宝瓶洲不知几万里之遥的那座北俱芦洲,被刘景龙画出一座符箓雷池的山头之上，穿着一袭黑色法袍的陈平安在山上逛荡了足足两天，要么走桩练拳，要么闲来无事，就跑去山脚边缘那里蹲着，欣赏刘景龙画符手法的精妙。

陈平安已经彻底打消了练习天地桩的念头。不是姿势太过丢人，实在是强行四桩合一，只会拳意相错，失去那点意思。

这段时日还是修行多于练拳，毕竟当下身子骨太过虚弱，太多走桩反而会伤及根本，实打实的山巅境三拳砸在身上，换成寻常六境武夫，早已死了三次，哪怕换成一般的远游境武夫，应该也死了。至于他陈平安，当然不是说就比八境武夫更加强势，事实上他已经等于死了一次。

这天暮色里，陈平安蹲在竹箱旁边，又画了一些寻常的黄纸符箓。

陆陆续续地，他已经画了七八百张符箓了。当初隋景澄从第一拨割鹿山刺客尸体上搜寻来了阵法秘籍，其中就有三种威力不错的杀伐符箓，陈平安可以现学现用。一种天部霆司符，脱胎于万法之祖的旁门雷法符箓，当然不算正宗雷符，但是架不住陈平安符箓数量多啊；还有一种大江横流符，是水符；最后一种撼壤符，属于土符。

黄纸材质，并不昂贵，世俗可买的金粉丹泥，相较于需要消耗神仙钱的仙家丹砂，其实也不算什么，何况陈平安在春露圃老槐街那边，还买了一堆瓶瓶罐罐的山上朱砂，别说一千张乱七八糟的符箓，就是再来一千张都足够。

陈平安将那一摞摞符箓分门别类，一一放在竹箱上边，都可以下一场符箓大雨了。

陈平安欣赏片刻，心满意足，重新收起，藏在袖中，沉甸甸的，大概这就是钱多压手的感觉了。

陈平安最后背靠竹箱，坐在地上，抓起一根草，掸去泥土，放入嘴中慢慢咀嚼，然后双手抱住后脑勺。

天底下最快的，不是飞剑，而是念头。比如一下子就到了龙泉郡的泥瓶巷和落魄山，又一下子到了倒悬山的那级台阶上。

陈平安闭上眼睛，心神沉浸，渐渐酣眠。不知过了多久，再一睁眼，便见光明。

第七章
变与不变

今年书简湖的云楼城、池水城先后举办了水陆大会和周天大醮，耗钱无数，因为邀请了许多佛道两家的山上神仙，都不是沽名钓誉的那种。

这还是因为两位举办人身份不一般的缘故，分别是从宫柳岛阶下囚转为真境宗供奉的截江真君刘志茂和书简湖驻守将军关翳然，不然估计至少费用还要翻一番。能够请动这些山上修士下山，需要消耗的香火情，更是一笔不小的支出。当然，既可以积攒自身功德，又能够结识刘志茂与关翳然，亦是幸事，所以一位位道门神仙和高僧大德，对于两场法事都极为用心。

在这其中，有三个始终藏在幕后的身影并不显眼。但是关翳然这边的随军官吏，对于三人的算账本事，还是有些佩服。那三人，分别名为顾璨、曾掖、马笃宜。

两场盛会顺利落幕，人人称颂刘供奉和关将军功德无量。

这天夜幕中，与关将军手下官吏喝过了一场庆功酒，一个身穿青衫的高瘦少年独自走回池水城一条僻静巷弄，他在这边租赁了一座小宅子。一个高大少年站在门口翘首以盼，见着了那青衫少年的身影，松了口气。高大少年正是曾掖。

马笃宜也没睡，她本就是鬼物，夜间修行，事半功倍。此刻桌上点燃一盏灯火，她正在打算盘记账。两场水陆大会和周天大醮，花钱如流水，好在那个叫朱敛的佝偻老人先后送了两笔谷雨钱过来，一次是朱敛亲自赶来，见了他们一下，笑眯眯的，面色和善，极好说话，第二次是托付一个叫董水井的年轻人送来云楼城，交给他们三人。

马笃宜身穿清风城许氏的那张符箓狐皮，姿容动人。

顾璨站在门外,拍了拍衣衫,散去一些酒气,轻轻敲门,走入屋内,给自己倒了一杯茶水,坐在马笃宜对面,曾掖则坐在两人之间的条凳上。

马笃宜头也不抬:"将军府那边的官吏,并不比当年那些州郡官员贪图钱财,除了些许银耗,几乎没有任何中饱私囊。"

顾璨淡然道:"不贪钱财?一是没胆子,在关将军眼皮子底下办事,不敢不用心。二来注定前程远大,为银子丢了仕途,不划算,自然需要先当大官再赚大钱。没这点脑子,怎么能够成为关将军的辅佐官吏。不过其中确实有些文官,不为求财,以后也是如此。"

马笃宜伸了个懒腰,顾璨已经递过去一杯茶水。

朝夕相处,自然而然,就算是马笃宜都不会再觉得有丝毫别扭,至于曾掖,早就拿到了顾璨递过去的茶杯。

顾璨笑道:"大家都辛苦了。"

马笃宜一口饮尽茶水,揉着手腕,神采飞扬:"总算有闲暇光阴去捡漏了!我接下来要逛遍书简湖周边诸国!石毫国,梅釉国,都要去!"

顾璨提醒道:"回头我将那块太平无事牌给你,游览这些大骊藩属国,你的大致路线,尽量往有大骊驻军的大城关隘靠拢,万一有了麻烦,可以寻求帮助。但是平时最好不要显露无事牌,以免引来许多亡国修士的仇视。"

马笃宜白眼道:"婆婆妈妈,烦不烦?需要你教我这些粗浅道理?我可比你更早与陈先生行走江湖!"

顾璨不以为意,微笑道:"那我先去休息了,酒场应酬最累人。"

顾璨离开宅子这间厢房,去了正屋那边的一侧书房,桌上摆放着当年陈平安从青峡岛密库房赊账而来的鬼道重器下狱阁罗殿,还有当年青峡岛供奉俞桧卖给陈平安的仿造琉璃阁。相较于那座下狱,这座琉璃阁仅有十二间房间,其中十一头阴物,生前皆是中五境修士,转为厉鬼后执念极深。这么多年过去,如今住客还有约莫半数。

顾璨端坐在椅子上,凝视着那座下狱阁罗殿,心神沉浸其中。心神小如芥子,如青峡岛之于整座书简湖,顾璨神魂置于其中。愿意借助水陆法会和周天大醮离去的鬼魂阴物有两百余,多是已经陆陆续续心愿已了的阴物,也有一些不再惦念此生,希望托生来世,换一种活法。但是犹有鬼物阴魂选择留在这座下狱当中,日复一日,年复一年,对他这个罪魁祸首漫骂诅咒,其中不少,连带着陈平安也一并恶毒咒骂。

可哪怕如此,顾璨依旧按照与陈平安的约定,非但没有随手将任何一个鬼物打得灰飞烟灭,反而每隔一段时日就往下狱阁罗殿和仿造琉璃阁中丢入神仙钱,让他们保持一点灵光,不至于沦为厉鬼。

顾璨退出下狱,心神转入琉璃阁,一间间屋舍依次走过,屋舍之内漆黑一片,不见任何景象,唯有凶戾鬼物站在门口之时,顾璨才可与他们对视。

此刻,一个雪白衣裳的女子鬼物神色木然地站在门口,哪怕双方只有一尺之隔,她依旧没有任何动手的意图。因为琉璃阁转手交给顾璨之前,他们跟那位形销骨立的账房先生陈平安有过一桩约定,将来顾璨进入琉璃阁之内,杀人报仇,没问题,但后果自负,机会只有一次。

当年十一个阴物,没有一个选择出手,如今其中两个,已经各有所求,选择彻底离开人间。一个要求顾璨答应照顾他的家族至少百年,而且必须大富大贵,且无大灾殃。顾璨答应了。另外一个要求顾璨赠送给她一个嫡传弟子一件法宝,保证那个弟子跻身中五境,并且不许约束弟子的修行,顾璨不可以有任何险恶用心。顾璨也答应下来,只不过说法宝必须先欠着,但是她那个弟子的修行之路,他顾璨可以暗中帮忙。

还有三个,选择依附顾璨,担任鬼将,相当于未来顾璨山头的末等供奉,将来的修道所需钱财和身份升迁之路,按照以后功劳大小来定。其中一个,正是最早离开、帮着马笃宜掌眼捡漏的老鬼物,如今已经不常来琉璃阁修行,而是安心当起了三人财库的管事。

顾璨心神退出琉璃阁,闭目养神,似睡非睡。

厢房那边,马笃宜和曾掖依旧坐在一张桌前。马笃宜还在憧憬着此后的山下游历,盘算着如今自己的家当和小金库。曾掖欲言又止,又不愿起身离去。

马笃宜疑惑道:“有事?”

曾掖问道:“以后怎么打算?”

马笃宜愣了一下:“什么怎么打算?”

曾掖犹豫了一下:“听说珠钗岛一部分修士,就要迁往陈先生的家乡了,我也想离开书简湖。”

马笃宜皱眉道:“现在不挺好吗? 现在又不是当年的书简湖,生死不由己,如今书简湖已经变天,你瞧瞧,那么多山泽野修都成了真境宗的谱牒仙师。当然了,他们境界高,多是大岛主出身,你曾掖这种无名小卒比不了,可事实上你若是愿意开这个口,求着顾璨帮你疏通关系、打点门路,说不定几天后你就是真境宗的鬼修了。哪怕不去投靠真境宗,你只管安心修行,都没问题,毕竟咱们跟池水城将军府关系不错。曾掖,所以在书简湖,你其实很安稳。”

曾掖低下头去:“我真的很怕顾璨。”

马笃宜笑骂道:“瞧你这点出息!”

马笃宜在曾掖离去后,陷入沉思。顾璨越来越像账房先生陈平安了,但是马笃宜心知肚明,只是像,仅此而已。所以其实马笃宜也怕顾璨。

开设在池水城范家内的将军府，主将关翳然还在书房挑灯处理政务，敲门声响起后，关翳然合上一份密折，说道："进来。"

名叫虞山房的随军修士大大方方跨过门槛，挑了张椅子坐下，瘫靠在椅子背上，打了个饱嗝，笑道："这顿酒喝的，痛快痛快！那姓顾的小王八蛋，年纪不大，喝酒真是一条汉子，劝酒功夫更是了得，他娘的我跟两个兄弟一起灌他，事先说好了一定要这小子趴桌子底下转圈的，不承想喝着喝着，咱们三个就开始内讧了。两大桌子，将近二十号人，最后站着出去的，就只剩下老子跟那小子了，那小子还背了好几个人返回住处。"

关翳然问道："你觉得那个少年，人如何？"

虞山房说道："以前关于青峡岛和这小子的传闻，我耳朵都听出老茧了，可这一年相处下来，完全不是那么回事！"

关翳然点了点头，没有多说什么。

虞山房也懒得计较更多，他这个粗糙汉子的戎马生涯，就没那么多弯弯肠子，反正有关翳然这个出生入死多年的袍泽顶着，怕什么。

关翳然问道："虞山房，我打算和龙泉郡那个叫董水井的年轻人关系走近一步，准备帮着他跟我家牵线搭桥，把一些小生意做得稍大一些。"

虞山房郁闷道："你跟我扯这些做啥？我一做不来账房先生，二当不来看家护院的走狗。我可跟你说好，别让我给那董水井当扈从，老子是正儿八经的大骊随军修士，那件坑坑洼洼的符箓铁甲，就是我媳妇，你要敢让我卸甲去谋个狗屁富贵，可就是那夺妻之恨，小心老子踹死你！"

关翳然神色如常道："山下财路，漕运自古是水中流淌银子，换成山上，就是仙家渡船了。所有世俗王朝，只要国内有那漕运的，主政官员品秩都不低，个个是声名不显却手握实权的封疆大吏。如今我们大骊朝廷即将开辟出一座新衙门，管一洲渡船航线和众多渡口，主官只比户部尚书低一品。现在朝廷那边已经开始争抢座椅了，我关家得了三把，我可以要来位置最低的那一把，这是我该得的，家族内外，谁都挑不出毛病。"

说到这里，关翳然问道："虞山房，我也不要你解甲归田，那只会憋屈死你，我还不了解你？我只是想要借着这个机会，将你送去那座新衙门，以后你在明处，董水井在暗处，你们相互帮衬，你升官他发财，放心，都干净，你就当是帮我忙了，如何？"

虞山房闷闷不乐道："我不稀罕什么官不官的，还是算了吧，你把这个机会送给别人吧。"

关翳然问道："你就真想战死在沙场？"

虞山房咧嘴笑道："如今哪来的死仗？"

关翳然犹豫了一下，含蓄说道："接下来的沙场，一样凶险，只是不在马背上了。我只告诉你一件事，不涉及什么机密，只是我自己琢磨出来的，那就是所有大骊本土之外的驻军修士，谁都有可能，连同我关翳然在内，随时随地，无缘无故，暴毙。尤其是靠近灭国惨烈的藩属国，越靠近旧国京畿，或者越靠近覆灭的仙家山头，随军修士战死的可能性就越大，而且我可以断言，阴险刺杀会很多，很多很多。"

虞山房哦了一声："这不就得了，我不跑路当官，是对的嘛。凭你那点三脚猫功夫，没我在，你不得上个茅厕都要担心屁股给人捅几刀？"

关翳然气得抓起一只青铜镇纸，砸向虞山房。

虞山房一把抓住青铜镇纸，嬉皮笑脸道："哎哟，谢将军赏赐。"

虞山房站起身，飞奔向房门那边。

关翳然坐在原地，没好气道："只值个二三两银子的玩意儿，你也好意思顺走？"

虞山房停下身形，转过头，一脸嫌弃地抛回青铜镇纸，骂道："你一个翊州云在郡的关氏子弟，就拿这破烂物件摆桌上？！我都要替关老爷子感到脸红！"

不承想关翳然赶紧伸出双手，接住青铜镇纸，轻轻呵了口气，小心翼翼地摆放在桌上，笑眯眯道："这可是朱荧王朝皇帝的御书房清供，咱们苏将军亲自赏给我的，其实老值钱了。"

虞山房刚刚开了门，背对着这个上柱国关氏的未来家主，高高举起手臂，竖起一根中指，甩上门后大步离去。

关翳然笑着摇了摇头，当他视线落在桌上时，便收敛了笑意。继续翻阅一份大骊绿波亭机密谍报，字数极多，这在大骊朝廷极为罕见。因为在国师崔瀺的推行之下，一切公文，力求简略。

关翳然之所以能够翻阅这份机密谍报，不是因为他姓关，而是他刚好是大骊在书简湖的驻军将军，谍报需要他的亲笔反馈。

这份谍报，出自一个青鸾国姓柳的小文官之手，内容牵连却很大，大到让关翳然只看了几眼文字，就觉得寒气扑面。

谍报内容是关于书简湖未来大局的详细策略。其中就提到了顾璨，当然也有他关翳然。

一个老人悄然落在小巷宅子的院落中。

顾璨将桌上下狱阎罗殿和仿造琉璃阁都收起放在脚边一只竹箱内。拿起桌上一把神霄竹打造而成的竹扇，别在腰间，笑着离开书房，打开正屋大门。

不速之客，算是他正儿八经的师父，传闻在水牢当中因祸得福，如今有望破开元婴瓶颈的青峡岛刘志茂。

顾璨开门后，作揖而拜："弟子顾璨见过师父。"

刘志茂笑着点头："你我师徒之间，无须如此生分。"

两人坐在正屋大堂，匾额是宅子故人留下的——"百世流芳"。

两边悬挂的对联，也很有年月了，一直没有更换，古色古香："开门后山明水秀可养目；关窗时道德文章即修心。"

刘志茂坐在主位上，顾璨旁坐一侧。

刘志茂打量了屋子一眼："地方是小了点，好在清净。"

顾璨问道："师父要不要喝酒？这边没有仙家酒酿，一个朋友的糯米酒酿倒是还有不少，不过这等市井酒水，师父未必喝得惯。"

刘志茂摆摆手，笑道："喝酒就算了。"

顾璨便不再多说什么，面带微笑，正襟危坐。

刘志茂笑问道："师父先前与一个宗门供奉走了一趟外边，如今与大将军苏高山算是有点情分，你想不想投军入伍，谋个武将官身？"

顾璨摇头笑道："弟子就不挥霍师父的香火情了。"

刘志茂也没强求，突然感慨道："顾璨，你如今还没有十四岁吧？"

顾璨点点头。

刘志茂沉默片刻："师父如果破境成功，跻身上五境，作为供奉，可以跟真境宗提出三个请求，这是姜宗主一早就答应下来的。我打算与真境宗开口，割出青峡岛和素鳞岛在内的藩属岛屿，一并赠送给你。"

顾璨神色自若，并不着急说话。

刘志茂继续说道："师父不全是为了你这个得意弟子考虑，也有私心，还是不希望青峡岛一脉的香火就此断绝，有你在青峡岛，祖师堂就不算关门，哪怕最终青峡岛没能留下几个人，都没有关系。如此一来，我这个青峡岛岛主，就可以死心塌地为姜尚真和真境宗效命了。"

顾璨问道："需要弟子做什么？师父尽管开口，弟子不敢说什么万死不辞的漂亮话，能够做到的，一定做到，还会尽量做得好一些。"

刘志茂一脸欣慰，抚须而笑，沉吟片刻，缓缓说道："帮着青峡岛祖师堂开枝散叶，就这么简单。但是丑话说在前头，除了那个真境宗元婴供奉李芙蕖，其余大大小小的供奉，师父我一个都不熟，甚至还有潜在的仇家，姜尚真对我也从不真正交心，所以你全盘接下青峡岛祖师堂和几座藩属岛屿，不全是好事，你需要好好权衡利弊，毕竟天降横财，银子太多，也能砸死人。你是师父唯一入眼的弟子，我才会跟你说得如此直白。"

顾璨说道："那弟子再好好思量一番，最迟三天，就可以给师父一个明确答复。"

刘志茂点头道："如此最好。小心怕死，谋而后动，不惜搏命，赌大赢大，这就是我们山泽野修的立身之本。"

顾璨点头道："师父教诲，弟子铭记在心。"

说到这里，顾璨笑道："早些年，自以为道理都懂，其实就是懂了个屁，是弟子顽劣无知，让师父看笑话了。"

刘志茂笑道："天底下所有嘴上嚷嚷自己道理都懂的，自然是最不懂的。其实你当年行径，看似无法无天，事实上也没你自己想的那么不堪，只要活下来了，所有吃过的大苦头，就都是一个山泽野修的真正家底。打落牙齿和血吞的道理，才是真正懂了的道理。"

顾璨嗯了一声。

刘志茂掏出一本好似金玉材质的古书，宝光流转，雾霭朦胧，书名以四个金色古篆写就——《截江真经》。

刘志茂伸出并拢双指，轻轻将书推向气态沉稳的顾璨，沉声道："以前师父传授给你们的道法，是青峡岛祖师堂明面上的根本道法，只算是旁门左道，唯有这本仙家秘籍，才是师父的大道根本所在。说句实话，师父当年是真不敢，也不愿意将这门道法传给你，自然是怕你和小泥鳅联手，打杀了师父。"

刘志茂推出那本数百年来一直珍惜若性命的秘籍后，便不再多看一眼："今时不同往日，我若是跻身了上五境，万事好说。若是不幸身死道消，天地之间再无刘志茂，就更不用担心你小子秋后算账了。"

顾璨没有去拿那本价值几乎等于半个"上五境"的仙家秘籍，站起身，再次向刘志茂作揖而拜。

刘志茂端坐小屋主桌位置，受了弟子这一拜。

他们这对师徒之间的钩心斗角，这么多年来，真不算少了。

今夜这一人赠书、一人拜礼，其实很纯粹，只是世间修行路上最纯粹的道法传承。今夜过后，师徒间该有的旧账和算计，兴许仍是一件不会少的复杂情形。

顾璨将那本仙家秘籍收入袖中。

刘志茂笑道："你那田师姐和其余几个师兄，真是一个比一个蠢。"

顾璨微笑道："自找的福祸，怨不得别人。"

刘志茂想了想："去拿两壶酒来，师父和你多闲聊几句，自饮自酌，不用客气。"

正屋大门本就没有关上，月色入屋。

顾璨去灶房那边，来回跑了两趟，拎了两壶董水井赠送的家乡酒酿，拿了两只白碗，还端了几碟子佐酒小菜。

刘志茂倒了一碗酒，拈起一条酥脆的书简湖小鱼干，咀嚼一番，喝了口酒。这便是人间滋味。

虽说破境一事，希望极大，姜尚真那边也会不遗余力帮他护阵，以便让真境宗多出一个玉璞境供奉。但是事无绝对，仍然有可能这顿明月夜下的市井风味，就是刘志茂此生在人间的最后一顿消夜。

刘志茂笑道："当年你捣鼓出来一个书简湖十雄杰，被人熟知的，其实也就你们九个。估摸着到现在，也没几个人猜出最后一人，竟是咱们青峡岛山门口的那位账房先生。可惜了，将来本该有机会成为一桩更大的美谈的。"

刘志茂一只脚踩在条凳上，眯眼抿了一口酒，拈起几粒花生米丢入嘴中，伸出一只手掌，开始计数："青峡岛混世魔王顾璨，素鳞岛田湖君，四师兄秦催，六师兄晁辙，池水城少城主范彦，黄鹂岛吕采桑，鼓鸣岛元袁，落难皇子韩靖灵，大将军之子黄鹤。"

刘志茂笑道："你那田师姐去了两趟宫柳岛，我都没见她。她第一次在边界那边徘徊了一天一夜，失望而归。第二次越来越怕死了，便想要硬闯宫柳岛，用暂时丢掉半条命的手段，换来以后的完整一条命。可惜我这个铁石心肠的师父，依旧懒得看她，她那半条命，算是白白丢掉了。你打算如何处置她？是打是杀？"

顾璨微笑道："师父用心良苦，故意让田师姐走投无路，彻底绝望，归根结底，还是希望我顾璨和未来青峡岛，能够多出一个懂事知趣的可用之才。"

刘志茂嗯了一声："对待田湖君，你以前的驾驭手段，其实不差，只不过就像……"

说到这里，刘志茂指了指桌上几只菜碟："光喝酒，少了点佐酒菜，滋味就会差很多。恩威并施，说来简单，做起来，可不容易。你可以学一学我和老兄弟章靥，这可是师父为数不多的良善之心了。事实证明，比起贪图省心省力，一刀切，对任何人都施以王霸之法，如果不能以利诱之，一座山头的香火绝对不能长久。"

顾璨点头道："一样米养百样人，当然需要分而诱之，名望、钱财、法宝、修道契机，钓鱼是门大学问。"

刘志茂哈哈大笑："难怪我在宫柳岛，都听说你小子如今喜欢一个人去湖边钓鱼，哪怕收获不大，也次次都去。"

让刘志茂开心的不是顾璨的这点好似玩笑小事的鸡毛蒜皮，而是顾璨终于懂得了分寸和火候，懂得了恰到好处的交心，而不是脱下了当年那件富贵华美的龙蜕法袍，换上了今天的一身粗劣青衫，就真觉得所有人都信了他顾璨转性修心，成了一个菩萨心肠的大好少年。若真是如此，那就只能说明顾璨比起当年，有成长，但不多，还是习惯把别人当傻子，到最后，会是什么下场？一个池水城装傻扮痴的范彦，无非是找准了他顾璨的心境软肋，当年就能够将他顾璨遛狗一般玩得团团转。

刘志茂既然可以送出那本《截江真经》，当然可以在离去之时，就随随便便收回去。所以刘志茂接下来，对顾璨还有一场心性上的考验。

那个注定不成气候的田湖君，一个未来撑死了只是寻常元婴修士的素鳞岛岛主，不过是今夜桌上一碟可有可无的佐酒菜。

不过截江真君不着急。这才刚开始喝酒。

刘志茂随口说道："范彦很早就是这座池水城的真正幕后主事人了，看出来了吧？"

顾璨苦笑道："师父，我又没眼瞎。"

刘志茂笑了笑："那你看出范彦已经朝中有人了吗？并非大骊吏部老尚书嫡玄孙的关翳然，也不是那个率先攻破朱荧王朝京城的苏高山。"

顾璨想了想："我以后会忍着他一点。"

希望到时候范彦和他的爹娘都还健在，最好是家族鼎盛的富贵气象。

刘志茂继续说道："元袁投了个好胎，父母双金丹，鼓鸣岛的靠山，准确说来是元袁母亲的靠山，是朱荧王朝的那个元婴剑修，结果被一个身份隐晦的白衣少年和龙泉剑宗阮秀一起追杀万里，然后斩杀在边境线上。照理说鼓鸣岛就该完蛋了，如今倒好，真境宗的供奉拿到手了，大骊刑部颁发的太平无事牌也有了。"

顾璨对这个昵称圆圆的小胖子，谈不上有多记恨，把精明摆在脸上给人看的家伙，能有多聪明？

鼓鸣岛的见风使舵，真不算什么了不起的手笔，是个人都会。只要这家伙别再招惹自己，让他当个青峡岛贵客，都没任何问题。至于元袁在背后嘀嘀咕咕的那些阴阳怪气的言语，那点口水，能有几斤重？他顾璨被人戳脊梁骨的言语，从小到大，听到的，何曾少了？

如今顾璨不会问心杀人了，至少暂时不会。而这个"暂时"，可能会极其漫长。

但是顾璨可以等，他有这个耐心。因为他知道了一个道理，在你只能够破坏规矩而无力创建规矩的时候，你就得先去遵守规矩，在这期间，每吃一次苦头，只要不死，就是一种无形的收获。因为他顾璨可以学到更多，所有的磕磕碰碰，一次次撞壁和闭门羹，都是关于世间规矩的学问。

刘志茂说道："石毫国新帝韩靖灵，真是运气出奇地好。"

韩靖灵先是不顾藩王辖境的百姓死活，跑到书简湖避难，结果莫名其妙成了一个被人们交口称颂的贤王，然后穿龙袍坐龙椅，估计这小子这两年做梦都能笑醒。另外那个被寄予厚望的皇子韩靖信已经暴毙在京畿之外的荒郊野岭，所以韩靖灵这个新帝坐得很稳当。至于一手将韩靖灵这个兄弟扶到龙椅上的黄鹤也不差，年纪轻轻的礼部侍郎，石毫国新五岳的敕封，全部是他一人陪着新帝在东跑西跑，礼部尚书还不敢多一句牢骚，据说到了衙门，尚书大人还要主动倒茶。黄鹤他爹，更是被说成是石毫国庙堂上的立皇帝，虽没有黄袍在身，但是可以佩刀上朝。

顾璨微笑道："运气好，也是有本事的一种。"

黄鹤这个得意忘形的家伙，兴许都不用他来动手，迟早会被韩靖灵那个绵里藏针的收拾得很惨。

不过顾璨还是希望黄鹤可以落在自己手里。因为这个家伙，是当年唯一一个在他顾璨落魄沉寂后,胆敢登上青峡岛要求打开那间屋子房门的人。

顾璨在等机会。而且这个到手的机会,必须合情合理,合乎规矩。

刘志茂一个个名字说完之后。顾璨对每一个人的大致态度,这个截江真君也就可以看出个大概了。

依旧记仇,但是比起当年的随心所欲,乱杀一通,如今顾璨条理清晰,不但可以隐忍不发,反而对如今寄人篱下、与人处处低头做事的蛰伏处境,似乎非但没有抱怨,反而甘之如饴。

很好。这就可以活得更久,活得更好。

苦难艰辛之大困局中,最难耐者能耐之,苦定回甘。这就是另一种修行。

刘志茂从不担心顾璨明面上的修行之路会坎坷不顺。

这小子就是天生的山泽野修,而且可能是那种不输宫柳岛刘老成的野修!

刘志茂又给自己倒了一碗酒,问道:"剩下那些阴物鬼魅,如何处置? 此事若是不能说,你便不说。"

顾璨刚刚抬起酒碗,又放下,沉默片刻后,摇头道:"没什么不能说的,如果他们死而为鬼,唯一的执念就是报仇的话,很简单,我给他们报仇的机会,师父你应该已经知道了,姜宗主在靠近云楼城的书简湖地界,单独划出了数座山水气运连绵成片的岛屿,就是打算交给我顾璨的。到时候我会在那边打造出一座鬼修山头,所有阴物,都可修行。修行缺钱? 我顾璨来给! 缺秘籍? 我去帮他们找来适合的。什么时候觉得可以报仇了,只管打声招呼。除此之外,诸多要求和心愿,我力所能及,做一件是一件。我知道,其实很多阴物如今都在待价而沽,没关系,只要他们愿意开口就行。"

刘志茂突然笑了起来:"如果说当年陈平安一拳或是一剑打死你,对你们两个而言,会不会都是更加轻松的选择?"

顾璨低下头去,端起酒碗,手腕悬停,想了想,面无表情道:"陈平安不是那种人,我也不愿意这么早就死了。"

抬起头喝酒的时候,少年面容已经恢复正常。

刘志茂一笑置之。事实上,他心中翻江倒海。关于那些岛屿的归属,他刘志茂根本毫不知情!

刘志茂叹了口气,如此一来,最后一场对顾璨的心性大考,就有些变数了。不过他权衡一番,仍是问道:"你觉得青峡岛的出路在何处? 不着急,喝过了酒,慢慢想。"

顾璨放下酒碗,抹了抹嘴,弯腰伸手拈起一条书简湖远销权贵筵席之上的小鱼干,细嚼慢咽之后,缓缓说道:"一、我跻身上五境。二、我找到大骊靠山,至少也是一位上柱国姓氏的掌权家主。三、通过这座靠山,见过大骊皇帝,先成为他放在书简湖用来掣肘真境宗的棋子。"

刘志茂眼神熠熠:"就没有第四?"

顾璨笑道:"慢慢来。"

刘志茂追问道:"你行此举,对我这个真境宗担任供奉的传道恩师,对划给你岛屿的真境宗姜尚真,岂不皆是忘恩负义?"

顾璨神色从容,转头望向屋外:"长夜漫漫,可以吃好几碗酒,好几碟菜。今日只是说此事,自然有忘恩负义的嫌疑,可等到他年再做此事,说不定就是雪中送炭了吧。何况在这言行之间,又有那么多买卖可以做。说不定哪天我顾璨说死就死了呢。"

刘志茂每次喝酒不多,但是举碗次数多,只剩下最后一碗酒,被他一口饮尽。

话说到这个份儿上,就不是一般的交心了。今夜这趟,不虚此行。

不承想顾璨见刘志茂已经碗中无酒壶也无酒,便站起身拎起自己的那壶酒,给老人又倒了一碗。刘志茂并未阻拦。

坐下后,顾璨举起自己最后一碗酒,对刘志茂说道:"就事论事不论心,我顾璨要感谢师父你老人家,当年将我带出泥瓶巷,让我有机会做这么多事情,还能活到今夜说这么多话。"

刘志茂举起酒碗,与顾璨酒碗重重磕碰,一起各自饮尽碗中酒。

刘志茂站起身,顾璨也随之起身。

两人一起来到正屋门槛外,并肩而立,刘志茂笑道:"年少不作乐,少年不寻欢,辜负好光阴。"

顾璨摇摇头,说道:"少年飞扬浮动,大好光阴,能有几时?"

刘志茂咦了一声,有些惊讶,转头笑道:"看了不少书?"

顾璨点头道:"山水邸报,山下杂书,什么都愿意看一些。毕竟只上过几天学塾,有些遗憾,从泥瓶巷到了书简湖,其实就都没怎么挪窝,想要通过邸报和书籍,多知道一些外边的天地。"

刘志茂瞥了眼顾璨腰间那把竹扇,笑道:"是件好东西。"

顾璨取下折扇,递向刘志茂,眼神清澈,道:"若是师父喜欢就拿去。"

让这件东西露面的时候,就已经意味着顾璨做好关于一桩取舍的决定了。

刘志茂摆摆手:"自个儿留着吧。谁送你的?"

顾璨说道:"一个朋友的朋友。"

朋友的朋友,却不是他的朋友。哪怕那个人是刘羡阳。可顾璨从来没有将刘羡阳当作什么朋友。

从小就是,刘羡阳只是陈平安的朋友,哪怕顾璨都要承认,刘羡阳是家乡小镇为数不多没有坏心的……好人。可是顾璨依旧不会把刘羡阳当朋友。

顾璨很不喜欢刘羡阳那种没心没肺的大大咧咧,更何况刘羡阳还喜欢拿他的娘亲开玩笑,所以顾璨好几次一脸鼻涕泪水,追着刘羡阳打架。往往到最后,刘羡阳都会笑嘻嘻认错赔礼。

然后满脸泪痕的小鼻涕虫顾璨,就会病恹恹跟着陈平安,一起走回泥瓶巷。走着走着,小鼻涕虫顾璨往往就会笑逐颜开,再无忧愁。

所以他顾璨的朋友,从来只有一个。以前是,以后还是,此生至死皆如此。可是他顾璨这辈子都不会成为陈平安那样的人。

顾璨就是顾璨,天底下只有一个顾璨。

但是他愿意改变言行,而且他学得极好,改得极快。因为陈平安在离别之际,说过一句话:木秀出于林,与秀木归林中,是两个道理。

刘志茂最后说道:"顾璨,知道什么叫家底吗?"

顾璨笑道:"请师父指教。"

刘志茂说道:"不是市井豪绅的腰缠万贯、良田万亩,也不是官场上的满门皆将种、父子同朝会,甚至都不是山上的仙人如云。"

刘志茂只说了一半,依旧没有给出答案。

顾璨咀嚼一番,点头道:"懂了,是一户人家,出了大错之后,补救得回来,不是那种说没就没了。"

刘志茂遗憾道:"我刘志茂就没能做到,遭此劫难过后,到底是让章庼失望了,哪怕侥幸成了玉璞境,也是谱牒仙师的一条家犬。"

顾璨微笑道:"青峡岛还有我顾璨。"

刘志茂摇摇头:"是我们书简湖还有一个顾璨!"

山泽野修,恩怨分明。哪怕是师徒之间,亦是如此。

刘志茂一闪而逝,返回真境宗祖师堂所在的宫柳岛,开始闭关。

顾璨一夜未睡,只是在小院中缓缓散步。

虽然刘志茂遮掩了屋内言语动静,可是他走出屋后,并未刻意掩饰。所以曾掖和马笃宜自然知晓了这个截江真君的到来和离去。

马笃宜打开窗户,左右张望之后,以眼神询问顾璨是不是有麻烦了。顾璨笑着摆摆手,示意不用她担心。

至于那个曾掖,性情憨厚怯弱,所以一直躲在屋中,自顾自惴惴不安。

但是修行一事,就是如此古怪,曾掖修行根骨好,修行资质却是马笃宜更好,同时曾掖机缘更好,马笃宜的后天性情显然更佳。到最后,则是曾掖更有希望走得更加高远。所幸死过一次的马笃宜,根本不在乎这些。所以顾璨有些时候,有些羡慕曾掖的懵懵懂懂不开窍,也羡慕马笃宜的无忧无虑。

曾掖辗转反侧,最后昏昏睡去。

顾璨叹了口气,这个曾掖若是在当年的书简湖修行,哪怕有了如今这点境界修为,依旧还是羊入虎口,骨头不剩。

通过将军府那边一场场大大小小的酒宴,顾璨发现了一点端倪。关于书简湖规矩的订立,那名注定是豪阀出身的年轻将军关翳然,一定是事先得到了一份账本的,因为顾璨感到熟悉。所以如今的书简湖,处处都有那个青峡岛账房先生陈平安的痕迹了。

顾璨手持折扇,轻轻拍打肩头,自言自语道:"要学的,还很多。"

他手中这把神霄竹打造而成的竹扇正反两面都有题字,分别是"清风明月""五雷生发"。

应该是刘羡阳亲笔写在扇面上的,是跟他顾璨显摆醇儒陈氏的求学功底呢。

可是顾璨从来都觉得如果刘羡阳和陈平安一起去往学塾,刘羡阳就只有在背后吃灰尘的份。但是世事,却让陈平安走江湖,刘羡阳在求学。所以顾璨一直不太喜欢这样的世道。

至于藏在袖中的那本仙家秘籍,顾璨这一夜都没有去翻阅。我顾璨修行,需要着急吗?

拂晓时分,顾璨打开门,坐在外边的台阶上,门神和春联都是去年年关时买来的。

曾经有个鼻涕虫,扬言要给泥瓶巷某栋宅子挂上他写的春联。那会儿,陈平安应该是很开心的,所以使劲揉着鼻涕虫的脑袋,说今年两家的春联红纸,都他来掏钱。

这不是废话吗?自从那个家伙去了龙窑当学徒之后,泥瓶巷小巷尾巴上的那户人家的门神春联,哪一次不是他花钱买来送到家里的?更穷的人,反而是为别人花钱更多的人。

奇了怪哉,天底下怎么就会有这种人。

顾璨坐在台阶底部,手肘抵在更上边的台阶上,安静等待对面那户人家开门。因为那边有个屁大点儿孩子,脸上长年挂着两条黏糊的小青龙。所以顾璨才会选择在这边租房子住下。

对面是一个小户人家,爹娘做着可以养家糊口的差事,刚刚去学塾没多久的小家伙上边还有个姐姐,长得不太好看,名字也不太好听,少女柔柔弱弱的,脸皮还薄,容易脸红,每次见到他,都要低头快步走。顾璨当然不会喜欢这么一个市井坊间的少女。

对面大摇大摆走出一个准备去往学塾的孩子,抽了抽鼻子,看到了顾璨后,他后撤两步,站在门槛上:"姓顾的,瞅啥呢,我姐那么一个大美人,也是你这种穷小子可以眼馋的?我劝你死了这条心吧,你配不上我姐!我可不想喊你姐夫。"

顾璨坐直身体,以竹扇轻轻拍打膝盖。

那家伙忍不住多看了竹扇几眼,跳下门槛,一溜烟跑到顾璨身边坐下,伸出手:"给我耍耍。"

顾璨笑问道："还不滚去之乎者也?"

小家伙白眼道："那些个之乎者也,又不会长脚跑路,我迟些去,与夫子说肚儿疼。"

顾璨斜眼道："那你得在去的路上,往屁股上抹些黄泥巴,学塾先生才会相信你。"

小家伙想了想,突然破口大骂道："姓顾的,你傻不傻? 夫子又不会打我,脏了裤子,回了家,我娘还不得打死我!"

小家伙骂完之后,问道："姓顾的,你会拽文,再教我两句,我好跟两个朋友显摆学问去。"

顾璨随口说道："村东老翁防虎患,虎夜入室衔其头。西家稚童不识虎,执竿驱虎如鞭牛。"

小家伙怒道："这么多字? 要少一些的,气势更足一些的!"

顾璨哦了一声,随口胡诌道："少年夜磨刀,欲言逆我者,立死跪亦死。"

小家伙皱起眉头："杀气太重了,我怕被人打,不过也不是不可以说,只能跟那些跑不过我的人说。"

顾璨哈哈大笑,一巴掌拍在小家伙脑袋上："你这股机灵劲儿,像我小时候。"

顾璨停下笑声："这句混账话,听过就忘了吧,我另外教你一句,更有气魄。"

小家伙使劲点头："赶紧的!"

顾璨一本正经道："每天床上凉飕飕。"

小家伙恼羞成怒,一巴掌打在顾璨肩膀上："你才尿床呢!"

顾璨突然疑惑道："对了,夫子不会打你? 你不经常哭着鼻子回家吗? 说那老夫子是个老王八蛋,最喜欢拿板子揍你们?"

小家伙摇晃肩头,嬉笑道："这你就不知道了,咱们学塾换了个新夫子。以前那个可惹人厌了,读书好的,从来不打不骂,就专门盯着我们几个读书不好的,往死里打,跟咱们偷了他家东西似的。我都想着长大一些,不是蒙童了,有了几斤气力,就偷偷打他一顿。如今这位嘛,好得很,从不打人,管也不管我们几个,如今真是舒服日子哟。"

顾璨笑了笑："那你更喜欢如今的教书先生喽?"

小家伙愣了一下："姓顾的,你今儿出门的时候,脑袋给门板夹了吧? 怎的总问这些个傻问题? 换成你去学塾读书,不喜欢新夫子? 如今咱们几个再闹,只要不吵到那些乖乖儿读书,新夫子从来不管,别说打了,骂都不骂一句,贼好!"

顾璨继续身体后仰,微笑道："只管好学生的夫子,也算好夫子吗? 那这个天下,需要教书先生做什么?"

小家伙唉声叹气："姓顾的,你脑子真的坏掉了。其实吧,我以前还是挺想着你跟我姐好的,这会儿,算了吧。我读书就已经没啥出息了,若是将来姐夫再不争气些,以后可咋办嘛。"

顾璨笑道："你怎么知道自己读书没出息，我看你挺机灵啊。"

小家伙耷拉着脑袋："不光是现在的新夫子，老夫子也说我这么顽劣不堪，就只能一辈子没出息了。老夫子每骂我一次，戒尺就砸我手心一次，就数打我最起劲，恨死他了。"

顾璨揉了揉小家伙的脑袋："长大以后，若是在街巷遇见了那两位夫子，新夫子，你可以理也不理，反正他只是收钱做事，不算教书匠，可若是遇见了那位老夫子，一定要喊他一声先生。"

小家伙蓦然抬头，怒气冲冲道："凭啥！我就不！"

顾璨抬头望天："就凭这位先生，还对你抱有希望。"

小家伙听得云里雾里，憋了半天，试探性问道："你也被脾气极差的夫子狠狠打过？"

顾璨点了点头，轻声道："不过他脾气很好。"

小家伙啧啧道："可怜，真可怜，不比我好到哪里去嘛。嘿，我比你还要好些，老夫子不见啦，新夫子不打人。"

小家伙站起身，抹了把脸，偷偷往顾璨肩头一抹，飞奔逃掉。

顾璨转头一看，肩头都是那小兔崽子的鼻涕。他悄然振衣，震散那些痕迹。

顾璨站起身，返回宅子，关上门后，将折扇在腰间别好。

很多人都该死，而且以后注定只会越来越多，可前提是顾璨得先活着，以后用所谓的善举积攒势力，辅以驾驭人心的花样手段，再用规矩杀人，虽然不太爽快，但是他又能说什么呢？好事我也做，坏人我也杀，而且杀得你陈平安都挑不出半点毛病！

顾璨背靠房门，有点伤心。因为泥瓶巷的小鼻涕虫，原来真的死了。在陈平安心中，在顾璨心中，都死了。

但是让顾璨最伤心的另外一种可能，是自己从来没有变。而陈平安已不再是泥瓶巷那个草鞋少年了，是他陈平安变了太多太多。

不管如何，不管到底是谁变了。顾璨，"璨"，陈平安无比希望的美玉粲然，永远都不会有了。

厢房响起开门声，顾璨瞬间摘下折扇，猛然打开，遮掩面容。

片刻之后，顾璨合拢折扇，笑容灿烂，打招呼道："曾掖。"

曾掖笑着挠挠头，嗯了一声，其实额头上和手心里全是汗水。

顾璨走入正屋，读书去了。

宫柳岛上，秋末时分竟然依旧杨柳依依。这座岛屿是真境宗的本山，也是建造祖师堂的山头。

连同宫柳岛在内，整座书简湖，这一年来一直在大兴土木，尘土飞扬，遮天蔽日，财大气粗的真境宗，聘请了许多墨家机关师、阴阳堪舆家来此勘察地形、确定山根水运，还有农家在内诸家仙师和大批山上匠人来此劳作。用宗主姜尚真的话说，就是别给我节省神仙钱，这儿的每一块地砖、每一扇窗花、每一座花圃，都得是宝瓶洲最拿得出手的。

而那些尤其擅长打造仙家府邸的修士，浩浩荡荡数百人，绝大多数都来自桐叶洲。真境宗从头到尾地大包大揽，光是在雇人乘坐跨洲渡船往返中途一律在仙家客栈落脚下榻这件事上所消耗的神仙钱，就能够让许多书简湖旧岛屿门派一夜之间掏空家底。故而宝瓶洲的所有山上仙家，都知道了第二件事情，那就是真境宗有钱到了令人发指的地步。

第一件事，当然是真境宗拥有三个半的上五境供奉。

一个名叫郦采的北俱芦洲女子剑仙，原本有望担任真境宗宗主的那个玉圭宗老人，玉璞境刘老成，再加上青峡岛截江真君这半个玉璞境。如今刘志茂开始闭关破境。

宫柳岛周边一带的岛屿，最近都已封山。有两人沿着杨柳岸缓缓散步，宗主姜尚真和首席供奉刘老成。

姜尚真折下柳条编织成柳环，戴在自己头上，微笑道："昔我往矣。对吧？刘老哥。"

刘老成没有说话。

姜尚真是一个很奇怪的枭雄，手段血腥，很擅长笑里藏刀，但是极重规矩，这种感觉，不是姜尚真说了什么，而是这座玉圭宗下宗选址书简湖，姜尚真的一切所作所为，都在跟宗门修士阐述这个道理。当然，姜尚真订立下来的规矩，不近人情的地方很多。

为此大骊铁骑驻军武将关翳然那边与真境宗交涉多次，元婴供奉李芙蕖则经常要去将军府那边吵架，双方争执不下，次次面红耳赤，拍桌子瞪眼睛，好在吵归吵，并没动手。

不是李芙蕖脾气有多好，而是姜尚真告诫过这个好似真境宗门面的女子供奉：你李芙蕖的命不值钱，真境宗的面子……也不值钱，天底下真正值钱的，只有钱。

姜尚真先前这句有感而发的言语，"昔我往矣"，意思其实很简单，我既然愿意当面跟你说破此事，意味着你刘老成当年那桩情爱恩怨，我姜尚真虽然知道，但是你刘老成可以放心，我不会有任何恶心你的小动作。

刘老成倒也不客气，就真的放心了。

至于刘志茂破境成功，真境宗的上五境供奉，其实也就变成了三个。因为那个对外宣称闭关的玉圭宗高人，或者准确说是桐叶宗的老人，已经死得不能再死。

当时摆出了四人合力围杀的架势，可真正出手的，只有两人。刘老成和刘志茂只负责压阵，或者说是看戏。

杀鸡儆猴。

就在这宫柳岛一岛之地，郦采和姜尚真，一人拔剑出鞘，一人祭出柳叶，那个从桐叶宗携带重宝转投玉圭宗的老家伙，看到郦采之后，连与姜尚真这个疯子玉石俱焚的念头都没有，可惜想逃没逃成，于是就死了。可以说打得半点都不荡气回肠，就连许多宫柳岛修士，都只是察觉到一刹那的气象异样，然后就天地寂静，云淡风轻月儿明了。

姜尚真突然说道："以后遇上神诰宗道士，让我真境宗子弟放尊重一点，夹着尾巴做人便是，不管对错，只要交手，被人打死，真境宗一律当作什么都没有发生，不小心打死了对方，真境宗祖师堂一律砍下这位'英雄好汉'的头颅，由李芙蕖送往神诰宗赔罪。"

刘老成点头道："知道了。"

姜尚真笑道："是不是不太理解？"

刘老成摇摇头。

不难理解。

树大招风，众矢之的。

真境宗在宝瓶洲没有半点香火情可言，看似风光无限，其实处处皆敌，例如大骊宋氏铁骑。

不过理解归理解，姜尚真这个年轻宗主，愿意低头到这个份儿上，刘老成还是有些佩服的。

这个手握一座云窟福地的谱牒仙师，简直比山泽野修路子还野。

姜尚真叹了口气："如今我的处境，其实就是你和刘志茂的处境，既要强大自身，积蓄实力，又要让对手觉得可以控制。就是不清楚，大骊宋氏最终会推出哪个人来掣肘我们真境宗。宝瓶洲什么都好，就是这点不好，宋氏是一洲之主，一个世俗王朝，竟然有希望彻底掌控山上山下。换成我们桐叶洲，天高皇帝小，山上的修道之人，是真的很逍遥。"

刘老成笑道："以前的书简湖，其实也是如此，周边诸国的君王公卿，人人自危。"

姜尚真摇摇头："不一样。书简湖这种无法之地，有点类似远古时代的蛮夷之地，世间万妖肆虐无忌，天上神灵以人间香火为食，地上妖族以人为食，所以才有了功德圣人的分开天地。身在福中不知福的，不是蠢人才会如此，事实上我们几乎所有人，概莫能外。"

姜尚真缓缓而行："如今我们浩然天下的市井百姓，谈及山水神祇，花妖木魅，怪物精变，鬼物阴灵，是什么？是远在高天幽冥之地，是人迹罕至的山野湖泽。哪怕有近在人间、与我们共处的，依旧被无比烦琐的规矩束缚，故而会言之凿凿说那有妖魔作祟处便是天师出剑处。市井坊间，处处有那桃符、门神，香火袅袅的祖宗祠庙，可以去寺庙道观祈福祛灾,会有上山访仙,各种机缘。"

姜尚真停下脚步,环顾四周,摘了柳环,随手丢入湖中:"那么如果有一天,我们人,无论是凡夫俗子,或是修道之人,都不得不与他们位置颠倒,会是怎样的一个处境?你怕不怕?反正我姜尚真是怕的。"

刘老成说道:"我不会去想这些。"

姜尚真点头道:"没关系。因为有人会想。所以你和刘志茂大可以清清净净,修自己的道。因为哪怕以后天翻地覆,你们一样可以避难不死,境界足够高,总有你们的退路和活路。且世道再坏,好像总有人帮你和刘志茂来兜底,你们就是天生躺着享福的。嗯,就像我,站着挣钱,躺着也能挣钱。"

刘老成皱了皱眉头。

姜尚真笑问道:"可如果所有山巅的修道之人,都如你刘老成这般想……"

刘老成摇头道:"不会的。"

姜尚真挠挠头,嗐嘘道:"所以这就是最好玩的地方了。一切的好,我们视为天经地义的事情,哪里需要多说多想,那些不好,我们咬牙切齿,能够惦念很久。"

刘老成有些疑惑,不知道这位宗主跟自己说这些,图什么。

姜尚真已经转移话题,他意态闲适,再无先前的那种异样情绪,脚步轻松:"江湖演义小说里,英雄的朋友,都做着好人好事,哪怕死了,都是死得其所。神仙志怪小说里,人心起伏,鬼魅横行,总归是善恶皆有报。刘老成,你看这些杂书吗?"

刘老成摇头道:"从来不看。"

姜尚真笑道:"所以说要多读书啊。"

刘老成知道这位宗主是在说玩笑话,自然不会当真。

这位宗主每天都很无聊,修行之外,便施展障眼法,在书简湖水边四大城池当中闲逛,每次返回,都会给那个剑仙郦采怀抱而来的孩子买回一些玩耍物件。逗弄孩子,教孩子走路,姜尚真能够耗上很久。有些时候,刘老成都会感到郁闷,到底是姜尚真让人琢磨不透的那种性情,让他一步步走到了今天的高位,还是登高之后,本心与性情逐渐转变,才有了今天的真境宗宗主。

姜尚真走到一处渡口:"刘志茂闭关之前,跟我讨要了青峡岛、素鳞岛在内的旧有地盘,打算送给弟子顾璨。因为他不知道,云楼城附近那块地盘,我是专门划给顾璨的。不过顾璨那个少年,听闻此事后,小小年纪,竟然真敢收下,真是饿死胆小的,撑死胆大的。"

刘老成说道:"这个小子,留在书简湖,对于真境宗,可能会是个隐患。"

姜尚真转过头,笑容玩味。

刘老成坦诚笑道:"自然不只是我和他以及青峡岛有仇的关系。我刘老成和真境宗,应该都不太愿意看到顾璨悄悄崛起,养虎为患,是大忌。"

不只是。

姜尚真笑道:"你觉得顾璨最大的倚仗是什么?"

刘老成说道:"当然是那个已经不在书简湖的陈平安,以及陈平安教给他的规矩。跟陈平安关系不错的关翳然,或者还有我不知道的人,肯定会暗中盯着顾璨的一举一动,这就意味着关翳然当然会顺便盯着我和刘志茂,还有真境宗。这些,顾璨应该已经想到了。"

对于所谓的养虎为患一事,姜尚真不置可否。

刘志茂虽然境界比刘老成低,但跟大骊朝廷打交道多了,早年又比刘老成更奢望当一个名副其实的书简湖君主,所以在某些事情上,是要比刘老成看得更远,当然归根结底,还是涉及了刘志茂的自身利益,所以他脑子转得更多一些。而作为野修,刘老成大道可期,心思自然也就更加纯粹,想得也就没那么杂乱。

其实刘志茂闭关之前,在池水城陋巷宅子找到顾璨,姜尚真猜得出所为何事。

赠书传道。

跟真境宗讨要回青峡岛,则是为顾璨的一种深远护道。因为刘志茂同样猜出了姜尚真的一桩长远谋划。

与其让大骊宋氏扶植一个未知势力来针对真境宗,不如真境宗自己主动把合适人选送上门去。对双方而言,这是最不"内耗"的一种明智选择。

姜尚真两次大摇大摆去往龙泉郡,有心人只要不是瞎子,就都可以看在眼里。这本就是姜尚真故意让人去琢磨细究的事情。

落魄山陈平安,真境宗姜尚真,中间那座桥梁,就是青峡岛和顾璨。

所以真境宗真正的难关,从来不在什么顾璨、书简湖,甚至不在神诰宗,而是在两个大势——一个是大骊铁骑吞并一洲,一个是另外一个需要挡下的更大的大势——之后。那个时候,才是真境宗需要从选择变成抉择的关键时刻。

不过这些,别说刘老成,就算是刘志茂,都被蒙在鼓里。真境宗这么一座庞然大物就这么摆在了两个野修眼中,他们会去多想一些看似与己无关的深处学问吗?

山泽野修,除了自身修为有些斤两、拳头大一点外,还懂什么?

一辈子吃够了谱牒仙师的白眼、打压,但是到头来,还只是痴痴想着境界就是一切道理。就不会好好思量一番,为何玉圭宗会有一个即将飞升境的宗主,为何他姜尚真能够拥有今天的这份家业?先后顺序,不能搞错了。如今规矩森严的三教百家,最早的时候,谁不是人间大地上苟延残喘的泥腿子出身?谁不是高高在上的神祇手中的牵线傀儡?

真不是姜尚真瞧不起世间的山泽野修,事实上,他当年在北俱芦洲游历,就做了很多年的野修,而且当野修当得很不错。

姜尚真望向那座绿波荡漾的书简湖,轻声道:"夫子们的戒尺,不是太多,而是太少了,打得太轻,弟子学生从来忘性大,不记打,可是从来没有人想过,夫子们有没有自己的柴米油盐需要揪心,会不会有一天说失望就失望了。世间所有喜欢心平气和讲道理的人,一旦失望,那就是真正的绝望了。"

刘老成依旧心中没有太多感触。

姜尚真突然转头问道:"一个玉璞境的宗主,与你掏心掏肺,你可以不用心听。那么仙人境呢?"

刘老成顿时悚然。

姜尚真笑眯眯道:"不知者不罪,毕竟圣人有云,不教而诛谓之虐。"

姜尚真揉了揉下巴:"本来不该这么早告诉你真相的,我藏在婢女鸦儿身上的那件镇山之宝,才是你和刘志茂的真正生死关。不过我现在改变主意了。因为我突然想明白一件事情,和你们山泽野修讲道理,拳头足矣,多花心思,简直就是耽误我姜尚真花钱。"

不是耽搁挣钱,是耽误他花钱。

刘老成面无表情,没有多说一个字。

久违的困局险境,久违的杀机四伏。

姜尚真叹了口气:"我以前总觉得所有人,不管是好人坏人,不管山上山下,到了更高的高度后,就会变得聪明一些,但是这么多年看下来,其实挺失望的。刘老成你如果不抓点紧,真的潜下心来,好好修一修心境,转变一些想法念头上的根本脉络,别说追上我,就是刘志茂都可以把你甩在身后,当然,还有那个顾璨,迟早的事情。到了那个时候,你就会知道,自己这个首席供奉,就是个天大的笑话,未来挺长一段光阴始终蝼蚁一般的顾璨,你竟是一辈子杀不得,刘志茂已经与你平起平坐,看我姜尚真更需要仰视。"

姜尚真抬起手,抖了抖袖子,随手一旋,双手搓出一颗水运精华凝聚的碧绿水珠,然后轻轻以双指捏碎:"你以为当年那个账房先生登岛见你,是在仰视你吗?不是的,他尊重和敬畏的,是那个时候你身上聚拢起来的规矩。可是迟早有一天,可能不需要太久,几十年?一甲子?就变成你刘老成哪怕双脚站在宫柳岛之巅,那人站在此处渡口,你都会觉得自己矮人一头。"

刘老成说道:"受教了。"

姜尚真笑道:"果然仙人境说话,就是中听些。所以你要好好读书,我要好好修行啊。"

刘老成叹息一声。

姜尚真没来由说道:"兴许有一天,我可能会重返桐叶洲坐镇玉圭宗,那么你就会是真境宗的下任宗主，刘志茂此人，你大可以压境压在玉璞境瓶颈，让他连破境跻身仙人境都没胆子，若是你那会儿心情不错，加上觉得对你再无威胁，就大度些，让他跻身仙人境，由着他再去创建宝瓶洲真境宗的下宗便是。"

姜尚真双手笼袖："这不是给你刘老成画饼，我姜尚真还不至于如此下作。"

刘老成似有所悟。

如今真境宗专门有人搜集桐叶洲那边的所有山水邸报，其中就有传闻，稳居桐叶洲仙家第一宝座的玉圭宗，宗主可能已经闭关，追求那玄之又玄的飞升境。而老宗主苟渊，刘老成其实不算陌生，毕竟一起走了很远的宝瓶洲山水。

其实刘老成本就是苟渊钦定的真境宗供奉。不过在姜尚真这边，这点香火情，半枚铜钱都没有用。

刘老成深吸一口气，只觉得天大地大，难得又生出一股雄心壮志，点点头，沉声道："那么从现在起，我刘老成就可以诚心诚意为自己的真境宗，出生入死了！"

姜尚真转过头，轻轻拍了拍刘老成的肩头："自家人不说两家话，先前我有些话说得难听了，刘老哥别介意啊。"

刘老成犹豫了片刻。

姜尚真说道："自家人，你当然可以说几句难听话，你不介意，我这个人，万事不烦恼，只烦钱太多。"

刘老成板着脸道："姜宗主，你怎么这么欠揍呢？"

姜尚真揉了揉脸颊，思量片刻，然后恍然大悟道："大概因为你不是女子吧。"

青鸾国那边，有一个风姿卓绝的白衣少年郎，带着一老一小，逛遍了半国形胜之地。

在这之前，这个少年在宝瓶洲唯一一个上五境野修刘老成家乡的蜂尾渡，从一个家道中落的汉子手中"捡漏"了一枚文景国的亡国玉玺。

不过这文景国，可不是覆灭于大骊铁骑的马蹄之下，而是一部更早的老皇历了。

文景国的那个亡国太子爷，似乎也从无复国的想法，这么多年过去了，始终都没有下山，如今依旧在山上修道。而如此一来，文景国哪怕还有些残余气运，事实上也等同于彻底断了国祚。因为任何一个中五境修士，都不可成为皇帝君主，这是人间铁律。

除了这枚低价购入的玉玺，少年还去看了那棵老杏树，"帝王木""宰相树""将军杏"，一树三敕封，白衣少年在那边驻足，大树底部空腹，少年蹲在树洞那边嘀嘀咕咕了半天。

随后路途中，得了那枚玉玺的少年，用一个"收藏求全"的理由，又走了趟某座山头，与一个走扶龙路数的老修士，以一赌一，赢了之后，再以二赌二，又险之又险赢了一局,之后继续全部押注上桌,以四赌四,以八赌八,竟然一路赢了下来。那个姓崔的外乡人,赌性之大,简直失心疯,最后竟然扬言以到手的十六宝,赌对方仅剩的一枚,结果还是他赢。

就这样靠着狗屎运,白衣少年莫名其妙就拿到了其余文景国十六宝。白衣少年将那些价值连城的传国玉玺,一股脑儿随便装在棉布包袱当中,让一个纤弱稚童背着,大摇大摆下山。下山路上,包袱中哐当作响。

那个担任老仆的琉璃仙翁,在下山路上总觉得背脊发凉,护山大阵会随时开启,然后被人关门打狗,当然最后是谁打谁,并不好说。可是琉璃仙翁担心法宝不长眼睛,崔大仙师一个照顾不及,自己会被误杀啊。琉璃仙翁很清楚,崔仙师唯一在意的,是那个眼神浑浊不开窍的小傻子。所幸那座山头的赌运,总算好了一次,没动手。

这一路,一行三人没少走路。

看过了云霄国所谓铁骑的京畿演武,欣赏过了庆山国京城的中秋灯会,可惜琉璃仙翁没能见到那庆山国皇帝古怪癖好的“丰腴五媚”,有些遗憾,不然长长见识也好。不过崔仙师购买了一本脍炙人口的《钱本草》,不是什么珍稀的殿本善本,只是从寻常书肆买到手,不过经常在山野小径上边走边翻看,说是有点嚼劲。

过了青鸾国边境,崔仙师就走得更慢了,经常随便拿出一枚玉玺,在那个被他昵称为“高老弟”的稚童脸蛋上摩擦。

琉璃仙翁一直如游学富贵子的仆役挑夫,挑着杂物箱。不过他觉得比起那个经常被骑马的“高老弟”,他其实已经很幸运了,所以经常告诫自己,得惜福啊。

至于崔大仙师许多随性而为的举止,琉璃仙翁早已见怪不怪。

例如他们曾凑巧遇上一拨山泽野修,三个山泽野修中有人名叫吕阳真。他们同行过一段路程。琉璃仙翁想不明白,这种蝼蚁野修,有什么资格与崔大仙师相谈甚欢,到最后还得了崔大仙师故意留下的一桩机缘。在一处避雨洞窟,三个山泽野修“不小心”触动机关,于是其中一个阵师得了一大摞名为黄玺的符纸,若是折算成神仙钱,绝对是一笔巨大横财,可谓洪福齐天。吕阳真两人,也有不小的收获。相信那三人,当时的感觉,就像一脚踩在狗屎当中,刚想骂人,抬起脚一看,哎哟,狗屎下边藏着金子。

琉璃仙翁当时看着那三个欣喜若狂的山泽野修,商量之后,还算讲点义气,扭扭捏捏想要匀一些神仙钱给崔大仙师,崔大仙师竟然还一脸“意外之喜”外加“感激涕零”地笑纳了。琉璃仙翁在一旁,憋得那叫一个难受。

想不明白怎么办?那就别想了嘛。琉璃仙翁这个魔道邪修,在有些事情上,特别拎得清楚。

至于在云霄国女子修士扎堆的胭脂斋那边,白衣少年双手叉腰,站在山门口那边大声叫卖,兜售自己的神仙春宫图。然后当然是买卖没谈成,仁义也没在,只能是被一大群女子修士气势汹汹下山追杀。

但这种事，根本不算事。

琉璃仙翁觉得自己这一路，已经修心大成！

除了这些玩闹，崔大仙师偶尔稍稍认真起来，更是让琉璃仙翁佩服不已。在那金桂观中，崔大仙师与观主坐而论道，聊着聊着，老观主就进入了坐忘之境。

那个观主名为张果，龙门境修为，似乎一下子就有了跻身金丹境的迹象。看得琉璃仙翁艳羡不已。

在那泉水滚滚伏地而生的白水寺，崔大仙师坐在一口井口不知为何封堵的水井上，和一位在寺外说法远远多于寺内讲经的年轻僧人开始讲经说法。

两人皆白衣，一儒一僧。

双方起先是辩论那"离经一字，即为魔说"。琉璃仙翁反正如听天书，半点不感兴趣。稚童"高老弟"则蹲在竹门那边，听着里边的各说各法，虽有些咿咿呀呀，但仍是不会开口说话。

最后白衣飘飘的崔大仙师，盘腿坐在被青石封堵的水井之上，接连笑着说了几句禅语："十方坐断，千眼顿断？不妨坐断天下人舌头？那要不要恨不将莲座踢翻，佛头捶碎？"

然后他一巴掌拍下，打碎了那块封堵水井的青石。

崔大仙师一袭白衣悬停井口上，又大笑问道："老僧也有猫儿意，不敢人前叫一声？"

那个白衣僧人低头合十，轻轻唱诵一声。

崔大仙师最后又笑道："佛经有点重，提得起才放得下。西天两扇门，看不破便打不开。"

年轻僧人抬起头，会心而笑，缓缓道："棋高如君天下少，愚钝似我人间无。"

然后琉璃仙翁便瞧见自家那位崔大仙师，似乎已经尽兴，便跳下了水井，一拍稚童脑袋，大笑而走。

三人一起离开白水寺的时候，崔东山大袖翻摇，步伐浪荡，啧啧道："若此顽石死死不点头，埋没于荒烟草蔓而不期一遇，岂不太可惜哉？！"

琉璃仙翁反正啥也没听明白，只是不懂装懂，点头道："仙师你老人家除了学问大，不承想还如此道法高、佛法深，真是去参加三教辩论都没问题了。"

崔东山笑骂道："放你个臭屁！"

琉璃仙翁笑容有些尴尬，可还是点头道："仙师都对。"

崔东山转头："你挺有慧根啊，不如留在这边当和尚？"

琉璃仙翁哭丧着脸道："不要啊，我可真没那修习佛法的慧根！半点也无！"

随后崔东山带着一老一小，又去了趟青鸾国京城，见了一个小道观的观主。

道观名为白云观，豆腐块大小的一个僻静地方，与市井陌巷毗邻，鸡鸣犬吠，稚童嬉戏，摊贩叫卖，嘈嘈杂杂。

崔东山在那边借住了几天，捐了不少香油钱，当然也没少借书翻书。那个观主别的不多，就是藏书多。而且那个籍籍无名的中年道士，光是林林总总的读书心得，就将近百万字，崔东山看这些更多。那个观主也没有敝帚自珍，而是乐于有人翻阅，关键这个负笈游学的外乡少年，是个出手阔绰的大香客，对于观主来说，自己的白云观，总算不至于揭不开锅了。

崔东山告辞离去的那天清晨，一个好不容易过了几天神仙日子的小道童，是真心舍不得他走，一把鼻涕一把泪的，看得小道童的观主师父都有点心酸了，自己这个师父当得是多不称职？

崔东山已经快走了半天了，小道童还在那边哀怨呢，拎着扫帚打扫道观满地落叶的时候，都有些心不在焉。

然后就有七八辆牛车浩浩荡荡来到白云观外，说是送书来了。牛车之上装满了诸子百家的各色书籍，一箱子一箱子往小道观里边搬运。这一幕，看得形容消瘦的中年观主那叫一个目瞪口呆。

不过当从最后一辆牛车上边拿下一块匾额的时候，观主喊来欢天喜地的小道童，一起小心翼翼抬去了书房。匾额上书两字——"斋心"。

离开青鸾国京城后，琉璃仙翁担任一辆马车的车夫，崔东山坐在一旁，稚童则在车厢里边打盹。

琉璃仙翁轻声问道："仙师，那个白云观的观主，又非修道之人，为何对他如此刮目相看？"

崔东山一左一右，一上一下，就那么挥动着两只雪白袖子，说道："他啊，与我前后两位先生，都是一种人。太平盛世，并不彰显，一到乱世，那就是……"

琉璃仙翁静待下文，可是久久没有后续。

等到琉璃仙翁已经放弃答案的时候，崔东山笑道："最好的夫子。"

崔东山停下双手，缓缓道："寻常教书匠，可以让好学生的学问更好，稍好的先生，好学生也教，坏学生也管，愿意劝人改错向善。至于天底下最好的夫子，都是愿意对世间无教不知之大恶，寄予最大的耐心和善意。这种人，他们人走在哪里，学塾和书声其实就在那里了，有人觉得吵，无所谓，有人听得进，便是好。"

崔东山微笑道："所以他们都不是什么飘摇世道的修补匠，而是世间人心的源头清泉，流水往下走，经过人人脚下，故而不高，谁都可以低头弯腰，掬水而饮。"

崔东山猛然起身，高高举起手臂，如手持酒杯，白衣少年这一刻，振衣而立，神采飞扬："人间多有肥甘凝腻物,人人向往,自然无错,理当如此,可口渴之时便有水喝,凭君自取,岂不快哉,岂不幸哉?!"

琉璃仙翁小心翼翼驾驶马车。

唉。崔大仙师尽说些让人摸不着头脑的怪话。

结果琉璃仙翁后脑勺挨了一脚,崔东山骂道:"他娘的,你就没一句马屁话,没点掌声?!"

琉璃仙翁吓了一大跳,赶紧开始打腹稿,酝酿措辞。只是这溜须拍马的言语,也不是说有就有的啊,何况被崔大仙师这么一吓,琉璃仙翁绞尽脑汁也没琢磨出半句合适的好话。

好在身后那人已经说道:"算了,反正你这辈子都没福气去落魄山。"

随后琉璃仙翁便轻松了几分。因为马车周边,一只只折纸而成的青色鸟雀宛如活物,萦绕飞旋。不是一般中五境修士重金购买的黄玺符纸,而是材质色泽如雨过天晴的清白符,据说是道家宗门宝诰的专用符纸,极为珍稀昂贵。

琉璃仙翁也算符箓一脉的半个行家了,所以还知道天底下最玄妙的符纸,是一种蕴藉圣人真意的青色符纸,但没有确切的名字。

只是这些宝诰清白符,被随手拿来折纸做鸟雀,崔大仙师,真的合适吗? 你老人家送我几张当传家宝也好啊。琉璃仙翁心中哀叹不已。

这一路颠簸,其实琉璃仙翁真没落着半点实惠,只希望将来哪天,崔大仙师觉得自己好歹没有功劳,也有一份做牛做马的苦劳吧。只是一想到做牛做马,琉璃仙翁便心情稍好了几分。车厢里边那个小痴呆,那才是真正的做牛做马。

崔东山突然说道:"绕路,不去柳家的狮子园了,去见一个可怜人。"

随后琉璃仙翁按照崔东山给出的路线,平稳驾车,缓缓南下。

青鸾国这一路,关于柳氏狮子园的传闻不少。

士林领袖的柳氏家主,晚节不保,身败名裂,从原本好似一国文胆存在的清流大家,沦为了文妖一般的腌臜货色,诗词文章被贬低得一文不值不去说,还有更多的脏水当头浇下,避无可避,拥有青鸾国四大私家园林之一的书香门第,顿时成了藏污纳垢之地,市井坊间的大小书肆,还有许多刊印粗劣的艳情小本,流传朝野上下。因此当次子柳清山游历归来,在狮子园举办婚宴,迎娶一个籍籍无名的外乡女子时,柳老侍郎没有见到一个世交好友。

至于"大义灭亲"的长子柳清风,早早被柳氏族谱除名,如今官也当得不大,据说是当了个主政漕运疏导的佐官,相较于以前的县令,官是升了,但是没有人觉得这种人在最重名望清誉的青鸾国可以走到多高的位置,说不定哪天就连那一身官皮都没了,而且肯定无人问津,都不是一个值得茶余饭后多聊几句的笑话,太没劲。

再者,如今的青鸾国,蒸蒸日上,国运昌盛。庙堂,山上,江湖,士林,皆是人才辈出,如雨后春笋一般冒出,一派云霞蔚然的大好气象。

例如有一个年仅六岁的孩子,短短一年之间,以神童之名,名闻朝野。今年京城中秋灯会上,年幼神童奉诏入京,被皇帝陛下与皇后娘娘召见登楼,孩子被一眼瞧见便心生宠溺的皇后娘娘亲昵地抱在膝上,皇帝陛下亲自考校这个神童的诗词,要那个孩子按照命题,即兴赋诗一首。孩子被皇后抱在怀中,稍作思量,便出口成诗,皇帝陛下龙颜大悦,竟然破格赐给孩子一个"大周正"的官职。这是官员候补,虽非官场正职,却是正儿八经的官身了,这就意味着这个孩子,极有可能不单单是青鸾国,而是整个宝瓶洲历史上年纪最小的文官!

此时此刻,即将入冬,一条尚未彻底疏通的漕河之畔,寂静小路上,颠簸不断的马车车顶上,白衣少年崔东山盘腿而坐,那个稚童手里拽着一种青鸾国特产的纸鸢,名为木鹞。只要丝线不断,世间所有纸鸢,便注定可以高飞,却无法远走。

崔东山后仰躺下,怔怔望着那天上的纸鸢。我家先生,如今可好?

漕运重开一事,极其复杂,涉及青鸾国方方面面,所以朝廷那边,并没有一味求快,而是显得进展缓慢。

主持此事的官员品秩不算高,有三人,两个是分别从户部、工部抽调而来的离京郎中,还有一个漕运某段主道所在州城的刺史,由于朝廷没有大肆宣扬此事,所以青鸾国朝野上下,对此关注并不多。看似两个京官老爷更加务虚一些,地方刺史则是务实一些,实则不然,而且恰好相反。那个原本以为就是走个过场的刺史大人,真的到了漕河畔临时搭建的衙署中才发现两个品秩还不如自己的清贵郎中,竟然似乎早已胸有成竹,章程详细,条条框框,近乎烦琐,以至于连他这个熟稔地方政务的封疆大吏都觉得插不上手,只管按部就班即可。

除了户部、工部两个来自京城的正五品郎中,还有一个从五品的辅佐官员,姓柳名清风。

刺史洪大人对这个姓柳的官场后进,真是唾弃得很,江湖上卖友求荣,就已经是人人不屑,更别提在官场上卖父求荣的王八蛋玩意儿了。洪刺史觉得每天和这种人一起议事,隔天都得换一身官袍才行,真是喝杯茶水都浑身不得劲。

洪刺史这大半年来,对柳清风始终鼻子不是鼻子,眼睛不是眼睛,两个京官大人似乎很理解洪大人的心情,对此故意视而不见,至于柳清风本人,大概是官帽子小又心虚的缘故,一直在洪刺史那边假装恭谨,而且桌上商议诸多漕河疏浚一事的细节,柳清风几乎从来不主动开口言语,唯有两个京官郎中询问细节他才会说话。

这天在一段漕河旁边的村落,有跳竹马的热闹可看,一个已经来回走过两趟旧漕河全程的读书人,带着一个名叫柳蓑的少年书童,一起坐在一堵黄泥矮墙墙头上,远远看着那边锣鼓喧天。竹马以竹篾编制而成,以五色布缠裹,分前后两节,吊扎在跳竹马之人的腰间,按照乡俗,正衣骑红马,青衣骑黄马,女子骑绿马,书生骑白马,武夫骑黑马,各有寓意。

读书人其实已经完全看不出是个有官身的读书人了,肌肤晒得黝黑发亮,身穿粗布麻衣,唯独脚上那双十分结实却老旧的麂皮靴子,不是寻常村野门户能够有的。

跳竹马不是每个村子都会走过,得看哪个村子出钱,钱多钱少,跳竹马又会按价而跳。这个村子明显就是给钱颇多,所以跳竹马尤为精彩。

墙头附近还有不少从别的村子赶来凑热闹的浪荡子,对着那个富裕村子里边的少女,指指点点,言谈无忌,说哪家闺女的胸脯以后一定会很大,说哪户人家的少女一定是个生儿子的,墙头四周嬉笑声此起彼伏,还有人争执到底是哪家小娘子最俊俏,比一比到底谁才是方圆数十里最水灵的娘们,反正各有各的眼中好。

读书人柳清风也看那些他们指指点点的女子,而且毫不掩饰自己的打量,坐在一旁的书童便有些无奈,老爷你怎的也如此不正经。

柳清风微笑道:"女子本质,唯白最难,其实胖瘦无碍。"

柳蓑无奈道:"老爷你说是便是吧。"

柳清风笑道:"你还小,以后就会明白,女子脸蛋不是最紧要的,身段好,才最妙。"

柳蓑翻了个白眼:"老爷,我明白这些作甚,书都没读几本,还要考取功名,和老爷一般做官呢。"

柳清风点点头:"你是读书种子,将来肯定可以当官的。"

柳蓑顿时兴高采烈。

老爷说话,不管是什么,从来作准!

他们的远处,跳竹马那边的近处,喝彩声叫好声不断。倒是他们这边墙头附近,虽然看客不少,但好些人都在挑三拣四,不以为然,而且嗤之以鼻的更多,所以掌声稀疏。

柳蓑轻声问道:"老爷,你学问大,都晓得那些跳竹马的渊源,那你来说说看,是真的没跳好吗?我觉得挺好啊。"

柳清风小声说道:"当然好啊,但是咱们不花钱,干吗要说好,天底下的好东西,哪个不需要花钱?"

柳蓑一头雾水:"这是什么道理?"

柳清风微微一笑,不再言语,摸了摸柳蓑脑袋:"别去多想这些,如今你正值读书的大好时光。"

柳蓑点点头,想起一事,好奇问道:"为何先生最近只看户部赋税的历代档案?"

柳蓑如今还不清楚,这可不是他家老爷如今这个官身可以翻阅的,况且还是专门有人悄悄送到书案。

柳清风轻声道："翻看史书，都是后世帝王让人写前朝人事，难免失真，但是唯有钱财出入一事，最不会骗人。所以我们读史，有机会的话，一定要看看历朝历代掌管财权之人的生平履历，以及他们铸造、推行各种大小钱的经过。以一人为点，以一朝国库盈亏为线，再蔓延开来，会更容易看清楚国策之得失。"

柳蓑挠挠头。

柳清风眺望远方的热闹喧嚣，笑道："你一样不用着急，以后只要想看书，我这边都有。"

柳蓑见今天老爷喜欢聊天，便有些开心。因为那两趟漕河首尾的勘察，真是累死个人，而且那会儿老爷也不太爱说话，都是看着那些没啥区别的山山水水，默默写笔记。

柳蓑趁着老爷今儿愿意多说，他便多问了："老爷，为什么你到了一处地方，都要跟那些城池、乡野学塾的夫子先生们聊几句？"

柳清风说道："读书种子怎么来的？家中父母之后，便是教书先生了，如何不是我们读书人必须关心的紧要事？难不成天上会凭空掉下一个个满腹经纶并且愿意修身齐家的读书人？"

柳蓑嗯了一声："老爷还是说得有道理。"

柳清风微微一笑："这件事，你倒是可以现在就好好思量起来。"

柳蓑点头道："好嘞！"

突然有一群青壮男子、高大少年飞奔而来，见着了柳清风和书童柳蓑这块风水宝地，一人跃上墙头，道："滚一边去。"

少年书童柳蓑面有怒容，不承想自家老爷已经站起身，什么话都没说，就默默跳下了矮墙墙头，他只好跟着照做，去别处欣赏跳竹马，只是再看，便看得不真切了。把柳蓑气得不行。

柳清风站在别处，伸长脖子，踮起脚，继续看那村庄晒谷场的跳竹马。

柳蓑闷闷不乐。自家老爷什么都好，就是脾气太好，这点不太好。

"不与是非人说是非，到最后自己便是那是非。"

柳清风笑道："不与伪君子争名，不与真小人争利，不与执拗人争理，不与匹夫争勇，不与酸儒争才，不与蠢人施恩。"

这是不争。

其实还有争的学问。不过柳清风觉得和身边少年晚一些再说会更好。年少读书郎，不用心读书，光想大道理，反而不是好事。只需不犯大错就行了。

柳蓑鼓起勇气，第一次反驳无所不知的自家老爷："什么都不争，那我们岂不是要一无所有？太吃亏了吧。哪有活着就是给人步步退让的道理。我觉得这样不好！"

柳清风微笑道:"再好好想想。"

柳蓑摇头道:"就是想不明白。"

柳清风收回视线,转头看着柳蓑,打趣道:"这么笨,怎么当我的书童?"

柳蓑嘿嘿一笑。

柳清风突然说道:"走了。"

柳蓑跟着柳清风一起离开。

柳清风缓缓而行,想着一些说小不小、说大不大的事情。

柳蓑原本还有问题,只是一看到老爷这个模样,就知道自己不可以再打搅老爷了。

李宝箴如今的作为,柳清风只会袖手旁观。

李宝箴的野心,也可以说是志向,其实不算小。

这个大骊南方绿波亭谍子的几大头目之一,在做一个尝试,从底层开始细细谋划,读书种子、江湖豪侠、士林领袖、庙堂官员,在他李宝箴进入青鸾国后,所有人都开始是他一手操控的棋子,当然这些人如今几乎全是年幼无知的孩子,例如那个获封"大周正"的神童。

听上去很不合礼,阴谋意味十足,显得阴气森森、杀气腾腾,实则不尽然。李宝箴就像是在搭建一座屋舍,他的第一个目的,不是要当什么青鸾国的幕后皇帝,而是能够有一天,连那山上仙家的命运,都可以被世俗王朝掌控。道理很简单,连修道坯子都是我李宝箴与大骊朝廷送到山上去的,年复一年,修道坯子成了某个开山老祖或是一大拨山门砥柱,长此以往,再来谈山下的规矩一事,就很容易讲得通了。

在这期间,那个青鸾国大都督韦谅冷眼旁观,偶尔还会制定几项李宝箴本人都必须遵守的规矩。

柳清风对于李宝箴的谋划,从意图到手腕,看得一清二楚,说句难听的,要么是他柳清风玩剩下的,要么就是他柳清风故意留给李宝箴的。

比如今年以来,青鸾国又有几个文坛名士声名狼藉。怎么做?依旧是柳清风当年教给李宝箴的那三板斧,先吹捧,将那几人的诗词文章说成足够比肩陪祀圣人,将那几人的人品吹嘘到道德圣人的神坛。然后有人出来说几句中允之言,继而开始悄然蓄势,开始引领文坛舆论,诱使中立之人由衷厌烦那几个其实自己都觉得莫名其妙的道德圣人。最后就更简单了,你们不是道德无瑕的圣人吗?那就以随口胡诌的言语大肆编派,以私德有亏攻讦那几人。这个时候,就轮到江湖、市井发力了,云游四方的说书先生,私家书肆掌柜,开始轮番上阵,当然还有李宝箴自己私底下笼络的一拨"御用"文人,开始痛心疾首,仗义执言。到最后,文坛名士一个个身败名裂,而无形中推波助澜的老百姓,当真介意真相吗?可能会有,但注定不多,绝大多数,不就是看个热闹?就像柳清风今天这样,远远看着那跳竹马的热闹。

为何要奢望本就是图个热闹的众人去多想？柳清风就不会。

何况天底下从来没有不散场的热闹。喧嚣过后，便是死寂。历来如此。

柳清风笑了笑，自言自语道："我开了一个好头啊。"

何况李宝箴很聪明，很容易举一反三。

柳清风突然停下脚步，对身边少年书童说道："柳蓑，记住，如果将来有一天，不管是谁来劝你害我，无论是当一枚长线隐蔽的棋子，还是比较匆忙的仓促刺杀，你只管点头答应，不但答应对方，你还要手段尽出，竭力而为，不需要有任何犹豫和留情。"

柳蓑脸色惨白，脑子一片空白，根本不明白自家老爷为何要说这种吓人的言语。

柳清风神色如常，轻声道："因为你肯定无法成功。我将你留在身边，其实就是害你一次，所以我必须救你一次，省得你为了所谓的道义，白白死了。在此期间，你能够从我这边学到多少，积攒多少人脉，最终爬到什么位置，都是你自己的本事。至于为何明知如此，还要留你在身边，就是我有些想知道，你到底能不能成为第二个李宝箴，而且比他更加聪明，聪明到最终真正裨益世道。"

柳蓑满脸泪水，是被这个陌生的自家老爷吓的。

柳清风轻声问道："记住了没有？"

柳蓑抹了把眼泪，点头。

柳清风微笑道："很好，那么从现在开始，你就要尝试忘了这些。不然你是骗不过李宝箴的。"

片刻之后，难得有惊讶时候的柳清风竟有些惊讶了。因为一个白衣少年郎向自己走来，但是那个大骊派给自己的贴身扈从从头到尾都没有露面。

崔东山手里拎着一只纸鸢，笑容灿烂："柳清风，我扛着小锄头，挖自己的墙脚来了。你跟着那个老王八蛋厮混，没啥出息的，以后跟我崔东山混吧。再说了，我的是我的，他的还是我的，跟他客气什么。整个宝瓶洲的南方，数我最大，老王八蛋也管不着。"

柳清风笑道："这可有点难。"

柳清风如今可以翻阅绿波亭所有机密谍报，所以对方的隐蔽身份他大致猜出一些，哪怕只是明面上的身份，对方其实也足够说出这些大逆不道的言语。

崔东山将手中纸鸢抛给柳清风，柳清风抓住后，低头一看，并无丝线，便笑了。

柳清风抬起头，摇头道："你应该知道，我柳清风志不在此，自保一事，自由一物，从来不是我们读书人追求的。"

崔东山大步前行，歪着脑袋，伸出手："那你还我。"

柳清风笑道："当然有人白白送我，更好，我就收下不还了。"

崔东山啧啧道："柳清风，你再这么对我的胃口，我可就要帮我家先生代师收徒了啊！"

柳清风笑眯眯问道："不知崔先生的先生,是何方神圣?"

崔东山站在原地,双脚不动,肩膀一耸一耸,十分调皮,笑嘻嘻道："你早就见过了啊。"

柳清风想了想："猜不出来。"

崔东山哈哈大笑道："为表诚意,我就不跟你卖关子了,我家先生,正是当年害你牛车落水的那个人。"

柳清风愣了半天,试探性问道："陈平安?"

崔东山也愣了一下,结果一瞬间,他就来到柳清风跟前,轻轻跳起,一巴掌重重打在柳清风脑袋上,打得柳清风身形踉跄,差点跌倒。只听崔东山怒骂道："他娘的小崽儿也敢直呼我家先生名讳?!"

第八章
起剑

一年老一年轻，两个道人徒步而走，老道人也不例外。他和弟子一起行走在大江之畔，那个年轻道士张山峰，大开眼界。

颍阴陈氏不愧是独占"醇儒"二字的门户，不愧是天下牌坊集大成者，大概这才算是世间头一等的书香门第。

其实不是不可以雇用马车去往陈氏祠堂那边，只不过委实囊中羞涩，就算张山峰答应，兜里的银子也不答应。好在张山峰是走惯了江湖山水的，就是有些愧疚，让师父他老人家跟着吃苦。虽说师父修为兴许不高，可到底早已辟谷，这数百里路程实际上未必有多难走，不过做弟子的孝心总得有吧？不过每次张山峰一回头，师父都是一边走，一边小鸡啄米打着盹，都让张山峰有些佩服，师父真是走路都不耽误睡觉。

路过一座江畔青色石崖，张山峰看到了一个儒衫青年，背对他们师徒二人，坐在那边发呆。

火龙真人睁开眼睛，微笑道："也是个爱睡觉的，出息肯定不会小。"

张山峰委屈道："师父，我上山那会儿，年纪小，爱睡觉，师父怎么不说这话？为何次次师兄都拿鸡毛当令箭，要我起床修行？象之师兄总说资质和他一样好，若是不勤勉修行，就太可惜了，所以哪怕师父不管，他这个师兄也不能见我荒废了山上修行的道缘。好嘛，到最后我才晓得，象之师兄其实才洞府境修为，可师兄说话，从来口气那般大，害得我总以为他是一个金丹地仙呢。所以师兄老死的时候，把我给哭得那叫一个惨，既舍不得象之师兄，其实自个儿也是有些失望的，总觉得自己既笨又懒，这辈子连洞府境都修不成了。"

火龙真人笑道:"师父的谕旨法令,怎的就成了鸡毛?再说了,洞府境,怎的就境界不高了?"

趴地峰之外,火龙真人座下太霞、桃山、白云、指玄四大主脉,哪怕火龙真人从未刻意订立什么山规水律,任何门下子弟随意逛荡趴地峰其实都无任何忌讳,可太霞元君李好在内的开峰大修士,都不准各脉子弟去趴地峰打搅真人睡觉,而趴地峰修士又是出了名的不爱出门,修为也确实不高。所以别脉修士,不管辈分高低,几乎人人都像太霞元君关门弟子顾陌那样,对于趴地峰师伯师叔,或是师伯祖、师叔祖们,唯一的印象就只剩下辈分高、道法低了。

在这期间,趴地峰道人当中,大概又数张山峰被蒙蔽得最多。兴许在元君李好他们这些大修士眼里,这个小师弟属于灯下黑得无药可救了,不过看师父与这小师弟,处得挺好,也就不敢有任何画蛇添足。

这还不算什么,当年张山峰扬言要下山斩妖除魔,师父火龙真人又坑了弟子一把,说既然下山历练,就干脆走远一点,因为趴地峰周边没啥妖魔作崇嘛。

结果张山峰这一走,不但直接远离了趴地峰,后来干脆就远游到了宝瓶洲,除了太霞元君当时处于闭关之中,桃山、白云和指玄三脉的开峰祖师,其实都有些慌张,生怕小师弟离自家山头太远,会有意外,尤其是指玄峰那个战力完全可以当作仙人境看待的玉璞境道人,都希望师父准许他离开北俱芦洲,去往宝瓶洲,暗中护道,但是火龙真人没有答应,说道士修道,修自己的即可,有人护道不成事。

三脉开峰祖师都觉得还是有些不妥,只是师父历来说话即法旨,他们不敢违逆,不过白云一脉的祖师,与其余两个师弟私底下合计一番,觉得师父对小师弟不上心,他们当师兄的必须肩负起护道责任,然后这个道门老神仙便与两个师弟,一起找了个挑不出毛病的借口,下山去了,下山后改变路线,悄悄护送了张山峰一程。

所以张山峰在山下斩妖除魔的凶险经历,以及坎坷之后的那份心境失落,白云祖师知道,也就意味着其余两脉也清楚。尤其是当指玄祖师得知张山峰黯然登上那艘打醮山渡船时,桃山祖师掐指一算,大惊失色,前者更是再也按捺不住,便打算哪怕师父不准他跟随,也要让指玄峰师弟背剑下山,为小师弟护道一程,不承想火龙真人突然现身,拦下了他们。指玄峰祖师还想要辩解什么,结果被师父一巴掌按住脑袋,一手推回了指玄峰闭关石窟那边,当火龙真人转头笑呵呵望向桃山一脉嫡传弟子时,后者立即说:"无须劳驾师父!"自个儿便返回山峰闭关去了。

再后来,白云一脉祖师得到趴地峰祖师堂的飞剑传信后,立即乖乖赶回了趴地峰,毫无悬念地挨了一顿骂。不过离开趴地峰的时候,白云一脉祖师满脸喜气,桃山、指玄两个师弟那会儿才知道,原来师父骂了师兄一顿,又赏了师兄一颗枣子吃。

好嘛，一切根本都在师父算计当中，就看谁魄力更大，对小师弟更上心，敢冒着被师父问责的风险，毅然决然下山护送。两个都是高人，瞬间便了然了一切，于是指玄峰祖师就追着白云一脉的师兄，说要切磋一场。可惜师兄逃得快，没给师弟撒气的机会。

到了这座江畔青石崖，其实就已经临近颍阴陈氏了，几十里路途，对于修道之人而言，哪怕不御风，至少在心态上，依旧是只剩下几步路了。

张山峰开口提醒道："师父，这次虽然咱们是被邀请而来，可还是得有登门拜访的礼数，就莫要学中土蠡泽那次了，跺跺脚就算和主人打招呼，还要对方露面来见我们。"

火龙真人点头笑道："好的。"

张山峰疑惑道："书肆买来的那几本书，当真不会让那读书人觉得我们无礼？"

火龙真人摇头道："赠书给读书人，就是天底下最大的礼数。"

张山峰略微心安。

其实张山峰直到现在都不知道他们师徒二人所要见的是何人。

张山峰想起一件事："师父，我们修行之人，抱道山中，以山水灵气洗心物外，不谒王侯，不朝天子。可那儒家门生，到底如何修行？真的就只能靠读书吗？可如此读书就能修出境界来，那么岂不是世间所有人都可以修行了？若是有人偷偷将浩然天下的书籍带往其余天下，尤其是那座蛮荒天下，岂不是天大的祸事？妖族白白多出一大拨修士，结果会有更多的妖族能够攻打剑气长城，这可如何是好？"

火龙真人笑道："这些问题，确实问得好，不过不该我一个道门老头儿来回答，不然就真是不合礼数了。对不对？"

张山峰突然感到一阵清风拂面，转头望去，只见不远处走来一位青衫老儒士，点头而笑："回答问题之前，我想知道带了什么书送给我？"

火龙真人一拍张山峰肩膀："山峰，瞧见没，有人向你讨要礼物了。"

张山峰赶紧打了个稽首，称呼一声"陈老先生"，然后摘下包裹，取出三本书。

老人接过去，看了眼，有些无奈，跟张山峰致谢后，依然是收入袖中。

他陈淳安被世人视为亚圣一脉的弟子第一人，结果这位龙虎山外姓大天师，却送了他三本文圣一脉本该禁绝销毁的书。

陈淳安收下书后，说道："儒家门生，其实与道家修行大致路数相差无几，不过是换成了养育心中浩然气。你们抱道山中，远离人间，开辟出物我两无尘的清净境地。我们读书人，无非是'闭门读书即深山'，至于修道之地、修道之法，便分别是书斋与圣贤书籍，以及书上文字当中蕴含的道理了。不过在这其中，门槛还是有的，不是人人翻书就能真的修行，例如入门的吐纳之法，还是得有，需要君子贤人传授给书院儒生。至于修行的先天根骨，又是一道门槛。故而许多文采飞扬的大文豪，许多饱腹诗书的老儒生，依旧无法靠读书来延年益寿。"

张山峰觉得这个说法挺玄乎，不过仍是行礼道："谢过先生解惑。"

陈淳安笑道："无须处处多礼数。读书人读书，修道人修道，本就算是同道中人，礼数在简在醇正，不在繁多不在表。"

其实张山峰最后一个问题，陈淳安不是不知道答案，而是故意没有道破。

和张山峰想的恰恰相反，儒家从来不阻止世间有灵众生读书修行。这是礼圣订立的规矩。

张山峰转头看了眼自己师父。

火龙真人气笑道："干吗，路边随便遇到了一位想象中的世外高人，便要嫌弃自家师父没有神仙风范？"

张山峰眨了眨眼睛。心想，这是师父你自己说的，我可没这么想。

火龙真人指了指不远处那座青色石崖："那个就是梦中练剑的小子？"

陈淳安点头道："可惜以后还要还给宝瓶洲，有些不舍。这些年经常和他在此闲聊，以后估计没有机会了。"

火龙真人对张山峰说道："那人是陈平安最要好的朋友，你不去打声招呼？"

张山峰愣了一下，向师父和那位老先生告辞，飞奔过去。

火龙真人和陈淳安没有去往颍阴陈氏祠堂那边，而是沿着江水缓缓而行，火龙真人说道："南婆娑洲好歹有你在，其余东南桐叶洲、西南扶摇洲，你怎么办？"

陈淳安久久没有说话。

其实这个问题问得有些奇怪了。

若是蛮荒天下的妖族真能攻破剑气长城，大军如潮水，淹没那座天底下最大的山字印——倒悬山，陈淳安能否守住距离倒悬山最近的南婆娑洲都不好说，那么桐叶洲和扶摇洲，与他陈淳安又有什么关系？

陈淳安笑道："老秀才其实曾经劝过我，言下之意，相当于给了我两个选择，要么别死，要么干脆早点死，别早不死不晚不死地死在某个时刻。"

火龙真人感慨道："文圣前辈，看待人心人性，世无二人。"

火龙真人若论岁数，可比那个老秀才年长无数，可是提及老秀才，依然要诚心诚意敬称一声前辈。

陈淳安点点头，没有反驳。

他是亚圣一脉的中流砥柱，他陈淳安的自身学问，与那老秀才提倡的学问宗旨，在根本上就已背道而驰。

浩然天下的儒家圣人之争，争道的方向，归根结底，还是要看谁的大道更加庇护苍生，裨益世道。君子之争，争理的大小对错，要争出一个是非分明。贤人之争，才会争自身学问的一时好与坏，笔下纸上打架而已。

儒家的烦琐规矩，就是这座浩然天下的最大护道人，而一位位儒家圣人的画地为牢，就是天底下最束手束脚的作为。

那个在宝瓶洲南端老龙城，被亚圣亲自出手重重责罚，被百家修士视为失去吃冷猪头肉的七十二陪祀圣人之一，也曾在学问一事上，促使各洲各书院不同学脉道统的儒家门生大受裨益，从而以贤人跻身君子，故而哪怕此人针对文圣老秀才那个不是弟子的弟子，且视如死仇，可老秀才依旧愿意承认此人学问不俗，看得到此人学问对当今世道的潜在功德。

逝者如斯夫，不舍昼夜，自古而然。

两个久别重逢的老人，聊着天底下最大的事情。两个年轻人，在青石崖那边，却一见如故，说着鸡毛蒜皮的小事。

坐在那边假寐的年轻儒士，正是被陈对从宝瓶洲骊珠洞天带来婆娑洲的刘羡阳。

得知名为张山峰的年轻道士是和陈平安一起游历的至交好友后，刘羡阳十分高兴，便向张山峰询问一路的山水见闻。

一些关于宝瓶洲、大骊铁骑和骊珠洞天的内幕，刘羡阳知道，却不多，只能从山水邸报上面一点一滴查找蛛丝马迹。刘羡阳在外求学，无依无靠，必须省吃俭用，虽然在颍阴陈氏，所有藏书无论如何珍稀昂贵，皆可任由求学之人无偿翻阅，但是山水邸报却得花钱，好在刘羡阳在这边认识了几个陈氏子弟和书院儒生，且如今都已是朋友，可以通过他们获知一些别洲天下事。

相较于当年小镇那个阳光开朗的高大少年，如今的刘羡阳，变得越来越沉稳收敛，读书勤勉，治学严谨，悄悄修行一事更是片刻不松懈，与醇儒陈氏的家风、山水越来越契合。

反观当年那个总是在外人那边沉默寡言的泥瓶巷少年，那个刘羡阳最好的朋友，则在追求自己心目中的心境自由，有所求且有所得。

张山峰竹筒倒豆子，说了陈平安的种种好。

对于趴地峰年轻道士张山峰而言，恐怕就算知道自己错过了当龙虎山的外姓大天师，也许会有些遗憾，却也未必有多伤心，更多还是会觉得师父是不是傻了，就他张山峰，还敢染指那天师府外姓大天师？他反正是想也不敢多想的。便是晓得了那场莫名其妙的失之交臂，他都不会太过乱道心。这可能也是张山峰最不自知的可贵之处，甚至比他总觉得自家师父道法平平不算高更不自知。

不过当张山峰聊到了与陈平安的两次分别，却是真的有些伤心。

张山峰摘下了身后背负的一把古剑，递给身边这个刚认识便已是朋友的刘羡阳，笑容灿烂道："这就是陈平安在青蚨坊买下的剑，剑名'真武'。之前那颗可以变出一副甘露甲的兵家甲丸，也是欠着钱的，我欠了陈平安好些了。不过如今师父帮我在蜃泽那边跟老友讨要了两瓶水丹,以后只要有机会,就可以送给陈平安,就当是偿还利息了。"

刘羡阳缓缓拔剑出鞘,剑上有细微裂纹,锈迹斑斑。他屈指一弹剑身,剑轻轻颤鸣,点了点头,说道:"很重。"

张山峰疑惑道:"这把剑不算重吧?"

刘羡阳眯眼凝视着剑身微妙起伏漾起的那份细微涟漪。能够瞧出这其中蕴含的玄机,与刘羡阳境界高低没关系,事实上刘羡阳在一次次梦中,置身于许多荒诞不经的古战场遗址,见识过了无数把好剑,许多已经可以拔出来,还有许多死活都拎不起,哪怕是断剑,刘羡阳至今依旧无法亲手提起,但是刘羡阳习惯了——记住那些剑的古篆剑名、剑鞘样式、剑气流溢出来的纹路,以及仔细感受每一把剑的剑意差异。更玄之又玄的地方,在于他一个在梦中可以无视光阴长河流逝的"外乡今人",很多时候竟然依旧会被"昔年古人"的出剑当场搅烂所有神识念头,不得不退出梦中,大汗淋漓。更惨的是,刘羡阳会当场吐血不已,随后几天之内,都会头晕目眩。

故而对于剑,刘羡阳早已是此道行家。不谈修为境界,只说眼界之高、眼界之广,兴许比起许多北俱芦洲的剑仙犹有过之。

刘羡阳轻轻收剑归鞘。

这把剑,他从没在梦中见过。但是那份感觉,似乎在一座最大的古战场遗址上清晰感受过,置身其中,都会让刘羡阳步履蹒跚,只觉得天地变重了几分。至于此剑到底是不是那把,不好说,兴许是仿造得精妙,便带了那么一点"剑意"。

张山峰重新背好那把真武古剑,再一转头,却发现那个高大年轻人似乎很伤感。

张山峰有些疑惑,为何听闻自己家乡最要好的朋友,明明如此出息了,还是一个不改初心的好人,刘羡阳的伤感会多于高兴?

刘羡阳双手握拳撑在膝盖上,眺望远方,轻声道:"你和陈平安认识得比我晚,所以你可能不会知道,那个家伙,这辈子最大的希望,是平平安安的,就只是这样。他胆子最小了,最怕有病有灾殃。但是最早的时候,他又是最不怕天地间有鬼的一个人,你说怪不怪? 那会儿,好像他觉得自己反正已经很努力地活着了,如果还是要死,也已问心无愧,况且死了,说不定就会与人在别处重逢。"

刘羡阳呢喃道:"所以你认识的陈平安,变得那么小心谨慎,一定是他找到了绝对不可以死的理由。你会觉得,这种改变,有什么不好呢? 我也觉得很好,但是我知道这对他来说,会活得很累。我们认识的时候,除了我,没有人知道他到底为了泥瓶巷有恩于他的娘俩,做了多少事情,付出了多少心思,承受了多少委屈。"

刘羡阳笑了笑:"我这辈子就只见他哭过两次鼻子,最后一次,是我快要死的时候。第一次,很早了,是我跟他一起当龙窑学徒的时候,听到了杏花巷那边传来的一些风言风语,骂那泥瓶巷妇人和他有说不清道不明的关系,我大半夜起床,没见着他,出了门,才看到他端了条板凳坐在门外,满脸泪水。

"我蹲在他身边,知道了事情经过后,一开始还当个乐子看来着,便笑着问他,到底有没有这档子好事。我从小心就大,对于市井坊间那点腌臜事,从来没心没肺的。他当时哭得已经半点心气都没有了,便没有理我。所以我知道,那个时候,他是真的伤透了心。这才没继续开他的玩笑。我不会安慰人,就只好陪着他。最后是他自己想通了。跟我说,顾璨他们家的恩情,是还一辈子都还不完的,以后再为他们娘俩做事情,他一定要更加用心,不能总让人嚼舌头说闲话,不能只顾着自己心里边好受,任何事情都不管不顾就做了,到最后,最不好受的,只会是顾璨和他娘亲。"

刘羡阳后仰倒地,脑袋枕在双手之上,说道:"其实我当时很想告诉他,有没有可能,顾璨他娘亲其实根本就不介意那点闲言碎语,是你陈平安自己一个人躲这儿瞎琢磨,所以想多了? 不过到最后,这种话,我都没说出口,因为不舍得。不舍得当下的那个陈平安,有任何的变化。我害怕说了,陈平安开窍了,对我刘羡阳就再也没那么好了,这些都是我当时的私心,因为我当时就知道,今天对顾璨没那么好了,明天自然会对我刘羡阳也少一些好了。可是从一个洲走到这里,这么多年过去后,我现在很后悔,不该让陈平安一直是那个陈平安,他应该多为自己想一想的,为什么一辈子都要为别人活着? 凭什么? 就凭陈平安是陈平安?"

黄昏之时,江畔石崖,清风拂面,今夜应该还会是那明月在天。

张山峰沉默许久,小声问道:"什么时候回家乡看看?"

刘羡阳躺在那边,闭上眼睛:"争取早一点,最短十年吧。"

张山峰感慨道:"是要早一些回去。书上都说富贵不还乡,如锦衣夜行。我们修道之人,其实很难,山上不知寒暑,好像几个眨眼工夫,再回去家乡,又能剩下什么呢? 又可以和谁炫耀什么呢? 哪怕家族犹在,还有子孙,又能多说些什么呢?"

刘羡阳说道:"我对家乡没什么感情,回去不是为了向谁证明什么,所以返回宝瓶洲,第一个要去的地方,不是那个小镇,第一个想要见到的人,也不是陈平安。"

张山峰转头望去:"有心结?"

刘羡阳依旧闭着眼睛,微笑道:"死结唯有死解。"

刘羡阳睁开眼,猛然坐起身:"到了宝瓶洲,挑一个中秋团圆夜,我刘羡阳要梦中问剑正阳山!"

张山峰轻声问道:"不等陈平安一起?"

刘羡阳双手环胸,大笑道:"别忘了,一直是我刘羡阳照顾陈平安!"

不过刘羡阳也没忘记,其实两人第一天认识,就是陈平安在那条泥瓶巷救了他刘羡阳。

张山峰没觉得刘羡阳在说什么大话,因为陈平安当年多有念叨,有个叫刘羡阳的家伙,照顾他很多,也教会他很多。唯独关于他们少年时的相逢与离别,陈平安一字未提。

刘羡阳突然转头望向东北方向,心有所动。

刘羡阳突然说道:"我得睡会儿。"

张山峰有些无奈,跟自己师父挺像啊。

远处,一袭儒衫和一袭道袍,两个老人同时感叹一声。尤其是火龙真人更是感伤。

因为当初那个远游倒悬山之前拜访趴地峰的老友,是第一个战死在剑气长城南方的北俱芦洲剑仙。如今北俱芦洲得知消息后,才会有此动静。这是北俱芦洲代代传承的古老传统。

举洲祭剑,剑气冲天,天下皆知。

芙蕖国那座小山头之上,陈平安安安静静待了三天,既练拳也修行。

关于修道之人的吐纳一事,陈平安从未如此专心致志,盘腿一坐,便可全然忘我。

时辰一到,刘景龙的那座可以抵御元婴三次攻伐的符阵,便自行消散。这些动静才让陈平安睁开了眼睛。

先前陈平安就已经脱掉了那件黑色法袍,换上了一袭普通青衫,他背起竹箱,又取出了那根普普通通的青竹行山杖,走下山去。再次像那负笈游学的青衫读书人。

下五境修士的清净修行,除了炼化天地灵气收入自身小天地的"洞天福地"之外,亦可坚韧筋骨,异于常人。跻身洞府境,便可筋骨坚重,腴莹如青玉,道力所至,俱见于此。跻身了金丹境后,则会更进一步,筋骨与脉络一起有了"金枝玉叶"的气象,气府内外便有云霞弥漫,经久不散。尤其是跻身元婴境之后,如在关键窍穴开辟出人身小洞天,百尺竿头更进一步,从那些凝练如金丹汁液的天地灵气中孕育出一尊与自身大道相合的元婴小人儿。这便是上五境修士阳神身外身的根本,只不过和那金丹差不多,各有品秩高低。这便是练气士的根骨与资质。

所谓修道之人的根骨,便是人身小天地这一承载灵气的器物到底有多大。至于资质,则是走上修行之路后,可以决定练气士能否跻身地仙,以及金丹、元婴的品秩有多好。练气士修行的快慢,差距会天壤之别。

而性情一事,即是修心,最是虚无缥缈,却往往会在关键时刻掉链子,也会莫名成事。例如当初宫柳岛刘老成,何等心志坚毅,可偏偏那因情爱而生的一点心魔,就差点让这个宝瓶洲唯一的上五境野修早早身死道消。藕花福地的陆舫,更是为情所困,一甲子之内,姜尚真化名的周肥,为他那般护道,他依旧未能彻底打开心结。再看姜尚真,似乎明明沾染更多情爱泥泞,却半点无此心魔作祟。皆是性情各异使然。

至于机缘一事，则苦求不得，看似只能靠命。当初神诰宗的贺小凉，桐叶洲太平山的黄庭，当然还有跟陈平安很熟悉的李槐，就都属于命好到不讲道理的那种人。

如今陈平安炼化成功两件本命物，水府水字印和大骊五色土，已营造出山水相依的大好格局。修行一事，便快了许多。灵气的汲取与炼化，愈加迅速且稳固。所以可以说，只要陈平安愿意寻求一处山清水秀的灵气之地，哪怕留在小山头原地不动，就这么一直枯坐下去，日夜皆修行，其实都在增长修为和境界。

因此不难理解为什么越是修道天才，越不可能常年在山下厮混，除非是遇到了瓶颈，才会静极思动，下山走一遭，才会在研习仙家术法之外修心，梳理心路脉络，以免误入歧途，撞壁而不自知。许多不可逾越的关隘，极其玄妙，兴许挪开一步，就是别有洞天，兴许需要神游天地间，看似绕行千万里，才可以厚积薄发，而灵犀一动，便一举破开瓶颈，关隘不再是关隘。

对于一般修士来说，第三境是一道不大不小的关隘，被山上称为"留人境"。不过这种说法，在传承有序的宗字头仙家，从来都是无稽之谈。这就是为什么山泽野修那么羡慕谱牒仙师的缘故。他们磕碰到头破血流也未必能找出前行道路的三境难关，但对大仙家子弟而言，根本就是举手抬掌观手纹，条条道路，纤毫毕现。

而陈平安的三境，就是山泽野修的三境，因为关于修行一事，好像从来没有人给他任何具体的指点。

早先是长生桥断且碎，聊这个，没意义。后来是背剑练拳，用心专一。

之前在绿莺国龙头渡，在名为翠鸟的仙家客栈那边，刘景龙其实曾经细说过下五境修行的关键，不过毕竟双方不同门不同脉，刘景龙又碍于山上规矩和忌讳，不可能探究陈平安的各大气府状况，给陈平安一一指路，所以说许多刘景龙的传道解惑，对于刚刚步入练气士三境的陈平安来说，还只是粗略的以后事，不是当下的细致事。可即便如此，刘景龙的那些说法，依旧是当之无愧的金玉良言，因为注定无错。

这需要刘景龙站在山上极高处，才能够说得明白透彻。

陈平安当然会牢牢记在心头。

这不他就喝上了刘景龙留下的那壶酒，小口慢饮，打算至少留个半壶。

炼化初一、十五，还是难熬。

如今体魄伤势远未痊愈，所以陈平安走得愈加缓慢和小心。

不过当陈平安临近鹿韭郡边境的时候，他仍有所察觉，只是依旧假装不知道罢了。

处理这类被盯梢的事情，陈平安不敢说自己有多熟稔多高明，但是在同龄人当中，应该不会差太多。

早一些，书简湖元婴修士李芙蕖暗中跟随，就被陈平安早早察觉到异样，后来又和北俱芦洲京观城高承相互算计，再到那第二拨割鹿山刺客。

何况当下这个鬼鬼祟祟的刺客,也确实算不得修为多高,并且自认为隐蔽而已。不过对方耐心极好,好几次看似机会大好的处境,都忍住了没有出手。陈平安便由着那名刺客帮自己"护道"了。

鹿韭郡是在山上偶遇的落魄书生鲁敦的家乡。不过陈平安没打算去他家拜访,因为就算有此心思,也未必找得到人。

防人之心不可无,一个身边书童不姓鲁而姓周的读书人,可能并没有告诉陈平安真正的姓氏。但是陈平安觉得这才是对的。

真正与人坦诚相见,从来不只在言语上袒露心扉。交浅言深,随随便便抛却真心,很容易自误。连自己都不对自己负责,如何对这个世道和他人负责,然后给予真正的善意?可道理是这般道理,世道变得处处真心待人也有错,终究是不太好。

陈平安在途经小镇时却绕行了,不打算与那个刺客再纠缠不休下去。所以在一处僻静道路上,陈平安身形骤然消逝,出现在那个趴在芦苇丛当中的刺客身旁。陈平安站在一株芦苇之巅,身形随风随芦苇一起飘荡,悄无声息,他低头望去,应该还是个少年,身穿黑袍,面覆雪白面具,割鹿山修士无疑。只不过这才是最值得玩味的地方,这个割鹿山少年刺客,一路隐匿潜行跟随他陈平安,亦是十分辛苦。要么刘景龙没找到人,或是道理难讲通,割鹿山其实出动了上五境修士来刺杀自己,要么就是刘景龙与对方彻底讲明白了道理,割鹿山选择遵守另外一个更大的规矩,那就是即便雇主不同,对一个人出手三次,从此之后,哪怕另外有人找到割鹿山,愿意砸下一座金山银山,都不会对那人展开刺杀。

若是如此,刘景龙为何一直没有露面?

陈平安想了想,开口说道:"人都不见了,不着急?"

那名割鹿山刺客动作僵硬,转过头,看着身边那个站在芦苇上的青衫客。

不是他不想逃,而是直觉告诉他,逃就会死,待在原地反而可能还有一线生机。

少年坐起身,摘下面具:"我和那姓刘的,有过约定,只要被你发现了行踪,就算我刺杀失败了,以后就要跟他修行,喊他师父,所以你可别杀我。"

陈平安问道:"那他人呢?"

少年摇头道:"他要我告诉你,他要先走一趟大篆京城,晚点回来找我们。"

少年说到这里,一拳砸在地上,憋屈道:"这是我第一次下山刺杀!"

陈平安飘然落地,率先走出芦苇荡,以行山杖开路。

少年犹豫了一下,最后一咬牙,丢掉面具,跟在陈平安身后一起走在路上。

陈平安放缓脚步,少年瞥了眼,硬着头皮跟上,一起并肩而行。

关于这个刺杀对象,先前割鹿山内部其实是有些传闻的。他作为割鹿山重点栽培的杀手,加上从小跟在割鹿山山主身边长大,才有机会晓得一些内幕。总之,别看这个家伙瞅着脾气好,比读书人还读书人,割鹿山第一次认为稳操胜券的刺杀失败后,很快又有人出钱雇佣山头刺客,那时山主师父就曾经亲口告诉少年,这会儿他身边这个家伙,是一个很会惹麻烦,又很擅长解决麻烦的厉害角色。

陈平安问道:"你是一名剑修?"

少年点头道:"师父说我是一个很值钱的先天剑胚,所以要我必须惜命,不用着急接活儿。不然他在我身上砸下那么多的神仙钱,就要亏本。但是我一直想要早点揽活,早点帮着师父和割鹿山挣钱。哪里想到会遇到姓刘的那种人,他说自己可以站着不动,任由师父随便出手,每一次出手过后,就得听他刘景龙讲一个道理,师父出手两次,然后听了那家伙两个道理。"

说到这里,少年满是失落。印象中,师父出剑从来不会无功而返。不管对方是什么修为,皆是头颅滚落。

少年重重吐出一口憋在心中已久的浊气,仍是郁闷不减,道:"咱们割鹿山从来说话算数,最后师父也没辙,就只好派我来刺杀你。而且以后我就跟割鹿山没半点关系了,还要跟那姓刘的去往什么狗屁太徽剑宗。"

陈平安微笑着伸出手,摊开手掌。

少年皱眉道:"干吗?"

陈平安说道:"你不得好好谢我,让你可以去往太徽剑宗修行?"

"你有毛病吧?!"少年白眼道,"谁愿意当谱牒仙师了?! 我也就是本事不济,那么多次机会都让我觉得不是机会,不然早就出手一剑戳死你了,保管透心凉!"

陈平安收回手,笑道:"这么重的杀气,是该跟在齐景龙身边修行。"

少年转头呸了一声:"他姓刘的,就算比我们山主师父厉害,又如何? 我就一定要改换门庭?! 再说了,那家伙一看就是书呆子,以后跟他修行,每天喊这种磨磨唧唧不爽利的家伙师父,我怕这辈子都修不出半个剑仙来。"

陈平安说道:"那你有没有想过,你师父其实希望你能够跟随齐景龙随行?"

少年沉默片刻:"猜得到。师父对我好,我从来都知道。所以我打算嘴上喊姓刘的师父,但是心里边,这辈子都只认师父一个师父。"

少年转过头,害怕这个家伙会到刘景龙那边乱嚼舌头,那自己以后多半就要吃苦头了。可是不知为何,和陈平安一起走在道路上,他就是想要多说一些心里话。

大概是变故太大,不吐不快,不然少年总觉得要被活活憋死。

陈平安笑道:"你现在能够这么想,是好的,也是对的。以后变了想法,也并不意味着现在就错了。"

少年皱紧眉头:"你算个什么东西,也敢说这种大道理? 咋的,觉得我杀不了你,便了不起了? 就可以对我指手画脚了?!"

这脾气，真不算好。

陈平安不以为意："道理谁不能讲？我比你厉害，还愿意讲道理，难道是坏事？难道你想我一拳打死你，或者打个半死，逼着你跪在地上求我讲道理，更好一些？"

少年有些头疼，举起手："打住打住，别来这套，我山主师父就是被姓刘的这么烦了半天，才让我卷铺盖滚蛋的，话也不许我多说一句。"

陈平安笑了笑，手腕一拧，手中多出两壶糯米酒酿："喝不喝酒？"

少年眼睛一亮，直接拿过其中一只酒壶，打开了就狠狠灌了一口酒，然后嫌弃道："原来酒水就是这么个滋味，没意思。"

陈平安头也不转，只是缓缓前行："既然喝了，就留下喝完，晚一些没关系。如果你有胆子现在就随便丢在路边，我就先替齐景龙教你道理，而且一定是你不太愿意听的道理。"

少年满脸讥讽，啧啧道："瞅瞅，到最后还不是以力压人。真不是我说你，你连那姓刘的都不如！"

陈平安笑道："趁着齐景龙还没回来，好好喝你的酒，如果不出意外，你在未来很长一段时间内，哪怕哪天真想喝酒了，都没办法喝。"

少年皱了皱眉头："你知道不，姓刘的事先跟我说过，不许被你劝酒就喝。"

陈平安摇摇头："我又不是未卜先知的神仙。"

少年抬起手臂，看了看手中酒壶，犹豫一番，依旧没敢随便丢掉。他又抿了一口米酒，其实滋味不错，没那烧刀子烫断肠的半点感觉。看来自己是个天生就可以喝酒的。不愧是先天剑胚！

他突然试探性问道："不如你跟姓刘的说一声，就说你愿意收我当弟子，如何？"

陈平安没有理睬。

少年便开始劝说陈平安，说自己一定念他的好，以后必有报答，等自己回了割鹿山，重新在祠堂那边烧香认祖归宗，以后可以不收钱帮他刺杀仇家……

陈平安问道："对了，你叫什么名字？"

少年倒不是有问便答的性子，而是这名字一事，是比他身为先天剑胚还要更拿得出手的一桩骄傲事情，少年冷笑道："师父帮我取的名字，姓白，名首！你放心，不出百年，北俱芦洲就会有一位名叫白首的剑仙！"

陈平安哦了一声："那你可要小心自己将来的绰号了。白头剑仙什么的，应该不太好听。"

少年一琢磨，这家伙说得有道理啊！他点头道："谢了！"

陈平安抬起酒壶，名叫白首的剑修少年愣了一下，但很快就想明白了，痛痛快快以酒壶磕碰了一下，然后各自饮酒。

白首抹了把嘴，当下感觉不错，自己应该算是有那么点英雄气概和剑仙风采了。

陈平安低声笑道："别的你都听你师父的，喝酒这种事情，剑仙不来做，太可惜。"

白首使劲点头："虽然你这家伙一开始挺惹人厌，但这会儿我看你顺眼多了，你叫什么名字?! 你要知道，我白首这辈子可都不会记住几个人的名字。你看那姓刘的，我喊过他全名吗? 没有吧。"

陈平安说道："我叫陈好人。"

白首怒道："你别不知好歹!"

陈平安转头问道："你打我啊?"

白首转了转眼珠子："你当我傻啊?"

陈平安点头道："对啊。你打我啊?"

白首憋屈得难受，狠狠灌了一口酒。这简直就是他白首下山以来的第二桩奇耻大辱啊。

陈平安转过头，风尘仆仆的刘景龙应该早就到了，跟了他们两人挺久。

刘景龙无奈道："劝人喝酒还上瘾了?"

陈平安笑道："每一名剑客，大概都会记住劝自己喝酒的人。"

刘景龙问道："那是谁劝你来着?"

陈平安说道："最早也是一名剑客，后来是一位老先生。"

别看白首在陈平安这边一口一个姓刘的，这会儿刘景龙真到了身边，他便噤若寒蝉，一言不发，好像这家伙站在自己身边，而自己拿着那壶尚未喝完的酒，哪怕不再喝了，也是错。

北俱芦洲陆地蛟龙刘景龙，当初真是站在原地，任由他白首的山主师父递出了两剑!

一座看似随便画出的符篆阵法，一座不见飞剑的小天地，自己师父在两剑过后，竟是连递出第三剑的心气都没有了!

刘景龙说道："我打算返回宗门闭关了。"

陈平安嗯了一声："早些破境，我好去找你。不然太晚，我可能就已经离开北俱芦洲了。我可不会专程为了你，掉头赶路。"

说到这里，陈平安笑道："如果你愿意喝酒，我可以考虑考虑。"

刘景龙摆手道："少来。"

陈平安问道："你先前去大篆京城?"

刘景龙叹了口气，说道："有点意外，顾祐人尚未赶到大篆京城，就已经先传信到那边，让猿啼山嵇岳不用大费周章了，两人直接在玉玺江那边分生死即可。我对于这种厮杀，不太感兴趣，就没留在那边。不过顾祐和嵇岳应该很快就会交手。"

陈平安也叹了口气，又开始饮酒。

白首说道："一个十境武夫有什么了不起的，嵇岳可是大剑仙，我估摸着就是三两剑的事情。"

陈平安转头笑道："你看我当下惨不惨？"

白首点点头："遍体鳞伤，自然很惨，如何？ 我们割鹿山修士的凌厉手段，是不是让你记忆深刻？"

陈平安和刘景龙相视一笑。

白首皱了皱眉头，难道不是如此？

刘景龙突然说道："陈平安，在我动身之前，我们寻一处僻静山巅，到时候你会看到一幕不常见的风景。你就会对我们北俱芦洲了解更多。"

陈平安点点头，自然没有异议。

这天夜幕中，三人登顶一座高峰。

大篆京城，玉玺江之畔，嵇岳站在江畔一侧，一个青衫老儒站在对岸，微笑道："只管祭剑。"

嵇岳点头道："你顾祐的人品，我还是信的。"

这一夜的北俱芦洲，一位早年赶赴倒悬山的大剑仙山头上，率先有山门剑修齐齐祭出飞剑，直冲天幕，如一条起于大地的剑气白虹。

然后是北方剑仙第一人白裳，那道极为瞩目的绚烂剑光，迅猛升空。

又有刘景龙所在的太徽剑宗，所有剑修在宗主的带领下驾驭飞剑，剑光一起划破夜幕，照耀得整个宗门地界天地璀璨，亮如白昼。

指玄峰亦有一位祖师老道祭出了那把往往只用来斩妖除魔的桃木剑。

大篆王朝玉玺江畔的猿啼山剑仙嵇岳，哪怕与一位止境武夫的生死大战即将拉开序幕，亦先要驾剑升空，以此遥祭某个战死远方的同道中人。

浮萍剑湖以剑仙郦采为首，所有宗门剑修全部出剑。

披麻宗木衣山祖师堂那边，除了几名剑修已经出手祭剑外，宗主竺泉手按刀柄，让一旁的庞兰溪驾驭长剑，升空祭礼。

骸骨滩英灵蒲禳，亦是拔剑出鞘，高承主动一拳打散天地禁忌，只为蒲禳那一剑升空更高！

哪怕是与那个战死剑仙敌对的所有剑仙、宗门山头和各路剑修，无一例外，皆是出手祭剑。

就这样，一条条光亮不一的剑气光柱，从北俱芦洲版图之上先后亮起。

浩然天下的夜幕中，人间自然多有灯火。可是从来不会像北俱芦洲这般，会有这么多剑仙和剑修整齐出剑，如灯火同时点亮一洲大地。

芙蕖国境内,一座无名高峰的山巅,刘景龙也开始祭剑。这一次是倾力而为,名为规矩的本命飞剑,拔地而起,剑气如虹,蔚为壮观。

刘景龙双手负后,眺望起于人间大地之上的一条条纤细长线,皆是一洲剑修在遥祭那位同道中人,同时以此礼敬我辈剑修的那条共同大道。

刘景龙突然转过头,望向一旁的陈平安,笑道:"真想好了?被有心人看去,泄露了压箱底的手段,可能会给你以后的游历惹来大麻烦的。"

不过刘景龙知道答案。

陈平安不知何时,已经手持长剑,剑名剑仙。

陈平安仰起头,轻声道:"想了那么多别人不愿多想的事情,难道不就是为了有些事情可以想也不用多想?"

一袭青衫,在山巅飘摇不定,两袖猎猎作响。

本就已经被刘景龙那道剑光刺得眯起眼的少年白首,下意识竭力睁开眼睛,这才没有错过那一幕画面。

当陈平安轻轻喊了一声"走",天地间多出了一道金色剑光,恢弘剑气直冲天幕。不但如此,更有一雪白一幽绿两抹剑光,先后掠出那人窍穴,冲天而去。

刘景龙收回本命飞剑后,陈平安竖起剑鞘,剑仙从天而降,铿锵归鞘,然后被他这个远游北俱芦洲的青衫剑客轻轻背在身后。

这一刻,名为白首的少年剑修,觉得陈平安送了一壶酒给自己喝,也挺值得骄傲的。

双方分别,刘景龙御风北归,白首也是可以御风远游的。

白首转过头去,看到陈平安站在原地,朝他做了个仰头喝酒的动作,白首使劲点头,双方谁都没说话。

不承想刘景龙开口说道:"喝酒一事,想也别想。"

白首气呼呼道:"姓刘的,你再这样我可就要溜走了,去找你朋友当师父了啊!"

刘景龙笑道:"你大可以去试试看,他肯定会赶你走。"

白首疑惑道:"为何?"

刘景龙微笑道:"心疼酒水钱。"

白首嗤笑道:"你骗鬼呢,他能这么抠门?"

刘景龙点头道:"比你想象中还要抠门。"

白首哀叹一声:"算我瞎了眼,还打算拜他为师来着。"

白首突然问道:"那你不许我喝酒,是担心我耽误练剑,还是心疼钱?"

刘景龙说道:"都有。"

白首怒道:"姓刘的,那你比他还不如!"

刘景龙转过头,笑问道:"我什么时候说过自己比他好了?"

白首又憋屈得厉害,忍了半天还是没能忍住,怒道:"你和你的朋友,都是这副德行! 他娘的我岂不是掉贼窝里了。"

刘景龙笑道:"这倒不至于。"

白首哀叹一声,日子真是难熬。

山峰那边,终于重新背剑的陈平安缓缓下山,想着刘景龙和他新收的那个弟子,应该是在说着自己的好话,比如出手阔绰、为人大方之类的。

走下山巅的时候,陈平安犹豫了一下,还穿上了那件从大源王朝崇玄署杨凝性身上"捡来"的名为百睛饕餮的黑色法袍。

法袍金醴还是太扎眼了,之前将饕餮袍换成寻常青衫是小心使然,担心沿着这条两头皆入海的奇怪大渎一路远游,会惹来不必要的关注,只是跟随刘景龙在山顶祭剑之后,陈平安思量过后,又改变了主意,毕竟如今自己已跻身最是留人的柳筋境,穿上一件品相不俗的法袍,可以帮助自己更快汲取天地灵气,更利于修行。

鹿韭郡是芙蕖国首屈一指的地方大郡,文风浓郁,陈平安在郡城书坊那边买了不少杂书,其中有一本在书铺吃灰多年的集子,是芙蕖国历年初春颁发的劝农诏,有些文采斐然,有些文字朴实。一路上陈平安仔细翻阅了集子,才发现每年春季在三洲之地看到的那些相似画面,籍田祈谷、官员巡游、劝民农耕,原来都是规矩。

读书和远游的好,便是可能偶然翻到了一本书,就会像先贤们帮助后世翻书人拎起一条线,将世事人情穿成一串珠子,琳琅满目。

陈平安将鹿韭郡城内的风景名胜大略逛了一遍,当天住在一家郡城老字号客栈内。

进入鹿韭郡后,陈平安就刻意压制了身上法袍对灵气的汲取,不然就会招惹来城隍阁、文武庙的某些视线。

事实上,每一个练气士尤其是跻身中五境的修士,游历人间山河和世俗王朝,其实都像是蛟龙走江,动静并不算小,只是一般而言,下了山继续修行,汲取各地山水灵气,这是合乎规矩的,只要不太过分,流露出涸泽而渔的迹象,各地山水神祇都会睁一只眼闭一只眼。

夜幕中,陈平安在客栈房屋内点燃桌上灯火,再次随手翻阅那本记载历年劝农诏的集子,合上书后,开始心神沉浸。

陈平安没有凭借饕餮法袍汲取郡城那点稀薄灵气,并不意味着就不修行,况且汲取灵气从来不是修行的全部。一路行来,人身小天地之内,水府和山岳祠这两处关键窍穴灵气积淀、淬炼一事才是修行根本。两件本命物山水相依格局,需要修炼出类似山根水运的气象。简而言之，就是需要陈平安提炼灵气，稳固水府和山祠的根基，只是陈平安如今灵气积蓄还远远没有到达饱满外溢的境界，所以当务之急，还是需要找一处无主的风水宝地，只不过这并不容易，所以可以退而求其次，在类似绿莺国龙头渡这样的仙家客栈闭关几天。

其实也可以将本身就灵气蕴藉的神仙钱直接炼化为灵气收入气府。只不过当下陈平安连既有灵气都未淬炼完毕，所以利用神仙钱得不偿失。境界越低，灵气汲取越慢，而神仙钱的灵气极为纯粹，流散太快，这就跟许多珍贵符箓"开山"之后，一旦无法封山，那就只能眼睁睁看着一张价值连城的宝贵符箓变成一张一文不值的废纸。哪怕神仙钱被捏碎炼化后，可以被身上法袍汲取暂留，但这无形中会与施加于法袍之上的障眼法相冲，愈加招摇。

每一个修道之人，其实就是每一座自身小天地的老天爷，凭自家功夫，做自家圣人。关键要看一方天地的疆域大小，以及每一位老天爷的掌控程度，修行之路，其实无异于一支沙场铁骑的开疆拓土。到最后，境界高低、道法大小，就要看开辟出来的府邸到底有几座。世间屋舍千百种，又有高下之分，洞府亦是如此，最好的品相，自然是那洞天福地。

陈平安屏气凝神后，率先来到那座水府门外，心念一动，自然而然便可以穿墙而过，如同天地规矩无拘束，因为我即规矩，规矩即我。不过陈平安仍是驻足门外，两个绿衣小童很快打开大门，向这位老爷作揖行礼，小家伙们满脸喜气。

陈平安如今这座水府，以一枚悬停水字印和一幅水运壁画作为一大一小两根本，那些终于有活儿可以做的绿衣小童们，如今显然心情不错，十分忙碌，总算不再如以往那般每天无所事事。以往每次见着了陈平安巡游小天地、自家小洞府的心神芥子，他们就喜欢整齐地排成一排蹲在地上，一个个抬头看着陈平安，眼神幽怨，也不说话。他们是很勤勉的小人儿，从不偷懒，只是摊上陈平安这么个对修行极不上心的主儿，真是巧妇难为无米之炊，如何能不伤心？

如今则完全换了一幅场景，水府之内处处热火朝天，一个个小家伙奔跑不停，欢天喜地，任劳任怨，乐在其中。

自打苍筤湖之后，陈平安收获颇丰，除了那几股相当精粹浓郁的水运之外，还从那个苍筤湖湖君手中得了一瓶水丹，所以此时绿衣童子虽不断伸手从一座宛如狭小水井口的小池塘当中掬水，但小池塘中的水仍很丰盈。水府内的绿衣童子，其实分作两拨：一拨施展本命神通，将一缕缕幽绿颜色的水运，不断送入那枚缓缓旋转的水字印当中；另外一拨童子，则手持不知从哪儿变幻而出的纤小毛笔，在水池中"蘸墨"，然后飞奔向壁画，仔细描绘那幅仿佛工笔白描的墙壁水运图，为其增添颜色光彩。巨大壁画之上，已经画出了一个个米粒大小的水神、一座座稍大的祠庙。陈平安认得出来，都是那些自己亲身游历过的大小水神庙，其中就有桐叶洲埋河水神娘娘的那座碧游府，不过如今应该需要尊称为碧游宫了。只不过那一尊尊水神都未点睛，水神祠庙更无香火袅袅的活泼景象，暂时犹然死物，不如壁画之上那条滔滔江河活灵活现。

陈平安站在小池塘旁边，低头凝神望去，里边果然有那条被绿衣小童们扛着搬入的苍筼湖水运蛟龙。蛟龙缓缓游曳，并未直接被绿衣小人儿"打杀"并炼化为水运。除此之外，还有异象，湖君殷侯赠送的那瓶丹丸，不知绿衣小童们如何做到的，好像被炼化成了一颗类似碧绿"骊珠"模样的奇妙小珠子，不管池塘中那条小蛟龙如何游走，始终悬在它嘴边，如龙衔珠，悠游江湖，行云布雨。

陈平安打算再去山祠那边看看，一些个绿衣童子朝他面露笑容，扬起小拳头，应该是要他陈平安再接再厉？

陈平安有些无奈，水运一物，越是凝练如青玉莹然，越是世间水神的大道根本，更是神仙钱难买的物件。哪有那么简单寻觅的？试想一下，有人愿意出价一百枚谷雨钱，向陈平安购买一座山祠的山根基石，陈平安哪怕知道算是赚钱的买卖，但岂会真的愿意卖？纸上买卖罢了，大道修行，从来不该如此算账。

陈平安出了水府，开始远游"访山"，站在一座恍若福地的山脚，仰头望向那座有五色云彩萦绕流转的山头，山体如浓雾，呈现出灰黑色，依旧给人一种飘渺不定的感觉，山岳气象远远逊色水府。所幸山脚处已有了一些白石莹莹的景象，只不过相较于整座巍峨山头，这点莹莹雪白的地盘，还是少得可怜，可这已经是陈平安离开绿鸯国渡口后，一路辛苦修行的成果了。

剑气长城的老大剑仙陈清都慧眼如炬，曾断言他若是本命瓷不碎，便是地仙资质。

世俗意义上的陆地神仙，金丹修士是，元婴也是。不过可能在那位老大剑仙眼中，两者没什么区别。所以陈平安既不会妄自尊大，也无须妄自菲薄。

陈平安心知肚明，同样是水府山祠，换成了刘景龙这样身负一洲气运的真正天才，气象只会更大。但是世间修士终究是天才稀少寻常多。陈平安若是连这点定力都没有，那么武道一途，在剑气长城那边时就已经坠了心气；至于修行，心境更是要被一次次打击得支离破碎，比断了的长生桥好不到哪里去。练气士的根骨，例如陈平安的地仙资质，是一只天生的"铁饭碗"，可是还是要讲一讲资质，而资质又分千万种，能够找到一种最适合自己的修行之法，本身就是最好的。

与人争，无论是力还是理，总有不足处输人处，一生一世都难圆满。与己较劲，却裨益长远，积攒下来的一点一滴，也是自己的家底。

每一次犯错，只要能够知错能改，回头再看，那些曾经的错误道路，就像那溪水潺潺、江河滔滔的河床，哪怕心路依旧难抹去，但河床长久在，就不用再害怕泛滥成灾。这便是修心，力保修行之人遇到再大的坎坷劫难，只要人不死，道心便不崩溃。以心境观己,哪怕镜面裂缝一丝丝,难道持镜看镜之人,就要当真认为自己面目全非? 不至于。

陈平安曾经害怕自己成为山上人,就像害怕自己和顾璨会变成当年最厌恶的人。例如当年在泥瓶巷差点打死刘羡阳的人,更早一些那个一脚踹在顾璨肚子上的醉汉,以及后来的符南华、搬山猿,再后来的刘志茂、姜尚真。陈平安甚至会害怕观道观老观主的脉络学说,被自己一次次用来权衡世事人心之后,最终会在某一天,悄然覆盖住文圣老先生的顺序学说而不自知。

可事实上,当脚踏实地,一步步走来,世间道理,三教百家,其实从来不可怕,可怕的是,自己拎不清却自认已经"知道"。

真正睁眼,便见光明。陈平安在山巅闭眼酣睡之后再睁眼,不但想到了这句话,而且还被他认认真真刻在了竹简上。

陈平安在竹简上记录了繁多的诗词语句,可是自己所悟的言语,并且会被自己郑重其事地刻在竹简上的,屈指可数。

陈平安离开了那座五色"山祠",去了一座关隘。

剑气如虹,如铁骑叩关,潮水一般,气势汹汹,却始终无法攻破那座坚不可摧的城池。这就是剑气十八停的最后一道关隘。

陈平安站在铁骑与关隘对峙的一侧山巅,盘腿而坐,托着腮帮子,沉默许久。

起身后又去了两座"剑冢",分别是初一和十五的炼化之地。

两把现世后在人眼中袖珍小巧的飞剑,在陈平安两座气府当中,大如山峰,倒悬停在两座巨大且平整的山坪之上,剑尖则抵在斩龙台显化而成的石坪之上,火星四溅,整座气府都是火光四溅如雨的壮阔景象。哪怕陈平安早已领略过这幅画面,可每看一次,依旧还会心神摇曳。可以想象一下,两把飞剑离开气府小天地之后,重归浩然大天下,若亦是这般气象,与自己对敌之人,将是何感受?

陈平安心神离开磨剑处,收起念头,退出小天地。

其实还有一处仿佛心湖之畔结茅的修道之地没有去,只不过见与不见,没有区别。因为都是自己,哪怕不用神念内照,陈平安都一清二楚。

睁开眼后,陈平安轻轻吐出一口浊气,然后继续闭眼,以吐纳之法缓缓炼化水府山祠中的灵气。

很快就已是拂晓时分,陈平安停下灵气炼化,走桩一个时辰后,结账离开了客栈。

鹿韭郡无仙家客栈,芙蕖国也无大的仙家门派,虽非大源王朝的藩属国,但是芙蕖国历代皇帝将相,朝野上下,皆仰慕大源王朝的文脉道统,近乎痴迷崇拜。不谈国力,只说这一点,其实有点类似早年的大骊文坛,几乎所有读书人,都瞪大眼睛死死盯着卢氏王朝和大隋的道德文章、文豪诗篇,身边自家人学问做得再好,若无这两座士林的评价认可,依旧是文章粗鄙、治学低劣。卢氏有一个年纪轻轻的狂士曾言,他就算用脚丫子夹笔写出来的诗文,也比大骊蛮子用心做出的文章要好。后来听说那个在卢氏王朝京城年年买醉不得志的狂士,遇上了大骊宋长镜麾下铁骑的马蹄和刀子,具体经历,无人知晓,反正最后此人摇身一变,成了大骊官身的驻守文官之一,后来去了大骊京城翰林院,负责编修卢氏前朝史书,亲笔撰写了忠臣传和佞臣传,并将自己放在了佞臣传的压轴篇,然后人们都说他悬梁自尽了。

有人说是国师崔瀺厌恶此人,在此人写完两传后,便偷偷鸩杀了他,然后伪装成悬梁。也有人说这个一辈子都没能在卢氏王朝当官的狂士,成了大骊蛮子的史官后,每写一篇忠臣传都要在桌上摆上一壶好酒,且只会在夜间提笔,边写边饮酒,经常三更半夜高呼壮哉,佞臣传则皆在白天撰写,说是要让这些乱臣贼子曝晒在青天白日之下,然后每写一篇佞臣传,此人就会呕血一次,他会将血吐在空杯中,最后聚拢成了一坛悔恨酒,所以既不是悬梁,也不是鸩杀,是郁郁而终。

芙蕖国的邻国有一个仙家渡口,专门有一条航线直达龙宫洞天,渡船会经过大渎沿途绝大多数山水形胜,且多有停留,以便乘客游山玩水,探幽访胜。这条航线其实本身就是一条游览路线,仙家财物的来往买卖,反而其次。如果没有崇玄署云霄宫和杨凝性的那层关系,龙宫洞天是必须要去的,陈平安还会走一趟这座生财有道的著名洞天。

龙宫洞天是三家持有,除了大源王朝崇玄署杨家之外,女子剑仙郦采的浮萍剑湖,也是其一。照理说,浮萍剑湖就是他陈平安游历龙宫洞天的一张重要护身符,肯定可以免去许多意外。但是交情一事香火一物,能省则省,按照家乡小镇风俗,像那年夜饭与正月初一的酒菜,余着更好。

许多一般朋友的人情往来,必须得有,前提是你随时随地就还得上。陈平安不觉得自己如今可以还给披麻宗竺泉或是浮萍剑湖郦采帮忙后的人情。

至于刘景龙,是例外。跟他客气什么?这不是瞧不起这位陆地蛟龙交朋友的眼光嘛。

陈平安无风无浪地离开了鹿韭郡城,背负剑仙,手持青竹杖,跋山涉水,缓缓而行,去往邻国。最终仍是没有机会再次碰到那个自称鲁敦的本郡读书人。

人生往往如此,碰到了,分别了,再也不见了。

虽没有那些让人觉得的物是人非,但也有故事留心头。

陈平安走在修行路上。

谁都是。

第九章
隔在远远乡

水霄国是一个久负盛名的湖泽水国，包括京城在内，绝大多数州郡城池，都建造在大小不一的岛屿之上，故而水运繁忙，舟船众多。有一条入湖大溪名为桃花水，水性极柔，两岸遍植桃树。路上游客络绎不绝，多是慕名而来的邻国雅士名流。

陈平安沿着这条溪水，没有径直去往一个临湖县城，而是岔出小路，来到一处仙家胜地——桃花渡，修道之人，只需要破开一道粗浅障眼法的山水迷障，便能够走入渡口，进入秘境之后，视野豁然开朗。桃花渡有一座青山，青山四周是一个静谧小湖，湖水幽绿，渡口上方常年有白云悬空，如一个青衣仙人头顶雪白冠冕，渡船往来，都要经过那座云海，凡夫俗子往往不得见渡船真容。

桃花渡隶属于水霄国第一大仙家府邸彩雀府。彩雀府内皆女修，常年淬炼桃溪之水与诸多仙家草木花卉，加上一桩上古遗传的独门秘术，编织一种山门制式法袍。彩雀府穷其人力物力，一年编织法袍不过六件，据说宝瓶洲中部各大山头的谱牒仙师，已经预约到了百年之后，多是为下五境瓶颈附近的祖师堂嫡传弟子准备，作为庆贺将来跻身中五境的贺礼之一。

对于乘坐渡船一事，陈平安早已熟稔，在渡口悬挂"春在溪头"匾额的锦绣高楼内询问了渡船事宜后，付钱领取了一块绘有精美压胜图案的桃木牌。渡船今夜子时起程，去往龙宫洞天，会在沿途许多仙家景点稍作停留，以便客人下船游历山河。这种生财路数，其实宝瓶洲那条地下走龙道，以及老龙城范家的桂花岛，都有使用。乘客喜欢，不仅以美景养眼，还可顺便购买一些各方仙家特产，地方仙家府邸更欢迎，人来人往，都是长脚的神仙钱,渡船挣些沿路仙家的香火情,说不定还可以分红,一举三得。

彩雀府在渡口这边专门开辟出一座天衣坊,游客都可以去坊内欣赏十数道法袍编织的工序,而无须缴纳神仙钱。

陈平安当然不会错过此事,去了之后,与众人一起穿廊过道缓缓而行,每一间屋子都有妙龄女修在低头忙碌,越到后面的屋舍,趋于完工的法袍宝光越是绚烂光彩。

陈平安其实有买一件的念头,只是初来乍到,对于法袍一事又是门外汉,担心砍价无果,还会当冤大头,不少的山上买卖,谱牒仙师的的确确要比山泽野修更加省钱,之所以如此,就在于不是那一锤子买卖,卖家出价,会多想几分谱牒仙师的山头背景,至于朝不保夕的山泽野修,拴在裤腰带上的脑袋说不定哪天就掉地上了,仙家山头谁乐意少挣钱换人情。

陈平安相信彩雀府手上会留有一两件品秩最好的法袍,以及一批以备不时之需的宝库珍藏法袍,但是寻常修士开口,彩雀府当然不会理睬。

陈平安便有些遗憾刘景龙没在身边,不然让这家伙帮着开口,与彩雀府女修要个公道一些的价格,并不过分。若是彩雀府有那辈分不低的仙子,刚好仰慕这个北俱芦洲的陆地蛟龙,一定要原价售卖法袍,他陈平安也拦不住不是?

离开天衣坊的时候,陈平安满是惆怅,法袍一物,品秩再低,任你是宗字头的仙家,哪怕宝库中早已堆积成山,都不嫌多。兵家甲丸的有价无市,便源于此。

修道为长生,光阴悠悠,寒暑无忌,唯独怕那万一,仙家法袍与那兵家的神人承露、金乌经纬、香火三甲一样,都是为了抵御那个万一。修士下山历练,有无法袍和兵甲傍身,云泥之别。

陈平安刚离开天衣坊,就有一个气象不俗的女子修士缓缓走向他。

既然是找上门的彩雀府"地头蛇",陈平安便驻足停步,主动行礼。

女子修士还礼之后,笑道:"我是彩雀府祖师堂掌律修士,武崐,止戈武,山君崐。"

陈平安心中疑惑,不知这位明明先前不在坊内的彩雀府大修士,为何要来见自己,仍是跟着自报名号:"我姓陈,名好人。"半点不脸红。

不过这个女修的名字,寓意真好。不比陈好人差。

那女修见多了过境修士的藏头藏尾,对此不以为意,稍作犹豫,便开门见山问道:"冒昧问一句,陈仙师可认识太徽剑宗刘景龙,刘先生?"

陈平安笑道:"北俱芦洲谁不认识刘景龙?"

在北俱芦洲,还是习惯称呼太徽剑宗祖师堂所载名字的刘景龙,而不是上山之前的齐景龙。此间秘事,陈平安没有询问,刘景龙也未细说。

武崐哑然失笑。这个回答没什么诚意,但是好像还真挑不出毛病。

武崐微笑道:"我们府主如今闭关,但是府主当年有幸与刘先生一起游历过一段岁月，裨益修行极多，对刘先生的品行一直极为钦佩，只是这些年刘先生始终不曾路过山头，我们府主引以为憾。"

事实上武崐也说得真真假假，彩雀府当代年轻府主，按辈分算是她武崐的师侄，只不过天资要好过她这个师伯太多，修行路上，达者为先，北俱芦洲修士很认拳头。自家府主对那个刘景龙不但钦佩，还爱慕，所以此次府主不是闭关，而是循着先前祭剑时出自芙蕖国的那点蛛丝马迹，火急火燎追人去了，打算来一场无意间的邂逅。只不过这种事情，为尊者讳，武崐当然不好直言。

陈平安瞬间了然。府主闭关，是山上仙府的头等大事。但是就当前彩雀府和桃花渡的祥和气象看不像，再者一个祖师堂掌律祖师，未必是一座仙家门派修为最高的，但往往是一座山头最有修行经验的，若真是府主闭关，武崐绝不会随随便便对一个外乡人坦言。加上那些彩雀府府主和刘景龙的客气话，陈平安就明白了，肯定是偷偷拦截刘景龙的北归去路了。陈平安便不再刻意藏掖全部，对方尽可能以诚相待，他陈平安自然应投桃报李，遂说道："我和齐景龙确实相熟。"

换回了两人相处时对刘景龙的称呼。

武崐心神微微震动，只不过脸色如常。

先前她虽有几分猜测，可当对方承认与刘景龙认识后，武崐这个金丹地仙还是瞬间感受到了一股无形的压力。

道理很简单，先前邻居那边山不高水不深的芙蕖国境内，刘景龙祭剑，那股谁都伪装不出来的"规矩"气象，被自家府主一眼看穿，便断定了身份。当时在刘景龙本命飞剑旁边，分明又有一个剑仙和刘景龙一起出剑遥祭战死于剑气长城的大剑仙，而且还是一佩剑两飞剑！

武崐又不是傻子。若是眼前这位看不出深浅的黑袍剑客，到了桃花渡，哪怕展露出地仙剑修的修为，然后当面嚷着自己与那陆地蛟龙是至交好友，她都不会相信半分。可一个能够和刘景龙共同祭剑于山巅的陌生剑修，哪怕在彩雀府辖境，哭着喊着说老子不认识刘景龙，武崐打死都不相信。

北俱芦洲的山上，无论是谱牒仙师和山泽野修，都不怕这条陆地蛟龙，因为没人相信刘景龙会滥杀无辜、仗势凌人、以力压人。但是同时，任你是上五境修士，且不说最后的胜负结果，或多或少都会害怕刘景龙出剑。

最喜欢百转千回想事情、婆婆妈妈讲道理的剑修刘景龙，都选择当面出剑了，谁不会犯嘀咕，是不是自己不占理，真失了道义？会不会从此沦为过街老鼠，失去诸多本是天经地义的种种庇护？山上修行，名声极其重要，哪怕是魔道邪修也不例外。随心所欲的嗜好滥杀，与情有可原的狠辣出手，一个天一个地。这就是刘景龙的强大之处。

所以北俱芦洲这一代的年轻十人当中的第一人和第二人徐铉，性情迥异的两个天之骄子,唯独都会对刘景龙刮目相看,至于刘景龙之后的七人,就都印象一般了。尤其如今北方第一大剑仙白裳的唯一弟子徐铉,就曾公然宣称,刘景龙之后七人皆废物。这在当年还曾引起一场轩然大波,相传排在第四的野修黄希还袭杀过徐铉,只是过程和结果都是不宣之秘,徐铉依然从不勤勉修行,喜好假扮文弱书生,携带两个捧剑婢女,继续悠游山水间,黄希却沉寂了数年之久。

陈平安问道:"武前辈,彩雀府可有多余的法袍售卖?"

武崐笑道:"自然是有的,就是价格不便宜,这座天衣坊对外公开半数工序流程的法袍,只是最适宜洞府境修士穿戴在身的彩雀府末等法袍。在这之上,我们彩雀府手头还珍藏有两种法袍,分别提供给观海、龙门两境修士,以及金丹、元婴两境大修士。"

武崐之所以主动现身,就是想要见识一下刘景龙的朋友,到底是何方神圣,若是能够拉拢一二,锦上添花,更是为彩雀府立下一桩不小的功劳。

山上修行,人人长寿,所以格外讲究恩怨的细水长流。今日水到渠成的一炷香火,说不定就是来年的一桩大福缘。当然有些一开始不经意的言行举止,也可能会是将来的灭门惨祸。北俱芦洲历来如此。所以对陈平安愿意主动开口询问法袍一事,武崐感到轻松了几分。

彩雀府和修士打交道,最擅长的自然是生意往来。假设自家府主与刘景龙早年并无交集,刘景龙便是到了桃花渡,又能聊什么?难不成聊道理,切磋剑术?此次是因为有刘景龙作为一座桥梁,武崐才愿意下山,不然这个外乡修士进入渡口,即便他身穿一件被彩雀府女修看出大致品秩的珍稀法袍,她一样会选择多一事不如少一事,只会视而不见。

陈平安问道:"敢问武前辈,两者价格是多少?"

武崐没有直接给出答案,笑着邀请道:"陈仙师介不介意边走边聊?我们桃花渡有座茶肆,以桃花水煮茶,茶叶亦是彩雀府后山独有,老茶树总计不过十二株,在明前雨前时分,交由山门饲养的一种珍禽彩雀采摘下来,再令修士以秘法炒制成团,曾经在传世诗集当中被一位大文豪亲笔誉为'小玄璧',沸水茶汤有那潮起潮落、斗转星移之妙。这座茶肆不对外开放,我们可以去那边详聊。"

陈平安当然是入乡随俗,客随主便。

若是茶饼小玄璧可以与那法袍一起售卖,就更好了。毕竟陈平安如今还是个游走四方、开门买卖的包袱斋,物以稀为贵,只要世间无我独有,自然价格随便开。

这种有希望把买卖做得很硬气的稳赚生意,陈平安向来来者不拒,就像当年在壁画城买下那些成套的廊填本神女图,就与少年庞兰溪计较了半天,为了成功砍价,陈平安差点没在铺子里边当伙计帮忙打杂。

到了那个客人寥寥的僻静茶肆,武崐与陈平安径直来到一座临湖水榭,有女修露面负责煮茶，武崑介绍过后，陈平安才知道女修竟是茶肆的掌柜。

武崑说彩雀府库藏头等法袍两件，中等法袍十六件，价格悬殊，前者十五枚谷雨钱，后者不过五枚。

陈平安思量一番，觉得法袍要买，但不是当下。当然不是他已经捉襟见肘到了买不起一件彩雀府上等法袍的地步。陈平安这趟游历，还是一直在挣钱的，别的不说，春露圃寸土寸金的老槐街蚍蜉斋，还有那座从柳质清那边半买半拐骗而来的玉莹崖，就都是可以换取大把神仙钱的家当，再者陈平安身上的值钱物件还是有一些的。只是此后走渎游历，山水迢迢，况且从一开始法袍对于陈平安来说就不是什么必需之物，所以不用着急。

陈平安也没有太过矜持，直接询问武崑彩雀府这边能否帮忙预留两件法袍，他在近几年之内无论买或是不买，都会给彩雀府一个明确答复。

武崑其实还真怕遇到一个大财主，一口气就要下彩雀府的全部法袍库藏，到时候每卖一件，就等于亏一笔钱。毕竟彩雀府的法袍从来不愁销路。哪怕和对方这个姓陈的年轻贵客攒下了一份香火情，彩雀府到底还是要肉疼。

可对方如此说了，就让武崑的心情愈加轻松，帮他预留两件而已，不管买卖成不成，对方都欠下彩雀府一份人情。于是平时不太喜欢多聊的武崑，便多说了一些。

这让那个煮茶的茶肆掌柜女修十分惊奇，对于陈平安这个和颜悦色的背剑年轻人，便又高看了一眼。武崑毕竟是一个山头掌律老祖，一般来说是从不亲自插手彩雀府生意事的。

陈平安是个耐心极好的，只要武崑开口说话，便不会低头饮茶，唯有武崑言语告一段落，才举杯慢饮，掌柜女修递茶之时，他都会道一声谢。

言语脸色可以作伪，眼神气象却难假装。那个掌柜女修便愈加笃定陈平安是一个出身山巅仙家豪阀的谱牒仙师，例如那个风评极好的云霄宫杨凝性。

在此期间，武崑当然少不了宣扬一番自家彩雀府法袍打造之精妙绝伦。

北俱芦洲的山上重器打造，当之无愧属于第一流的，是三郎庙铸造的灵宝护甲，恨剑山仿造各大剑仙本命物的飞剑，佛光寺的被赤衣、紫绯衣和青绿玉色总计三色袈裟，以及大源王朝崇玄署云霄宫炼制的鹤氅羽衣。此外还有四座山头，各有奇物，其中老君巷打造的法袍，销量之大之好，冠绝一洲，只不过老君巷法袍几乎全部被琼林宗垄断，价格一直居高不下，溢价极多，不过老君巷每甲子出一件的莹然袍，依旧是北俱芦洲剑仙之外所有上五境修士的首选。除此之外，老君巷还专门提供世俗王朝皇帝君主披挂在身的"大阅甲"，可谓富贵至极，华美异常。虽被山上修士讥讽为中看不中用的"绣花衣裳"，但依旧被人间君主无比推崇。接下来就是武崑所在的彩雀府法袍。

这些陈平安心里有数。

彩雀府输给那老君巷的，是打造类似上五境莹然袍的一门上乘秘法，这是求不来的机缘，再就是彩雀府修士的数量，以及众多天材地宝的来源。其实后两者，可以争取，例如与北俱芦洲生意做到最大的琼林宗合作，彩雀府只需要保留关键秘术，琼林宗帮助提供材宝，不过如此一来，彩雀府很容易被琼林宗拿捏，一个不小心，数百年之后，就会沦为藩属门派。况且琼林宗在北俱芦洲的口碑，实在不算好。

关于这座财源滚滚的琼林宗，各路山上修士曾经编撰出无数"楹联"，赠予琼林宗和那个靠着神仙钱硬生生堆出玉璞境的老祖师。

除了那个流传最广的"两袖清风琼林宗；绣花枕头上五境"，其实还有许多更损人的：

　　　价廉物美琼林宗；天下无敌玉璞境。

　　　童叟无欺琼林宗；碾压剑仙玉璞境。

　　　从不坑人琼林宗；真才实学上五境。

水榭饮茶，凉风习习，双方相谈尽欢。

陈平安打算在此休憩，等待那艘子时起程去往龙宫洞天的渡船，便和武垠知会了一声。武垠笑言无妨，还吩咐那个掌柜女修好好待客。

武垠离去之后，陈平安又告罪一声，说是多有叨扰，茶肆女修有些受宠若惊，说了一句"剑仙饮茶，蓬荜生辉"的客气话。

入夜后，陈平安独自坐在水榭当中，闭目养神。

清夜无尘，月色如银，夜深人静，月明异乡，最容易让人生出些平时藏在心底的思念。

我有所念人，隔在远远乡。宁姑娘是如此，刘羡阳也是如此。至于泥瓶巷的小鼻涕虫，大概更是如此了。

亥时又被修道之士誉为人定。尤其对于道家练气士而言，人定时分是修行的关键时辰，最适宜静心凝神，是一等一的天然清净境。

陈平安由于需要赶上子时起程的渡船，便只得暂时放弃那份祥和心境，从人身小天地当中收回了心神芥子，不再继续蹲在山头上观看剑气叩关的场面，而是起身准备赶路。

不承想那个茶肆掌柜已经走来，手中拎着一只青瓷茶罐，站在水榭之外的远处。

陈平安快步走去，彩雀府女修行礼之后，递出釉色可人的茶罐，笑道："陈仙师，这是本店今年采摘下来的小玄壁，小小礼物，不成敬意。"

陈平安接过青瓷茶罐，问道："茶肆还有小玄壁吗，我打算买一些。"

女修摇头歉意道："彩雀府后山老茶树就那么几棵，多有预定，茶肆这边本就份额有限，如今已经所剩不多了。"

陈平安笑道："那我就白拿一罐茶叶了。"

女修点点头，微笑不语。

陈平安问道："桃花渡有没有入秋后的山水邸报可以购买？我从绿莺国龙头渡一路走来，错过不少。"

女修说道："茶肆就有一些，陈仙师无须掏钱，我们茶肆留着又无意义。"

陈平安提了提茶罐，无奈说道："和武前辈白喝一顿茶，又白拿一罐小玄壁，再白要几份山水邸报，不太好。"

女修笑道："事不过三，刚刚好。"

陈平安无奈道："有道理。"

琐碎的人情，也是实实在在的人情。

印象中，老龙城孙嘉树，青蚨坊那个故意隐藏身份的女掌柜，还有眼前这个茶肆女修，都比较擅长这些。自己记下便是。

人生路上，需要左右张望的风景太多，只要别走着走着就忘了，其实是没有妨碍的。

女修让陈平安稍等片刻，又去拿了三份山水邸报赠予他。

陈平安离开茶肆后，开始边走边翻阅邸报。

武崐的殷勤待客，理由很简单。因与芙蕖国相邻，他和刘景龙先后祭剑，动静太大。

北俱芦洲看似无所忌惮的山水邸报，其实有一条不成文的规矩，当剑仙战死剑气长城之后，消息火速传回北俱芦洲，任何人祭剑，山水邸报一律不会记载。刘景龙说过其中的明确理由，因为这不是什么可以拿来消遣的事情。

天下风俗，各有其理。

茶肆水榭那边，掌律祖师武崐坐在原先位置，只是对面已经人走茶无，武崐也没有喝茶的念头，只是安安静静坐在那边欣赏月色下波光粼粼的湖水。女修则站在水榭台阶外。

武崐问道："大篆京城那边的动静，就没一家山头获知内幕，写在山水邸报上？"

女修摇头道："好像大篆卢氏皇帝下旨，严令不许泄露任何消息。当时在京城城头和玉玺江畔，观战之人寥寥无几。那位书院圣人亲自坐镇，就更不敢有地仙窥探战局了，便是以神人观山河的神通遥遥观看，都不太敢。"

武崐笑道："那位圣人的脾气确实不太好。不过他两次出手之后，北俱芦洲中部的山上山下，确实安稳了许多。"

女修好奇问道："武师祖，为何不干脆送给那个陈先生一件上等法袍？"

武崌伸手示意这个师门晚辈落座，后者坐下后，武崌笑道："投其所好。重规矩礼数的，那咱们就守规矩讲礼数。贪财好色的，才需要另做计较。"

女修小心翼翼道："一罐小玄璧而已，那个陈仙师收下的时候，是当真心生欢喜。"

武崌瞥了眼这个帮着山头迎来送往的聪慧晚辈。能够担任彩雀府招待仙家贵客的茶肆掌柜，必然有一副玲珑心肝。可既然坐在了这个位置上，本就是意味着修行一事已经前途渺茫，与世间绝大多数的渡船管事是差不多的尴尬处境。

武崌不愿多说。修道之人，看事更上心。和这个师门晚辈聊这些涉及修行根本的事情，会很戳心窝子。反正对方待人接物，差不多可算滴水不漏，又从来不做画蛇添足的事情，这就足够了。

武崌叹了口气，不知道自家府主遇见那个陆地蛟龙没有？

关于这个太徽剑宗不是什么先天剑胚的刘景龙，有太多值得说道的故事了。只不过许多传闻事迹，距离彩雀府这种北俱芦洲三流仙家势力太过遥远。只是因为府主早年与刘景龙一起走过一段山水路程的缘故，府主又从不掩饰自己对刘先生的爱慕，大大方方，逢人就问男女情爱之事，哪怕在武崌这边都讨教过学问，故而彩雀府女修对那个刘先生，都充满了好奇和憧憬。

一般而言，女子都仰慕剑仙风采，男子都心心念念仙子。所以武崌其实很好奇那些山上的神仙道侣，到底是如何做到白首同心的。若是大难临头，双方真能够生死与共吗？

武崌不知道，也希望自己一辈子都不知晓此事，安心修行，只可惜自己资质如何，武崌心中早已有数，等死而已。

一想到这里，武崌便让茶肆掌柜去拿两壶酒来。

女修刚要藏掖一二，武崌笑道："在茶肆喝酒怎么了？再说了，我是彩雀府掌律祖师，谁敢管？"

女修这才起身，脚步亦轻盈了几分，去拿酒了。

祖师武崌尚且如此，她一个大道无望的洞府境修士，只能年复一年守住这茶肆的一亩三分地，又岂能不偷偷借酒浇愁？

一道彩色虹光从天而降，飘然落在湖上，掠入水榭，女子姿色倾城，坐在武崌对面，闷闷道："喝酒好，加我一个。"

武崌笑道："不太顺利？那个刘先生，还是府主所谓的榆木疙瘩？"

武崌对面这位，正是彩雀府的年轻府主，大名鼎鼎的地仙女修孙清，按照辈分，要低于武崌。

孙清摇摇头:"刘先生变了许多,这次见面,他和我说了些开门见山的痛快话,道理我都懂,刘先生是为我好,可我心里边还是有些不痛快。"

武崐疑惑道:"说了什么?"

孙清摆摆手道:"不聊这个,有些羞人。"

武崐无言以对。你这都去堵路了,还谈什么女子娇羞?

不过武崐是真的有些疑惑不解,自家府主虽然不算太过惊世骇俗的天之骄子,可毕竟是不到百岁的金丹瓶颈,更是北俱芦洲十大仙子之一。说句难听的,一个上五境剑仙,主动要求与自家这位大道可期的府主结为神仙道侣,都不会让任何人觉得奇怪。不过话说回来,若是如此功利算计,说句公道话,自家府主还真比不上水经山仙子卢穗,人家不但和刘景龙一起跻身十人之列,姿色更是比孙清犹胜一筹。

武崐轻声问道:"对刘先生彻底死心了?"

孙清大声笑道:"怎么可能,更喜欢了!"

武崐抚额无言,怎的最喜欢讲道理的刘先生,如此不讲道理?

三人一起饮酒,那个掌柜女修还是有些拘谨,当三个辈分、身份皆悬殊的同门女修刻意摒弃修士神通,便会醉酒,脸色娇艳若人面桃花。到最后,三人便只是女子了。

女子说起了荤话,那才是真正的百无禁忌,别有一番娇憨风味,尤为动人。

一大一小,御风北归太徽剑宗,由于刘景龙要照顾境界不高的新收弟子白首,所以赶路不快。然后就被那个彩雀府主孙清半路偶遇了。

刘景龙如今颇有底气,无非是现学现用,按部就班,与那位孙仙子言语一番。

姿容极美的孙清从头到尾,都没有异样。只是当她告辞离去,不见那曼妙身姿之后,少年白首摇头晃脑,啧啧道:"姓刘的,这么好看的仙子姐姐,竟然会喜欢你,真是瞎了眼。如果我没有记错,孙府主可是咱们北俱芦洲的十大仙子之一。姓刘的,真不是我说你,不做道侣又如何,我看那个孙清一样会答应你的,这种便宜好事,你怎么舍得拒绝?"

有些如释重负的刘景龙,和身边少年白首继续御风北归,开口笑道:"和你讲道理,尤其是讲男女情爱,就是对牛弹琴。"

白首怒道:"那你吃饱了撑的收我做徒弟?!干吗不让我返回割鹿山?"

刘景龙缓缓说道:"相较于北俱芦洲多出一个收钱杀人的剑修,我还是更愿意看到一个真正得道的年轻剑仙。"

刘景龙又说道:"你放心,进了太徽剑宗,在祖师堂记名之后,你将来下山都无须自称太徽剑宗弟子,更不用承认是我的弟子。在规矩之内,你只管出剑,我与宗门都不会刻意拘束你的心性。但是你务必清楚,我和宗门的规矩是哪些。我不希望将来我责罚你的时候,你跟我说根本不懂什么规矩。"

白首闷闷不乐。

太徽剑宗和姓刘的半个规矩,少年都不想懂,一定枯燥乏味,迂腐死板,无聊至极。

当个屁的谱牒仙师,当个卵的剑仙。哪里有成为一名割鹿山刺客痛快?

江湖人还是要讲一下英雄气概和快意恩仇的。割鹿山刺客都不用理会这些,收了银子,便替人杀人,生死自负,那才是真正的自由自在。

刘景龙沉默片刻,轻声道:"不管你听不听,我都要告诉你,只要你守了规矩,无论你将来对谁出剑,输了也好,给人揍了也罢,回到我这边,只需要告诉我一声,我会替你去讲道理,把道理讲透为止。"

白首双手环胸:"少来,我这种天纵之才,练了剑,会输给别人?!好吧,剑仙我是暂时打不过的,可是同龄人嘛,你让他们来我眼前跳一跳,我随随便便一剑下去,对方就是大卸八块的可怜下场。"

"等你真正练剑之后,就没多少气力来说大话了。"刘景龙笑道,"至于不用我帮忙讲理,你自己能够出剑便是道理,当然更好。"

白首虽然满脸不以为然,只是眼角余光瞥见刘景龙侧脸,他的心境还是有些异样。

如年幼时难熬的严冬时节,一个衣衫褴褛的孩子,晒着瞧不见摸不着的和煦日头。不过这种感觉,一闪而逝。

白首突然喊道:"我若是背熟了什么太徽剑宗的祖师堂规矩,你准我喝酒,咋样?"

刘景龙摇头道:"没钱。"

白首怒气冲冲道:"兜里没钱,你就不晓得和那陈好人赊账吗?"

刘景龙想了想:"怕被劝酒,不划算。"

先前有壶酒的买酒钱,还是跟太霞一脉顾陌借来的。

刘景龙每次离开宗门远游历练,还真不带钱财等余物。

餐霞饮露,日月精华,天地灵气,皆是修道之人的"五谷"。身为天底下杀伤力最大的剑修,更无须什么法袍以及任何攻伐重宝。

当时向顾陌借钱的时候,所幸一句话到了嘴边,终究没有脱口而出,不然更是麻烦。

刘景龙本来想说以后路过太霞山再还钱。只是电光石火之间,他就想明白了,一旦自己如此言语,定然会让她误会自己意图不轨,是想要借机接近她顾陌。还不如不说,记在心里便是。

刘景龙事后思量,便越发觉得自己大概可以算是触类旁通了,开了一窍便窍窍开。

白首问道:"姓刘的,你们太徽剑宗,有没有长得特别水灵的姑娘?嗯,跟我差不多岁数的那种漂亮姑娘!"

刘景龙疑惑道:"怎么了?"

白首叹气道:"她们遇上我,真是可怜,注定要痴迷一个不会喜欢她们的男人。"

刘景龙笑道:"这种话,是谁教你的?"

白首斩钉截铁道:"那个自称陈好人的家伙!"

刘景龙摇摇头,随即又有些不确定,那家伙为了劝人喝酒,无所不用其极,那真是大把人品都装到酒壶里边了,一口就能喝光,所以他又问道:"真是他跟你说的?"

白首开始添油加醋。刘景龙笑了笑,看来不是。

白首便有些纳闷,姓刘的怎么就知道不是那家伙教自己的了?

刘景龙举目远眺:"等下跟我去见两位先生,你记得少说多听。"

白首一拍脑袋,这会儿一听"先生"二字,他就要头疼万分。

在一处金色云海之上,有两位修士并肩而立。一个中年男子,身材修长,身穿书院儒衫,腰悬玉牌。一个老修士身形佝偻,背负长剑。

前者是书院圣人,而且还是如今北俱芦洲名气最大的一位,名叫周密,来自中土神洲礼记学宫,传闻学宫大祭酒赠送这个弟子"制怒"二字。

也正是此人,离开书院之后,依旧打得两个口无遮拦的大修士毫无还手之力。当时周密大声怒斥"通了没有",两个大修士还能如何,只能说通了,结果又挨了一顿揍,最后周密撂下一句"狗屁通了个屁"。

不过刘景龙当然知道,这位书院圣人的学问那是真好,并且不光是术业有专攻,还精通佛道学问,曾经被某人誉为"学问严谨,密不透风;温良恭谨,栋梁大材"。其实十六字评语,若只有十二字,没有任何人会质疑丝毫,可惜就因为"温良恭谨"四字,让这位礼记学宫的读书人备受争议。试想一下,一个即将赶赴别洲担任书院圣人的学宫门生,会被自家先生送出"制怒"二字,与那"温良恭谨"当真沾边?不过周密自己反而对那四字评语最为自得,其余十二字却从来不承认。

另外那个背剑老修士,名为董铸,是一个跌境的玉璞境剑修,更是一个当年虽跻身仙人境却依旧不曾开宗立派的大修士,而是始终以山泽野修自居。百余年来他一直重伤在身,需要在自家山头修养,不然每次出门就是遭罪,所以这才没有远游倒悬山。有传言剑仙董铸其实是那个年轻野修黄希的传道人,只不过双方都从来不说是,也不说不是,任由外界胡乱揣测。因为黄希不是剑修,所以大部分山头都觉得此事是无稽之谈。刘景龙和黄希交手之前也是这般认为,只是真正交手之后,他就有些吃不准了。因为黄希的的确确是一名剑修,而且拥有两把本命飞剑。

黄希当初之所以愿意泄露剑修身份,而不是直接逃遁远走,自然是因为对手叫刘景龙的缘故。

事实上,这么多年以来,刘景龙从未与人提及半句。

刘景龙带着少年白首一起落在两位前辈身前，向双方作揖行礼。

董铸不以为然，好好一个有望登顶一洲的年轻剑修，学什么不好，非要学读书人，实在瞧不顺眼。若非书院周密发现了刘景龙的行踪，一定要聊一聊，他董铸才懒得与这什么陆地蛟龙废话半句。真要打交道，那也要等刘景龙破境跻身玉璞之后，他董铸去太徽剑宗问上一剑！

白首最厌烦这些繁文缛节、乱七八糟的礼尚往来，他干脆躲在刘景龙身后，当个木头人。你们不认识我，我也不认识你们，寒暄客气个啥。

刘景龙倒是没有刻意强求白首，一切等到了太徽剑宗再说。

书院圣人周密，乍一看其实就是寻常的学塾夫子，只是相貌清雅而已。周密直截了当说道："如今太徽剑宗两位剑仙都不在山头坐镇，你又快要破境了，到时候三人问剑，需不需要我帮你一旁压阵？免得有人以此风俗，故意打压你和太徽剑宗。"

刘景龙又作揖行礼，起身后笑道："无须周山主压阵，三剑便三剑，哪怕有前辈剑仙存了私心，可我挡不住就是挡不住，不会怨天尤人。"

周密转头笑道："董老儿，如何？"

董铸龇牙道："得嘞，算我一个。加上浮萍剑湖的郦采，最后一个，才是最凶险的。"

董铸对刘景龙说道："别谢，老子问剑，不会缺斤少两，你小子到时候可别哭爹喊娘，老子在外边没那私生子。"

刘景龙点头说道："恭敬不如从命，那晚辈就不谢了。"

周密会心一笑。

董铸伸手揉了揉下巴："你这小子怎么这么欠削呢？"

刘景龙微笑道："前辈容我破境再说。"

竖起耳朵的白首躲在刘景龙身后，心里边嘀咕着"削他削他，别磨叽啊，削了姓刘的，我好跑路走人"。

周密笑道："你怎么收了这么个弟子？"

刘景龙说道："本心不坏，难教才最需要教好。"

周密嗯了一声："此理不坏。"

白首叹了口气。董铸也倍觉无聊。其实这一老一小凑一堆，估摸着很好聊。

周密说道："刘景龙，这次来见你，就是为了破境压阵一事。既然不需要，我就刚好省去一些功夫。"

刘景龙犹豫了一下，问道："周山主，我能否询问一事的结果？"

周密笑道："你小子也会对此上心？怎的，与那两人有些渊源？"

刘景龙想起那个挨了顾祐三拳的家伙，笑道："有些。"

周密说道："边走边聊，我顺便和你说些读书心得，多恶心一下董老儿，也算不虚此行。"

董铸无可奈何。

周密这臭脾气,偏偏对董铸胃口,这也是他自找的。

董铸不愿和这两个读书不少的家伙聊那道理学问之类的,便斜眼看了眼白首,正巧白首也正斜眼看他。

董铸瞪眼道:"哎哟喂,小崽儿,没听过董大剑仙的名头?"

白首瞪眼道:"知道了咋的,我有爹有娘有祖宗的,跟你又攀不上亲戚关系。"

董铸啧啧道:"小王八蛋胆儿挺肥啊。"

白首一挑眉头:"等我跻身上五境,有本事你来问剑试试看?到时候你就会知道是谁胆儿肥了。"

董铸一拍白首的脑袋,打得后者趴在地上来了个狗吃屎,大笑道:"晓不晓得你说这些话,就像一个还穿着开裆裤的玩意儿学那花丛老手,说自个儿假红倚翠?谁教你的?你师父刘景龙?"

白首站起身,倒是没有对那个老家伙喊打喊杀,他又不是脑子进水的痴子,大丈夫能伸能屈。他冷哼道:"姓刘的,可不是我师父,我这辈子师父只有一个,不过我还有个尚未被我真正认可的喝酒朋友,名叫陈好人!你有本事找他去,欺负我算什么前辈,他一剑就能让你哭爹喊娘,抱头鼠窜!"

刘景龙转过头,皱眉道:"白首!"

白首立即病恹恹道:"好吧,陈好人暂时还不如老前辈。"

渡船之上,陈平安已经收起了那些山水邸报,没有翻到想要知道的那个结果,大篆京城那边的动静,最新一份邸报上只字不提。止境武夫顾祐与猿啼山剑仙嵇岳之战,两人皆生死未知。刘景龙先前提及此事,说顾祐一生行事向来谨慎,绝不会纯粹做那意气之争,不会只是去玉玺江送死,为嵇岳洗剑。

陈平安站在渡口船头栏杆处。翻过几份山水邸报,也不是全无收获,比如一旬过后的午时,砥砺山就会有一场大战,在此山分生死的双方大有来头,一个是大名鼎鼎的野修黄希,一个是女子武夫绣娘,两人都在北俱芦洲年轻十人之列,并且名次邻近,一个第四,一个第五。关于这场厮杀的缘由,先后两份山水邸报有不同的记载,其中一份说是黄希重操旧业,在江湖上遇上了那个名字古怪的女子武夫,两人在一处破碎洞天之中,为了一件仙家重宝大打出手,没能分出胜负,便约战砥砺山。这一战,极为瞩目,肯定还会引来许多上五境修士的关注视线。完全可以想象,砥砺山附近那座被琼林宗买下、建造了诸多仙家府邸的山头,当下一定人满为患。

在披麻宗那艘跨洲渡船上的虚恨铺子里边,陈平安买过一件接连砥砺山镜花水月的灵器,是一只施粉青釉、光泽莹润的瓷器笔洗,不过说是买,其实最后才知道可以记账在披云山。

关于宝瓶洲,山水邸报上竟然也有几个消息,而且篇幅还不小。由此可见,在大骊宋氏铁骑的马蹄即将一路从最北方踩踏到南端老龙城之后,别洲修士对浩然天下偏居一隅的最小之洲,这个原本谁都瞧不上眼的小小宝瓶洲,已经有了不小的认知变化。

大骊铁骑的真正主人止境武夫宋长镜,挑战天君谢实之后赶赴剑气长城的风雪庙剑仙魏晋,这两位当然功莫大焉。

然后就是那个真武山马苦玄,短短半年之内,先后击杀两个朱荧王朝的强大金丹剑修,已经被北俱芦洲邸报誉为宝瓶洲年轻修士第一人,然后此人一手覆灭了海潮铁骑,令那个与他结仇的家族受尽羞辱,一个年轻女修侥幸未死,反而成为了他的贴身婢女。在一份山水邸报的主笔人眼中,马苦玄这种得天独厚的存在,就不该生在那宝瓶洲,而是应当和清凉宗女子宗主贺小凉一般,在北俱芦洲扎根,开宗立派,才是正途。既然注定是一条可以翻江倒海的蛟龙,在宝瓶洲这种水浅见底的小池塘摇头摆尾,岂不可惜。主笔人还放出话来,他即将撰写宝瓶洲的年轻十人,到时候再与自家北俱芦洲的新十人,做一个比较。

北俱芦洲这些山水邸报上的笔下文章,其实难免还会对宝瓶洲修士流露出一份居高临下之姿,只是相较于早年看都懒得多看一眼,提也不提,已大不相同。

除此之外,就是大骊北岳大神魏檗的破境一事,辖境之内,处处祥瑞,吉兆不断,分明是要成为一尊上五境山神了,由此可见,大骊宋氏国运昌盛,不可小觑。邸报之上,开始提醒北俱芦洲众多生意人,可以早早押注大骊王朝,去晚了,小心分不到一杯羹。关于此事,又有意无意提了几句披麻宗,对宗主竺泉赞赏有加。因为按照小道消息,骸骨滩木衣山显然已经先行一步,跨洲渡船应该已经与大骊北岳有些牵连。

再有就是桐叶洲玉圭宗的下宗真境宗选址书简湖,邸报也有不吝笔墨的详细阐述。

陈平安看到那些文字,仿佛都能够清晰感受到提笔之人的咬牙切齿。

没办法,真境宗首任宗主叫姜尚真,是一个明明境界不算太高却让北俱芦洲没辙的搅屎棍。

这个家伙独自一人,便祸害了北俱芦洲早年十个仙子中的三人,还传言另外两个国色天香的宗门女修,当年好像也与姜尚真有过交集,只是有无那令人痛心疾首的情爱瓜葛,并无清晰线索。

所以邸报末尾,大肆抨击大骊铁骑和宋氏新帝,简直都是吃屎的,竟然会眼睁睁看着真境宗顺利选址、扎根宝瓶洲中部这种腰膂之地。若是大骊宋氏与姜尚真暗中勾结,更是吃屎之外还喝尿,与谁谋划千秋大业不好,偏偏跟姜尚真这种阴险小人做买卖,不是与虎谋皮是什么。由此可见，那个欺师灭祖的大骊绣虎，也高明不到哪里去，便是侥幸贪天之功为己有，吞并了一洲之地，也守不住江山，只能是昙花一现罢了。

一份山水邸报，原本可谓措辞严谨，有理有据，辞藻华美。唯独到了真境宗和姜尚真这边，就开始破功，骂骂咧咧，如读过书的市井妇人。

陈平安其实很好奇这些山水邸报的来源。当年在书简湖，只是知道了一些皮毛。更早的时候，是在藕花福地，那边有一座云遮雾绕的敬仰楼，专门采撷、收集江湖内幕。

陈平安回到渡船屋舍，掏出一本渡船撰写的册子，是一本讲述沿途景点的小集子。

从桃花渡起程后，第一处风景名胜，便是水霄国边境上的一个仙家门派，名为云上城。开山祖师远游流霞洲，因缘际会从一处破碎的洞天福地得了一座半炼的云海，起先只有方圆十里的地盘，后来在相对水运浓郁的水霄国边境开山立派，经过历代祖师不断炼化加持，汲取水雾精华，辅以云篆符箓稳固云海，如今云海已经方圆三十余里。渡船会悬停在云上城边缘，在这里停留六个时辰。

尚未破晓天明，渡船缓缓而停。

陈平安停下三桩合一的拳桩，从半睡半醒的玄妙境地回过神来，走出屋舍的时候，背上背上了一个包裹。

云上城外有一个野修扎堆的集市，集市上都是摆摊的同行，可以交易山上货物。陈平安从咫尺物当中取出了一些不甚值钱的仙家器物，都是当初没有留在老槐街蚍蜉铺子的剩余物，品秩不算好，但是相对稀少，"面相"讨喜，适合卖给那些觉得千金难买心头好的冤大头。不过这次包袱斋，会贩卖几种与《丹书真迹》无关的符箓，多是来自第一拨割鹿山刺客当中那个阵师的秘籍，其中三种分别是天部霆司符、大江横流符与撼壤符，用来对阵厮杀，还算有些威力。

刘景龙临走之前，还传授了陈平安两种旁门左道的破障符，分别名为"白泽路引符""剑气过桥符"，都是他自己从古书上修习而来，不涉宗门机密。两符品秩不高，但是外人想要买符再偷学还是别想了，因为画符诀窍极多，落笔烦琐，而且与当下几支符箓派主脉都宗旨悬殊，也就是刘景龙说得仔细真切，帮着陈平安反复推敲，陈平安才学了这两道符箓。所以陈平安总觉得刘景龙不去书院当个教书先生，实在可惜。

武夫画符，秉持一口纯粹真气，但是符不长久，只能开山而无法封山。但好处是无须消耗修道之人的气府灵气，并且画符本身就是一种不太常见的武夫修行，能够淬炼那一口真气。只不过陈平安发现跻身炼气三境后，画符顺畅许多，但是神益体魄已经极其细微，所以他就不愿太多消耗丹砂符纸了，毕竟一张留不住灵气的符箓，就等于每时每刻都在损失神仙钱。何况一旦真正厮杀起来，他那点符箓道行真的不够看，连锦上添花都不算，反而会贻误战机。

修士画符，则先天封山，符胆灵气流散极慢，不过符箓威力越大，越容易磨损符胆。

相传斩妖除魔的老祖宗龙虎山天师府,一座封禁之地就有一张符箓,需要历代大天师每一甲子加持一次。历史上天师府就曾出现过一次天大的风波,老天师飞升之后,新天师人选悬而未决,刚好处于甲子之期的叠符关键,可是新天师不出,天师印绝不会交由旁人,因此新符便不成,使得那张年龄极大的古老符箓出现了一丝纰漏,一头被镇压了无数年的大妖魔借机逃出,消失无踪。为此天师府新天师继位的第一件事,就是亲自带上仙剑和法印,走了一趟白帝城,但不知为何,跟白帝城城主闹得不欢而散。

陈平安兜售的符箓,全部都是水府山祠形成山水相依格局后所画之符,不然就是坑人。虽说包袱斋的买卖,靠的就是买卖双方的眼力,类似世俗市井的古董交易,有捡漏就会有打眼,不过陈平安还是愿意讲一讲江湖道义。

但是讲道义,就得花钱。因为这些符箓,需要陈平安消耗相当数量的水府灵气。不过有得有失,失去的是水府那个小池塘的一些积蓄,得到的是可以尝试着逐渐开辟出一条水府小天地运转的根本脉络,形成类似一条隐匿于江河湖泽的水脉,所以那拨绿衣童子们对此其实没有异议,反而鼎力支持陈平安画符。

修行路上,如何看待得失,即是问道。至于得失之间的均衡,需要陈平安自己长久画符时不断摸索和琢磨,所幸水府那些绿衣小童也会提醒。

陈平安身穿一袭黑色法袍,手持青竹杖,走出屋舍,举目望去,世俗王朝,是那白云生处有人家,山上仙家,果然是白云之上有城池。城池之外,又有一个灯火辉煌的集市小镇。

云上城是修行重地,戒备森严,极少允许外人进入。大概一方水土养育一方人,与彩雀府同在水霄国辖境的云上城,也会炼制法袍,名为行云袍,只是数量和品秩都远远不如彩雀府,名气不大,生意平平,多是大渎沿途小山头的下五境修士,尤其是那些山泽野修,会掂量着钱袋子购买一件。大概也正是因为门派财源不广的关系,才出现了那座包袱斋扎堆的集市。

莫说是不长脚的店铺,长脚的摆摊,也需要交给云上城一笔神仙钱。

渡船悬停处,距离云海还有五十丈距离,却无法再靠近。不然船头不小心撞到云海,或是距离太近,随风飘荡,船身与云海接触,稍有摩擦,便会是云上城这座门派根本的折损。所以下船之人,或是腾云驾雾,或是骑乘灵禽异兽,各随其便。若是金身境之下的纯粹武夫,这半百丈距离,就不轻松了。

陈平安深吸一口气,后撤几步,然后前冲,高高跳起,踩在船头栏杆之上,借力飞跃而去,飘然落地后,身形晃荡几下,然后站定。

在这艘隶属于龙宫洞天一个藩属仙家的渡船之上,妇人面容的女子管事向身边好友伸出手,笑眯眯道:"拿来。"

两人打赌这个在彩雀府桃花渡登船的背剑年轻人,到底是山上剑修还是江湖剑客。渡船女子管事猜测是背剑游历的纯粹武夫，观海境老修士则猜测是个深藏不露的年轻剑修。

老修士摇头道："就不许此人故意使了个障眼法？"

这就是嘴硬，明摆着是打算赖账不给钱了。

妇人嗤笑道："咱们洲的年轻剑修，那些个剑胚子，哪个不是洞府境的修为，地仙的风范，上五境的口气？有这样的？"

老修士一本正经道："天大地大，有个愿意藏拙的，收敛锋芒，谨慎历练，不奇怪吧。"

妇人管事怒道："少用嘴巴拉屎，钱拿来！一枚小暑钱！"

老修士哀叹一声，掏出一枚神仙钱，重重拍在妇人手掌上，然后御风去往云上城。老修士会在此下船，因为要给嫡传弟子购买一件品相较好的行云法袍，毕竟彩雀府的那帮娘们做生意太黑心肠，东西是好，但价格太高，所以老修士只得退而求其次了。

老修士早年便向云上城打造法袍的工坊交了一笔定金，故而样式、云篆符箓皆是定制，还可以添补一些个天材地宝，让云上城给法袍增加一些功效。之后，他这个当师父的，便需要在山下奔波劳碌，挣的是四面八方的辛苦银子。就这样勤勤恳恳积攒了几十年，总算赶在那个得意弟子跻身洞府境之际，凑足了神仙钱。修行大不易啊。尤其是有座小山头，仿佛一家之主，拖家带口的，更是柴米油盐都是愁。

妇人管事刚要欣喜，突然察觉到自己手心这枚神仙钱分量不对，灵气更不符合小暑钱，低头一看，顿时跳脚骂娘。原来只是一枚雪花钱。只是那个老修士已经铆足了劲，御风飞快掠过集市，直去云上城。

妇人骂完之后，心情舒畅几分，又笑了起来，她能够从这只出了名的铁公鸡身上拔下一撮毛，哪怕只有一枚雪花钱，也是了不起的事情。

她是一个金丹修士，自己所在的不是跨洲渡船，所以金丹境管事已经足够。何况龙宫洞天的金丹修士，只说身份，是完全可以当作一个元婴修士来看待的。因为她背后，除了自家师门，还与大源王朝云霄宫以及浮萍剑湖"沾亲带故"。

对于山上修士而言，能够挣钱还是大钱的买卖关系，比起山下的君臣、夫妻关系，更加牢靠。

而那个与她早早就已相识的老修士前程不好，只是观海境就已经如此面容衰老了。要知道此人当年不但为人半点不吝啬，还十分潇洒风流，英雄气概。

可百余年的光阴蹉跎，好像什么都给消磨殆尽了。不再年轻英俊，也无当年那份心气，变成了一个常年在山下权贵宅邸走门串户、在江湖山水寻宝求财的老修士。

可她还是喜欢他。至于是只喜欢当年的男子，还是连同如今的老人一并喜欢，她自己也分不清。

陈平安进入集市，在行人不少的热闹街道一处空位打开包裹开始摆摊，里边早就备好了一大块青色棉布。对面与身边都是同道中人,有些正在卖力吆喝,有些愿者上钩,有些则无精打采地打着哈欠。

很快就有两个身穿雪白法袍的年轻男女过来收钱,一天一枚雪花钱。

陈平安询问若是只在此逗留四五个时辰,是否可以半价。

年轻男修士笑着摇头,说一枚雪花钱起步。

陈平安便不再多说什么,递出去一枚雪花钱。一洲最南端的骸骨滩摇曳河那边卖的阴沉茶,也是差不多的规矩。

陈平安又多问了几句,若是在云上城这座集市租赁或是购买店铺,又是什么价位。

年轻男修士一一告知,和颜悦色。铺子分三六九等,租赁与购置,价格又有差异。

到最后陈平安这个从渡船下来碰运气的外乡包袱斋,只是道谢,不再提铺子事宜,那个年轻男修士亦是面容不改,还与他这个年纪轻轻的山泽野修,说了句预祝开门大吉的喜庆话。

陈平安蹲在原地,开始摆放家当,有壁画城单本的硬黄本神女图,有骸骨滩避暑娘娘在内几头"大妖"的库存珍藏,还有几件苍筤湖水底龙宫的收获,零零散散二十余件,离法宝品秩差着十万八千里。不过更多的,还是那一张张符箓,五种符箓,如列阵将士,整整齐齐排列在摊开的青布上。

陈平安抬头望去,那对云上城的年轻男女正在大街上并肩而行,缓缓远去。

年轻男修士似乎是这个集市的管事之人,与店铺掌柜和很多包袱斋都相熟,打着招呼。年轻女子则言语不多,更多还是看着身边的男人。她的眼睛在说着悄悄话。

陈平安双手笼袖,安安静静看着这一幕。风景绝好。

此处的街上游客,因为皆是修行之人,比起凡夫俗子逛庙会、走店铺遇摊贩,要沉默寡言许多,而且耐心更好,几乎都是一个个包袱斋逛过来,脚步缓慢,但是轻易不开口询问价格,偶尔遇见心目中的一眼货,才会蹲下身仔细端详一番,有些勘验过后,觉得自己心中有数了,就默默起身走开,有些则会尝试着砍价,一般都是开口便要拦腰砍。好脾气的摊主就耐着性子讲述那件仙家器物是如何来之不易,大有渊源;脾气不好的摊主,干脆就不理不睬,爱买不买,老子不稀罕伺候你们这帮没眼力的穷光蛋。

陈平安很快就迎来了第一个顾客,是个手牵稚童的老人。老人蹲下身,又扫了一眼青布之上的各色物件,最后视线落在一排十张的那些黄纸符箓之上。

老人定睛凝视那五种符箓。符纸十分普通,但丹砂品质不俗。

可是不同符箓的最终品相,以及画符的手法,又有高低之别。

老人很快心中就有了一个估价,必须开口讨价还价了。

不承想今夜只是带着自己孙儿出城散心,便有此意外收获。

老人伸手指向一排雷符,微笑道:"店家,这道雷符,单张购买,售价如何?"

陈平安笑道："一张雷符，十二枚雪花钱，十张全买，百枚雪花钱。不过我这摊子，不还价。"

老人点了点头，笑道："符是好符，就是符纸材质稍稍逊色，承担不住这道雷符的全部威力，打了不少折扣，再就是价格贵了些。"

陈平安笑着不说话，对方至少也该是半个行家。那就更不需要他多说什么了。

老人便又问了土符和水符的价格，大致相当，一张符箓相差不过一两枚雪花钱。

雷符最贵，毕竟雷法被誉为天下万法之祖，更何况龙虎山天师府的立身之本之一便是那"雷法正宗"四字。

不过按照刘景龙的说法，这天部霆司符，配合黄玺符纸，才可以卖出一个凑合的价格，不然在寻常市井黄纸之上画符，威力实在太一般，都未必入得了寻常中五境修士的眼。结果被陈平安一句"你觉得不一般的符箓，我还需要当个包袱斋吆喝卖吗"给堵了回去。

最后老人视线偏移，问道："如果老夫没有看错，这两张是破障符别类?"

陈平安点头道："高人相授，不传之秘，世间独此一家，我苦学多年才能够画符成功，但依旧只能保证十之五六的成功率，符纸浪费极多，若是贱卖，便要愧对那位高人前辈了。"

老人抬头看了眼身穿黑袍、背负长剑的年轻摊主，犹豫片刻，问道："店家能否告之两符名称?"

陈平安心中大定，当真是个识货的。

陈平安反问道："世间符箓名称，往往契合符法真意，本身就会泄露天机。敢问老先生，江湖武夫狭路相逢，捉对厮杀，会不会自报拳法招式的名称?"

老人笑道："当然不会。"

陈平安说道："若是老先生买符，哪怕各自只有一张，我也愿意为老先生泄露这两道天机。"

老人忍住笑，摇头道："莫说是做符箓买卖的店铺，便是你这般云游四方的包袱斋，真想要卖出好符，哪怕泄露一丝符箓真意，也是正常事，不至于过分藏掖。"

"好东西不愁卖。"陈平安说完这句话后，微笑道，"不过就凭老先生这份眼力见儿，我就打个商量，只需买下一张符箓，我就告之两符名称。"

老人身边那个蹲着的稚童，瞪大眼睛，心想：娘咧，这家伙脸皮贼厚。

老人竟然点头道："好，那我就买下此符。"

老人伸手指向那张剑气过桥符。

陈平安笑问道："老先生就不先问问价格?"

老人说道："世间买卖，开门大吉，我看店家刚刚开张，老夫是第一个顾客，哪怕是为了讨要个好彩头，卖便宜一些也应该，你以为呢？"

陈平安点头道："原价十五枚雪花钱，为了这个彩头，我十枚便卖了。"

剑气过桥符，若是符箓真意可以折算神仙钱，当然要比那天部霆司符、大江横流符和撼壤符高出太多。但是山上仙术与重宝，一向是攻伐之术宝远远价高于防御，而破障符又是天下符箓一脉的入门符，所以卖家很难抬价，靠的就是薄利多销，以量取胜。往往山泽野修更需要攻伐术宝，而谱牒仙师更愿意为破障符之流掏腰包，因为后者人多，消耗大。

老人从袖中摸出一只钱袋子，取出十枚雪花钱，递给陈平安。

陈平安收下钱后，刚要随便拈起一张过桥符，不承想老人笑了笑，自己拈起一张，收入袖中。

好家伙，眼力真毒。拿的是过桥符中最神意饱满的一张，也正是陈平安所画符箓当中的最后一张。

陈平安眼角余光瞥了眼街道别处后，以越来越娴熟的心湖涟漪告知老人："老先生所买符箓，名为剑气过桥符，蕴藉剑意，最为难得，破开山水迷障的同时，更有无形的震慑。至于另外这些破障符，则是……'路引符'。"

陈平安提及第二种符箓的时候，有意省略了"白泽"二字。

因为当时刘景龙传授此符的时候，便是如此，从不嘴上直呼"白泽"，说是理当敬重一二，刘景龙便以手写就白泽二字。

这是极小事。

因为山上修士，可谓尽人皆知，白泽早就被儒家先贤联手镇压于浩然天下的九座雄镇楼之一，哪怕每天喊上一万遍白泽，甚至是连咒带骂，都不会犯忌讳，和大大咧咧直呼儒家大圣人的名讳截然不同。只不过陈平安能够和刘景龙成为朋友，便是这些"极小事"之上的学问相通，规矩相合。

陈平安以手作笔，凌空写下"白泽路引符"五个字。

老人看过之后，点点头："店家厚道，并未诓我，所以我打算再买一张路引符。"

陈平安说道："原价十五枚雪花钱，就当是老先生一笔买卖来算，依旧十枚。"

老人毫不犹豫，又递出十枚雪花钱。

稚童扯了扯爷爷的袖子，轻声道："一张破障符十枚雪花钱，也好贵。"

老人笑道："哪怕挣钱艰辛，可毕竟雪花钱常有，好符不易见。这两张破障符便是拿来珍藏，也是幸事。"

陈平安由衷说道："老先生高见。"

然后便转折如意，毫不生硬："所以老先生不如将这十张雷符一并买了去吧，也算这些雷符遇上了贵人，不至于遇人不淑，暴殄天物。"

稚童家教再好，也实在忍不住了，赶紧转过头去，翻了个白眼。

老人略作思量，笑道："那连同破障符在内，全部五种符箓，老夫就再各买五张。两种破障符是好符，老夫的确心动，所以十五枚雪花钱一张，老夫便不杀价了，一百五十枚雪花钱。其余雷符、水符和土符，算不得最好，老夫只愿意一起出价一百二十枚。"

陈平安皱眉道："均摊下来，其余符箓一张才八枚雪花钱？"

老人说道："先后两次出手，老夫等于一口气买下二十七张符箓，这可不是什么小买卖了，这条大街可都瞧着呢，老夫是在帮着摊子招徕生意，这是实在话吧？"

陈平安理直气壮："别，我估摸着街上绝大多数的客人，都已经认定咱哥俩是一伙的了，所以什么招徕生意，算不上，说不定还落了个坏印象，耽搁了我这摊子接下来的买卖。老先生，凭良心讲，我这也是实在话吧？"

稚童只觉得自己大开眼界。

老人哈哈大笑道："行吧，那剩余三符，我多加十枚雪花钱。"

陈平安感慨道："老先生这般好眼光，就该有那堪称大气的买卖风范，才好与老先生的眼光和身份相匹配啊。"

老人板着脸摇头道："你再这么欺负厚道人，老夫可就一张符箓都不买了。"

陈平安笑道："好好好，图一个开门大吉，老先生厚道，我这小小包袱斋，也难得打肿脸充胖子，大气一回，不要老先生加价的那十枚雪花钱，二十五张符箓，只收老先生两百七十枚雪花钱！"

稚童可没觉得陈平安有半点大气，抬起两只小手，手指微动，赶紧将价格心算一番，担心陈平安胡乱坑人。还好，是这么个价格。

稚童收起手掌，还是觉得太贵，只是爷爷喜欢，觉着有眼缘，他就不帮忙砍价了。不然他杀起价来，连自己都觉得怕。

老人从钱袋子摸出三枚小暑钱，又用多出的三十枚雪花钱，和陈平安这个年轻包袱斋讨价还价一番，买下了那本白描极见功力的廊填本神女图，以及那小玄壁茶饼，打算回头赠予好友。

老人在五排符箓当中又各自选取了五张。

陈平安任由老先生自取。只是老先生的选择，让他有些意外，他便以心湖涟漪轻声问道："老先生如此眼光，为何不选取符箓品相更好的几张，反而拣选神意稍逊的符箓？"

老人似乎很是奇怪，笑道："你这生意经，很是不同寻常嘛。"

陈平安便不再多说什么。

言尽于此，无须多说。世上千奇又百怪，依旧是人最难测。

老人一走，旁人便来，陈平安这个摊子便热闹了许多。

看客络绎不绝，不过真正愿意掏钱之人暂时还没有。

那个不知姓名的老人依旧带着孙子一起逛街看铺子，就此消失。

陈平安双手笼袖蹲在原地，双袖之中，摩挲着那枚正反篆刻有"常羡人间琢玉郎""苏子作诗如见画"的小暑钱。

世间小暑钱便是如此有趣，篆文各异，即便一洲之内，小暑钱都有好些种篆文。不过一般都是一面四字篆文，像这种多达七个古篆的小暑钱，极为罕见。

值得陈平安高兴的事情，除了赚到了出乎意料的三枚小暑钱外，就是能收集到一枚篆文崭新的小暑钱。何况三枚小暑钱，折算雪花钱本就有溢价，加上珍稀篆文，就又是一笔小小的溢价。

一般仙家渡口的店铺，只要是黄纸材质的符箓，配合符胆一般的画符，能够一张卖出一枚雪花钱，就已经是价格高昂了。所以，这趟云上城的包袱斋，陈平安原本对所有贩卖符箓的价值估算，就是腰斩的价格。其实他还做好了因要价太高而白搭进去一枚雪花钱本钱的最坏准备。不承想自己与三枚小暑钱有缘，它们非要往自己口袋里跑，真是拦也拦不住。

万事开头难。但有那个财大气粗眼力好的老先生开了个好头，陈平安接下来又卖出了两张雷符。水土两符，以及破障符，则无人问津，很多客人光是听了价格，就差点骂人。

其中一个容貌粗犷的汉子，用五枚雪花钱买了件苍筤湖龙宫旧藏之物，脂粉气很重，汉子多半是想要赠予心仪女子，或是作为给某些女修的拜山礼。听陈平安说五枚雪花钱后，汉子就骂了一句"他娘的"，可最后还是乖乖掏钱。然后他指了指那张瞧着就挺威严的天部霆司符，询问价格。

陈平安笑眯眯说道："两个'他娘的'，还要多出两枚雪花钱。"

汉子骂骂咧咧："你小子杀猪呢？！"

哪怕是陈平安这等脸皮，一时间都不知道如何接话。旁边看热闹的游客，则是大笑不已。

汉子也意识到了自己言语不妥当，骂人更骂己，怎么看都不划算。汉子直挠头，既眼馋，又囊中羞涩，他确实需要买一张攻伐雷符，用来对付一头盘踞山头的大妖，若是成了，好好搜刮一通，便是稳赚不赔，可若是不成，就要赔惨了，十二枚雪花钱，委实是让他为难。到最后汉子仍是没舍得割肉，悻悻然走了。陈平安没挽留。

那汉子走出去一段距离，忍不住转头望去，看到陈平安朝他笑了笑，汉子念头落空，心里越发不得劲，只得大步离去，眼不见心不烦。

陈平安继续做买卖。倒也省心，反正符箓和所有物件的价格，都是定死的。

挣了三枚小暑钱之后，他这个包袱斋就越发稳坐钓鱼台了。反正这才过去不到一个时辰，距离渡船起程还有不短的光阴。

陈平安本来打算一边做着生意，一边温养拳意，再加上心湖之畔的修行，三不耽误。但是不知为何，他就只是享受着当下的闲情逸致，暂时不练拳了。依旧是一心两用，一边细细打量着街上游客，一边由着心念神游万里，想着一些人一些事。

由于当下置身于云上城，陈平安便想起了那部《云上琅琅书》。

真说起来，陈平安人生当中遇到的第一个包袱斋，其实可以算是那个戴斗笠佩竹刀的家伙，是在当时魏檗还是土地公的那座棋墩山。只不过那个包袱斋，不收银子罢了。

当时阿良蹲在地上，身前摆放着那只名为"娇黄"的长条木匣，吆喝生意，招呼所有人过去挑宝贝。

朱河、朱鹿父女当时也在。

林守一跑得最快，率先选中了那部一见钟情的雷法秘籍。

李槐鬼精鬼精的，自己相中了物件之后，便拼命怂恿林守一和李宝瓶去挑那把狭刀"祥符"，李宝瓶拿刀的时候，李槐以迅雷不及掩耳之势，一把抓住了那手掌长短的彩绘木偶。朱河帮着朱鹿，一起挑选了一部书和一颗丹丸。当年陈平安还不知道，那颗名为"英雄胆"的小小丹丸，对于一个纯粹武夫而言，意义到底有多大，哪怕陈平安走过了这么多的路，依旧不曾再见到过类似的东西，甚至陆抬和刘景龙都不曾听说过，世间武夫英雄胆，还可以淬炼为一颗丹丸实物。

陈平安是最后挑选之人，反正木匣内只剩下那颗淡金色的莲花种子，没得挑。

早已不再是少年的陈平安，如今也希望将来有那么一天，自己可以学那阿良，将自己手上的好东西，送给那些拿得起、接得住的晚辈孩子们，非但不会心疼半点，反而只会充满期待。

世间总有一些言行，会潜移默化，代代相传。

不是道法，胜似道法。

天亮之后，那个一掷千金的老人牵着孩子的手走入云上城的大门，看门修士见到了老人后，毕恭毕敬尊称了一声桓真人。老人笑脸相向，点头致意。随后回到了城中一处豪门宅邸。云上城愿意交割地契给外人的风水宝地，屈指可数，这座宅子便是其中之一。

老人叫桓云，是北俱芦洲中部一位享誉盛名的道门真人。老真人的修为战力，在剑修如云的北俱芦洲，很不济事，只能算是一个不擅厮杀的寻常金丹，但是他辈分高，人脉广，香火多。他是中土符箓某一脉旁支的得道之人，精通符箓，远超境界。和云霄宫杨氏在内的道门别脉，还有北方许多仙家大修士，关系都不错，喜欢四海为家，当然也会在山清水秀之地购置宅院，砥砺山那边他就早早入手了一座视野开阔的府邸，当时价格便宜，如今不知道翻了几番。老真人交友广泛，砥砺山那座府邸，常年都有人入住，反而老真人自己十数年都未必去落脚一次。

稚童名为桓箸，是个修道坯子。即便是地仙修士的子孙，都未必可以修行，老真人的子女就无一人能够修道，偌大一个家族开枝散叶百余年，最后只出现了这么一棵好苗子，所以老人这些年游历各地，都喜欢将孩子带在自己身边。

到了书房那边，桓云小心翼翼取出一只材质取自春露圃美木的精致小匣，上面云纹水花飘摇，十分灵动。

此匣大有来头，名为"锁云匣"，是符箓高人专门用来珍藏名贵符箓的"仙家洞府"。

桓云将那二十七张从摊子买来的符箓，轻轻放入木匣当中，满脸笑意。桓箸自幼聪慧，立即知道自己爷爷没有当那冤大头，甚至极有可能是捡漏了。

桓云坐在椅子上，将桓箸抱在膝上，语重心长道："山上仙家门派，都会有一个开山鼻祖。世间符箓大家画符，在画符一道已经登堂入室却刚好尚未神入化之际，那些率先提笔画就的手法、意气看似最为粗浅的开山之符，恰恰是最珍贵稀罕的，所以爷爷故意拣选品相最差的符箓入手。当时那个年轻包袱斋还疑惑来着，主动开口提醒我，是个不错的年轻人。画符天赋好，做买卖的品行，更是不错。"

桓云心情大好，和自己孙子说着内幕，又指了指已经合上的木匣："只要这些符箓保养得当，还会有一些玄之又玄的机缘，当然可能性极其小便是了。可山上修行，'万一'二字，既是可以让人身死道消的头等坏事，也会是洪福齐天的天大好事。哪怕不提这种意外，这些符箓本身，花费爷爷将近三枚小暑钱，亦是没有亏太多。"

桓云突然笑道："城主驾到。走，去迎接一下。"

桓云放下孙儿，两人一起走出书房，去往庭院。

关系莫逆的仙家修士登门访客，自然无须叩门，只需要放出一些气机即可。

云上城城主，名为沈震泽，与桓云同为金丹修士。

沈震泽一袭白衣法袍，风度翩翩，中年男子模样，一看就是位神仙中人。

桓云在孙儿拜礼之后，第一句话便很开门见山："你家集市那边，有人售卖符箓，品相极佳，你去晚了，可就要错过了。其中三符，我认得，天部霆司符、大江横流符和撼壤符，根脚粗浅，不是出自正宗，故而不算如何稀罕，但是有两道破障符，老夫反正这辈子从未见过，路引符与过桥符，绝妙。前者不但适宜修士上山下水，破开迷障，用得巧，甚至还可以为阴物开道赶赴黄泉，后者蕴含一丝纯粹剑意，你们云上城下五境修士拿来震慑寻常鬼祟妖物，事半功倍。"

沈震泽有些吃惊。寻常地仙修士嚷着符箓多好，他还不敢全信，可眼前这个道门老真人金口一开，就绝对不用怀疑。

桓云又说道："可惜符箓材质太差，画符所用丹砂也寻常，不然一张符箓，可就不是十几枚雪花钱的价格了。"

沈震泽疑惑道:"桓真人,一张破障符,十几枚雪花钱,是不是算不得价廉物美?"

桓云笑道:"我桓云看待符箓好坏,难道还有走眼的时候? 赶紧的,绝对不让云上城亏那几十枚雪花钱。"

桓云说了那个年轻包袱斋的相貌和摊位。

沈震泽点了点头:"我去去就来。"

桓云突然提醒道:"那个包袱斋做生意贼精贼精,劝你别自己去买,也免得让旁人生出觊觎之心,害了那个小修士。虽说此人摆摊之时,故意拿出了你们邻居彩雀府特产的小玄壁茶叶,勉强作为一张护身符,可是财帛动人心,要是真有人对他的身家起了贪念,这点关系,挡不了灾。"

沈震泽心领神会,御风远游,让城中心腹去购买符箓,然后自己重返宅邸。

此次登门,是与老真人桓云有要事相商。

水霄国西边邻国境内,一处人迹罕至的深山当中,出现了一处山水秘境,是山野樵夫偶然遇见,只是发现了洞府入口,但是不敢独自探幽,出山之后便当作一场奇遇,跟同乡大肆宣扬,然后被一个过路的山泽野修听闻。山泽野修去往当地官府仔细翻阅了当地县志和堪舆图,自己去了一趟深山洞府,但无法打破仙家禁制,然后和两个修士联手最终打破了禁制,不承想那个阴阳家修士连夜破开禁制后,触发了洞府机关,死了两个,只剩下一人。此事便流传开来。

桓云听过了沈震泽的讲述后,笑道:"能够被一个四境阴阳家修士极快破开山水禁制,说明这座洞府品相不会高。怎的,你这个金丹地仙,要与那些个山泽野修争抢这点机缘?"

沈震泽摇头道:"我只是打算让云上城几个年轻子弟去历练一番,然后派遣一个龙门境供奉暗中护送,只要没有生死危险,供奉就不会现身。"

桓云微笑道:"若是万一机缘不小,云上城抢也不抢?"

沈震泽还是摇头:"我们云上城是吃过大苦头的,桓真人就不要挖苦我了。"

远亲不如近邻,山上山下都是。只不过山上恶邻也不少,比如同在水霄国的云上城和彩雀府,就是如此。自从上代城主、府主交恶一战之后,两家虽然不至于成为死敌,但双方修士已经老死不相往来,再无半点情分可言。

原本世交数百年的两个盟友门派,当年也是因为一场意外机缘才关系破碎。老城主起先是为自家晚辈护道,弟子负责寻宝,但那处无据可查的破碎洞天秘境,竟然藏有一部直指金丹的道书,沈震泽的父亲和彩雀府上代府主,谁都没能忍住,为自认为唾手可得的宝物大打出手,不承想最后一个隐匿极好的野修,趁着双方僵持不下的时刻,一举重创了两个金丹地仙,得了道书,扬长而去。

云上城和彩雀府两个金丹地仙,因福得祸,伤及大道根本,都未能跻身元婴境,之后便先后抱憾离世了。从此两家便相互怨怼,再没办法成就一双神仙道侣。而且最有意思的事情在于,两个金丹地仙直到临终前,对于那个始终查不出根脚的野修反而并无太多仇恨,还都将那本价值连城的道书视为那人该得的道缘。

在那之前,两家其实算是山上少见的姻亲关系。

为此几代水霄国皇帝没少忧愁,多次想要牵线搭桥,帮着两大仙家重修旧好,只是云上城与彩雀府都没领情。

桓云笑道:"你是想我帮着照拂一二,以防万一? 怎么,有你的嫡传弟子出城历练?"

沈震泽点头道:"而且不止一人,两个都处于破境瓶颈,必须要走这一趟。"

桓云说道:"刚好在此关头,封尘洞府重新现世,约莫就是你两个弟子的机缘了,是不能错过。你作为传道人,与弟子牵扯太多,距离近了,反而不美。"

沈震泽叹了口气。修行道路上,可不只有饱览风光的好事,哪怕是梦寐以求的破境机缘,也会暗藏杀机,令人防不胜防,何况又有许多前辈高人拿命换来的经验和规矩。

桓云说道:"行吧,我就当一回久违的护道人。"

沈震泽起身行礼,桓云没有避让。

稚童桓箬乖巧懂事,已经赶紧跑开。

哪怕只是一段修行路上的护道人,亦是护道人。沈震泽用心良苦,为两个嫡传弟子向一个护道人行此大礼,理所当然,天经地义。

沈震泽一个心腹修士赶来庭院,从袖中取出那些一枚雪花钱都没能砍价成功的符箓,说道:"城主,那人非要留下最后一张雷符,死活不卖。"

沈震泽转头望向桓云,猜测这里边是不是有不为人知的讲究,桓云笑道:"那个小修士,是个怪脾气,留下一张符箓不卖,应该没有太多门道。"

沈震泽取出其中一张剑气过桥符,双指轻搓,确实不俗,不过贵是真贵,最后将全部符箓收到袖中,点头笑道:"刚好可以拿来给弟子,云上城还能留下两张。"

桓云笑道:"我随口劝一句啊,可能毫无意义,不过其余符箓,云上城最好都省着点用,别胡乱挥霍了。至于云上城出钱再多买一批符箓,就算了,不然越买越吃亏。"

沈震泽也懒得计较深意。

今日登门拜访桓真人,已经得到了他想要的结果。

桓云笑问道:"我是循着芙蕖国那处祭剑的动静而来,有没有什么小道消息?"

沈震泽摇头道:"事出突然,转瞬即逝,想必距离祭剑处更近的彩雀府,都只能确定其中一个是刘景龙,另外那个剑仙,没有任何线索。芙蕖国也好,与芙蕖国接壤的南北两国,加上咱们水霄国,都没有找到任何蛛丝马迹。不过这等大剑仙,我们云上城也高攀不起,不比那彩雀府,有个与刘景龙是旧识的漂亮仙子。"

桓云打趣道:"这话说得酸了。"

沈震泽也坦诚："那也是府主孙清的本事,还不许我云上城羡慕一二?"

桓云不再调侃这个云上城城主。

内忧外患,在老朋友跟前说几句牢骚话,人之常情。

内忧是云上城沈震泽,比不上那个修道资质极好、生得倾国倾城的孙清,况且彩雀府生财有道,财路广阔,真要狠狠心,靠着神仙钱就能堆出第二个金丹地仙。反观云上城,青黄不接,沈震泽的嫡传弟子当中,如今连一个龙门境都没有。至于外患,小也不小,大也不大,任何一座开门做生意的山头,都会有。

真人桓云此行,何尝不是看穿了云上城的尴尬境地,才会在一甲子之后,故意赶来下榻落脚,为沈震泽"吆喝两声"。

沈震泽自嘲道："若是那个不知姓名的剑仙,也如桓真人这般与我云上城交好,我这个废物金丹,便高枕无忧了。"

桓云摇头道："别气馁,按照我们道门的说法,心扉家宅当中,自己打死了自己,犹然不自知,大道也就真正断绝了。"

沈震泽苦笑不已。道理他也懂,可又如何。

集市大街那边,陈平安始终笼袖蹲着。他抬头看了眼天色,估算了一下时辰,若是那人还不来,最多小半个时辰,自己就得收摊了。毕竟渡船不等人。

大块青布之上,五十张符箓,只剩下最后一张孤零零的天部霆司符了。至于其余闲杂物件,也都卖了个七七八八,加在一起,不过是七十多枚雪花钱。真正挣大钱的,还是那些符箓。

山泽野修包袱斋,生意能够做到这么红红火火的,实属罕见。

至于后来那个明摆着出自云上城的修士,比起最早的老先生,无论是眼光,还是做生意的手段,道行都远远不如。也就是陈平安买卖公道,不然随便加价,从对方口袋里多挣个百余枚雪花钱很轻松。

买卖一事,卖家就喜欢对方不得不买,掩饰拙劣,偏偏又藏不住那份念头。这就等于明摆着给卖家送钱了。

陈平安晒着初冬的太阳,眯着眼打着盹。

大街之上有渡船乘客的同路中人,已经开始收摊,大多生意一般,脸上没什么喜气。

一炷香后,一个汉子假装逛了几个包袱斋,然后磨磨蹭蹭来到陈平安这边,没蹲下,笑道："怎么,这些都卖不出去了?"

陈平安抬起头,没好气道："干吗,你在路上捡着钱了?打算都买走?连同这张雷符,都给你打个七折,如何?"

汉子憋屈得厉害,陈平安也不再说话。

汉子便蹲下身,对那些物件翻翻检检,只是独独不去看那雷符。

汉子偶尔问一些闲杂物件的价钱,陈平安有问必答,不过言语不多,看样子应该要卷铺盖收摊走人了。

陈平安伸手出袖的时候,汉子一咬牙,问道:"这张雷符,反正你卖不出去,折价卖给我,如何?"

陈平安瞥了眼汉子的靴子,缝制细密,不过磨损得很厉害,算不得多好的手艺,比不得店铺所卖,唯有用心而已,便笑道:"堂堂修士,出门在外,穿这么破烂,不嫌寒碜?"

汉子愣了一下,下意识缩了缩脚,然后恼羞成怒道:"你管得着老子穿什么靴子?!靴子能穿就成,还要咋的!"

陈平安也怒道:"给老子放尊重一点,你这小小四境修士,也敢对一个洞府境大修士这么讲话?!"

汉子有些犯愣,也有些心虚,瞥了眼陈平安身上那件黑色长袍,若真是山上谱牒仙师都未必人人穿得起的法袍,自己可真惹不起,他便愈加无奈,打算就此作罢。不买便不买了,没理由白白受人羞辱。

不承想陈平安突然说道:"我就要收摊了,今儿运道不错,有了个开门红,就不留这张雷符了,求个善始善终,免得坏了下一次的财运,这就叫有去有来。所以你先前买去的那个物件,如果我没记错的话,是五枚雪花钱,你卖还给我,我就将这张价值连城、百年难遇的雷符五折卖你,如何?"

汉子一番天人交战,低头瞥了眼脚上的那双老旧靴子,不是真没钱换一双,市井坊间再名贵的靴子,能值几两银子? 只是行走远方,总得有个念想。尤其是他这种山泽野修,境界低微,山水险恶,年复一年的生死不定,心里边没点与修行无关的念想,日子真是难熬。

汉子摆摆手,起身道:"算了。"

陈平安重新双手笼袖,下巴点了点那张雷符:"罢了,挣钱事小,财运事大,五折卖你,六枚雪花钱。"

汉子问道:"五枚如何?"

陈平安干脆利落道:"滚。"

汉子赶紧蹲下身,抓起那张能依稀察觉到灵气流转的雷符,掏钱的时候,突然动作停顿,问道:"该不会是掉包了,这会儿卖我一张假符吧?"

陈平安脸色不变,加了一个字:"滚蛋。"

汉子权衡一番,瞪大眼睛反复查看那张雷符,这才丢下六枚雪花钱,然后起身就走,走了十数步后,开始撒腿狂奔,应该是担心陈平安反悔。

这下轮到陈平安有些犯嘀咕了，一枚枚捡起雪花钱，仔细掂量一番，都货真价实，不是假钱啊。

陈平安收了摊子，包裹轻了许多。返回渡船。

陈平安打算下一处继续当包袱斋，所以到了屋子里边，片刻不停埋头画符。

修行一事，岂可懈怠！

不过连画了十数张符箓之后，水府那边就有了动静。陈平安只得停笔。

刚好渡船正式起程，又有云上城一景不可错过。

只要有渡船停靠云海，云上城就会有此举动，应该可以跟渡船这边赚些零散神仙钱。

陈平安走出屋子，有云上城修士乘坐三艘普通符舟，在这座特殊云海之上抛撒大网，捕捉一种专门喜欢啄云的飞鱼。飞鱼本身，当然亦可卖钱。

陈平安趴在栏杆上，欣赏着那幅画卷。就像那渔翁船家的撒网捕鱼，欸乃一声山水绿，不过此处是那云海白。

之后，离开了水霄国版图上空，来到临水狭长的北亭国地界，其间又途经一座香火袅袅却无一个道观佛寺的还愿山。

世间的善男信女，有祈愿，便有还愿。许多原先烧香的地方，可能离乡千里，许多虔诚老人，实在是年老体衰，或是有病在身无法远游，就会托付家族年轻子弟，走一趟不算太过遥远的还愿山，烧香礼敬神佛。

北俱芦洲的还愿山不止一座，反观宝瓶洲和桐叶洲，则无此例。

陈平安没猪油蒙心，在这儿当包袱斋，而是下船去烧了香。只是既无许愿，也无还愿，就只是烧香礼敬山头而已。

还愿山后山有一条倒流瀑，陈平安在那边观看许久，也没能琢磨出个道理来。

深潭那边还有一座出鞘泉，每逢刀客剑修在水畔拔刀剑出鞘，便有一口泉水仿佛应声激射升空。

当然中气十足的，扯开嗓子高声大喊，也会有泉水飞升。不过就没了那份意境，而且泉水散乱，不如刀剑出鞘那种仿佛凭空出现"一线天"的奇妙风景。

陈平安在观看倒流瀑的时候，也没少打量那些被人硬生生吼出来的一道道泉水。

背后那把鞘内剑仙，剑气微微涟漪。

陈平安以心声说道："咱哥俩能不能别这么幼稚？你好歹拿出一点仙兵该有的风度，对不对？"

那把剑仙这才安静下来。

大概是半仙兵被说成仙兵的缘故？

陈平安有些忧愁，落魄山的风水，难不成真是被自己带坏的？

道理讲不通啊。

自己能跟裴钱、朱敛相提并论？近一点，鬼斧宫杜俞才算精于此道吧？

陈平安烧过香，见过了倒流瀑和出鞘泉，便返回了渡船。

他还在犹豫一件事情，那就是要不要中途下船，人生第一次去主动寻宝。

先前在渡船之上，有修士窃窃私语，说起了北亭国新发现一座仙家洞府之事。不过那拨修士都觉得不用去了，水霄国的云上城、彩雀府，还有北亭国等数国的许多强人，以及那些消息灵通的山泽野修，一定早就动身了。几个修士言语，让他们这些谱牒仙师最忌讳的，就是那帮野狗刨食的山泽散修，一个个求财不惜命，真要有了冲突，往往非死即伤，不值当。再者这类近乎公开的仙家机缘，还算什么机缘？

陈平安算了一下，去往龙宫洞天的渡船路线固定，大概一月一次，都会经过彩雀府桃花渡和云上城，以及北亭国的河伯渡，所以如果下船，差不多会耽搁一月光阴。最终在河伯渡，陈平安还是下了船。

这趟游历，就当是学那化名鲁敦的鹿韭郡读书人，寻仙探幽一回。

简简单单一次没有半点胜负心的访山，陈平安竟是破天荒有些紧张，因为习惯了莫向外求。

至于那座无名之山的确切路线，不难知晓，自有修士带路。

陈平安往身上贴了一张鬼斧宫秘传驮碑符。他如今伤势差不多痊愈，虽然暂时还不算恢复到巅峰，但是再吃顾老前辈三拳，还是可以不死的。

陈平安隐匿身形，跋山涉水悄无声息，若是朱敛、裴钱瞧见了，肯定要发自肺腑地称赞一声神出鬼没了。

这天夜幕中，陈平安正坐在高枝上休憩，他突然睁眼，收到了来自刘景龙的飞剑传信。

信上内容，依旧字数不多，就两句话：顾祐、嵇岳皆死。顾祐于心口处画出一道远古锁剑符，封禁嵇岳本命飞剑片刻，以命换命。

陈平安给剑匣喂养一枚神仙钱后，传信飞剑瞬间离去。

陈平安抱着后脑勺，抬头远望飞剑离去之路。

等到刘景龙北归更多，路途一远，传信飞剑就很容易一去不复还了。所以，这就是刘景龙闭关破境之前的最后一次飞剑了。

陈平安坐在树枝上，有些事情其实早有预料，所以谈不上太伤感，可又有些失落，便只好怔怔无言，也不饮酒。

第十章

别 有 洞 天

一行三人正在赶夜路，山涧流水潺潺，空灵悦耳。

一个高瘦老道人，目露精光，身着一件丝绢质地宽大道袍，道袍形制较老，相对烦琐，依旧留有暗摆十二幅，应一年十二月，各有精绣图案。

老道人背负桃木剑，腰系一串铜制铃铛，走在月色中，一身的仙风道骨。

一个竹杖芒鞋的俊俏公子哥，身穿白衣，悬佩一把金鞘短刀。

一个邋里邋遢的汉子，背着行囊，好似年轻人的随从。

三人突然停步，远处溪水畔，依稀可见有人背对着他们正坐在石崖上，好像借着月色翻看着什么。

汉子瞥了眼老道人腰间的铃铛，并无动静。三人便略微松了口气。

此铃是一件颇有根脚的珍稀灵器，属于宝塔铃，本是悬挂于大源王朝一座古老寺庙的檐下法器。后来大源皇帝为了增加崇玄署宫观的规模，拆毁了古寺数座大殿，在此期间，这件宝塔铃流落民间，几经转手后销声匿迹。无意之间，才被现任主人在深山洞窟的一具白骨身上偶然寻见，一起得手的，还有一条大蟒的真身尸骸，老道人赚了足足两百枚雪花钱，宝塔铃则留在了身边。不是愁卖不出高价，而是舍不得，真正的好东西，从来有价无市。

此铃亦被收藏铃铛无数的心声斋主人余远亲笔记录在那本《无声集》上，只不过在图录册子上这件宝塔铃名次较为靠后。可只要是被那本册子记录的铃铛，从来不愁没有买家。

有了此铃,修士跋山涉水,便无须诸多必备符箓,例如破障符、观煞符、净心符等,一两次入山下水还不明显,可积少成多,那些符箓就会是很大一笔开销。再者,铃铛在手,什么时候都能卖,任何一座渡口的仙家铺子都愿意一掷千金,当然最好是直接找到心声斋,当面卖给最识货的元婴修士余远。

佛家之铃,有惊觉、欢喜、说法三义。这当然是玄乎的说法,对于修士而言,宝塔铃最重要的功效,还是与"惊觉"二字勉强沾边的一个用处,那就是每当有妖物鬼祟靠近,铃铛便会自行响起,污秽煞气越重,妖鬼修为越高,铃声越急促震天,龙门境之下的精怪鬼魅,都无法阻挡这串铃铛的示警。除此之外,宝塔铃还有破障之用,遇到许多类似让人鬼打墙的山水迷障,有铃护身,修士可以明目静心,不受蒙蔽。

年轻公子哥以心声跟两个朋友交流:"咱们三人皆擅长近身厮杀,还缺一个拥有攻伐术宝的人,不如碰碰运气?"

高瘦老道人觉得可行。

身上那件做做样子的道袍也好,身后背负的桃木剑也罢,都是障眼法。他其实是一个在地方小道观待过十多年的山泽野修,这辈子最大的遗憾,不是没能在那座破烂道观学到什么道门术法,而是没能通过道观跟朝廷买到一份道士谱牒。本来按资排辈,怎么都该轮到他花钱买谱牒身份了,不承想师父临了竟然将名额偷偷卖给了一个权贵人家的纨绔子弟,说让他再等个三年,到最后就是三年复三年。观主师父又一次失约后,说下次一定轮到他,不承想观主却死了,还将观主位置传给了一个家境殷实的师弟。老道人愤然离开道观后,便走上了散修之路,还偷偷拿走了镇观之宝——一本历代观主小心珍藏却谁都悟不出半点长生之法的秘籍。

那汉子却觉得不妥,天晓得那个家伙是什么来路,临时拼凑搭伙,队伍中多出一个莫名其妙的家伙,很容易是个祸害。

年轻人笑道:"走一步看一步,成了最好,不成也无损失。再说了,事后分账,我们三对一,说不定还可以额外多出一笔钱财,对也不对?"

高瘦老道人抚须而笑。

汉子这才点头答应下来。

年轻公子哥笑道:"容我试探一二,孙道长和黄大哥先留步。"

年轻人独自前行,走出数步后,石崖那边背对三人的黑袍人依旧没有动静。

当年轻人稍稍加重脚步几分,又走出十数步,那黑袍人才猛然转头,站起身,死死盯住这个仿佛豪阀公孙的年轻人。

年轻人停下脚步,微笑道:"在下秦巨源,嘉佑国人氏。我身后这两个结伴好友,其中孙道长的修行之地,是那东海婴儿山的雷神宅,传道之人是那雷神宅仙师之一、老神仙靖明真人!可惜孙道长如今还是记名弟子,未曾入得祖师堂谱牒。孙道长慕远游,一路东行，斩妖除魔，积攒了数桩大功德。一次共同杀妖之后，与我们成了投缘好友，相视莫逆，此次听闻北亭国山中有上古洞府现世，便想要一起来看看有无应得机缘。"

溪畔石崖那边，是一个黑袍老者，双手藏袖中，丝丝缕缕的涟漪流溢出袖，显然对三个山中偶遇的不速之客，充满了戒备之心。

黑袍老者眯眼问道："婴儿山雷神宅？巧了，我刚好听说过，传闻婴儿山的独门雷符，策役雷电，呼风唤雨，威力巨大。不但如此，我手边就有一张雷神宅秘法符箓。"

老者从袖中拈出一张雷电交织的雷符，高高举起，冷笑道："不知这个孙道长，可认得这到底是日煞镇鬼符，还是驱瘟伐庙符？"

年轻公子哥负手而立，一手摊掌，一手握拳，示意身后两人见机行事。等到他按住刀柄，那就意味着可以提前黑吃黑了。

不过这是最坏的结果。若是对方那张符箓品秩太好，让人忌惮，暂时应该就是擦肩而过的光景。表面上井水不犯河水，但其实双方已经结下了梁子，一有好的机会，就会斩草除根。

山上的谱牒仙师，自然无须如此。

这个年轻刀客，是家道中落的豪阀子弟，却不在什么嘉佑国，秦巨源也是化名，真正的秦巨源，是嘉佑国一个让他吃足苦头的同龄人。他的真名叫狄元封，刀法是一个出身边关将种的家族供奉倾心传授，佩刀更是一把祖传的仙家重器。他行走江湖没几年，如今还算不得真正的野修，但是山下野修的城府心机，他已经领教过两次。一次认识了那个模样粗鄙的"黄大哥"，一次化敌为友，与"孙道长"结盟。

高瘦老道人向前几步，随便一瞥那黑袍修士手中符箓，微笑道："道友无须如此试探，手中所持符箓，虽是雷符无疑，却绝对不是我们雷神宅秘传日煞、伐庙两符，我婴儿山的雷符，妙在一口古井，天地感应，孕育出雷池电浆，以此淬炼出来的神霄笔，符光精粹，并且会略带一丝赤红之色，是别处任何符箓山头都不可能有的。何况雷神宅五大祖师堂符箓，还有一个不传之秘，道友显然过山而未能登山，实为遗憾，以后若是有机会，可以与贫道一起返回婴儿山，到时候便知其中玄机。"

黑袍老人点了点头，将那张雷符收入袖中，向婴儿山雷神宅的谱牒仙师打了个稽首："见过孙道长。"

年轻公子哥松了口气。

他娘的这些个山泽野修，一个比一个油滑精明，真是难伺候。

高瘦老道人当然不是什么雷神宅道士，那可是有两个元婴老祖坐镇的大山头，是大渎入海处名列前茅的道门。他姓孙的，哪有这种好命，成为那婴儿山五大真人之一的高徒。靖明真人虽是雷神宅座椅排在最后的一个金丹地仙，比不得其余四位雷法通天，但对于山下而言，依旧是高不可攀的道门老神仙。所幸姓孙的既然敢打着幌子行走山下,对于雷神宅符箓还是有所了解的。

但如果对方真拿出了一张雷神宅祖师堂秘传符箓,估计姓孙的就要干瞪眼了。因为孙道人只是道听途说,雷神宅五大符箓大有讲究,可到底是什么,他根本没资格知道。好在对方哪怕刨根问底,孙道人都无须回答半句,毕竟如果真的身为谱牒仙师,"自家祖师堂"的内幕,岂可随便泄露天机。所以说孙道人的这番应对言语,合情合理,设身处地,年轻公子哥自己都要消去大半疑虑。

就在此时,那黑袍老人突然又没头没脑说了一句话:"神将铁索镇山鸣。"

孙道人哈哈笑道:"五雷法令出绛宫!"

黑袍老人明显松了口气,再次打了个稽首:"是我失礼了,在此与孙道长赔罪。"

黑袍老人显然对年轻人和邋遢汉子,都不太上心。

狄元封满是腹诽,果然一个雷神宅谱牒仙师的金字招牌,走到哪里都好使,游历途中,几次在那地方藩属小国和三流山头,狄元封两人都跟着沾光,被奉为座上宾。

黑袍老人似乎是想要走下石崖,以礼相待三人,但他走到一半,突然又问道:"孙道长为何下山历练,都不穿雷神宅的制式道袍?"

狄元封火冒三丈,有完没完?! 差点就要忍不住伸手按住刀柄了。

这么个处处小心谨慎的老东西,说不得结盟一事还真有不少变数,至少也不至于让他们三人轻轻松松打杀了。

孙道人抚须而笑,摇头说道:"穿了山上道袍,招摇过市,只会让贫道疲于应酬,难不成历练是在杯觥交错的筵席上?"

黑袍老人微微一笑,终于舍得走下石崖,感慨道:"孙道长不愧是婴儿山得道高人,这份远离人间富贵的清凉心,确实令人佩服。想必此次返回雷神宅祖山,定然可以更进一步,成为靖明真人与祖师堂嫡传。"

然后这个三人眼中的老狐狸野修,脸上已经多出了几分恭敬神色,但眼中依旧只有那个孙道长。黑袍老人笑道:"我姓陈,来自道法贫瘠的五陵国,道行微末,师门更是不值一提,心酸事罢了。偶然学得一手画符之法,雕虫小技,贻笑大方,绝不敢在孙道长这种符箓仙师眼前显摆,先前持符试探,现在想来,实在是汗颜至极,孙道长真人有海量,莫要与我一般见识。"

孙道人笑道:"出门在外,小心无错。陈老哥无须愧疚。"

孙道人率先走向那个黑袍老人,狄元封与汉子自然而然尾随其后。

事实上,三人当中,原本一直以狄元封为尊,故而所有钱财分赃,他可以占四成,其余两人分别三成。

那黑袍老人让出石崖小路,等到孙道长"登山",他便横插一脚,跟在孙道长身后,半点不给狄元封和邋遢汉子面子。

狄元封与背负行囊的汉子迅速相视一笑。

这就很山泽野修作风了。谨小慎微之后，又熟稔见风使舵。应该是位同道中人。好事。

四人一起坐在石崖上。

孙道人笑问道："道友也是为山中洞府而来？"

这个斜挎青布包裹的黑袍老人大概是认定了孙道长婴儿山谱牒仙师的身份，加之先后三次试探，再无疑心，这会儿露出些许无奈神色，开诚布公道："当然。只是不曾拿到当地官府的堪舆图，进山之后，在此徘徊已久。不然我此刻应身在百余里之外的深山了，运气再好一些，都可以寻见那座府门禁制已被破开的洞府秘境了。"

孙道人望向竹杖芒鞋的贵公子狄元封，后者微微一笑，从怀中取出一份折叠整齐的郡县形势图，是一份摹本。

各地堪舆图，一直是各国朝廷官府的禁忌之物，绝对不可泄露外传，狄元封三人能够顺利描摹，当然还是孙道长的身份使然。不过那个郡守也不是什么省油的灯，让孙道长显露了一手仙家术法，外加十几张可以张贴衙署的道家符箓。

孙道人其实画符拙劣，不过是看过几道婴儿山入门符箓，画得有七八分形似而已。他从道观偷来的那部秘籍上可真没有半点有关符箓的记载。不过孙道人所画符箓的符胆，确有一丝灵气，用来抵御市井坊间并不浓郁的阴煞之气，还是可以的。

那些符箓当然不会真的贴在官府的公家大门上，而是被那个郡守老爷拿去卖给了那些惜命怕死不缺钱的地方豪绅。

黑袍老人道了一声谢，伸手接过那份堪舆图，仔细浏览一番后，道："不愧是孙道长，能够临摹此物。"

孙道人抚须而笑，并未言语。

邋遢汉子自称姓黄名师，之后便继续沉默。

黑袍老人欲言又止。

狄元封晓得此人总算是咬饵上钩了。可惜他也好，孙道人也罢，皆不主动开口半个字，所以对方得拿出点诚意和本钱才行。

这个"天人交战"的黑袍老人，当然便是覆了一张面皮的陈平安。此时他面容苍老，背负长剑，斜挎包裹，神色萎靡，眼光浑浊。

什么婴儿山雷神宅靖明真人的记名弟子，陈平安从一开始就不相信。不然就不会用那点粗浅手段试探对方真假了。

因为婴儿山是大渎西边入海口的一座重要山门，来北俱芦洲之前他就有所了解，后来又向刘景龙详细询问过雷神宅的符箓宗旨。

刘景龙虽是太徽剑宗出身，可一洲皆知这个陆地蛟龙的符箓境界很高。

陈平安甚至知道雷神宅祖师堂雷法五符,真正的关键是需要分别钤印"玉府大都督""五方巡察使""直殿大提点"在内的五枚祖传法印。不但如此,刘景龙还亲手画符,为陈平安展示过五道雷法,威力自然不如雷神宅地仙真人的手笔,毕竟缺了至关重要的五枚雷部法印,但是陈平安相信五个掌印真人之外,婴儿山没有任何一个祖师堂嫡传,能够和刘景龙这个外人媲美自家符箓的真意。

人比人气死人,何况气也没用。

之所以故意相信了对方身份,还是陈平安更希望借助三人,让自己多出一层隐藏身份,而不是单枪匹马去寻访洞府。

至于如何跟山泽野修打交道,陈平安毕竟是与刘老成、刘志茂有过钩心斗角,还算有些经验。

虽说一洲有一洲的风土人情,可山泽野修到底就是山泽野修。白酒红人面,黄金黑人心。奔波万里为求财,利字当头。

看似仔仔细细一番权衡利弊之后,陈平安便小心翼翼问道:"不知孙道长这边,是否还需要一个帮手?"

孙道人思量过后,便假装想要点头答应下来,因为知道秦巨源自会拦阻。

果不其然,根本不用双方心声交流,狄元封便问道:"陈老哥,咱们初次相逢,换成是你,会随便多出一个不知姓名的同伴吗?"

陈平安一咬牙,磨磨蹭蹭从袖中掂出一叠黄纸符箓,在自己身边分门别类,依次排开,除了那张天部霆司符,还有大江横流符与撼壤符各两张,以及数张山水破障符。皆是以金粉银粉画就,与云上城当包袱斋贩卖的五十张符箓,除了材质都是最寻常的黄纸,其余无论是笔法、品相,还是威力,都是天壤之别,价格更是没办法比。

画符一道,规矩极多。只说笔锋"蘸墨",便分寻常朱砂、金粉银粉,以及仙家丹砂。而仙家丹砂,又是悬殊的无底洞。所以说修行符箓一道的练气士,画符就是烧钱。师门符箓越是正宗,越是消耗神仙钱。所幸只要符箓修士登堂入室,就可以立即挣钱,反哺山头。不过符箓派修士,太过考验资质,行或不行,年幼时前几次的提笔轻重,便知前程好坏。当然事无绝对,也有大器晚成突然开窍的,不过往往都已是被谱牒仙家早早抛弃的野路子修士了。

陈平安拿出来的这些符箓,就都是以官家金锭研磨而画的黄纸金线符,比起世俗朱砂、银粉符箓,品秩价值自然还是要好上一些。

孙道人扫了一眼符箓,再看了眼黑袍老人,他这个雷神宅高人仙师,只是微笑不语。

陈平安这才笑容尴尬,从袖中摸出最先那张以春露圃山上丹砂画成的天部霆司符,轻轻放在地上。

狄元封笑问道:"陈老哥这些珍藏符箓,是从哪儿买来的,瞧着相当不俗,我也想买些傍身。"

只见陈平安这个黑袍老人颇为自得道:"我虽非谱牒仙师,也无符箓师传,唯独在符箓一道,还算有些资质……"

说到这里,黑袍老人立即收敛了得意神色,悻悻然道:"当然在孙道长这边,无异于乡野稚童的嬉闹把戏了。"

孙道人觉得火候差不多了,神色淡然道:"陈兄弟莫要小瞧了自己。实不相瞒,贫道虽然在婴儿山修行多年,但是陈兄弟应当知晓我们雷神宅道人,五位真人的嫡传弟子之外,大致可分两种,要么专心修行五雷正法,要么精研符箓,希冀着能够从祖师堂那边赐下一道嫡传符箓的秘密画法。贫道便是前者。所以陈兄弟若真是精通符箓的高人,我们其实是愿意邀请你一起访山的。"

自称黄师的邋遢汉子开口道:"不知陈老哥精心所画符箓,威力到底如何?"

陈平安犹豫了一下,拈起一张大江横流符,一手掐诀,看似念念有词,片刻之后,丢入溪水当中,轻喝一声,双手飞快掐诀,眼花缭乱。符箓入水后即已消融,但是符胆灵光四散开来,溪水当中莹莹生辉,如一丝丝鱼线交错开来。

三人只听那黑袍老人轻喝一声,不再掐诀,双指并拢,轻喝一声"起"字,然后轻轻一抹,便见一条溪水蛟龙冲出溪涧,环绕石崖一周之后,随着老人双指所指位置,归入溪涧,老人显然是想要多抖搂几分符箓高人的风范,符箓品秩颇高,也确实犹有余力,所以此举之后,还有下文,因为溪涧当中,莹莹丝线犹有大半。

黑袍老人抬起双袖,一条条水柱拔地而起,围绕着石崖上四人迅猛飞旋,一时间水雾弥漫,凉意沁骨。

狄元封以心声询问那个黄师,后者则以聚音成线的武夫本事,回答道:"有些道行,但是杀伤力薄弱,这些把戏瞧着厉害,其实几拳就碎。不过如果此人能够驾驭所有符箓,算是不小的助力,毕竟我们缺一个可以远攻的修士。再者一个符箓修士,负责破障开路,最为合适。"

黑袍老人收起了符箓神通,溪水恢复平静,水中再无符胆灵气凝聚而出的丝线,老人深吸一口气,脸色微微涨红。

孙道人以心声和两人说道:"哪怕加上一境,差不多该是洞府境修为,即便犹有藏私,蒙蔽我们,我依旧可以肯定,此人绝对不会是那龙门境神仙。所以我们就当他是一个洞府境修士,或是不擅近身搏杀的观海境修士,不上不下,够咱们用,又无法对咱们造成威胁,刚刚好。除了那张先前显露出来的雷符,此人肯定还藏有几张压箱底的真正好符,我们还要多加注意。"

黄师突然聚音成线,跟两人说道:"此人身上黑袍,说不定会是一件法袍。"

狄元封笑道："不急，边走边看，慢慢计较一番，回头再做定论。"

孙道人对陈平安说道："此次若是访山顺利，道友可以和贫道一同返回婴儿山，贫道为你尝试着引荐一二。"

那黑袍老人愣了一下，然后眼神炙热，嘴唇微动，竟是激动得说不出话来。

对于山泽野修而言，能够半路跻身婴儿山这种有元婴大修士坐镇的仙家门派，无异于再投了个好胎重新做人一次。

狄元封将这一切收入眼底，然后微笑道："不知陈老哥，能否细细讲解这些符箓的功效？"

陈平安手指地上符箓，一一讲解过去，对于破障符言语不多，只说是一道独门所学的过桥符，毕竟寻常的破障符没有太多花样可言，已经露过一手的水符更是懒得多说，但是在雷符、撼壤土符上，将那攻伐威力娓娓道来，落在对方三人耳中，自然有几分自吹自夸的嫌疑，不过还是高看了一眼这个黑袍老人。

讲述两种重要符箓的大致根脚与相关威势，既是诚意也是示威。这就是一个山泽野修该有的手段。

与那狄元封先前故意拿出那幅临摹的郡守府秘藏形势图是一样的道理。那就是一位雷神宅谱牒仙师该有的底蕴。

四人一番寒暄过后，开始动身赶路。

见黑袍老人凑近乎跟在孙道人身边，走在稍后边的狄元封轻轻摇头，黄师则眼神漠然，不过有意无意，多看了几眼那件黑袍。

陈平安轻声问道："孙道长，北亭国这一处重见天日的古老洞府，我们都知道了，云上城与彩雀府两大仙家，会不会联手占据，驱逐所有外人，事后两家坐地分赃？"

孙道人心中冷笑，到底只是远游而来的山泽野修，不敢跟官府太过亲近，因此便会错过许多上了岁数的陈年旧事。

那个北亭国郡城太守酒后吐真言，言之凿凿说是从北亭国京城公卿那边听来了山上内幕。三人才可以得知邻国水霄国的云上城地仙沈震泽与那个据说姿色倾国倾城的彩雀府府主有些旧怨，两座仙家大门派已经很多年不往来了。就这么个看似不值钱的小道消息，其实最值钱，甚至比那幅形势图还要值钱。

若是云上城与彩雀府两条地头蛇联手，霸占洞府，抵御外人，哪里有他们这帮野修的机会，残羹冷炙都不会有了。去了不被打杀就是万幸，还谈什么天材地宝、灵禽异兽、仙家秘籍？只要两家结仇，那就是天大的机会。谱牒仙师争抢法宝，打得双方脑浆四溅，又不少见，甚至许多较劲厮杀，比起野修还要少去很多忌惮，全然不顾后果，山崩水碎，殃及一方气运，都不算什么，反正有师门撑腰兜底，当地朝廷官府还不敢多说什么，只能捏着鼻子为那些高高在上的谱牒仙师擦屁股。

孙道人笑道："关于此事，道友可以放心，若真是遇上了这两家仙师，贫道自会摆明身份，想必云上城与彩雀府都会卖几分薄面给贫道。"

不过孙道人很快提醒道："但如此一来，贫道就不好凭真本事求机缘了，所以哪怕见到了那两拨谱牒仙师，除非误会太大，贫道都不会泄露身份。"

一些个内幕，孙道人自然不愿轻易透露给陈平安。

可是身边黑袍老人显然已经心服口服，赞叹道："孙道长行事老到，滴水不漏。我这种无根浮萍的散修，吃惯了江湖百家饭，原本以为还算有些江湖经验，不承想与孙道长一比，便远远不如了，惭愧惭愧。"

孙道人抚须而笑。对方显然不是什么真正的实诚人，不过倒是说了几句实诚话。

四人脚下这个北亭国是小国，芙蕖国更是修士不济，墙里开花墙外香，唯一拿得出手的，是一个有大福缘的女修，据说早已离乡万里，对家族还是有些照拂罢了。再说了，以她如今的显赫师传和自身地位，即便听说了此处机缘，也多半不愿意赶来凑热闹。一个洞府境修士就可以破开第一道山门禁制的所谓仙家府邸，里边所藏不会太好。

许多气象大到惊天动地的洞府或是法宝现世，狄元封这些人即便得了消息，没有货真价实的谱牒仙师身份，也根本不会去送死，大宗子弟的脾气可都不太好。

北俱芦洲早年曾经有野修几乎人手一本的《小心集》广为流传，风靡一洲。只是后来此书不知为何，在短短一年之内就被禁绝销毁，当时靠这个挣钱极多的琼林宗，更是带头封存此书，下令所有开设在各个仙家渡口的铺子都不准售卖这本集子。有猜测是数位大剑仙联袂提议，被誉为"双手不摸钱，铁肩挑道义"的琼林宗便带头行事，从此这部书再无刊印。

狄元封就一直对此书心心念念。

只听说此书是一个姓姜的外乡修士撰写，写得文采绝妙不说，而且句句金玉良言。比如狄元封便听孙道人说过一事，说书上提醒野修游历，若是真敢虎口夺食，那么一定要小心那些身边有仙子做伴的大宗子弟，越年轻越要提防，因为一旦遇上了，起了争执，那个男子出手一定会不遗余力，法宝迭出，杀一个洞府境野修，会拿出杀一个金丹地仙的气力，根本不介意那点灵气消耗，至于与之敌对的野修，也就自然而然死得十分漂亮了，好似开花。

与此同时，那本《小心集》中也写有应对之策，那就是觉得自己真要死了，千万别硬着脖子撂狠话，而是应该赶紧跪地磕头，不是求那男子，而是求那男子身边的仙子开恩，磕头要响，喊女菩萨的嗓门要大，兴许还有一线生机。

狄元封哪怕只是听过有关《小心集》的只言片语，依旧觉得这个姜前辈，真是洞悉人心，真知灼见。

与三人一起行走在山间小径上，陈平安抬头看了眼天色，突然有些自嘲。相较于孑然一身的寻觅机缘，自己似乎还是更喜欢和人打交道。哪怕是和心怀叵测之辈相处，依旧会觉得已经习惯成自然了。

但是对于这方广阔天地，反而从来敬畏，第一次走出骊珠洞天，便是如此心性，如今还是这般。不然以他如今的修为手段，何至于一定要和人结伴访山，才会觉得稍稍心安。

这样不太好。不过只能慢慢改了。

其实关于这一点，许多年前陆抬就看破且说破过，对陈平安有过一番语重心长的提醒。

知道有些道理很好，却难以立即起而行之的，茫茫多的世人当中，何尝没有陈平安。

陈平安如今除了沿着大渎替陈灵均先走一趟水，自家修行当然不能耽误，跻身金身境，其实一直是这些年的当务之急。除此之外，打算多攒钱，买一两把恨剑山的仿造飞剑。

在骸骨滩，陈平安从崇玄署杨凝性身上还是学到了不少东西的。那个杨凝性恶念芥子化身的书生，就展露过一把恨剑山仿造飞剑，气势很足，很能吓唬人。当时就连对飞剑并不陌生的陈平安，都被蒙骗过去了。

只要初一、十五炼化成功，虽非剑修的本命飞剑，却与太霞一脉的顾陌一般，可以将它们炼化为自己的本命物，相当于多出两件攻伐法宝。

如果再多出两把恨剑山的仿制飞剑，厮杀起来，敌人便有了更多的意外，更难防备。

第一把，祭出恨剑山仿剑，再出初一。第三把再出仿剑，最后再出十五。想必对方的心路历程，应该会比较跌宕起伏。

江湖险恶，山上风大，这类障眼法，当然是多多益善。

众人脚下这条山间羊肠小道弯弯曲曲，距离那处洞府，其实还有百余里山路要走。

就在此时，黄师率先放缓脚步，狄元封随后停步，伸手按住刀柄。然后孙道人也意识到不对劲，定睛望去，远处有一座破败不堪的山野行亭，杂草丛生，显得十分突兀，还有一些树木被砍断的人为迹象。

陈平安自然是最早一个感知行亭那边异样的。

敢这么光明正大在夜中燃起篝火的，只会是谱牒仙师，而且来头不小。

行亭那边走出一个魁梧汉子，陈平安一眼就认出了对方的身份，正是芙蕖国武将高陵。

先前陈平安与那个填海真人一起垂钓，身披甘露甲的高陵气势汹汹持枪下船，被他一掌推回了楼船之上。

除了暂时没有披挂甘露甲的高陵，还有一个陌生武夫，气势还算可以。大概又是一位金身境吧。只不过不知是北亭国当地宗师，还是芙蕖国武夫，不过后者可能性相对较小，芙蕖国不大，沿途游历，观其地方风俗，有些重文抑武，应该武运有限。

至于当时那个能够让高陵护驾的船头女子，是一个毋庸置疑的女修，后来在彩雀府桃花渡茶肆那边陈平安和掌柜女子闲聊，得知芙蕖国有一个出身豪阀的女子，名为白璧，很小就被一个北俱芦洲的宗门收为嫡传弟子。陈平安估算了一下离乡岁数，和那女子姿容和大致境界，当时乘坐楼船返乡的女子，应该正是水龙宗玉璞境宗主的关门弟子白璧。

然后陈平安问了一个比较令人尴尬的问题："孙道长，咱们是直接走过行亭？"

孙道人面无表情，不急不躁不言语，神仙气度。狄元封却有些头疼。

陈平安转头望去，狄元封微微皱眉，那个背行囊的黄师却神色如常。

陈平安心中了然，看来这个雷神宅孙老神仙与嘉佑国秦巨源，似乎直到现在还没能弄清楚，互为盟友的三人当中，到底谁才是真正的世外高人啊。

这个黄师平时的呼吸吐纳、脚步轻重，都显示他只是一位五境纯粹武夫。只不过这种事情，陈平安还算行家里手，这一路行来，确定了对方也是一个故意压境……同道中人。

可惜闻道有先后，比起年纪不大、江湖却走得很远的陈平安，这个黄师在长久的徒步途中，还是会流露出一些蛛丝马迹。

金身境，兴许还有可能不是那纸糊的第七境。真是辛苦这个宗师的平易近人了。

至于自己，陈平安觉得身为三境练气士，如何平易近人都不过分。

高陵和另外一个武夫宗师走出行亭，就站在那边，也不退回到有火光摇曳的行亭内。

于是陈平安就善解人意道："孙道长，我觉得对方不是易与之辈，面相瞅着就不善，我们还是绕路吧？"

孙道人如释重负，点头道："我们修道之人，不做意气之争。"

于是四人准备离开这条羊肠小道，不承想那边走出一个风流倜傥的锦衣年轻人。年轻人腰间别有一支晶莹剔透的羊脂玉笛，入冬时分，还手持一把并拢折扇，轻轻敲击手心，笑望向道路上的四人："相逢是缘，何必着急赶路，不如来亭中一叙？"

一看到那个腰别笛子的俊逸年轻人，陈平安就难免想起在苍筤湖打过交道的何露，被黄钺城城主叶酣藏藏掖掖的高徒兼嫡子。何露与那宝峒仙境的晏清，曾是享誉十数国的金童玉女。

狄元封压低嗓音说道："看模样，是北亭国最著名的那个小侯爷了。"

北亭国雄毅侯独子詹晴,是一个出了名的风流子多情种,朝野上下,口碑毁誉参半。勾搭了北亭国的大家闺秀,就被一国士林大骂,笔伐口诛;若是勾引了别处水霄国或是芙蕖国的权贵女子,北亭国整座江湖便都要大声叫好。至于这个小侯爷本身,似乎从未有过涉足习武或是修行的传闻。

这会儿无论孙道人和狄元封如何打量,也瞧不出对方底细,反正瞅着脚步轻浮,言语中气不足,多半是在那脂粉阵刮骨刀下乐在其中的王侯之家浪荡子。

陈平安也没能看出这个北亭国小侯爷的深浅,那就更需要小心对待。

那个小侯爷拉下脸,说道:"怎么,四位山上神仙,倚仗身份修为,给脸不要脸? 非要我跪地磕头求你们,才肯赏脸?"

陈平安有些感慨,如果不是对方靠山够大,那么能够活到今天,一定是祖宗积德了。

不过由此可见,水霄国云上城与彩雀府,确实算是厚道的山上门派。不然这两个门派的谱牒仙师,如果数百年来一直行事跋扈,哪有山头附近这些权贵公孙作威作福的份? 早就吃过亏挨过打,夹尾巴乖乖做人了。至少也不该在一拨狭路相逢的陌生修士面前如此强势,这都算在自己脑门上贴上"求死"二字了。

孙道人和狄元封心声交流过后,还是打算绕路避让。如果这还会被对方追杀,无非是放开手脚,搏命厮杀一场,真当山泽野修是吃斋念佛的善男信女?

就在此时,从那座荒废无数年的破败行亭中走出一个身姿婀娜的年轻女修,身后跟着一个几乎没有呼吸气息的佝偻老人。

女子瞥了道路上进退失据的四人一眼,向那个小侯爷笑道:"算了,一伙碰运气的野修而已,让他们过路便是。"

詹晴点点头,和女子一起走回行亭,高陵与那侯府扈从也都让出道路。

一行四人这才继续赶路,经过行亭之时,孙道人只觉得背脊发凉。谁都目不转睛,不会多看一眼亭中光景。

狄元封有些心情凝重,此行寻宝,这么个变数可不算小。

等到四人走远,行亭之中,詹晴便又是另外一副面孔,手持枯枝,拨弄篝火,淡然道:"这些野修都不麻烦,麻烦的,还是云上城沈震泽的两个嫡传弟子,此次哪怕不是沈震泽亲自护道,也该会出动那个龙门境供奉。尤其是彩雀府那个掌律祖师武崐的脾气,一向不太好。说来说去,其实还是日后要小心与这两个邻居交恶,不在洞府机缘本身。"

女子嫣然笑道:"日后? 我帮你走一趟彩雀府和云上城不就行了。"

詹晴抬起头,无奈道:"白姐姐,哪有这么简单的事情。咱们山下,求的是长长久久的安稳日子,哪有千日防贼的道理。"

然后詹晴微笑道："不过等到白姐姐跻身地仙，又是两说，我就可以高枕无忧了。"

原来这个小侯爷年少时便已认识了上一次返乡的水龙宗白璧，这个芙蕖国皇帝陛下都要以礼相待的女修。此后双方一直书信往来。

白璧此次对于洞府机缘，就像狄元封三人猜测的那样，哪怕是在芙蕖国境内，依旧兴致缺缺，只不过刚好是来见詹晴，才有了这趟访山寻幽，也算是无形中当了这个北亭国小侯爷的护道人。詹晴亦是修道之人，而且师传相当不俗，不过他师父是一个性情乖张的元婴野修，詹晴早年能够成为此人弟子，其实历经劫难，当年也是给折腾得半死不活后硬生生熬过来的，其间艰辛，詹晴甘苦自知，实在是不足为外人道也。白璧正是知晓此事，才会与一个世俗小国的侯爷之子长久联系。不然当年看一个粉雕玉琢小娃儿的那点喜欢，早就在修道生涯之中烟消云散了。

后来靠着詹晴和白璧合力牵线搭桥，那个元婴野修才在水龙宗那边当了个挂名供奉。

双方各取所需。白璧算是为祖师堂立了一功，还得了一件法宝赏赐。

不过此次再见到詹晴，白璧还是有些别样的欢喜。

不承想当年那个被抱在怀中的可爱稚童，已经如此俊俏了。在詹晴死皮赖脸纠缠后，白璧私底下便和詹晴有过一桩约定：若是有朝一日，他们双双跻身金丹地仙，她便与他正式结为神仙道侣。如今詹晴虽然还只是洞府境，但其实已算一等一的修道美玉了。

至于如今那些被詹晴金屋藏娇的凡俗女子，在白璧眼中，又算得了什么？十年一过，姿色衰减，三十年再过，白发苍苍。

何况詹晴此人，道心坚定，对待所谓的人间佳丽，其实更多还是少年心性的玩闹，如那收藏大家收集字画珍玩，没什么两样。

不过来年等到詹晴跻身龙门境，有望结为道侣，詹晴若是还敢不知轻重，处处留情，沾染红尘，就得小心道侣不成，反而变仇家了。所幸詹晴不是那种蠢人。

白璧忍住不告诉詹晴一个真相。那就是她当下其实已经跻身金丹境，已经属于真正的山上得道之人。所以哪怕不依靠水龙宗弟子这一身份，没有任何元婴修士坐镇的云上城和彩雀府，都有理由忌惮她几分。

白璧从袖中取出一只小瓷瓶，倒出一物，然后伸出手掌，那条青绿如玉雕而成的小鱼，便沿着手心爬到她手指之上，微微仰头，面朝詹晴。詹晴直觉敏锐，顿时悚然。

白璧以手指轻轻弹击小鱼头颅，后者这才温驯趴下。白璧笑道："这是我们水龙宗那座深潭独有的牛吼鱼，百年一遇，声如雷鸣，被小家伙面对面吼叫一声，威力不亚于承受地仙一击。这是我刚刚得到的宗门赏赐，回头你我分别，再送给你。"

詹晴神色不变，转头凝视着那个火光映照下的动人女子，轻声道："很希望此生此世,牛吼鱼就这么一直留在白姐姐手中。"

这个小侯爷的言下之意,当然是唯有相逢无别离。

白璧脸色羞红,嗔怒道:"油腔滑调!修行不济,花言巧语的本事倒是一等一!"

詹晴神色十分无辜。

孙道人一行,除了不苟言笑的黄师,都察觉到了其余两位的那份战战兢兢。

陈平安率先开口打破沉默,免得孙老前辈尴尬嘛。他问了很理所当然的问题:"孙道长,这个铃铛,可是听妖铃?"

孙道人点头道:"捡漏而来,品相一般,洞府境妖物靠近,此铃都可发声。"

陈平安惊叹道:"这可值不少神仙钱,没有一百枚神仙钱,肯定拿不下!"

孙道人笑道:"差不多吧。"

竹杖芒鞋的狄元封这会儿还是有些心情不悦。因为那个北亭国小侯爷,长相皮囊都让他有些自惭形秽,而且这种让自己如履薄冰的访山探宝,对方竟然还有心情携带女眷,游山玩水来了吗?!关键是那个姿容极佳的年轻女子,分明还是个拥有谱牒的山上女修!道理浅显,山泽野修的女子身边能够有两个强势武夫心甘情愿担任扈从?

至于黄师,依旧面无表情,老老实实背着大行囊,走在队伍最后。

四人路过行亭后,愈加健步如飞。百余里蜿蜒险峻的羊肠小道,对走惯了山路的乡野樵夫来说都不容易,可四人却如履平地。

这便是修行的好。再崎岖难行的人间道路,修行中人,来往无忌。

世间多风波险恶,修道之人仿佛随意伸手便能抹平。

至于修道路上的种种忧患,大概算是已经站着说话无须喊腰疼。

此去百余里山路,再没遇到任何人。

粗略会一些堪舆术的孙道人,很容易就辨认出了山势,然后带着身后三人来到一处幽静崖壁处。石洞深邃幽暗,无石碑也无刻字,崖壁两侧挂满薜荔,此物在世俗草木当中,相对能够稳固山水。孙道人摘下一片苍翠欲滴的薜荔绿叶,在指尖轻轻碾碎,嗅了嗅,点了点头,却没有多说。随后孙道人开始散步,时不时跺下脚,最后蹲下身,抓起一把土,掂量了一下,然后转头笑问道:"道友,你既然能够画出撼壤符,想必对于世间土性,十分熟稔,可有独门见解?这对于我们进入府邸,可能会有帮助。"

陈平安面露为难。

狄元封眯起眼,黄师也看向了这个露怯的黑袍老人。

陈平安叹息一声,走出数步,脚步各有轻重,似乎在以此辨认泥土,边走边说道:"那就只好献丑了,委实是在孙道长这边,我怕惹来笑话,可既然孙道长吩咐了,我就斗胆摆弄些小学问。"

陈平安停步蹲下身，拈起一点泥土，轻轻一抛，然后握在手心，攥拳摩挲一番后松手，然后起身换了几处地方，动作如出一辙，最后说道："果然是被洞府流溢出来的灵气浸润了最少三百年之久的风水土。由于水气阴沉，远远重于寻常泥土，世间阳间住宅地基，或是好似阴间宅邸的坟茔，若是添加此土，是可以帮着藏风聚水的。"

说完之后，三人就看到黑袍老人告罪一声，说是稍等片刻，然后火急火燎地摘下斜挎包裹，转过身，背对众人，窸窸窣窣取出一只小瓷罐，开始挖土填装入罐，只不过拣选了几处，都取土不多，到最后也没能装满瓷罐。

这一幕看得孙道人都差点没忍住，也要一起发财。只是一想到自己如今是雷神宅的仙师，孙道人这才没跟着挖土。

陈平安重新挎好包裹，拍了拍手掌，笑得合不拢嘴："赚点小钱，见笑见笑。"

狄元封这会儿终于可以确定，这老家伙要是一个谱牒仙师，他都能把手中那根暗藏一把软剑的竹杖吃进肚子，连竹子带剑一起吃！

然后三人就看到这家伙在犯愣。

孙道人只好提醒道："道友，进入这座府邸，是不是应该取出一张破障符？"

虽说此处府门第一道禁制只是常见的山水迷障，类似鬼打墙，已经被前边那拨先到却没好命先得的替死鬼破去，但是接下去的机关，才是要命的关隘。可小心起见，当然还是需要破障符开路，再说了，破障符又不花三个人的钱。

陈平安一脸没什么诚意的恍然大悟，拈出一张寻常黄纸材质、金粉作符砂的破障符。

只是陈平安很快便转头看了眼来处道路，为难道："那个小侯爷，可就在咱们后头不远。"

狄元封笑道："若是这都不敢争先，难道得了宝，事后遇上了小侯爷，咱们就要双手奉上？"

陈平安这才双指轻轻一抖，破障符砰然燃烧起来，照亮了洞府道路。

然后他没有率先走向洞窟，而是拈住那张燃烧缓慢的破障符，递向狄元封，谄媚笑道："还是秦公子带路吧？我这把老骨头，可吃不住半点疼，若是不小心被凶险机关伤到了筋骨，其实还好说，可万一坏了大事，便不美了。"

狄元封望向一旁正在打量洞窟顶部石壁的黄师，后者倒是没有犹豫什么，接过那张山水破障符，率先走向洞窟深处。

一行四人，蜿蜒前行数里路之长，依旧不见尽头。凉风飕飕，却没察觉到有半点阴煞之气，这让孙道人心中稍安。

这处仙家洞府的旧主人，定然是一个宅心仁厚的谱牒仙师。虽说禁制之后，又有可以夺人性命的机关，可事实上第一道鬼打墙迷障，本身就是善意的提醒，并且按照唯

——一个逃出生天的野修所言，迷障不伤人，两次进入，皆是兜兜转转，时辰一到，就会迷迷糊糊走出洞窟，不然换成一般无主府邸，第一道禁制往往就是极为凶险的存在，还讲什么让人知难而退，山上修行之人，擅闯别人家宅邸，哪个不是该死之人？

四人行走极为缓慢小心，又走出足足半个时辰，这才来到一座寒意森森的洞室。

孙道人好说歹说，才让黑袍老人又抽出了一张破障符，照亮道路，同时以防邪祟埋伏。

在此期间，孙道人看在那张符篆的分上，更是珍稀自己性命的缘故，与那个姓陈的道友仔细说了些此行禁忌。这可都是先前那拨野修用两条道友性命换来的。

孙道人当然不希望这个家伙一个冲动，就触发机关，连累他们三人一起陪葬。

四周青石墙壁之上，皆有色泽如新的彩绘壁画，是四尊天王神像，身高三丈，气势凌人，天王怒目，俯瞰四位不速之客。

四尊栩栩如生的神像，分别手持出鞘宝剑、怀抱琵琶、手缠蛇龙、撑宝伞。

众人脚下是一个八卦阵，上面雕刻有双龙抢珠的古朴图案，只是本该有宝珠存在的地方，微微凹陷，空无一物，应该是已经被前人取走。

孙道人只是看了几眼神像，便有些头皮发麻，不过仍是硬着头皮，从袖中小心翼翼取出一只袖珍罗盘。

罗盘虽小，但是极其复杂，里外有三十六层之多，若是凡夫俗子手握此盘，任由瞪大眼睛观看计数，估计都数不清层数。

孙道人手持这个砸锅卖铁买来的山上罗盘，开始绕行八卦阵，在四尊天王神像脚下"散步"。

狄元封轻声提醒道："孙道长，最好快些，那个北亭国小侯爷一旦也跟着进入此地，咱们可就要被关门打狗了。按照那个幸运野修的说法，地面无碍，只要不触碰四尊神像，随便折腾都没关系。他没胆子胡说八道，不然没办法活着走出北亭国。"

孙道人额头渗出细密汗珠，沉声道："马虎不得，还是小心些。"

黄师望向那个持剑神像的壁画剑尖处，然后视线偏移，望向那把琵琶丝弦。

狄元封则蹲在地上，仔细端详那两条如今已经失去宝珠的石雕蛟龙。

黄师突然停下视线，正是神像剑尖所指方向蔓延而下的某处，他走到那尊神像脚边，眯眼凝视，是一些哪怕是修道之人都极难发现的蝇头小楷，但是被抹去许多，断断续续，只留下了一些无关紧要的文字内容。看痕迹，本该是两三百字篇幅，被掐头去尾不说，尤其是最为重要的后文，竟然全被擦拭殆尽，极有可能是先前有人故意留下这些无用文字，来恶心后面的入山之人。

神像脚边的石壁之上，如今只余下那"……素性好游访仙，竹杖芒鞋，阅遍诸山，以此山最幽，只是此处禁忌颇多，不可不察，后世若有同辈中人有缘来此，应当……"，以及最后仍是断句的"定睛天外处……雨中古龙潭……",分明是一首文人雅士的狗屁诗篇。

黄师心中大恨,定然是先行一步的家伙,故意磨去了这条珍贵线索。

不过黄师有意无意瞥了眼狄元封,刚好是竹杖芒鞋。难不成这个家伙,才是与此地真正有缘之人?

陈平安来到黄师身边蹲下,狄元封也随之而来。

狄元封看过之后,也是一头雾水。陈平安也不例外。只不过相对而言,陈平安是最无所谓的一个。

真要打开了洞府第二重禁制,就又得心弦紧绷,何苦来哉。

不过陈平安很快就叹了口气,默默告诫自己,这种想法要不得。

黄师突然说道:"使用遁地符,当真也会触发机关?"

狄元封沉声道:"确认无误! 先前野修便尝试过,于是又死了一个。除非是那传说中能够不动摇山根丝毫的开山符,才有些许机会,但是估计需要消耗许多张符箓才行。此符何等金贵,就算买得到,多半也要让我们得不偿失。"

陈平安可不知道什么开山符,只是心境上换了一种想法,便开始真正用心观看起那些文字。他皱了皱眉头,摊开手掌,沿着那些文字和大片磨痕,轻轻摩挲而过。然后他说道:"有没有一种可能,其实书写文字与磨去文字的,是同一个人,而开门线索,就一直藏在这些文字当中?"

黄师嗤之以鼻,毫不掩饰。回过头望去,孙道人依旧无头苍蝇般乱打转。黄师觉得实在不行,自己就只能硬来了。至于其余三人会不会死在机关之下,就看他们的命了。

倒是狄元封听过陈平安的言语后,觉得有些意思,开始凝视着仅存的文字,用心思量起来。

狄元封站起身,身体后仰,观看一尊佛像,然后缓缓转身,看遍了其余三尊怒目状的神像。随后他走到洞室中央,探出一只手,双膝微曲,手掌缓缓往下移动。最后蹲在一处,那只摊开手掌的手背贴在了一条蛟龙的爪下。

狄元封对孙道人说道:"算一算此地的确切卦象,孙老道长,这总能做得到吧!"

孙道人一手持罗盘,一手抹了把脸上的汗水,然后缩手袖中,飞快掐诀,双眼死死盯住那只手掌所在的位置,嘴上喃喃道:"死门所在,不合理啊。"

狄元封始终保持那个手背贴地的姿势,脸色阴沉,提醒道:"你们道家何曾怕死?! 孙道长这都看不破?"

孙道人片刻之后,惊喜道:"大吉之地!"

狄元封这才手掌翻转,轻轻握拳,敲击地面,依旧毫无动静。

狄元封皱了皱眉头。

黄师走过去,趴在地上,以耳贴地,然后抬头说道:"有回音,好似水滴之声,却又不寻常,应该就是以此触发正确机关。"

狄元封深吸一口气,再次一拳重重敲下。

瞬间,异象横生。

地面上那座八卦阵开始拧转起来,变化之快,让人目不转睛,再无阵型,陈平安和孙道人只能蹦跳不已,可每次落地,仍是位置偏移许多,狼狈不堪,不过总好过一个站不稳,就趴在地上打旋,地面上那些起伏不定,当下可不比刀锋好多少。

狄元封和黄师则双脚站定,死死扎根,并无太多挪步,地面偶有阻拦,才会脚尖轻轻一点,然后依旧落在原处,比起不断蹦跳的两位,已经算是很潇洒了。

两条原本死物的青色蛟龙,如同失去禁锢之后,想要走江入海。至于洞室处的大门,已经有青石大门轰然坠落,便是黄师都来不及阻挡,更别说一掠而走了。

狄元封环顾四周,最终视线落在那处唯一不动、原本用作安置宝珠的凹陷处。

狄元封对黄师高声说道:"取出酒壶!"

黄师递过去一壶酒,狄元封打开泥封,倒入凹陷处。

地面变化微有凝滞,狄元封心中大定,转头喊道:"姓陈的,赶紧取出一张水符,不用玩那花哨的术法!化水即可!"

陈平安拈起水符,一丢而出,在半空中便化成一道蕴含水性灵气的水柱,被狄元封探臂伸手,掬水一团在手,轻轻放在了凹陷处。

转瞬之间,洞室之内一阵绚烂光彩骤然而起,黄师最后一个闭眼,那个黑袍老人则是第一个闭眼,黄师这才对此人彻底放心。

四人身形一晃,恍若隔世。

孙道人一个踉跄跌倒在地,头晕目眩,开始呕吐不已。至于那个可怜兮兮的陈道友,比他还要不如,早坐在地上干呕了。

狄元封挺直腰杆,环顾四周,脸上的笑意忍不住荡漾开来,放声大笑道:"好一个山中别有洞天!"

此处仙家洞府,灵气远胜北亭国那些世俗王朝,令人心旷神怡,

视野之中,不远处有一座巍峨青山,山脚萦绕一条幽幽绿水。这方小天地当中,水气弥漫,却不会让人呼吸有半点凝滞,反而随便呼吸一口,便让人觉得神清气爽。

至于那座高山之上,亭台楼阁,鳞次栉比,依山而建,连绵不绝。最高处还有一座屋脊铺满绿色琉璃瓦的古老道观,青山四周,一群群仙鹤盘旋。人间仙境,不过如此了。

黄师缓缓站直身体,不过相信狄元封这小子,已经猜出他不是什么底子稀疏的五境武夫了。

但是事到如今，又有什么关系？你狄元封一个有把破刀、会点术法的五境武夫，难不成还敢跟我叫板？如果不是接下来可能还有诸多意外发生，现在我黄师想要杀死你们三个，就跟拧断三只鸡崽儿的脖子差不多。

狄元封笑道："孙道长，陈道友，黄老哥，我们这次并肩作战，可谓精诚所至金石为开！由此可见，理该我们四人一起占据此地福缘！"

孙道人抖了抖双袖后，抚须而笑，恢复了先前的那份仙风道骨。就是嘴巴里还有些自己都觉得腻歪的酒荤味，让他不太想开口说话。

陈平安环顾四周，也有些唏嘘。如果换成自己一个人在那洞室，兴许多琢磨一些时分，也能发现端倪，只是狄元封手掌所放之地，位于那道八卦阵的死门，兴许就会让自己心里边打鼓。但是这个孙道人却能够依靠罗盘，推算出那处确实是生死转换的大吉之地，这才让那个秦公子出拳毫不犹豫。

至于需要水符一事，陈平安没有刻意掩饰，无须狄元封提醒，就已经拈符出袖。对方一定已经看在眼中，哪怕当时没有在意，这会儿也开始咀嚼出回味来了。

陈平安无非是想提醒这个嘉佑国秦公子，我修为不济，可脑子还是灵光的，所以进了仙家洞府，即便想要黑吃黑，好歹晚一些再出手。

洞室那边，两个年轻男女与两个老人并肩站在神像之下，其中一个老者微笑着收起一张凭空出现的符箓，轻轻一震，化作灰烬。先前四人成功破阵的画面与言语，都已尽收眼底与耳中。

陈平安如果在场，就可以一口气认出三人。正是云上城跟自己购买符箓的老先生，以及那对巡视集市大街的年轻男女，也就是老真人桓云和云上城城主沈震泽的两个嫡传弟子。

那女子又惊喜又震惊，好奇询问道："桓真人先前要我们先退出洞室，却留下这张符箓，是算准了这拨野修可以为我们带路？"

桓云哑然失笑，没有故作高人，摇头道："他们临近洞府大门之前，沿途几张符箓就有了动静，老夫只是不愿与他们起了冲突，狭路相逢，退无可退，难道就要打打杀杀？何况北亭国小侯爷那拨人，虽说至今还未动身离开那座行亭，不过看架势，显然已经将此地视为囊中之物，我们这边动静稍大，那边就会赶来，到时候三方乱战，死人更多。你们城主师父让你们两个下山历练，又不是要你们送死。"

桓云走到恢复如旧的地面龙爪处，感叹道："所以说大道之上，偶尔退让一步，也就是登山数步了。"

桓云突然笑道："哟，不愧是两个七境武夫随行，一人一拳，就打烂了老夫那两张老值钱了的路边符箓。队伍当中，肯定有个高人，寻常武夫是察觉不到那点涟漪流转的，还是说那个小妮子，其实是个金丹地仙了？"

那女子见老真人桓云只是蹲在那边，并无动静，忧心忡忡道："老真人为何不赶紧触发机关？"

那位云上城的龙门境老供奉缓缓道："若是先行一步的那拨野修守株待兔，试想一下，若是你们两个贸贸然跟上去，一拳便至，死还是不死？不死也伤，不还是死？"

年轻男女相视一眼，都有些心悸后怕。

老供奉犹豫了一下，问道："桓真人，我能否打塌洞窟来路？"

桓云微笑道："若是不怕对方没了来路，事后我们也无归路，然后守着金山银山等死，那么自然出手无妨。"

老供奉哑然，只得作罢。

桓云眼角余光瞥见那对男女，心中叹息，两人性情高下立判。

女子焦躁，男子沉稳。一直这么走下去，还能不能成为神仙道侣，可就难说了。

在那一处灵气盎然的仙家洞府之内，坐拥一座水府的陈平安如鱼得水。

陈平安完全可以想象，自家水府之内的那些绿衣童子，接下来有得忙了。

图书在版编目(CIP)数据

剑来 17：一洲皆起剑 / 烽火戏诸侯著 . 一杭州：
浙江文艺出版社，2021.1（2025.1重印）

ISBN 978-7-5339-6338-5

Ⅰ.①剑…　Ⅱ.①烽…　Ⅲ.①长篇小说—中国—当代
Ⅳ.①I247.5

中国版本图书馆CIP数据核字（2020）第248870号

选题策划	柳明晔
责任编辑	关俊红
营销编辑	俞姝辰　宋佳音
封面绘图	温十澈
责任印制	吴春娟

剑来17：一洲皆起剑

烽火戏诸侯　著

出版	浙江文艺出版社
地址	杭州市环城北路 177 号
邮编	310003
电话	0571-85176953（总编办）
	0571-85152727（市场部）
制版	浙江新华图文制作有限公司
印刷	杭州杭新印务有限公司
开本	710毫米×1000毫米　1/16
字数	304千字
印张	16
插页	2
版次	2021年1月第1版
印次	2025年1月第13次印刷
书号	ISBN 978-7-5339-6338-5
定价	43.00元